무기여 잘 있거라

무기여 잘 있거라

차례 A Farewell
to Arms

1부

1장

 그해 늦은 여름, 우리는 산줄기 아래 들판과 강이 내려다보이는 마을에 머물렀다. 햇빛에 하얗게 바랜 자갈과 바위가 강바닥을 이루고 맑은 물이 빠르게 흘러 물줄기가 파랗게 보였다. 군부대가 집 앞 도로를 지나다녔고, 그들이 일으킨 먼지가 나뭇잎에 뿌옇게 내려앉았다. 나무줄기도 먼지를 뒤집어써서 그해는 낙엽이 빨리 졌다. 우리는 군부대 행렬이 지나가는 광경을 바라봤다. 먼지가 일고, 나뭇잎이 바람에 부대끼다 떨어지고, 군인들이 행군하고, 마지막에 가서는 길에 나뭇잎만 남아 휑했다.

 들판에는 곡식이 잘 여물고 있었다. 주변에 과수원이 많기는 했지만 들판 너머 산들은 벌겋게 보이는 민둥산이었다. 그 산속에서 전투가 벌어져 밤에는 대포의 섬광을 볼 수 있었다. 대포의 강렬한 빛은 여름철의 번개처럼 번쩍거렸지만 밤 기온은 쌀쌀했고 폭풍우가 몰아칠 것 같지도 않았다.

때론 어둠 속에서 창밖으로 군부대가 지나가는 소리와 트랙터로 대포를 끌고 가는 소리가 들리기도 했다. 주로 밤에 이동을 해서 안장 양쪽으로 탄약통을 실은 노새들이 길을 메우고 있었다. 군인들을 태우고 다니는 회색 트럭과 캔버스 천을 덮은 화물 트럭 등도 그 대열에 끼어 천천히 움직이고 있었다. 낮에는 큰 대포를 트랙터로 옮겼는데, 긴 총신은 푸른 나뭇가지로 덮고 트랙터도 녹색 잎이 무성한 나뭇가지와 넝쿨로 덮어 위장했다. 북쪽으로는 골짜기와 밤나무 숲이, 그 숲 뒤로 강 이편에는 산이 하나 더 있었다. 그 산에서도 전투가 벌어졌지만 승리를 거두지는 못했다. 가을장마에 밤나무 잎이 다 떨어져 가지만 앙상하게 남았고 줄기는 비에 젖어 시커메졌다. 포도밭도 가지가 듬성듬성하고 잎이 떨어져 앙상했다. 모든 것이 축축하고 갈색으로 생명력을 잃었다. 강물 위로는 안개가 피어오르고 산 위로는 구름이 자욱했다. 트럭이 흙탕물을 튀기면서 달리는 바람에 군인들의 비옷은 축축하고 진흙투성이였다. 소총에도 습기가 찼다. 군인들은 허리띠에 회색 가죽 상자 두 개를 매달고 있었다. 상자 안에는 가늘고 긴 6.5밀리미터짜리 총알 묶음이 가득 들어 있어 묵직했다. 행군하는 군인들의 모습은 비옷 속에서 불룩 솟아 있는 상자 때문에 마치 임신 육 개월쯤 된 임산부처럼 보였다.

회색 소형차들은 굉장히 빠르게 지나다녔다. 보통은 장교가 조수석에 하나, 뒷자리에 여럿이 탔다. 이런 차들은 군용 트럭보다 흙탕물을 더 많이 튀겼다. 뒷자리의 장성 두 사람 사이에 아주 자그마한 장교가 앉아 있었는데, 그의 몸집이 너무 왜소해 모자 윗부분과 비좁은 등밖에 보이지 않았다. 차가 유난히 빨리 달린다면 거기에는 틀림없이 국왕이 타고 있을 터였다. 국왕은 우디네(이탈리아 북부 프리울리베네치아줄리아 자치주에 있는 현-옮긴이)에 살고 있었는데, 거의 매일 이런 식으로 나와 전쟁 상황을 살폈다. 전황은 아주 나쁘게 흘러갔다.

겨울이 시작되었음에도 비가 그치지 않았고, 그러는 가운데 콜레라가 돌았다. 하지만 콜레라는 곧 진정되었고, 군대에서 그로 말미암아 죽은 사람은 7천 명에 그쳤다.

2장

이듬해에는 여러 차례 승리를 거두었다. 밤나무 숲이 있는 산등성이와 골짜기 너머에 있는 산을 탈환했고, 들판 너머 남쪽 고원에서도 승리했다. 우리는 8월에 강 건너 고리치아(이탈리아 북동쪽에 있는 도시로 슬로베니아와 접경하고 있음-옮긴이)로 거처를 옮겼다. 그곳의 숙소에는 분수가 있었고, 담장을 두른 정원에는 잎이 무성해 그늘을 드리우는 나무가 많았다. 숙소 옆에는 보라색 꽃이 피는 등나무 덩굴도 자라고 있었다. 이제 전투는 다음 산으로 넘어갔는데, 우리가 지내는 곳에서 2킬로미터도 안 되는 거리였다. 마을은 아주 괜찮았으며 우리가 머문 숙소도 꽤 훌륭했다. 뒤쪽으로는 강이 흘렀다. 마을은 아주 쉽게 점령했지만 산 쪽은 그럴 수가 없었다. 오스트리아군은 군사력을 조금 동원하기는 했지만 전쟁이 끝나면 이곳에 다시 올 작정이었는지 마을을 파괴하거나 하지는 않았다. 참으로 다행스러운 일이 아닐 수 없었다. 사람들은 전과 다름없이 마을에서 살았다. 작은 길로 접어들면 병원과 커피숍, 포병대가 있었다. 몸을 파는 여자들의 집도 두 곳 있어 하나는 사병들이, 하나는 장교들이 드나들었다. 여름이 끝나가면서 밤 기온이 서늘해졌다. 마을 너머 산 쪽에서는 전투가 이어지고 있었다. 철교에는 포탄 자국이, 강가에는 박살난 터널이, 광장 주변에는 나무들이 있었고 긴 가로수길이 광장까지 이어졌다. 그런 가운데 마을에는 여자들이 있었고 자동차를 타고 지나다니는 국왕도 있었다. 국왕의 얼굴과 긴 목이 달린 작은 몸, 염소수염 같은 회색 턱수염을 가끔 볼 수 있었다. 포격으로 벽이 허물어진 집의 내부나 정원, 벽토와 돌무더기를 길가에서 맞닥뜨리기도 했다. 카르소(이탈리아 북동부의 산악 지역-옮긴이)의 전세는 아주 유리하게 돌아갔다. 이 모든 것으로 말미암아 그해 가을은 지난가을에 우리가 이 지역으로 왔을 때와는 분위기가 확연히 달랐다. 전쟁 또한 달라졌다.

마을 너머 산에 있던 떡갈나무 숲도 사라졌다. 그 숲은 우리가 마을로 왔던 여름에는 푸르렀지만 이제는 파헤쳐져 나무 그루터기와 부러진 줄기만 남아 있을 뿐이었다. 가을이 끝나갈 무렵, 나는 한때 떡갈나무 숲이었던 자리에 갔다가 산 위로 밀려오는 구름을 봤다. 구름은 아주 빠르게 흘렀고 태양이 흐릿한 노란색이 되더니 주위가 온통 잿빛으로 변했다. 구름이 하늘을 덮었다가 산으로 내려앉자 우리는 갑자기 구름 속에 휩싸였고 눈이 오기 시작했다. 눈은 바람을 따라 비스듬히 날려 휑한 땅을 덮었고 그 위로 나무 그루터기들이 삐죽 튀어나와 있었다. 눈은 대포 위에도 내려앉았다. 참호 뒤편으로는 임시 화장실로 통하는 샛길이 눈 속에 나 있었다.

잠시 뒤 나는 마을로 내려와 몸 파는 여자들의 가게에서 눈이 내리는 창밖을 바라봤다. 그곳은 장교들이 드나드는 집이었다. 나는 친구와 함께 아스티산(産) 와인 한 병을 마시면서 느리지만 무섭게 쌓이는 눈을 물끄러미 바라봤다. 우리 둘 다 올해 전투는 끝났다고 생각했다. 강 상류의 산들은 아직 탈환하지 못했다. 강 건너편 산들도 손에 넣은 곳이 없었다. 탈환은 내년의 숙제로 남았다. 우리와 같은 식당에서 식사하는 군종신부가 진창길을 조심조심 지나가는 모습이 친구 눈에 띄었다. 친구는 신부의 주의를 끌려고 창문을 톡톡 두드렸다. 그러자 신부가 올려다봤다. 그는 우리를 보고 미소를 지어 보였다. 친구가 신부에게 들어오라고 손짓했다. 하지만 신부는 고개를 젓더니 걸음을 옮겼다. 그날 저녁 식사에는 스파게티 코스가 나왔다. 더 이상 늘어나지 않을 때까지 스파게티 가닥을 포크로 높이 들어 올렸다가 입으로 가져가는 사람도 있고, 포크를 쉴 새 없이 움직여 스파게티를 입안으로 빨아들이는 것처럼 먹는 사람도 있었다. 다들 하나같이 진지한 자세로 빠르게 식사를 했다. 짚으로 싼 1갤런(영국 갤런은 약 4.5리터이고, 미국 갤런은 약 3.8리터임-옮긴이)들이 병에 담긴 와인도 마음껏 가져다 마셨다. 와인 병은 금속 받침대 속에서 요람처럼 흔들렸는데, 집게손가락으로 병목을 눌러 기울이면 다른 손가락으로 잡고 있는 잔에 와인이 채워졌다. 붉은빛이 선명하고 특유의 떫은맛을 지닌 좋은 와인이었다. 그날의 식사가 끝나자 대위가 신부를 보고 트집을 잡기 시작했다.

젊은 신부는 얼굴이 쉽게 빨개지는 사람이었다. 우리와 똑같은 회색 군복을 입고 있었는데, 군복 윗도리의 왼쪽 주머니에 검붉은 벨벳 십자가가 붙어 있다는 점만 달랐다. 별로 도움이 되는 것 같지 않았지만 대위는 내가 한마디도 놓치지 않도록 쉽게 말한답시고 엉터리 이탈리아어로 이야기했다. 대위는 나와 신부를 번갈아 보면서 말했다.

"신부, 오늘 아가씨들과 함께 있었지."

신부는 미소 띤 얼굴을 붉히며 고개를 저었다. 대위는 신부를 놀려대는 일이 잦았다. 대위가 물었다.

"아니라고? 오늘 신부하고 아가씨들이 함께 있는 걸 내가 봤는데."

신부가 정중히 대답했다.

"아닙니다."

장교들은 이런 광경을 재미있어했다. 대위는 멈추지 않았다.

"신부는 아니라네. 신부는 절대 아가씨들과 함께 있지 않았다는군."

대위는 나에게 설명을 덧붙였다. 그는 내 잔에 술을 따라주면서 나와 마주보고 있었지만 신부한테서 눈길을 떼지 않았다.

"신부는 매일 밤 오 대 일(남성의 자위행위를 빗댄 말-옮긴이)로 놀지."

식탁에 둘러앉은 사람들이 모두 웃음을 터뜨렸다.

"알아들었나? 신부는 매일 밤 다섯을 상대한다고."

그는 손가락을 펴 보이며 큰 소리로 웃었다. 신부는 그의 말을 농담으로 받아넘겼다.

그다음에는 소령이 나섰다.

"로마 교황은 오스트리아군이 전쟁에서 승리하기를 바라지. 그분은 프란츠 요제프 황제(오스트리아 황제로 1914년 세르비아를 침공해 제1차 세계대전이 일어나게 되었음-옮긴이) 편이거든. 그쪽에서 돈이 나오니까. 하지만 난 신을 믿지 않아."

중위 한 명이 물었다.

"『검은 돼지』를 읽어보셨습니까? 제가 한 권 가져다 드리겠습니다. 제 신앙심을 흔들어놓은 책이죠."

신부의 어조는 조금 전보다 단호했다.

"그건 추잡하고 사악한 책입니다. 중위님도 진짜로 좋아하는 건 아니겠지요."

"아주 가치 있는 책이에요. 신부들이 어떤 사람들인지 알게 해주거든요."

그러고 나서 중위가 나를 보며 말했다.

"자네도 마음에 들어 할 걸세."

나는 신부에게 미소를 지어 보였고 신부도 촛불 너머로 내게 미소를 건넸다. 신부는 고개를 저으며 말했다.

"읽지 마세요."

중위가 내게 말했다.

"자네한테도 가져다주겠네."

소령이 다시 끼어들었다.

"분별 있는 사람들은 전부 무신론자란 말이지. 그렇다고 내가 프리메이슨(세계시민주의와 인도주의적 박애주의를 지향하는 비공개 단체-옮긴이) 추종자는 아니지만."

중위가 말했다.

"전 그들이 옳다고 믿습니다. 프리메이슨은 숭고한 단체죠."

그때 누군가 안으로 들어오면서 문이 열리자 눈 내리는 것이 보였다. 나는 계속 그쪽을 보며 말했다.

"눈이 내리니 이제 공격은 없겠군요."

소령이 의자에 등을 기대며 말했다.

"물론이지. 자네는 휴가나 다녀오게. 로마든 나폴리든 시칠리아든 말일세."

중위는 신이 나 있었다.

"이 친구는 아말피(이탈리아 남부의 아름다운 해안 지역-옮긴이)로 가야 해요. 우리 가족이 그곳에 있으니 내 편지를 들고 가라고. 아들처럼 아껴줄 거야."

"팔레르모가 좋을걸."

"카프리에 가는 게 낫죠."

신부가 눈빛을 반짝이며 말했다.

"아브루치를 돌아보고 카프라코타에 있는 우리 집에 들르면 어떨까요?"

"아브루치라니, 거긴 여기보다 눈이 더 많이 온다고. 저 친구가 설마 농사꾼들이나 보러 가고 싶겠어? 문화와 문명의 중심지로 가야 한다고."

"예쁜 여자들을 만나러 가야지. 나폴리에서 가볼 만한 곳을 몇 군데 알려주겠네. 예쁘고 나이 어린 아가씨가 많이 있지. 어머니들이 따라붙긴 하겠지만. 하하하!"

그러더니 대위는 그림자놀이를 할 때처럼 엄지를 위로 하고 나머지 손가락을 활짝 펴 보였다. 벽에 대위의 손가락 그림자가 생겼다. 그는 엉터리 이탈리아어로 엄지를 가리키며 내게 말했다.

"자넨 이것처럼 떠나라고. 그리고 이것처럼 돌아오는 거야."

그러고선 이번에는 새끼손가락을 가리켰다. 모두 웃음을 터뜨렸다.

"잘 봐."

대위가 다시 손가락을 폈다. 촛불 때문에 벽에는 또다시 그림자가 생겼다. 그는 꼿꼿하게 세운 엄지부터 차례로 이름을 붙였다.

"소위(엄지), 중위(검지), 대위(중지), 소령(약지), 중령(새끼손가락). 자넨 소위로 떠나는 거야! 그리고 대령으로 돌아오라고!"

모두 큰 소리로 웃었다. 대위의 손가락 장난은 대성공이었다. 대위가 이번에는 신부를 보며 외쳤다.

"신부는 매일 밤 오 대 일로 놀고!"

모두 또 한 번 박장대소했다. 소령이 명령하듯 말했다.

"당장 휴가를 떠나게."

중위가 아쉬워했다.

"나도 같이 가서 이것저것 보여주고 싶군."

"올 때 전축도 갖고 와."

"좋은 오페라 음반도 가져오고."

"카루소 음반을 부탁해."

"카루소는 안 돼. 꽥꽥거리기만 하잖아."

"카루소처럼 꽥꽥거리기라도 해봤으면 얼마나 좋을까."

"카루소는 꽥꽥거려. 내가 그렇다면 그런 거야!"

신부는 아직도 미련을 버리지 못한 듯했다.

"아브루치에 가보면 좋겠습니다."

신부와 나를 제외하고 다들 서로 고함을 지르느라 정신없었다.

"좋은 사냥터도 있어요. 그곳 사람들이 마음에 들 겁니다. 춥긴 하지만 날씨가 맑아 눈비가 잘 안 오죠. 우리 집에 묵으면 돼요. 제 아버지는 이름난 사냥꾼입니다."

대위가 자리를 정돈했다.

"자, 문 닫기 전에 창녀들 집으로 가자고."

이 말에 나는 신부에게 인사했다.

"저도 이만 가보겠습니다."

신부가 대답했다.

"안녕히 가세요."

3장

휴가를 마치고 전방으로 돌아왔을 때도 우리 부대는 여전히 그 마을에 머무르고 있었다. 마을 일대에 배치해둔 대포가 더 많아졌고 계절은 어느새 봄이었다. 들판은 상큼한 초록빛을 띠고 있었다. 포도 덩굴에는 작고 파릇파릇한 새싹이 돋고 길가에 늘어선 나무에도 조그만 잎이 나 있었다. 바다에서는 산들바람이 불어왔다. 나는 야산이 있는 마을을 바라봤다. 산봉우리로 둘러싸인 컵과 같은 분지 속에 고성이 보였다. 갈색 산에는 산비탈 곳곳에 조금씩 초록빛이 돌았다. 마을에는 더 많은 대포와 함께 새로운 병원도 몇 군데 더 생겼다. 거리에는 영국인 남자들이 눈에 띄었고, 가끔 영국인 여자들과 마주치기도 했다. 포격을 당한 집들도 더 늘어났다. 날씨는 봄답게 따뜻했다. 나는 나무들이 늘어서 있는 골목길을 걸었다. 담장을 내리쬐는 햇볕에 몸이 따스해졌다. 우리 부대는 여전히 같은 숙소에 머물고 있었다. 모든 것이 휴가를 떠나던 무렵과 같아 보였다. 문이 열려 있고 군인 한 명이 집 밖 벤치에서 햇살을 받으며 앉아 있었다. 구급차 한 대는 옆문 쪽에서 대기 중이었다. 집 안으로 들어서자 대리석 바닥 냄새와 병원 냄새가 났다. 봄이라는 것만 빼면 다 그대로였다. 큰 방을 들여다봤다. 소령이 책상 앞에 앉아 있었다. 창문이 열려 있어 방 안으로 햇빛이 쏟아져 들어왔다. 소령은 내가 온 것을 알아채지 못했다. 나는 그 방으로 들어가 귀대 보고를 해야 할지, 아니면 먼저 2층으로 올라가 씻어야 할지 망설였다. 그러다 결국 2층으로 올라가기로 했다.

나는 리날디 중위와 같은 방을 쓰고 있었는데, 그 방에서는 안뜰이 내려다보였다. 창문이 열려 있고 내 침대에는 담요가 가지런히 정돈되어 있었다. 내 물건들은 벽에 걸려 있었다. 방독면을 담은 직사각형 양철통과 철모도 같은 곳에 걸려 있었다. 침대 발치에는 납작한 짐 가방이 있었고 그 위에는 기름을 발라 광을 낸 겨울용 군화가 놓여 있었다. 푸르스름한 팔각형 총신과 뺨에 꼭 들어맞는 짙은 밤색 개머리판을 자랑하는 오스트리아제 저격총은 두 침대 사이 위쪽에 걸려 있었다. 총에 딸린 망원조준경은 짐 가방에 넣고 잠가둔 것이 기억났다. 리날디 중위는 맞은편 침대에 누워 자고 있었다. 내가 침대로 다가가자 그는 내 기척에 잠에서 깨어났다. 그가 반가운 목소리로 내게 인사를 건넸다.

"여어! 휴가는 어땠어?"

"굉장했지."

그는 악수를 나누다 말고 내 목에 팔을 두르더니 입을 맞췄다. 나는 신음했다.

"우욱."

그가 뒤로 물러나며 말했다.

"앗, 더럽잖아! 좀 씻어야겠네. 어디 가서 뭘 했어? 하나도 빼놓지 말고 얼른 말해봐."

"온갖 곳을 가봤지. 밀라노, 피렌체, 로마, 나폴리, 빌라산조반니, 메시나, 타오르미나……."

"마치 열차 시간표를 읊는 것 같군. 근사한 모험도 좀 했나?"

"했지."

"어디서?"

"밀라노와 피렌체, 로마, 나폴리……."

"그만, 그만. 진짜로 가장 좋았던 곳은 어디야?"

"그렇다면 밀라노지."

"처음 가봐서 그렇겠지. 여자는 어디서 만난 거야? 카페 코바(밀라노에서 유명하고 오래된 카페-옮긴이)? 어딜 가본 거야? 기

23

분은 어땠고? 얼른 죄다 말해보라고. 밤새 같이 있었어?"

"그럼."

"그건 별일도 아니야. 이젠 여기도 예쁜 아가씨가 많다고. 전방엔 가본 적도 없는 아가씨들이 새로 왔어."

"잘됐네."

"안 믿는 거야? 당장 오늘 오후에 나가보면 내 말을 인정하게 될걸. 마을에 아름다운 영국 아가씨들이 있지. 난 지금 바클리 양에게 푹 빠져 있어. 자네도 데려가 볼까 하는데. 난 그녀와 결혼하게 될 테니까."

"난 몸을 씻고 나서 귀대 보고를 해야 해. 그런데 요샌 환자가 없나?"

"자네가 휴가를 떠난 뒤로는 심하거나 약한 동상, 황달, 임질, 자해, 폐렴, 통증 없는 성병과 통증 있는 성병 같은 것뿐이었어. 일주일에 한 번씩은 꼭 누군가 바위 파편에 다쳐 찾아오긴 했지. 몇 안 되지만 진짜 부상자도 있어. 다음 주면 전투가 다시 시작될 거야. 십중팔구 그럴 거야. 다들 그러더라고. 내가 바클리 양과 결혼하는 게 좋겠어? 물론 전쟁이 끝나고 나서 말이야."

"물론이지."

나는 이렇게 대답하고 대야에 물을 가득 부었다. 리날디가 침대 쪽으로 걸어가며 말했다.

"오늘 밤에 하나하나 다 말해줘. 난 이제 다시 자야겠어. 바클리 양에게 상큼하고 근사하게 보여야 하니까."

나는 군복 상의와 셔츠를 벗고 대야에 담긴 차가운 물로 몸을 씻었다. 그리고 수건으로 물기를 닦으면서 방을 둘러보고 난 뒤 창밖도 내다보고, 눈을 감고 침대에 누워 있는 리날디도 바라봤다. 아말피 출신의 리날디는 나와 나이가 같고 잘생긴 청년으로, 외과의사 생활을 즐겼다. 우리 둘은 아주 친했다. 내가 그를 바라보고 있자니 그가 눈을 뜨고 말했다.

"돈 좀 있어?"

"응."

"50리라(유로화로 바뀌기 전 이탈리아의 화폐 단위-옮긴이)만 빌려줘."

나는 손을 닦고 벽에 걸려 있는 군복 상의 안주머니에서 지갑을 꺼냈다. 리날디는 침대에 누운 채로 지폐를 받아 바지 주머니에 집어넣었다. 그가 빙긋 웃으며 말했다.

"바클리 양에게 내가 돈이 꽤 있다는 인상을 남겨야 하거든. 자넨 정말 좋은 친구면서 금전적으로도 든든한 방패막이란 말이야."

나는 헛웃음을 치며 한마디 했다.

"웃기고 있네."

그날 밤 나는 식당에서 신부 옆에 앉았는데, 그는 내가 아브

루치에 가지 않았다는 사실에 실망해 상처를 받았다. 신부는
자기 아버지에게 내가 가니 준비해두라고 편지까지 써 보냈던
것이다. 나 또한 신부만큼 속상해져 왜 가지 않았나 싶은 생각
이 들었다. 나도 가보고 싶었는데 말이다. 그래서 나는 이런저
런 사정을 이야기하며 신부에게 가지 못한 이유를 설명하려고
애썼다. 마침내 신부도 내가 정말 가고 싶어 했다는 것을 이해
하곤 그럭저럭 기분을 풀었다. 나는 와인을 많이 마신 데다 커
피를 넣은 스트레가(도수가 높고 노란빛이 도는 이탈리아 술—옮긴
이)까지 마셨다. 그러고는 술김에 설명을 늘어놓았다. 우리는
마음속으로 벼르던 일을 어쩌다가 하지 않기도 하고, 실제로
도 행동으로 옮기지 않게 된다고 말이다.

　다들 말다툼으로 언성을 높이는 가운데 우리 두 사람은 이
야기를 나누었다. 나는 아브루치에 가보고 싶었다. 하지만 길
이 얼어붙어 무쇠처럼 단단하고, 날씨가 청명하고 추운 데다
건조해서 눈이 가루처럼 날리며, 그 눈 속에 토끼 발자국이 이
어지고, 소작농들이 모자를 벗고 "나리"라고 불러주며, 사냥하
기도 좋은 그곳에 가지 못했다. 가본 곳이라곤 담배 연기 자욱
한 카페들뿐이었다. 나는 술에 취해 방이 빙글빙글 돌아 현기
증을 멈추려고 벽을 바라봐야 하는 그런 밤들을 보냈다. 늦은
시간 침대에 들어갈 때는 술에 취한 채로 그게 다인 줄 알았는
데, 잠에서 깨면 함께 있는 여자가 누군지 모른다는 사실에 묘

한 흥분도 느꼈다. 어둠 속에서 세상 모든 것이 비현실적으로 느껴졌고, 지나치게 흥분한 나머지 의식하지도 않고 신경 쓰지도 않은 채 밤의 세계에서 똑같은 짓을 되풀이해야 했다. 이것이 전부다, 전부야, 전부라고 확신하며 다른 것은 전혀 개의치 않았다. 그러다 문득 이게 뭐하는 짓인지 신경을 쓰며 잠들었다가 가끔은 아침까지 신경이 쓰이는 채로 일어나기도 했다. 그러면 취해 있었던 감흥이 모두 사라지고 모든 게 뚜렷하고 확고하고 선명해졌다. 화대 때문에 다툼이 벌어지는 일도 종종 있었다. 어떤 날은 전날의 기분 좋고 애정 어린 따스한 느낌이 그대로 남아 함께 아침을 먹고 점심을 즐기기도 했다. 또 어떤 날은 즐거운 마음이 싹 사라져 다 내팽개치고 거리로 뛰쳐나와야 흡족해지기도 했다. 그렇지만 언제나 똑같은 날이 밝고 똑같은 밤으로 치달았다. 나는 밤에 대해, 낮과 밤의 차이에 대해 이야기하려고 애썼다. 낮이 아주 상쾌하게 춥다면 모를까, 그렇지 않다면 밤이 훨씬 낫다는 점을 이야기하려고 했다. 그런데 설명할 수가 없었다. 설명할 수 없는 건 지금도 마찬가지다. 하지만 그런 밤을 경험한 적이 있는 사람이라면 내 말이 무슨 말인지 알 수 있을 것이다. 신부는 그런 경험이 없는 사람이었다. 하지만 그는 내가 아브루치에 정말 가고 싶어 했는데도 가지 못했다는 사실을 이해해주었다. 우리는 여전히 친구였다. 여러 가지 면에서 취향이 비슷하지만 다른 점도 있는 그런 친구 말이다. 신부는 내가 모르는 것들을 항상 알고 있었으며, 한번 깨달은 사실을 잊어버릴 수 있다는 것도 알고 있었다. 나는 그때는 그것을 몰랐고 한참 뒤에야 알게 되었다. 다들 식당 안에 그대로 있었고, 식사가 끝난 뒤에도 말다툼은 계속되었다. 나와 신부가 이야기를 멈추자 대위가 외쳤다.

"신부는 행복하지 않아. 아가씨들이 없어서 행복하지 않아."

신부는 미소를 띠고 응수했다.

"전 행복합니다."

대위가 다시 말했다.

"신부는 행복하지 않아. 오스트리아군이 전쟁에서 승리하길 바라니까."

이 말에 다들 귀를 기울였다. 신부는 고개를 저었다.

"그렇지 않습니다."

"신부는 우리가 절대 공격하지 말았으면 하지. 우리가 공격하지 않기를 바라지 않나?"

"아닙니다. 이미 벌어진 전쟁이라면 공격해야지요."

"공격해야만 한다. 공격하고야 말리라!"

신부는 그저 고개를 끄덕였다. 그때 소령이 말렸다.

"신부 좀 괴롭히지 말게. 신부가 뭘 어쨌다고 그러나."

"아무튼 신부는 전쟁에서 할 수 있는 게 없습니다."

우리는 대위의 말을 끝으로 모두 일어나 자리를 떴다.

4장

옆집 뜰에서 들려오는 대포 소리에 잠에서 깨니 창문으로
아침 햇살이 쏟아져 들어오고 있었다. 나는 침대에서 일어나
창문으로 다가가 밖을 내다봤다. 자갈길과 잔디밭이 이슬을
머금어 촉촉했다. 포병대는 대포를 두 번 쏘아 올렸는데, 그때
마다 공기가 훅 밀려와 창문이 흔들리고 잠옷 앞자락까지 펄
럭거렸다. 대포들은 보이지 않았지만 바로 우리 머리 위로 발
사되고 있는 게 틀림없었다. 포병대가 주변에 있다는 것은 성
가신 일이었지만 규모가 그리 크지 않으니 그나마 다행이었
다. 안뜰을 내다보고 있을 때 트럭 한 대가 길에서 시동을 거는
소리가 들렸다. 나는 옷을 갈아입고 아래층으로 내려가 부엌
에서 커피를 마신 뒤 차고로 나가봤다.

기다란 헛간에 자동차 열 대가 나란히 서 있었다. 지붕이 육중하고 앞부분이 뭉툭한 구급차들로, 회색 페인트칠이 되어 있고 이삿짐 트럭처럼 생겼다. 정비병들이 한 대를 마당으로 끌고 나와 손보고 있었다. 구급차는 석 대가 더 있었는데, 모두 산속에 있는 야전 응급치료소에 가 있어 보이지 않았다. 내가 한 정비병에게 물었다.

"적군이 포병대를 포격한 적이 있었나?"

"없습니다, 중위님. 작은 야산이 막아주고 있으니까요."

"작업은 잘돼 가나?"

"별로 나쁘지 않습니다. 이 차는 상태가 안 좋지만 다른 것들은 잘 굴러갑니다."

정비병이 일손을 멈추고 미소를 지었다.

"휴가를 받으셨던 겁니까?"

"그랬네."

그는 기름 묻은 손을 작업복에 문질러 닦더니 이를 드러내고 씩 웃었다.

"재미 좀 보셨습니까?"

다른 정비병들도 싱글거렸다. 나는 짧게 대답했다.

"좋았지. 이 차는 어디가 문제인가?"

"더는 못 쓰겠습니다. 한 군데 고치면 다른 데가 또 말썽입니다."

"이번에는 어디가 문젠데?"

"새로 간 링이 말썽입니다."

나는 그들이 작업하도록 두고 자리를 떴다. 구급차는 엔진을 뜯어내고 부품들을 꺼내 작업대에 늘어놓은 통에 안이 텅 비어 볼썽사나운 모습이었다. 나는 헛간 안으로 들어가 차를 한 대씩 살펴봤다. 그럭저럭 깨끗한 편이었다. 몇 대는 갓 세차한 듯했고 나머지는 먼지를 뒤집어쓰고 있었다. 나는 타이어가 찢어지거나 돌에 찍힌 곳은 없는지 꼼꼼히 살펴봤다. 상태가 전부 양호했다. 내가 관리하나 안 하나 별 차이가 없는 게 확실했다. 부품 조달이 가능하건, 그렇지 않건 간에 자동차 상태는 상당 부분 내게 달려 있다고 생각했다. 부상자와 환자를 산속 야전 응급치료소에서 후송 병원으로 이송하고, 다시 각자 서류에 적힌 야전병원으로 옮겨주는 일이 원활하게 돌아가려면 내가 꼭 있어야 한다고 말이다. 그런데 내가 있느냐 없느냐는 별 문제가 아니었던 게 분명했다. 나는 정비병 하사에게 물었다.

"부품을 조달하는 데 어려움은 없었나?"

"없었습니다, 중위님."

"지금 급유 지역은 어디인가?"

"예전 그대로입니다."

"알았네."

나는 숙소로 돌아와 식탁에서 커피를 한 잔 더 들이켰다. 커피는 연유를 타서 연한 잿빛이 돌고 맛은 달콤했다. 창밖은 화창한 봄날 아침이었다. 콧속이 말라오는 것을 보니 낮에는 더워질 모양이었다. 그날 나는 산속 주둔지들을 둘러보고 오후 늦게 마을로 돌아왔다.

휴가를 가 있는 동안 모든 상황이 더 나아진 듯했다. 듣기로는 또다시 공격이 시작될 거라고 했다. 우리가 복무하던 사단은 강 상류 지역에서 공격을 감행할 예정이었다. 소령은 내게 공격에 대비해 주둔지들을 봐두라고 했다. 공격은 좁은 협곡 위쪽 강을 건너 산등성이 위로 전개될 예정이었다. 차량 주둔지는 강과 되도록 가깝고 잘 은폐된 곳에 위치해야 했다. 물론 선정은 보병대가 하지만 적당한 곳을 찾아내는 일은 우리가 하기로 되어 있었다. 이런 일을 하면 진짜 군인 노릇을 하는 듯한 착각이 들었다.

나는 먼지를 잔뜩 뒤집어쓰는 바람에 방으로 올라가 씻었다. 리날디는 침대에 앉아 『휴고 영문법』(찰스 휴고가 이탈리아인을 대상으로 쓴 영문법 입문서—옮긴이)을 들여다보고 있었다. 군복을 갖춰 입고 까만 군화를 신은 데다 머리는 기름을 발라 윤기가 흘렀다. 그가 나를 보더니 말했다.

"잘됐다. 나하고 바클리 양을 만나러 가자고."

"안 가."

"같이 가자고. 가서 내 얘기 좀 좋게 해줘."

"알았어. 그럼 씻고 옷 갈아입게 기다려."

"세수만 하고 그대로 나와."

나는 세수하고 머리를 빗은 다음 리날디와 출발하기로 했다. 그는 갑자기 자리에서 일어나며 말했다.

"잠깐만. 술을 한잔 해둬야지."

그는 자기 짐 가방을 열어 술병을 꺼냈다. 나는 팔을 뻗어 말렸다.

"스트레가는 안 돼."

"그거 아냐. 그라파(도수가 높은 이탈리아 와인-옮긴이)야."

"좋아."

그가 잔 두 개에 술을 따랐다. 우리는 집게손가락을 편 채로 잔을 들고 부딪쳤다. 그라파는 무척 독한 와인이었다.

"한 잔 더?"

나는 망설이지 않고 말했다.

"좋지."

그라파를 두 잔째 마시고 나서 리날디는 술병을 치웠다. 우리는 계단을 내려갔다. 마을을 걷다 보니 더웠지만 해가 지기 시작해 기분은 한결 산뜻했다. 영국인 병원은 전쟁 전에 독일인들이 지은 커다란 별장을 사용하고 있었다. 바클리 양은 뜰에 있었다. 다른 간호사 한 명도 함께 있었다. 우리는 나무 사이로 하얀 간호사복을 보고 그들에게 다가갔다. 리날디는 경례를 했다. 나도 경례했는데 그보다는 무난하게 했다. 바클리 양이 인사를 건넸다.

"안녕하세요? 이탈리아 사람이 아니시네요, 그렇죠?"

"예, 아닙니다."

리날디는 다른 간호사와 이야기를 나누고 있었는데, 둘은 웃고 있었다.

"참 특이하네요……. 이탈리아군 소속이라니."

"사실 군대라고 할 수는 없죠. 구급차 부대일 뿐입니다."

"그래도 무척 특이해요. 왜 그런 일을 하게 된 거죠?"

"모르겠습니다. 이따금 설명할 수 없는 일들도 있으니까요."

"어머나, 그래요? 난 설명할 수 없는 건 없다고 교육받았죠."

"대단히 훌륭하네요."

"계속 이런 얘기를 해야 하나요?"

"아닙니다."

"다행이네요, 그렇죠?"

그때 내 눈에 낯선 물건이 들어왔다.

"그 막대기는 뭡니까?"

바클리 양은 간호사복을 입고 있었다. 그녀는 키가 꽤 컸다. 머리는 금발이고 황갈색 피부에 눈은 회색이었다. 아주 아름다웠다. 그녀는 끝에 가죽을 감아놓은, 장난감 승마 채찍처럼 생긴 가느다란 라탄 막대기를 들고 있었다.

"작년에 전사한 어느 군인이 남긴 거예요."

"안됐군요."

"아주 착한 청년이었죠. 저랑 결혼할 예정이었는데 솜 강(제
1, 2차 세계대전의 격전지가 되었던 프랑스 북부의 강-옮긴이) 전투에
서 전사했어요."

"끔찍한 전투였죠."

"거기 계셨나요?"

"아니요."

"나도 얘기만 들었어요. 그런데 여긴 그처럼 끔찍한 전투는
없네요. 그의 어머니께서 내게 이 작은 막대기를 보내셨어요.
그이 소지품들과 함께 이걸 받았다고 하더군요."

"약혼한 지는 오래됐나요?"

"팔 년이오. 우린 같이 자랐으니까요."

"그런데 왜 결혼하지 않았습니까?"

그녀는 잠깐 망설였다가 대답했다.

"글쎄요, 내가 바보 같았어요. 어쨌거나 그이가 원하는 대로
해줄 수도 있었을 텐데 말이죠. 하지만 난 결혼이 그이한테 별
로 안 좋을 것 같았어요."

"그렇군요."

"누군가를 사랑해본 적 있나요?"

"없습니다."

우리는 벤치에 앉아 있었다. 나는 그녀를 바라보며 말했다.

"머리가 예쁘네요."

"마음에 드세요?"

"아주 마음에 듭니다."

"그이가 죽었다는 소식을 듣고 전부 싹둑 잘라버리려고 했어요."

"안 되죠."

"그이를 위해 뭔가 하고 싶었거든요. 아무것도 하지 않고 가만있을 수가 없었어요. 모두 다 그의 것이 될 수 있었는데 그러지 못했으니까요. 이렇게 될 줄 알았다면 그이가 원하는 건 뭐든 다 주었을 거예요. 그와 결혼하든지, 아니면 뭐라도 했겠죠. 지금은 다 알겠어요. 하지만 그때 그이는 전쟁터에 가고 싶어 했고 난 아무것도 몰랐어요."

나는 아무 말도 하지 않았다.

"그땐 아무것도 몰랐어요. 결혼하면 그 사람의 상황이 더 나빠질지 모른다고 생각했죠. 그이가 견디지 못할 거라고 생각했어요. 결국 그이는 죽었고 모든 게 끝나버렸어요."

"그건 모르겠습니다."

"아니, 맞아요. 다 끝난 거예요."

우리는 리날디와 이야기를 나누고 있는 간호사를 봤다.

"저분의 이름은 뭐죠?"

"퍼거슨이에요, 헬렌 퍼거슨. 친구분은 의사죠?"

"예, 정말 괜찮은 사람이죠."

"잘됐네요. 이렇게 전선과 가까운 곳에서는 좋은 사람이라곤 찾아보기 어려우니까요. 여기가 전선하고 가까운 거 맞죠?"

"꽤 가깝죠."

"우스꽝스러운 전선이네요. 하지만 아름답기도 해요. 곧 공격이 있을 예정인가요?"

"그렇습니다."

"그럼 우리도 앞으로 바빠지겠군요. 지금은 할 일이 없어요."

"간호사 일을 오래 했습니까?"

"1915년 말부터 했어요. 그이가 참전하고 나서 시작했죠. 바보같이 내가 있는 병원에 그이가 올지도 모른다고 생각했어요. 사브르(기병들이 쓰는 칼-옮긴이)에 베여 머리에 붕대를 감은 모습으로요. 아니면 어깨에 총을 맞았다든가요. 난 그림 같은 상상을 했죠."

"여기도 그림 같은 전선입니다."

"맞아요. 사람들은 지금 프랑스가 어떤 모습인지 몰라요. 만약 안다면 이렇게 전쟁을 계속하지 못하겠죠. 그이는 사브르에 베인 게 아니었어요. 포탄에 맞아 산산조각 났어요."

나는 아무 말도 하지 않았다. 그녀가 물었다.

"전쟁이 계속될 거라고 보나요?"

"아니요."

"어떻게 하면 전쟁을 멈출 수 있을까요?"

"어딘가에서 무너지기 시작할 겁니다."

"우리 쪽이 무너질 거예요. 프랑스에서 무너질 거라고요. 솜
강 전투처럼 해서는 무너지지 않을 리가 없어요."

"여기는 무너지지 않을 겁니다."

"무너지지 않을 거라고 생각하나요?"

"예, 지난여름에는 꽤 성공을 거두었잖습니까."

"그래도 무너질 수 있어요. 누구나 그럴 수 있죠."

"그건 독일군도 마찬가지입니다."

"아뇨, 난 아닌 것 같아요."

우리는 리날디와 퍼거슨 양이 있는 곳으로 갔다. 리날디가
퍼거슨 양에게 영어로 물었다.

"이탈리아가 마음에 드십니까?"

"꽤 많이요."

리날디가 고개를 저었다.

"잘 못 알아듣겠습니다."

그가 내 쪽을 보기에 통역해주었다.

"아바스탄차 베네(광장히 좋다'는 뜻의 이탈리아어—옮긴이)."

하지만 리날디는 고개를 흔들었다.

"이탈리아가 뭐 좋다고요. 영국은 마음에 드십니까?"

"별로요, 난 스코틀랜드 사람이거든요."

리날디가 멍한 표정으로 나를 쳐다봐서 이탈리아어로 말해주었다.

"그녀는 스코틀랜드 사람이라 영국보다 스코틀랜드가 더 좋다고 하는군."

"하지만 스코틀랜드도 영국이잖아."

나는 리날디의 말을 퍼거슨 양에게 통역해주었다. 그러자 그녀는 고개를 저으며 말했다.

"그건 아니죠."

"아니라고요?"

"절대 아니에요. 우리는 영국인을 좋아하지 않아요."

"영국인을 좋아하지 않는다고요? 바클리 양을 싫어하세요?"

"아, 그건 좀 다르죠. 뭐든 그렇게 문자 그대로 받아들이면 어떡해요."

얼마 있다가 우리는 작별 인사를 하고 자리를 떴다. 집으로 돌아오면서 리날디가 말했다.

"바클리 양은 나보다 자네가 좋은가 봐. 확실히 그렇게 보였어. 그런데 그 조그만 스코틀랜드 아가씨도 꽤 괜찮던걸."

나는 그녀를 별로 주의 깊게 살펴보지는 않았지만 맞장구를 쳤다.

"그래, 그 아가씨가 좋아?"

리날디가 대답했다.

"아니."

5장

다음 날 오후 나는 바클리 양을 또 찾아갔다. 그녀가 뜰에 보이지 않아 구급차가 들어오는 옆문 쪽으로 가봤다. 건물 안으로 들어갔다가 수간호사와 마주쳤는데, 바클리 양이 근무 중이라고 말해주었다.

"알다시피 전쟁 중이잖아요."

나는 알았다고 대답했다. 그녀는 가만 살펴보더니 물었다.

"이탈리아군 소속 미국인이 중위님이로군요?"

"그렇습니다."

"어쩌다 그렇게 되었나요? 왜 영국군에 입대하지 않은 거죠?"

"모르겠습니다. 지금이라도 들어갈까요?"

"지금은 안 될 거예요. 말해줘요, 왜 이탈리아군에 입대한 거죠?"

"이탈리아에 있었으니까요. 이탈리아어도 할 줄 알고요."

"아, 나도 이탈리아어를 배우고 있어요. 아름다운 언어죠."

"누가 그러는데 이탈리아어는 두 주면 배울 수 있다더군요."

"어머, 난 두 주 갖곤 안 돼요. 벌써 몇 달째 공부하고 있는걸요. 원한다면 일곱 시 이후에 그녀를 만나러 와도 돼요. 그때는 근무가 끝날 테니까요. 하지만 이탈리아 군인 무리를 달고 오지는 마요."

"그렇게 아름다운 언어를 쓰는데도 말인가요?"

"안 돼요, 군복이 아무리 멋있어도."

나는 웃음을 띤 채 인사했다.

"안녕히 계십시오."

"또 봐요, 중위님."

"또 뵙겠습니다."

나는 경례를 하고 밖으로 나왔다. 외국인에게 이탈리아식으로 경례하는 것은 늘 당혹스러운 일이었다. 이탈리아식 경례는 외국에 퍼뜨리려고 만든 건 절대 아닌 듯싶었다.

그날 낮은 꽤 더웠다. 나는 강 상류 쪽 플라바(이탈리아 이손초 강 유역의 소도시로, 현재는 슬로베니아 영토임—옮긴이)에 있는 교두보로 올라갔다. 바로 그곳에서 공격을 시작할 예정이었다. 지난해만 해도 이렇게 깊이 전진해 들어갈 수 없었다. 산길에서

42

부교로 내려가는 길은 하나밖에 없었는데, 그곳은 2킬로미터 정도가 기관총과 포탄의 사정거리 안에 있었기 때문이다. 길도 그리 넓지 않아서 공격에 필요한 수송을 전부 감당하기 어려웠다. 오스트리아군이 그곳을 난장판으로 만들 수도 있는 노릇이었다. 하지만 이탈리아군은 강을 건너 오스트리아군이 점령하고 있는 쪽 강가로 침투해 3킬로미터가량을 장악했다. 그곳은 오스트리아군에 위협이 되는 지점이어서 쉽게 내주면 안 되는 곳이었다. 아마도 오스트리아군이 강 하류 쪽 교두보를 확보하고 있었던 걸로 봐서 서로 눈감아주었던 게 아닌가 싶다. 오스트리아군 참호들은 위쪽 산비탈에 있었는데, 이탈리아군 방어선에서 몇 미터밖에 떨어지지 않은 곳이었다. 그곳에는 원래 작은 마을이 있었지만 이젠 돌무더기로 변해버렸다. 남은 것이라곤 철도역과 박살이 난 철교뿐이었는데, 철교는 훤히 보이는 곳에 있어 복구할 수도 사용할 수도 없었다.

나는 좁은 길을 따라 강 쪽으로 내려갔다. 타고 온 차는 야산 아래 응급치료소에 두고 왔다. 나는 산등성이에 가려진 부교를 건너 폐허가 된 마을 속 참호들을 지나 경사로 바깥쪽을 따라 걸었다. 군인들은 모두 방공호 안에 들어가 있었다. 주위에는 포병대에 지원을 요청하거나 전화선이 끊겼을 때 쏠 수 있도록 로켓탄을 세워둔 보관대가 있었다. 조용하고 덥고 지저분한 곳이었다. 나는 철조망 너머 오스트리아군 방어선을 바

43

라봤다. 한 사람도 시야에 들어오지 않았다. 나는 방공호들 가운데 한 곳에서 아는 대위와 술을 한잔 마시고 부교를 건너 돌아왔다.

넓은 새 길은 마무리 작업이 한창이었다. 그 길이 완성되면 산을 넘어 부교까지 지그재그로 내려갈 수 있다. 공사가 끝나면 공격이 다시 시작될 것이다. 숲을 뚫고 지나가 아래로 내려가는 이 길은 군데군데 급커브 구간이 있었다. 모든 수송에 이 새 길을 이용하고, 수송을 마친 트럭과 짐마차, 사람을 태운 구급차와 귀대 차량은 예전처럼 위쪽 좁은 길을 이용할 계획이었다. 또한 야전 응급치료소는 산언저리의 오스트리아군 쪽 강가에 있으니 들것 운반병들은 부교를 건너 부상자들을 이곳으로 나를 작정이었다. 이 계획은 공격이 시작되어도 마찬가지일 것이다. 내가 파악한 바로는 새 길의 경사가 평탄해지기 시작하는 마지막 2킬로미터 정도 구간에서 오스트리아군에게 포격을 당할 가능성이 있었다. 아주 엉망진창이 될지도 모를 일이었다. 하지만 새 길의 마지막 위험 구간을 빠져나온 뒤에 구급차를 숨겨두고 부교를 건널 부상자들을 기다릴 수 있을 만한 곳을 찾아냈다. 나는 새 길에서 차를 몰아보고 싶었지만 길은 아직 완성되지 않았다. 그 길은 넓은 데다 경사도 적당했다. 산비탈에 있는 숲 속에서 나무 사이로 보이는 굽잇길이 위험해 보였다. 하지만 구급차에는 성능 좋은 철제 브레이크가 달려 있으니 괜찮을 것이다. 어찌 됐건 내려올 때는 빈 차로 내려올 테니 말이다. 나는 차를 몰아 좁은 길로 다시 올라갔다.

헌병 둘이 내가 탄 차를 세웠다. 포탄이 떨어진 것이다. 우리가 기다리는 동안 세 발이 더 떨어졌다. 77밀리미터 포탄이었다. 포탄은 공기를 가르고 쉿 소리를 내며 날아오더니 엄청나게 밝은 빛을 내며 폭발했다. 섬광이 번쩍이면서 잿빛 연기가 도로 전체에 퍼졌다. 헌병이 손을 흔들어 내 차를 통과시켰다. 포탄이 떨어진 곳을 지나가면서 길이 팬 곳들을 피해갔다. 고성능 폭약 냄새와 돌이나 흙이 폭파되었을 때의 냄새가 나고 갓 부서진 부싯돌 냄새도 났다. 그 뒤 나는 차를 몰고 고리치아로 돌아와 숙소에 들렀다가 바클리 양을 찾아갔는데 그녀가 근무 중이었던 것이다.

나는 재빨리 저녁을 먹고 영국인들이 병원으로 사용하는 별장 건물로 갔다. 그곳은 정말이지 엄청나게 넓고 아름다웠다. 부지 내에는 소나무들이 자라고 있었다. 바클리 양은 뜰의 벤치에 앉아 있었다. 퍼거슨 양도 함께였다. 두 사람은 나를 보고 반가워했다. 조금 있다가 퍼거슨 양은 미안하다며 자리를 떴다. 자리에서 일어나며 그녀가 말했다.

"두 사람만 남기고 가봐야겠어요. 내가 없어도 재미있을 거예요."

바클리 양이 붙잡았다.

"가지 마, 헬렌."

"정말 가야겠어. 편지를 써야 하거든."

나는 자리에서 일어나 인사했다.

"안녕히 가세요."

"또 봐요, 헨리 씨."

"검열관이 싫어할 만한 건 쓰지 말고요."

"걱정 마세요. 난 우리가 지내는 곳이 얼마나 아름다운지, 이탈리아군이 얼마나 용감한지 하는 것들만 써요."

"그렇게 하면 훈장을 받을 거예요."

"그것도 좋겠네요. 그럼 안녕, 캐서린."

바클리 양이 손을 흔들며 말했다.

"이따 봐."

퍼거슨 양이 어둠 속으로 사라졌다. 나는 그쪽을 바라보며 말했다.

"좋은 분이네요."

"아, 그럼요. 굉장히 좋은 사람이에요. 간호사고요."

"당신은 아니고요?"

"어머, 아니에요. 난 V.A.D(자원 간호봉사대–옮긴이)라고 불려요. 열심히 일하지만 누구 하나 인정하지 않죠."

"왜요?"

"별일이 없을 때는 우리를 찾지 않아요. 일손이 정말 바쁠

46

때만 우리에게 맡기죠."

"뭐가 다릅니까?"

"간호사는 의사와 비슷해요. 간호사가 되려면 시간이 오래
걸리거든요. 하지만 V.A.D는 원하면 쉽게 될 수 있죠."

"그렇군요."

"이탈리아군은 여자들이 이렇게 전선 가까이에 배치되는 걸
꺼렸어요. 그래서 우리 모두 상당히 조심하죠. 밖으론 나가지
않아요."

"하지만 내가 여기 올 수는 있죠."

"그건 그렇죠. 수도원에 들어온 건 아니잖아요."

"전쟁 이야기는 그만합시다."

"너무 어렵네요. 피할 수가 없는걸요."

"그래도 그만합시다."

"좋아요."

우리는 어둠 속에서 서로를 바라봤다. 나는 바클리 양이 정
말 예쁘다고 생각하면서 그녀의 손을 잡았다. 그녀는 뿌리치
지 않고 가만히 있었다. 나는 손을 잡은 채 팔을 둘러 그녀를
살며시 안았다. 그러자 그녀가 슬쩍 밀어냈다.

"이러지 마요."

나는 팔을 빼지 않았다.

"왜요?"

"안 돼요."

"돼요, 할게요."

나는 키스하려고 어둠 속에서 몸을 기울였다. 그런데 갑자기 눈앞에 불꽃이 일고 얼굴이 얼얼했다. 그녀가 내 얼굴을 힘껏 때렸던 것이다. 눈과 코를 맞는 바람에 반사적으로 눈물이 흘러나왔다. 그녀가 당황스러운 목소리로 사과했다.

"정말 미안해요."

나는 조금 유리한 처지가 되었다는 생각이 들었다.

"그럴 만했죠."

그녀는 어쩔 줄 몰라 했다.

"정말 죄송해요. 저녁때 비번인 간호사라면 으레 그러려니 하는 것 같아 참을 수가 없었어요. 당신을 아프게 할 생각은 없었어요. 하지만 그렇게 하고 말았네요, 그렇죠?"

그녀가 어둠 속에서 나를 바라봤다. 화가 났지만 체스를 둘때 말의 움직임을 읽는 것처럼 앞으로 일어날 일을 정확히 알수 있었다. 나는 화를 누그러뜨리고 차분한 목소리로 말했다.

"제대로 잘한 겁니다. 난 정말 괜찮아요."

"가엾은 분."

"내가 조금 별난 생활을 하고 있다는 건 알죠? 게다가 영어로 말해볼 기회조차 없고요. 그런데 당신이 너무 아름다워서 그만."

그리고 나는 그녀를 바라봤다.

"말도 안 되는 소리 안 해도 돼요. 내가 사과했잖아요. 우리 화해해요."

"그러죠. 아까는 전쟁에서 확실히 벗어나 있었네요."

이 말에 그녀가 웃었다. 웃음소리를 들은 것은 그때가 처음이었다. 나는 그녀의 얼굴을 들여다봤다. 그녀가 부드럽게 말했다.

"당신은 좋은 사람이네요."

"아니요, 안 그래요."

"좋은 사람이에요. 사랑스러운 사람이고요. 괜찮다면 키스하고 싶은데요."

나는 그녀의 눈을 바라보다가 조금 전에 했던 것처럼 팔을 둘러 그녀를 안고 키스했다. 나는 세차게 입을 맞추고 그녀를 꼭 껴안은 채 그녀의 입술을 벌리려고 했다. 하지만 그녀는 입술을 꼭 다문 채였다. 나는 화가 덜 풀렸는지 그녀를 덥석 안았고 그녀는 바르르 몸을 떨었다. 나는 그녀의 심장 소리를 느낄 수 있을 정도로 바짝 끌어안았다. 그녀가 입술을 벌리면서 머리를 뒤로 젖히더니 내 어깨에 기대어 울음을 터뜨렸다.

"아아! 나한테 잘해줄 거죠, 그렇죠?"

나는 이건 또 무슨 일인가 싶었다. 나는 그녀의 머리를 쓰다듬고 어깨를 다독거려주었다. 그녀는 계속 울었다. 그러고는 나를 올려다봤다.

"잘해줄 거죠, 그렇죠? 별난 인생이 우리를 기다릴 테니까 말이에요."

얼마 뒤 그녀와 함께 건물 문 앞까지 걸었다. 그녀는 안으로 들어갔고 나는 걸어서 숙소로 돌아왔다. 2층 내 방으로 올라가니 리날디가 침대에 누워 있었다. 그가 나를 쳐다봤다.

"그래, 바클리 양하고는 잘돼 가고 있어?"

"우린 그냥 친구야."

"자넨 발정난 개처럼 들떠 있는걸."

나는 무슨 말인지 알아듣지 못했다.

"뭐라고?"

리날디가 설명했다.

"자네가 말이야, 기분이 참 좋은데 그게 마치 개가……."

그는 거기서 말을 끊었다.

"그만하지. 조금 더 하면 욕설이 오가겠어."

그가 껄껄 웃었다. 나는 조금 무뚝뚝하게 말했다.

"잘 자."

"잘 자, 똥강아지."

내가 던진 베개에 그가 켜놓은 촛불이 쓰러졌다. 나는 어둠 속에서 자리에 누웠다.

리날디는 초를 집어 불을 붙이더니 다시 책을 집어 들었다.

6장

나는 이틀 동안 주둔지에 나가 있었다. 숙소로 돌아왔을 때
는 시간이 너무 늦어 그다음 날 저녁때가 되어서야 바클리 양
을 만나러 갔다. 하지만 바클리 양이 뜰에 없어 나는 병원 사무
실에서 그녀가 내려올 때까지 기다려야 했다. 사무실로 쓰는
방에는 벽을 따라 페인트를 칠한 목제 기둥 위에 대리석 흉상
이 여러 개 올려져 있었다. 사무실로 통하는 복도에도 대리석
흉상이 줄지어 있었다. 흉상은 모두 엇비슷해 보이는 것이 어
느 모로 보나 대리석의 특징을 지니고 있었다. 조각 작품은 언
제나 재미없게 느껴졌다. 그나마 청동 작품은 조금 나았다. 하
지만 대리석 흉상들은 하나같이 공동묘지 느낌이 났다. 개중
에는 멋진 공동묘지가 하나 있기는 했다. 피사의 공동묘지 말

이다. 제노바는 형편없는 대리석 작품들을 보러 가는 곳이었다. 이곳은 꽤 부유한 독일인의 별장이었으니 흉상은 제법 값나가는 것들임이 틀림없었다. 누가 저 흉상들을 만들었을지, 돈은 얼마나 받았을지가 궁금해졌다. 이 집 조상들의 흉상은 아닐까 추측해보기도 했다. 하지만 모두 하나같이 전형적인 생김새였다. 특징을 하나라도 집어 말할 수 없을 정도였다.

나는 챙 달린 군모를 들고 의자에 앉아 있었다. 우리는 고리치아에서도 철모를 쓰게 되어 있었다. 하지만 철모는 불편한데다 민간인들이 피난을 떠나지 않은 마을에서 철모를 쓰는건 어쩐지 작위적이라는 생각이 들었다. 나는 주둔지로 갈 때 철모를 쓰고 영국제 방독면도 가져갔는데, 이탈리아군에 영국제 방독면을 막 보급하기 시작하던 때였다. 그 방독면은 제대로 된 것이었다. 전시 때라 자동 권총도 갖고 다니도록 되어 있었다. 의사나 위생병도 마찬가지였다. 허리에 매단 권총이 의자 등받이에 눌리고 있었다. 권총을 잘 보이게 차고 있지 않으면 체포당할 수도 있어 리날디는 권총집에 화장지를 채워 넣고 다니곤 했다. 나는 진짜 권총을 차고 다녔는데, 사격 연습을 하기 전까지는 총잡이가 된 듯한 기분이 들었다. 7.65구경 아스트라 권총이었는데, 총신이 짧다 보니 쏠 때 반동이 너무 커서 뭐라도 맞힐 수 있을지 의문이었다. 나는 목표물 아래쪽을 조준하는 버릇을 들이고 터무니없이 짧은 총신의 반동에 익숙해지는 연습을 했다. 그 후 스무 걸음 정도 되는 1야드(약 1미터-옮긴이) 이내에서 목표물을 맞힐 수 있게 되자 곧 권총을 갖고 다니는 게 우스꽝스럽다는 생각은 잊어버리고 별 느낌 없이 허리에 매달고 다녔다. 다만 영어를 사용하는 사람들을 만나면 다소 겸연쩍은 기분이 들었다. 나는 여전히 의자에 앉아 있었다. 위생병으로 보이는 군인 한 명이 책상 너머로 내게 못마땅한 눈초리를 보내고 있었다. 나는 대리석 바닥과 대리석 흉상을 얹은 기둥, 프레스코 벽화 등을 바라보면서 바클리 양을 기다렸다. 프레스코 벽화는 나쁘지 않았다. 칠이 벗겨지고 군데군데 떨어져 나가기 시작하면 어떤 프레스코 벽화든 좋아 보이게 마련이었다.

나는 복도로 걸어오는 캐서린 바클리의 모습을 보고 자리에서 일어났다. 내게로 걸어오는 그녀는 키가 커 보이지는 않았지만 아주 사랑스러웠다. 그녀가 인사를 건넸다.

"안녕하세요, 헨리 씨."

나도 정중히 인사했다.

"안녕하십니까?"

위생병은 책상 너머에서 우리 대화에 귀를 기울이고 있었다.

"여기 앉을까요, 아니면 뜰로 나갈까요?"

"밖으로 나가요. 바깥이 훨씬 시원해요."

나는 그녀를 따라 뜰로 걸어갔다. 위생병의 눈길이 우리 두 사람을 쫓고 있었다. 자갈을 깐 길로 나오자 그녀가 물었다.

"그동안 어디 있었어요?"

"주둔지에 나가 있었습니다."

"쪽지라도 보내줄 수는 없었나요?"

"어쩌다 보니 그렇게 됐습니다. 곧 돌아올 줄 알았거든요."

"그래도 미리 알려줬어야죠."

우리는 뜰의 자동차 진입로를 벗어나 나무 아래로 갔다. 나는 그녀의 손을 잡은 뒤 발걸음을 멈추고 그녀에게 키스했다. 그러고 나서 말했다.

"어디 갈 만한 데가 없을까요?"

"없어요, 그냥 여기서 좀 걸어요. 꽤 오래 가 있었네요."

"오늘로 사흘째죠. 하지만 지금 이렇게 돌아와 있잖아요."

그녀가 나를 바라봤다.

"나를 정말 사랑해요?"

"그럼요."

"전에도 날 사랑한다고 했죠, 그렇죠?"

"예, 당신을 사랑합니다."

나는 거짓말을 했다. 전에 그런 말을 한 적이 없었기 때문이다.

"그럼 캐서린이라고 불러줘요."

"캐서린."

우리는 걷다가 어느 나무 밑에 멈춰 섰다.

"이제 '밤이 되어 캐서린한테 다시 돌아왔다'고 말해줘요."

"밤이 되어 캐서린한테 다시 돌아왔다."

"정말로 돌아온 거죠. 그렇죠?"

"그래요."

"당신을 너무 사랑해서 그 시간들이 끔찍했어요. 이젠 가지 않을 거죠?"

"그건 안 돼요. 하지만 늘 돌아올 겁니다."

"아아, 정말 사랑해요. 손을 다시 거기 올려놔 줘요."

"손 안 뗐어요."

나는 키스하면서 캐서린의 얼굴을 볼 수 있도록 그녀를 돌려세웠다. 그녀는 눈을 감고 있었다. 나는 감은 두 눈 위에 키스했다. 순간 그녀가 정신이 조금 나간 것 같다는 생각이 들었다. 하지만 그렇다고 해도 괜찮았다. 내가 어떤 일에 휘말려 들고 있는지 전혀 신경 쓰이지 않았다. 매일 밤 장교들이 드나드는 창녀 집에 가는 것보다 나았다. 그곳에서는 여자들이 장교에게 몸을 찰싹 붙인 채 매달리고, 그들과 자러 올라가면서 애정의 표시로 장교모를 거꾸로 쓰곤 했다. 나는 캐서린 바클리를 사랑하고 있지 않았고, 앞으로도 사랑할 생각이 없었다. 말하자면 브리지 게임(서양 카드 게임의 일종-옮긴이) 같은 것이다. 카드를 내는 대신에 말을 하면 된다. 브리지 게임을 할 때처럼 돈이나 내기 조건을 걸고 게임하듯 행동해야 하는 것이다. 무

엇이 걸려 있는지는 서로 말하지 않은 채로 말이다. 나에게는
아무래도 좋았다. 나는 아까보다 초조해져 말했다.

"우리가 갈 만한 곳이 있으면 좋겠네요."

나는 매우 남성적인 어려움, 즉 여자를 꼬드겨 잠을 한번 자
보려고 아주 오래 뜸을 들여야 하는 어려움에 빠져 있었다. 그
녀가 좀 더 단호하게 말했다.

"갈 만한 데가 없어요."

아까는 어떤 상태였는지 모르겠지만 그녀는 어느새 제정신
으로 돌아와 있었다.

"우리 잠깐 저기에 앉아요."

우리는 평평한 돌 벤치에 앉았다. 나는 캐서린 바클리의 손
을 잡은 뒤 안으려고 했지만 그녀가 막았다. 그녀가 물었다.

"많이 피곤해요?"

"아니요."

그녀는 잔디를 내려다봤다.

"지금 지저분한 게임을 하고 있는 거 맞죠?"

"무슨 게임이오?"

"못 알아들은 척하지 마요."

"정말 몰라서 그래요."

"당신은 멋진 사람이에요. 선수처럼 능숙하기도 하고요. 하
지만 지저분한 게임이죠."

"사람들이 무슨 생각을 하는지 늘 압니까?"

"늘 알지는 못하죠. 하지만 당신이라면 알아요. 날 사랑하는 척하지 않아도 돼요. 그건 그날 저녁 끝난 일이니까요. 더 하고 싶은 말 있나요?"

"하지만 난 당신을 사랑하는걸요."

"쓸데없는 거짓말은 하지 않기로 해요. 아까는 내가 조금 흥분한 것처럼 보였을 테지만 괜찮아요. 보다시피 난 얼이 빠진 것도 아니고 미치지도 않았어요. 아주 가끔 그럴 때도 있지만요."

나는 그녀의 손을 꼭 쥐었다.

"사랑하는 캐서린."

"굉장히 묘하게 들리네요. 캐서린이라고 부른 거요. 지금 내 이름을 좀 다르게 발음했어요. 하지만 당신은 참 착해요. 아주 좋은 사람이죠."

"신부님도 그러더군요."

"예, 당신은 아주 좋은 사람이에요. 그러니 다시 나를 보러 와줄래요?"

"물론입니다."

"그리고 사랑한다고 말할 필요는 없어요. 당분간은 하지 않기로 해요."

그녀는 자리에서 일어서며 손을 뺐다.

"안녕히 가세요."

나는 키스하려고 했다. 그러자 그녀는 몸을 틀며 말했다.

"이러지 마요. 너무 피곤해요."

"그래도 키스해줘요."

"정말 피곤해요."

"키스해줘요."

"그렇게 하고 싶어요?"

"예."

우리는 키스를 나눴는데 그녀가 갑자기 몸을 뺐다.

"안 되겠어요. 잘 가요. 부탁이니 어서 가요."

우리는 문까지 함께 걸어갔다. 나는 캐서린이 안으로 들어가 복도를 걸어가는 모습을 지켜봤는데, 그녀를 바라보는 것이 좋았다. 그녀가 복도를 계속 걸어갔다. 나는 숙소로 향했다. 후텁지근한 밤이었다. 산 쪽에서는 많은 일이 벌어지고 있었다. 산가브리엘레(이탈리아와 슬로베니아 국경 근처에 있는 도시-옮긴이) 쪽에서 섬광이 번쩍였다.

나는 빌라로사(장교들이 드나드는 창녀들의 가게 이름으로 '붉은 집'이라는 뜻-옮긴이) 앞에서 발을 멈췄다. 셔터는 내려진 상태였지만 가게 안은 영업 중이었다. 누군가 노래를 부르고 있었다. 나는 숙소로 돌아왔다. 옷을 갈아입고 있을 때 리날디가 들어왔다. 그가 나를 쳐다보더니 말했다.

"아하! 별로 잘돼 가지 않는가 보군. 우리 애송이가 난감해하는 걸 보니."

"어디 갔다 와?"

"빌라로사에. 아주 유쾌했다고, 애송이 양반. 다 함께 노래를 불렀지. 자넨 어디 갔다 왔나?"

"영국 아가씨를 만나러 갔다 왔지."

"다행스러운 일이지. 내가 그 영국 아가씨와 엮이지 않은 게 말이야."

7장

그다음 날 오후, 나는 산속 제1주둔지에 다녀오는 길에 분류
소에서 차를 세웠다. 분류소는 부상자와 환자를 서류에 따라
분류하고 서류에 각각 가야 할 병동을 표시해주는 곳이었다.
나는 운전을 했던 터라 차 안에 앉아 있었고, 운전병이 서류를
가져다주었다. 날이 더웠다. 하늘은 굉장히 밝은 파란색이었
으나 길은 희뿌연 먼지를 뒤집어쓴 채였다. 나는 피아트 자동
차의 높다란 좌석에 멍하니 앉아 있었다. 보병 연대가 길에 나
타났다. 나는 그들이 지나가는 것을 바라봤다. 군인들은 더워
서 땀을 흘리고 있었다. 철모를 쓰고 가는 군인도 더러 있었지
만 대부분은 배낭에 매단 채 가고 있었다. 철모는 너무 커서 군
인들의 귀를 거의 덮을 정도로 내려와 있었다. 장교들도 철모

를 쓰고 있었는데, 모두 머리에 잘 맞아 보였다. 빨간색과 하얀색 줄무늬 옷깃을 보니 바실리카타 여단이 틀림없는데, 병력의 절반쯤이 나온 듯했다. 여단이 지나가고 한참 뒤에 낙오병들, 그러니까 자신이 속한 소대를 쫓아가지 못한 군인들이 나타났다. 땀투성이에 먼지까지 뒤집어쓴 그들은 몹시 지쳐 보였다. 몇몇 군인은 많이 아파 보였다. 군인 하나가 낙오병들의 맨 뒤를 따라가고 있었다. 그 군인은 한쪽 다리를 절고 있었는데, 걸음을 멈추더니 길가에 주저앉았다. 나는 차에서 내려 그쪽으로 갔다.

"왜 그러나?"

그는 나를 보더니 벌떡 일어섰다.

"막 일어서려던 중입니다."

"무슨 문제가 있는 건가?"

"……전쟁이 문제입니다."

"다리는 왜 그러지?"

"다리 문제가 아닙니다. 탈장(脫腸)입니다."

내가 물었다.

"왜 수송차를 타고 가지 않는 건가? 병원으로 가지 그러나?"

"허락해주지 않을 겁니다. 중위님은 제가 탈장대(탈장 부위에 대는 띠-옮긴이)를 일부러 흘렸다고 생각하십니다."

"내가 좀 보겠네."

"많이 빠져나왔습니다."

"어느 쪽인가?"

"여깁니다."

나는 만져보고 나서 말했다.

"기침을 해보게."

"기침을 하면 더 커질 것 같습니다. 오늘 아침보다 두 배쯤 커졌거든요."

"앉게. 이 부상자들 서류만 처리하고 나서 자네를 담당 군의관에게 태워다주겠네."

"군의관은 제가 일부러 그런 거라고 생각할 겁니다."

"군의관들도 뭘 어떻게 해주지는 못할 걸세. 상처가 난 게 아니니 말이야. 예전에도 이런 적이 있었겠지?"

"하지만 탈장대를 잃어버렸습니다."

"군의관들이 자네를 병원으로 보내줄 거야."

"여기 있으면 안 될까요, 중위님?"

"안 되지. 자네한텐 서류가 없지 않나."

운전병이 차 안에 있는 부상병들의 서류를 갖고 나왔다. 그가 말했다.

"105번지에 네 명, 132번지에 두 명입니다."

강 건너에 있는 병동들이었다. 나는 그를 향해 말했다.

"여기서부턴 자네가 운전하게."

나는 탈장 상태의 군인을 도와 자동차 좌석에 올라앉을 수 있게 했다. 그가 물었다.

"영어를 할 줄 아십니까?"

"물론이지."

"이 망할 전쟁을 어떻게 생각하십니까?"

"끔찍하지."

"정말 형편없습니다. 빌어먹을, 형편없다고요."

"미국에서 살았나?"

"예, 피츠버그에서 살았습니다. 중위님이 미국인일 줄 알고 있었습니다."

"내 이탈리아어가 신통치 않던가?"

"중위님이 틀림없이 미국인일 줄 알았죠."

운전병이 탈장 상태의 군인을 보며 이탈리아어로 말했다.

"미국인이 또 한 명 있었네요."

"저기요, 중위님. 저를 꼭 제가 속한 연대에 데려가셔야 합니까?"

"물론이지."

"군의관 대위님은 제가 탈장인 걸 알고 있습니다. 제가 그 망할 놈의 탈장대를 떼어버렸거든요. 그러면 상태가 악화될 테고 다시는 전선으로 돌아갈 수 없게 될 테니까요."

"그렇군."

"다른 데로 데려다주실 순 없습니까?"

"전선 가까이라면 응급치료소에 데려다줄 수도 있겠지. 하지만 여긴 후방이라 서류가 있어야 하네."

"제가 돌아가면 그들은 저를 수술해준 다음 전방에 배치할 겁니다."

그의 말에 나는 잠깐 생각에 잠겼다. 그가 매달렸다.

"중위님도 늘 전선에 나가 계시고 싶지는 않을 것 아닙니까?"

"물론 아니지."

"빌어먹을, 정말 망할 놈의 전쟁 아닙니까?"

나는 그를 바라보며 말했다.

"이보게. 차에서 내려 길가에 굴러 머리에 혹을 만들게. 그러면 내가 돌아오는 길에 자네를 태워 병원에 데려가는 걸로 하자고. 알도, 길가에 차를 세우게."

우리는 길가에 멈춰 섰다. 나는 그가 차에서 내릴 수 있게 도와주었다. 그는 간절한 눈빛이었다.

"여기서 기다리겠습니다, 중위님."

"이따 보자고."

우리는 다시 출발해 2킬로미터쯤 앞에서 그 군인의 여단을 지나쳐 강을 건넜다. 눈이 녹아내린 물은 탁했고 다리를 지탱하는 기둥 사이로 빠르게 흘렀다. 차로 들판을 가로질러 난 길을 달려 병동 두 곳에 부상자들을 인계해주었다. 돌아오는 길에는 내가 운전대를 잡고 피츠버그 출신의 군인을 찾기 위해 빈 차를 빠르게 몰았다. 먼저 아까 그 여단과 다시 마주쳤다. 날씨가 아까보다 더운 탓에 행군 속도가 느려져 있었다. 다음으로 낙오병들을 지나쳤다. 그러고 나니 길가에 구급차가 서 있는 것이 보였다. 군인 두 사람이 아까의 탈장 군인을 들어 올려 차에 태우고 있었다. 탈장 군인을 데려가려고 돌아온 것이었다. 그가 나를 향해 고개를 흔들었다. 철모는 벗겨져 있고 이마의 머리카락 밑으로 피를 철철 흘리고 있었다. 콧잔등이 까지고 피가 난 부분은 물론 머리카락 속까지 흙투성이였다. 그가 소리쳤다.

"중위님, 이 혹 좀 보시라고요! 소용없잖아요. 여단에서 절 데리러 왔다고요."

집으로 돌아오니 다섯 시였다. 나는 세차하던 곳으로 나가 샤워를 했다. 그리고 방으로 돌아와 열어놓은 창문 앞에 앉아 바지와 언더셔츠 차림으로 보고서를 작성했다. 이틀 뒤에 공격이 시작되면 나는 구급 차량들을 이끌고 플라바로 가기로 되어 있었다. 내가 미국으로 편지를 보낸 지도 꽤 오래되었다. 편지를 써야겠다는 생각은 들었지만 너무 오랫동안 쓰지 않아서 이제는 편지를 보내기가 더 어려웠다. 그리고 딱히 쓸 말도 없었다. 나는 교전 지역 군사우편엽서를 두어 장 써 보냈다. 잘 지낸다는 이야기 말고는 다 줄을 그어 지워버렸다. 그편이 더 효과적이었다. 그런 엽서들이 미국에서는 꽤 괜찮게 느껴질 것이다. 이상하고 신비로우니까. 이곳은 그런 이상하고 신비로운 교전 지역이었지만 내 생각에는 오스트리아군과 벌인 다른 전쟁들에 비하면 꽤 성공적이고 꿋꿋하게 유지되는 듯했다. 오스트리아군은 나폴레옹에게 승리를 선사하기 위해 만든 군대였다. 나폴레옹 가문의 누가 되었든 말이다. 우리 군에 나폴레옹 같은 사람이 있었으면 얼마나 좋았을까. 하지만 현실의 우리에게는 뚱뚱하고 운 좋은 카도르나 장군(제1차 세계대전 당시 이탈리아군 참모총장-옮긴이)과 가늘고 긴 목에 염소수염이 특징인 자그마한 몸집의 비토리오 에마누엘레 국왕이 있을 뿐이었다. 오른쪽 전선을 맡고 있는 아오스타 공작도 있었다. 그는 명장이 되기에 지나칠 정도로 잘생겼는지는 모르지만 남자다운 생김새를 지니고 있었다. 많은 국민이 그가 왕이 되기를 바랐을 것이다. 실제로 왕다운 용모를 갖추고 있기도 했다. 그는 국왕의 숙부이고 제3군을 통솔하고 있었다. 우리는 제2군에 속해 있었다. 제3군에는 영국군 포병대가 몇몇 있었다. 나는 밀라노에서 영국군 포병대 소속 포격수 둘을 만난 적이 있다. 무척 좋은 사람들이었다. 우리는 무척이나 즐거운 저녁 시간을 보냈다. 그들은 몸집이 크고 부끄럼을 타고 쑥스러워하면서 모든 일에 감사하는 사람들이었다. 나도 영국군에 속해 있었더라면 얼마나 좋았을까 하는 생각이 들었다. 그랬다면 상황이 훨씬 평범했을 것이다. 하지만 그랬다면 전사했을 가능성도 높았다. 이렇게 구급차나 몰고 다니면 죽지는 않을 테니 말이다. 물론 구급차를 몰아도 죽을 수는 있다. 영국군 구급차 운전병이 가끔 전사하는 경우도 있었다. 어쨌든 나는 내가 전사하지 않으리라는 것을 알고 있었다. 이 전쟁에서는 말이다. 이 전쟁은 나와 아무런 상관이 없었기 때문이다. 내게 이 전쟁은 영화 속에 나오는 전쟁처럼 하나도 위험하지 않아 보였다. 하지만 나는 이 전쟁이 끝나기를 하느님께 간절히 빌었다. 어쩌면 올 여름에는 끝날지도 몰랐다. 오스트리아군이 패할지도 모를 일이었다. 예전에 다른 전쟁에서도 항상 패했으니 말이다. 그런데 이 전쟁은 왜 이렇단 말인가? 다들 프랑스군은 이미 끝났다고 했다. 리날디의 말로는 프랑스군이 반란을 일으켜 수도 파리로 진격해 들어갔다고 했다. 리날디에게 어찌 됐는지 물으니 그는 "아, 진압되었지"라고만 대답했다. 나는 전쟁이 없는 오스트리아에 가보고 싶었다. 블랙포레스트(독일 남서부의 산악 지역-옮긴이)에도 가보고 싶었다. 하르츠 산맥(독일 중부의 산맥-옮긴이)에도 가보고 싶었다. 그런데 정작 하르츠 산맥이 어디 있는지는 몰랐다. 카르파티아 산맥(동부 유럽의 산맥-옮긴이)에서도 전투가 벌어지고 있었다. 하지만 거기는 가고 싶지 않았다. 거기도 좋은 곳일 테지만 말이다. 전쟁만 없다면 스페인에 가는 것도 괜찮았다. 해가 기울면서 날씨가 서

늘해지고 있었다. 저녁 식사 뒤에는 캐서린 바클리를 만나러 갈 예정이었다. 그녀가 지금 여기에 있다면 얼마나 좋을까 생각하니 아쉬웠다. 지금 그녀와 밀라노에 있다면 얼마나 좋을까 하는 생각도 했다. 캐서린 바클리와 카페 코바에서 식사를 하고 싶었다. 후텁지근한 저녁에 밀라노의 비아 만초니를 산책하다가 길 건너 저편 운하를 따라 호텔로 돌아오고 싶었다. 어쩌면 그녀도 그러자고 하지 않을까. 어쩌면 그녀는 내가 전사한 애인인 것처럼 행동할지도 모르지. 우리가 호텔 문 앞에 이르면 짐꾼이 모자를 벗을 테고, 내가 안내 데스크로 가서 열쇠를 달라고 하는 동안 그녀는 엘리베이터를 기다릴 테고, 엘리베이터에 타면 층마다 철컹 서면서 아주 천천히 올라갈 테고, 우리 층에 도착하면 호텔 직원이 문을 열어주고 대기할 테고, 그녀가 내리고 내가 내리면 우리는 함께 복도를 걸어갈 테고, 나는 열쇠를 꽂아 문을 열고 방 안으로 들어가 전화기를 들고 카프리 비앙카(이탈리아산 화이트 와인—옮긴이) 한 병을 얼음이 잔뜩 든 은 버킷에 넣어 보내달라고 할 테고, 복도를 지나며 얼음이 통에 부딪혀 달그락거리는 소리가 들리다가 호텔 직원이 노크하면 나는 와인을 문밖에 놓고 가라고 이야기할 텐데. 왜냐하면 날씨가 더워 창문을 열어놓은 채 우리는 아무것도 입지 않고 있을 테니까. 그때는 제비들이 지붕 위로 날아다닐 테고, 나중에 날이 어두워져 창가로 가보면 아주 작은 박쥐들이 지붕 위로 먹이를 찾아다니다가 나무 위까지 내려오기도 할 텐데. 그러면 우리는 카프리 비앙카를 마신 다음 문을 걸어 잠근 채 더우니 침대 시트 한 장만 두르고 밀라노의 무더운 밤이 새도록 사랑을 나눌 텐데. 반드시 그렇게 되어야만 한다. 얼른 식사하고 캐서린 바클리를 만나러 가고 싶었다.

식당에서는 다들 지나치게 말이 많았다. 나는 와인을 마셨다. 오늘 밤에는 따돌림을 당하지 않으려면 조금이라도 마셔야 할 것 같았다. 나는 신부와 아일랜드 대주교('아일랜드'는 대주교의 성-옮긴이)에 대해 이야기를 나눴다. 고결한 사람인 듯한 그분에 대해, 그분이 받은 부당한 대우에 대해 이야기했고, 나도 대주교와 같은 미국인으로서 연관이 있다며 들어본 적도 없는데 아는 척을 했다. 결국 오해로 끝난 듯한 대의명분에 대해 그토록 훌륭한 설명을 들었음에도 아무것도 모른다고 하면 무례한 일이 될 것 같아서였다. 나는 그분의 이름이 멋지다고 생각했다. 그분은 미네소타 출신이었고 그 덕분에 아름다운 이름을 얻게 되었다고 생각했다. 미네소타 주에는 아일랜드가 있고 위스콘신 주에도, 미시간 주에도 아일랜드가 있었다. 그 이름이 예쁘게 들리는 것은 '섬'을 뜻하는 아일랜드와 발음이 같았기 때문이다. 아니, 그렇지 않습니다. 거기에는 좀 더 다른 이유가 있었어요. 예, 신부님. 맞습니다, 신부님. 아마 그렇겠죠, 신부님. 아닙니다, 신부님. 뭐 어쩌면 그럴 수도 있겠죠, 신부님. 그건 나보다 신부님이 더 많이 아시잖아요. 신부는 좋은 사람이었지만 따분했다. 장교들은 좋은 사람이 아니었지만 따분했다. 국왕은 좋은 사람이었지만 따분했다. 와인은 형편없었지만 따분하지는 않았다. 와인을 마시면 이의 법랑질이 벗겨져 입천장에 들러붙는데 어떻게 따분할 새가 있겠는가. 로카의 말소리가 들렸다.

"그래서 그 신부는 감옥에 갔혔어. 3퍼센트 채권을 지니고 있다가 발각되었거든. 물론 프랑스에서 벌어진 일이었지. 여기라면 절대 그를 체포하지 못했을 거야. 그 신부는 5퍼센트짜리 채권에 대해서는 아는 게 없다고 잡아뗐대. 베지에(프랑스 남부의 도시─옮긴이)에서 있었던 일이지. 그때 나도 거기 있었는데, 신문을 보고 교도소로 찾아가 신부의 면회를 청했지. 누가 봐도 그가 채권을 훔친 거였거든."

리날디가 머리를 흔들며 말했다.

"난 그 이야기 한마디도 믿지 못하겠어."

"믿든지 말든지 네 맘대로 해. 난 우리 신부에게 이야기하는 거니까. 아주 쓸모 있는 정보잖아. 그도 신부니까 고마워할 거라고."

신부가 미소를 지었다.

"계속하십시오, 잘 듣고 있습니다."

"물론 채권 일부는 찾지 못했지. 하지만 그 신부는 3퍼센트짜리 채권 전부와 여러 종류의 지방채를 갖고 있었어. 정확히 어느 지방 채권이었는지는 잊어버렸지만. 아무튼 나는 교도소로 갔지. 여기가 핵심인데, 내가 그 신부 독방 앞에 서 있다가 고해성사를 하러 온 것처럼 이렇게 말했지 뭔가. '신부님, 축복해주십시오. 신부님이 죄를 지으셨으니까요'라고 말이야."

모두 박장대소했다. 그때 신부가 물었다.

"그랬더니 그가 뭐라고 하던가요?"

로카는 신부의 질문을 무시하면서 내게 이야기의 웃음 포인트를 설명해주었다.

"요점이 뭔지는 알겠지?"

제대로 이해만 한다면 꽤 재미있는 이야기일 것 같았다. 사람들이 내게 와인을 더 따라주었고 나는 샤워기 밑에 서 있던 영국인 이등병 이야기를 해주었다. 그러자 소령이 체코슬로바키아 군인 열한 명과 헝가리 하사에 얽힌 이야기를 들려주었다. 나는 와인을 몇 잔 더 마신 다음 경마 기수가 1페니짜리 동전을 발견한 이야기를 꺼냈다. 소령은 이탈리아에서는 밤에 잠을 못 이루는 공작 부인 이야기가 내 이야기와 비슷하다고 했다. 이쯤에서 신부가 자리를 떴고 나는 어느 외판원이 겨울 바람 매서운 마르세유에 새벽 다섯 시에 도착한 사연을 떠들었다. 소령은 내가 술을 잘 마신다는 이야기를 들었다고 했다. 나는 아니라고 했다. 소령은 맞다고 우기며 술의 신 바커스의 시체를 걸고 그 말이 맞는지 틀린지 시험해보자고 제안했다. 나는 바커스는 안 된다고 말했다. 바커스는 안 되죠. 그러자 소령이 말했다. 아냐, 바커스여야 한다고. 나는 바시라고 불리는 필리포 빈센차와 컵이면 컵, 잔이면 잔으로 술 대결을 하게 되었다. 바시는 자신이 이미 나보다 두 배는 더 취했기에 대결이 안 된다고 했다. 나는 그건 고약한 거짓말이라고 따졌다. 나는 바커스를 걸든 안 걸든 필리포 빈센차 바시, 아니 바시 필리포 빈센차가 저녁 내내 술이라곤 한 방울도 안 마셨다고 말하고는 대체 바시가 이름의 어느 부분에 들어가는 게 맞느냐고 물었다. 그러자 그도 내 이름이 페데리코 엔리코인지 엔리코 페데리코인지 따져 물었다(주인공의 이름인 프레더릭 헨리의 이탈리아식 발음-옮긴이). 나는 바커스는 집어치우고 우승자를 가리자고 했다. 소령이 머그잔에 레드 와인을 따라주었다. 절반쯤 들이켜자 나는 더 이상 마시고 싶지 않았다. 어디에 갈 예정이었는지 기억났기 때문이다. 나는 잔을 내려놓은 뒤 말했다.

"바시가 이겼네요. 그가 저보다 술이 셉니다. 전 이만 가봐야겠어요."

그때 리날디가 거들었다.

"저 친구는 정말 가야 합니다. 중요한 약속이 있거든요. 제가 압니다."

"그럼 가보겠습니다."

바시는 술잔을 내려놓으며 말했다.

"나중에 다시 붙자고. 자네가 자신 있을 때 말이야."

그러면서 그는 내 어깨를 철썩 때렸다. 식탁 위에는 촛불이 일렁이고 있었다. 장교들은 모두 들뜬 분위기에 기분 좋은 상태였다. 나는 자리에서 일어서며 인사했다.

"자, 그럼 먼저 가보겠습니다."

리날디가 따라 나왔다. 우리는 밖으로 나와 잠깐 서 있었다. 그가 말했다.

"잔뜩 취해서 거기 가는 건 반대야."

"난 안 취했어, 리닌(리날디의 애칭-옮긴이). 정말이야."

"커피콩이라도 좀 씹어봐."

"웃기지 마."

"내가 좀 가져다줄게, 우리 꼬맹이. 자넨 걸어서 왔다 갔다 하고 있어."

그가 볶은 커피콩을 한 줌 갖고 돌아왔다.

"이 친구야, 이거 좀 씹어보라고. 그리고 신의 가호가 자네와 함께하기를."

"바커스 신 말인가."

"내가 조금 따라가 줄게."

"난 진짜 멀쩡하다니까."

우리는 함께 마을을 가로질러 걸었다. 나는 커피콩을 씹었다. 영국인 병원 건물로 들어가는 진입로 문 앞까지 오자 리날디가 작별 인사를 했다. 나도 손을 흔들어 인사했다.

"잘 가. 아니, 같이 들어가지 그래?"

하지만 그는 고개를 흔들었다.

"아냐, 난 좀 더 평범한 재미가 좋아."

"커피콩 고마웠어."

"고맙긴, 우리 꼬맹이. 별것도 아닌걸."

나는 진입로를 따라 발걸음을 옮겼다. 줄지어 늘어선 사이프러스 나무들의 윤곽이 뚜렷하고 선명했다. 뒤를 돌아보니 리날디가 여전히 나를 지켜보고 서 있었다. 나는 그에게 손을 흔들어주었다.

나는 건물의 접수 대기실에 앉아 캐서린 바클리가 오기를 기다렸다. 누군가 복도를 따라 걸어오고 있었다. 나는 자리에서 일어섰지만 캐서린이 아니었다. 퍼거슨 양이었다.

"안녕하세요, 캐서린이 저한테 부탁해서요. 오늘 밤엔 뵐 수 없어 미안하다고 전해달래요."

"너무 아쉽네요. 병이 난 게 아니라면 좋겠습니다."

"그건 아니지만 썩 괜찮지도 않아요."

"내가 안타까워하더라고 전해주실래요?"

"예, 그럴게요."

"내일 그녀를 만나러 와도 괜찮을까요?"

"예, 괜찮을 것 같아요."

"정말 고맙습니다."

"안녕히 가세요."

문밖으로 나오니 갑자기 외롭고 허전한 기분이 들었다. 지금까지 아주 가벼운 마음으로 캐서린과 만났고, 술 몇 잔 마시다가 그녀를 만나기로 했던 일을 거의 잊어버릴 뻔하기도 했지만 막상 그녀를 만날 수 없다고 생각하니 쓸쓸하고 공허한 느낌이 밀려왔다.

8장

다음 날 오후, 우리는 그날 밤 강 상류에서 공격이 있을 예정이니 그곳에 구급차를 넉 대 배치하라는 지시를 들었다. 다들 확신에 차서 전략적 지식을 뽐냈지만 공격에 대해 조금이라도 아는 사람은 한 명도 없었다. 나는 가장 선두 차량을 타고 가다가 영국인 병원 입구에 이르자 운전병에게 차를 세우라고 했다. 다른 차들도 멈춰 섰다. 나는 차에서 내린 뒤 다른 차량의 운전병들에게 계속 가라고 하면서 만약 콜몬스로 가는 교차로에 이르러서도 우리가 따라잡지 못하면 거기서 기다려달라고 요청했다. 나는 서둘러 진입로를 지나 접수 대기실로 들어가 바클리 양을 만나러 왔다고 했다.

"근무 중인데요."

"아주 잠깐만이라도 볼 수 없을까요?"

위생병이 알아보러 갔다가 그녀와 함께 나타났다.

"몸이 좀 나았는지 알고 싶어서 들렀습니다. 근무 중이라고 하기에 만나게 해달라고 부탁했죠."

"다 나았어요. 어제는 너무 더워서 맥을 못 췄나 봐요."

"그럼 난 이만 가보겠습니다."

"잠깐 문밖까지 배웅할게요."

건물 밖으로 나오자 물었다.

"몸은 정말 괜찮아요?

"그럼요. 오늘 밤에 올 건가요?"

"밤에 못 와요. 지금 플라바 위쪽으로 한바탕 하러 가는 중이거든요."

"한바탕이오?"

"대단한 건 아닐 겁니다."

"돌아오긴 할 거죠?"

"내일 돌아올 겁니다."

그녀가 목에서 뭔가를 풀었다. 그러고는 내 손에 쥐어주며 말했다.

"성(聖) 안토니오 메달이에요. 내일 밤에 와요."

"가톨릭 신자가 아니지 않나요?"

"아니에요. 하지만 사람들이 그러는데 성 안토니오가 정말

도움이 된다고 하더라고요."

"당신을 위해 소중히 간직하겠습니다. 그럼 안녕히."

"안 돼요, 안녕이라곤 말하지 마세요."

"알았어요."

"얌전히 있고 조심하세요. 아니, 여기서 키스하면 안 돼요, 안 된다니까요."

"알았어요."

뒤를 돌아다보니 그녀는 아직 계단 위에 서 있었다. 그녀가 손을 흔들었다. 나는 내 손에 입을 맞춰 그녀를 향해 내밀어 보였다. 그녀가 또 손을 흔들었다. 나는 진입로를 걸어 나와 구급차 좌석에 올라탔다. 차가 출발했다. 성 안토니오 메달은 자그마한 흰색 금속 통에 들어 있었다. 나는 통을 열어 메달을 손바닥 위에 꺼내놓았다. 운전병이 물었다.

"성 안토니오인가요?"

"응."

"저도 있어요."

그가 오른손을 운전대에서 떼더니 상의 단추를 풀어 셔츠에 가려진 메달을 꺼내 보였다.

"보이시죠?"

나는 내 메달을 통 안에 도로 집어넣고 함께 들어 있던 금으로 된 가느다란 목걸이 줄도 꺼내 본 뒤 모두 상의 주머니에 집어넣었다.

"왜 목에 걸지 않으세요?"

"안 걸어."

"거는 게 좋지 않을까요. 그러라고 만든 거잖아요."

"그럼 그러지 뭐."

나는 금으로 된 줄의 고리를 풀어 목에 두른 뒤 다시 채웠다. 성인의 메달이 군복 겉으로 달랑거려서 나는 군복 상의 목 부분을 풀어헤치고 셔츠 깃에 달린 단추를 풀어 메달을 셔츠 안으로 늘어뜨렸다. 차를 타고 가는 동안 성인의 메달이 든 금속 통이 가슴에 닿는 느낌이 났다. 그러고는 그 메달을 잃어버렸다. 부상을 당한 뒤에 다시는 눈에 띄지 않았던 것이다. 아마 응급치료소들 가운데 한 곳에서 누군가 주웠으리라.

다리를 지나면서부터 속력을 내자 얼마 지나지 않아 앞쪽에 다른 차들이 흙먼지를 일으키며 가는 게 보였다. 굽잇길로 접어들자 구급차 석 대가 아주 조그맣게 보였고 바퀴 쪽에서 흙먼지가 올라오더니 나무들 사이로 사라져버렸다. 우리는 그 차들을 따라잡은 뒤 그들을 지나쳐 산속으로 올라가는 길로 접어들었다. 다른 차량들과 대열을 이뤄 달리는 것은 선두 차량에 타고 있다면 그리 불쾌한 일은 아니었다. 나는 좌석에 편하게 기대어 경치를 감상했다. 우리는 강에 가까운 쪽 산기슭을 달렸는데, 길이 가팔라지면서 북쪽으로 뻗은 높은 봉우리들이 보였다. 그 꼭대기에는 아직도 눈이 쌓여 있었다. 뒤를 돌아봤더니 차 석 대가 흙먼지에 서로 가려지지 않을 만큼의 간격을 유지하며 길을 오르고 있었다. 우리는 짐을 실은 노새들의 긴 대열을 지나쳤다. 노새 곁에서 따라 걸으며 노새를 모는 사람들은 빨간색 터키 모자를 쓰고 있었다. 저격 부대였다.

노새들의 행렬 너머 길은 휑했다. 우리는 야산 몇 개를 넘어 긴 산등성이를 타고 내려가 강가로 들어섰다. 길 양쪽으로 나무들이 늘어서 있고 오른쪽 나무들 사이로 강이 보였다. 강물은 맑고 물살은 빠르고 수심은 얕았다. 강물의 수위가 낮아 자갈과 모래가 쫙 깔려 있는 가운데 좁은 물길이 나 있고, 가끔 강물이 자갈 바닥 위로 반짝반짝 빛나는 얇은 옷감처럼 퍼지기도 했다. 강기슭 가까이에는 깊은 웅덩이들이 보였고, 그곳의 물은 하늘처럼 파랬다. 강물 위로는 아치형 돌다리들이 보였는데, 그곳에서 큰길이 작은 길들로 갈라졌다. 우리는 돌로 지은 농가들도 지나쳤다. 그 집들의 남쪽 벽, 들판의 야트막한 돌담들을 배경으로 배나무들이 촛대처럼 서 있었다. 우리는 골짜기를 따라 한참 올라간 뒤 방향을 틀어 다시 야산을 향해 올라가기 시작했다. 길은 가파른 오르막이었고 밤나무 숲을 구불구불 통과해 마침내 산등성이를 따라 평탄해졌다. 그곳에 이르니 밤나무 숲이 내려다보였다. 저 멀리 햇빛을 받아 반짝이며 양국 군대를 갈라놓고 있는 강줄기가 시야에 들어왔다. 우리는 산마루를 따라 뻗어 있는, 아직 울퉁불퉁한 새 군용도로를 달렸다. 북쪽을 보니 두 갈래로 뻗은 산맥이 있었다. 눈이 덮이지 않은 곳은 녹색과 거무튀튀한 색으로 보였고, 눈이 남아 있는 곳은 햇빛을 받아 하얗고 아름다웠다. 길이 산등성이를 올라타자 산맥의 세 번째 줄기가 보였다. 이전 것들보다 더 높고 눈이 쌓인 이 산줄기는 새하얀 분필처럼 고랑이 져 있었는데, 묘하게 평지를 이루었다. 그 너머 아득히 멀리에 또 산줄기가 있었는데, 그것이 정말 보였는지는 가늠하기 어려웠다. 모두 오스트리아의 산맥으로, 이탈리아에는 없는 것들이었다. 오른쪽 앞으로 둥그렇게 휜 갈림길이 나타났다. 아래를 내려다보니 나무들 사이로 떨어지듯 가파른 내리막길이 보였다. 그 길에 군인들과 군용 트럭들, 산포(산악 작전을 수행할 때 이동하기 쉽도록 만든 대포-옮긴이)를 짊어진 노새들이 보였다. 길의 가장자리를 따라 내려가니 저 아래 강이 보였고, 강을 따라 나 있는 철로와 거기 쭉 깔린 침목들이 보였다. 철로가 놓인 오래된 다리는 강 건너까지 가로지르고 있었으며, 강 건너 야산 아래 우리가 점령할 계획인 작은 마을의 부서진 집들이 보였다.

　우리는 거의 어둑어둑해져서야 길을 다 내려와 강가에 뻗어 있는 큰길로 접어들 수 있었다.

9장

　큰길은 북적거렸다. 길 양쪽은 물론 머리 위까지 옥수숫대와 밀짚으로 만든 거적을 쳐놓아 서커스장이나 원주민 마을의 입구 같았다. 우리는 이 거적 터널로 천천히 차를 몰았다. 터널을 빠져나오자 예전에 철도역이 있던 횅한 공터가 나왔다. 이곳의 도로는 강기슭보다 지대가 낮았다. 푹 꺼진 도로 가장자리를 따라 강기슭에 보병대가 참호를 파고 들어앉아 있었다. 해가 저물어가고 있었다. 차를 타고 가면서 강기슭을 올려다보니 맞은편 산 위로 오스트리아군이 띄운 관측용 기구들이 석양을 배경으로 거무스름하게 떠 있었다. 우리는 벽돌 공장 건너편에 차를 세웠다. 아궁이 몇 개와 깊게 판 구덩이들이 응급치료소용으로 마련되어 있었다. 내가 아는 군의관도 셋이나 있었다. 나는 소령과 이야기를 나누면서 자세한 것을 알게 되었다. 공격이 시작되어 구급차에 부상병들을 옮겨 실으면 우리는 거적으로 가려놓은 길을 지나 주둔지가 있는 산등성이를 따라 큰길까지 되돌아가야 했다. 거기까지 가면 다른 구급차들이 부상병들을 인계받기로 했다. 소령은 길이 막히지 않기를 바란다고 말했다. 그 길이 단 하나의 길이었던 것이다. 길을 가려놓은 것은 강 건너 오스트리아군의 눈에 띄지 않기 위해서였다. 이곳 벽돌 공장에 있으면 지대가 높은 강기슭 덕분에 소총과 기관총 세례를 피할 수 있었다. 강에는 박살이 난 다리가 하나 있었다. 공격이 시작되면 다리를 하나 더 놓아 몇몇 부대는 강이 구부러지는 곳의 위쪽, 수심이 얕은 곳을 건너갈 예정이었다. 소령은 몸집이 작은 사람으로, 콧수염 끝이 살짝 들린 카이저수염을 기르고 있었다. 리비아 전쟁(1911~1912년에 리비아 통치권을 놓고 이탈리아와 터키 사이에 벌어진 전쟁—옮긴이)에도 참전해 상이군인 리본을 두 개나 달고 있었다. 소령 말로는 이번 일이 잘 풀리면 나도 훈장을 받게 해주겠다고 했다. 나는 일이 잘되기를 바라긴 하지만 그건 과분하다고 말했다. 그러면서 운전병들이 머물 만한 큰 방공호가 있는지 물어봤다. 그러자 소령이 사병 한 명을 불러 나를 방공호로 안내해주라고 했다. 나는 사병과 함께 가서 방공호를 살펴봤다. 방공호는 아주 훌륭했다. 운전병들도 기뻐했다. 나는 그들을 거기에 두고 밖으로 나왔다. 소령이 다른 장교 둘과 함께 술을 한잔하자고 권했다. 우리는 럼주를 마셨는데 분위기가 아주 화기애애했다. 밖이 어둑해지기 시작했다. 나는 몇 시에 공격이 시작되는지 물었다. 그들은 어두워지는 대로 바로 공격할 거라고 대답했다. 나는 운전병들에게 돌아갔다. 그들은 방공호 안에 앉아 이야기를 나누고 있다가 내가 들어가자 말을 멈췄다. 나는 그들에게 담배를 한 갑씩 나눠주었다. 마케도니아산인데 담뱃잎을 헐렁하게 말아놓아 피우기 전에 양쪽 끝을 비틀어 막아야 했다. 마네라가 자기 라이터에 불을 붙여 모두에게 돌렸다. 피아트 자동차의 라디에이터처럼 생긴 라이터였다. 나는 소령에게 들은 내용을 들려주었다. 파시니가 고개를 갸우뚱하더니 물었다.

"내려올 때 왜 그 주둔지를 못 봤을까요?"

"우리가 방향을 꺾었던 곳 너머에 있었으니까."

마네라가 대답했다.

"그 길이 난장판이 되겠네요."

"놈들이 우리에게 포격을……."

"하겠지."

"중위님, 식사는 어떻게 되나요? 공격을 시작하면 식사할 틈도 없을 텐데요."

"지금 가서 알아보지."

"저희는 여기서 기다릴까요, 아니면 밖을 좀 둘러봐도 괜찮을까요?"

"여기 있는 게 낫겠어."

나는 소령의 방공호로 다시 가봤다. 소령은 야전 취사 부대가 도착할 테니 운전병들에게 스튜를 받아가게 하라고 했다. 또한 휴대용 식기통이 없으면 빌려가도 된다고 했다. 나는 식기통을 갖고 있을 거라고 했다. 그러고는 운전병들에게 돌아와 음식이 도착하는 대로 받아가라고 말해주었다. 마네라는 포격이 시작되기 전에 음식이 오기를 간절히 바랐다. 내가 밖으로 나갈 때까지 다들 말이 없었다. 모두 정비공들이라 전쟁이라면 진저리를 쳤다.

나는 밖으로 나와 차량들을 점검하고 주변 동향을 살폈다. 그러고 나서 방공호로 돌아와 네 명의 운전병과 함께 앉아 있었다. 우리는 벽에 등을 기대고 바닥에 앉아 담배를 피웠다. 밖이 제법 어두컴컴했다. 방공호의 흙은 따스하고 바싹 말라 있어 나는 양 어깨를 벽에 기대고 허리가 바닥에 닿을 만큼 편하게 앉았다. 가부치가 물었다.

"누가 공격을 개시하나요?"

"저격 부대지."

"저격 부대 전체가요?"

"그런 것 같아."

"공격다운 공격을 하려면 여기 있는 부대들로는 어림없을 텐데요."

"진짜 공격이 시작될 곳에서 적군의 주의를 돌리려는 생각이겠지."

"공격할 군인들도 그 사실을 아나요?"

"모를걸."

마네라가 대답했다.

"당연히 모르겠지. 알면 누가 공격에 나서겠어."

그러자 파시니가 빈정거렸다.

"알아도 공격할걸. 저격 부대 놈들은 멍청하거든."

내가 말했다.

"용감하고 훈련이 잘된 군인들이야."

"가슴팍이 두툼하고 튼튼하죠. 그래도 바보들이에요."

"척탄병(전쟁 때 선두에서 수류탄을 투척하며 싸웠던 병사들로, 18세기에는 전쟁의 중심 역할을 했으나 무기가 발달하면서 미미해졌음-옮긴이)들이 키는 크지."

마네라가 농담을 던졌다. 다들 한바탕 웃었다.

"중위님도 거기에 있었나요? 공격에 나서는 사람이 없어 열 명에 하나씩 총으로 쐈을 때 말이에요."

"아니."

"진짜래. 군인들을 일렬로 세워놓고 열 명마다 하나씩 골라낸 거지. 헌병이 쏘아 죽였대."

파시니가 바닥에 침을 뱉으며 말했다.

"헌병이라. 그런데 척탄병들은 다들 180센티미터가 넘는다고. 그래도 공격하지 않으려고 했어."

마네라가 한숨을 쉬더니 말했다.

"아무도 공격하지 않으면 전쟁이 끝날 텐데."

"척탄병들은 그런 게 아니었어. 겁을 먹었던 거지. 척탄병 장교들은 모두 좋은 가문 출신들이라서 말이야."

"혼자 공격에 나선 장교도 몇 명 있었어."

"나가지 않은 장교 둘을 하사관 한 명이 쏘아 죽였대."

"공격에 나선 부대들도 있었는걸."

"공격에 나선 군인들은 열 명에 하나를 골라낼 때 줄에서 제외시켰대."

파시니가 말했다.

"총살당한 군인들 가운데 우리 마을 사람도 있었어. 커다란 몸집에 키도 크고 똑똑한 친구여서 척탄병이 되었지. 늘 로마에서 지냈어. 여자들을 끼고 말이야. 헌병도 함께였지."

그는 껄껄 웃었다.

"지금은 집 밖에 총검을 든 경비병이 지키고 있어. 아무도 그 녀석 어머니나 아버지, 여동생들을 만나러 오지 못하게 말이야. 그 녀석 아버지는 시민권을 빼앗겨 투표도 못 해. 그들을 보호해줄 법이라곤 없는 거지. 누구든 와서 그들의 재산을 빼앗아갈 수도 있다고."

"가족한테 그런 일이 생기지 않는다면 누구 하나 공격에 나설 사람이 없겠지."

"있어. 알프스 산악 부대라면 나설걸. 이탈리아 편에 선 연합군들도 그럴 거고. 저격 부대에도 몇 명 있지 않을까?"

"저격 부대도 줄행랑을 쳤는걸. 지금은 애써 잊으려 하지만."

"중위님, 우리가 이런 식으로 떠들게 놔두면 안 되는 거 아닙니까. 군대 만세."

파시니가 비아냥거렸다. 나는 살짝 말끝을 흐렸다.

"자네들이 무슨 말을 하는지 나도 잘 알아. 하지만 자네들이 운전을 열심히 하고 처신을 잘하기만 한다면……."

"……그리고 다른 장교님들의 귀에 들어가지만 않게 한다면 말이죠."

마네라가 끝을 맺었다. 나는 다시 말했다.

"우리는 전쟁을 잘 치러내야 하네. 어느 한쪽이 전투를 멈춘다고 전쟁이 끝나는 건 아니야. 우리가 전투를 멈추면 상황은 더 나빠질 뿐이라고."

파시니가 이번엔 공손하게 말했다.

"더 나빠질 것도 없지 않을까요. 전쟁보다 더 나쁜 게 어디 있을라고요."

"패배가 더 나쁘지."

파시니는 여전히 공손한 태도로 말했다.

"저는 그렇게 생각하지 않습니다. 패배가 뭔데요? 고향으로 돌아가는 것 아닌가요."

"적군이 자네를 쫓아올걸. 집을 빼앗겠지. 여동생들도 겁탈할 테고."

"제 생각은 달라요. 적군이라고 한 명 한 명 전부 찾아다니며 그런 짓을 할 순 없겠죠. 다들 각자 자기 집을 지켜야 해요. 여동생들도 집 밖에 못 나가게 하고요."

"교수형을 당할 텐데? 놈들이 와서 자네한테 다시 군인 노릇을 하게 할 거야. 이번엔 구급차 운전이 아니라 보병대에 들어가게 되겠지."

"전부 교수형에 처하진 못할 거예요."

그러자 마네라가 말했다.

"남의 나라 사람이 우리를 자기네 군대에 넣진 못하겠죠. 첫번째 전투에서 모두 내뺄 테니까요."

"체코인(1915년 오스트리아에서 마지못해 동원 소집에 응한 뒤 러시아군에 집단 투항한 체코인 부대를 말함-옮긴이)처럼 말이죠."

"내가 보기엔 자네가 정복당한다는 걸 잘 몰라서 그게 나쁘지 않다고 생각하는 거야."

파시니의 말투가 진지해졌다.

"중위님, 이런 이야기를 못 하게 할 수도 있는데 놔두는 거

압니다. 그런데 말이에요, 전쟁만큼 나쁜 건 없습니다. 우리처럼 구급차 운전을 하고 있으면 전쟁이 얼마나 나쁜지 전혀 알수가 없죠. 얼마나 나쁜지 깨달을 때쯤에는 진쟁을 멈출 도리가 없고요. 사람들이 돌아버리니까요. 끝까지 깨닫지 못하는 사람들도 있겠죠. 그저 장교들이 두려운 사람들도 있겠고요. 전쟁은 바로 그런 사람들로 이루어져 있는 겁니다."

"전쟁이 나쁜 건 알지만 우리는 끝을 내야 해."

"끝날 수가 없죠. 전쟁에는 끝이란 없어요."

"분명히 있어."

파시니는 고개를 저었다.

"전투에서 승리를 거둔다고 전쟁에서 이기는 건 아니에요. 산가브리엘레를 점령하면 뭐가 달라지나요? 카르소와 몬팔코네, 트리에스테를 점령하면요? 그다음엔 어떻게 되나요? 오늘 멀리 있는 산들을 보셨죠? 우리가 그 산들을 전부 손에 넣을 수 있을 것 같으세요? 오스트리아군이 전투를 중단하면 모를까. 어느 한쪽이 전투를 중단해야만 해요. 우리 쪽이라도 그만두면 안 되나요? 적군이 이탈리아로 침공해 내려와도 지쳐서 돌아갈 거예요. 놈들도 자기네 나라가 있으니까요. 하지만 현실은 그렇지 않아요. 전쟁이 있을 뿐이죠."

"달변이로군."

"우리도 생각이란 걸 합니다. 책도 읽고요. 무지렁이 농사꾼은 아니란 말입니다. 기계를 다루죠. 하지만 농사꾼도 전쟁을 믿을 만큼 어리석지는 않아요. 다들 이 전쟁을 끔찍하게 생각합니다."

"나라를 다스리는 계층이 어리석어 아무것도 깨닫지 못하고 앞으로도 절대 깨닫지 못할 겁니다. 그래서 바로 우리가 이 전쟁을 하고 있는 거고요. 게다가 그들은 전쟁으로 돈도 벌죠."

다시 파시니가 말했다.

"대부분은 안 그래. 그들은 너무 멍청하지. 아무 이유 없이 전쟁을 하는 거야, 멍청해서."

마네라가 끼어들었다.

"그만들 하지. 아무리 우리 중위님 앞이라고 하지만 말이 너무 많아."

"중위님은 아마 좋아하실걸. 중위님이 생각을 바꾸게 해드리자고."

"이제 그만하자니까."

그때 가부치가 물었다.

"중위님, 식사는 아직 멀었나요?"

"내가 나가보지."

고르디니가 일어나서 나를 따라 나왔다.

"제가 도와드릴 일이 있을까요, 중위님? 뭐든 시키세요."

그는 네 명의 운전병 가운데 가장 말이 없었다.

"그럼 나와 함께 가지. 뭔가 할 일이 있을지 보자고."

밖은 어두컴컴했다. 길게 뻗은 탐조등 불빛이 산 위에서 움직이고 있었다. 이 전투 지역에는 대형 탐조등들이 군용 트럭에 실려 있어 가끔 한밤중에 최전선 바로 뒷길을 지나다 보면 이런 트럭들과 마주치기도 했다. 군용 트럭 한 대가 도로에서 조금 벗어난 곳에 멈춰 서 있었다. 한 장교가 탐조등에 대해 지시를 내리고 있었으며, 사병들은 두려움에 떨고 있었다. 우리는 벽돌 공장을 가로질러 야전 응급치료소 본부에서 걸음을 멈췄다. 푸른 나뭇가지들이 출입구 위쪽 외벽을 조금 가렸고, 햇볕에 바싹 마른 나뭇잎들이 밤바람을 맞아 어둠 속에서 바스락거렸다. 안에는 불이 켜져 있었다. 소령은 상자 위에 걸터앉아 전화기를 붙잡고 있었다. 군의관 대위 한 명이 공격이 한시간 연기되었다고 알려주었다. 그러고는 코냑을 따라주었다. 나는 긴 수술대와 불빛에 빛나는 의료 기구, 세숫대야, 마개를 닫아놓은 병 들을 바라봤다. 고르디니는 내 뒤에 서 있었다. 소령이 통화를 끝내고 일어서면서 말했다.

"이제 공격 개시일세. 계획이 다시 변경되었어."

나는 밖을 내다봤다. 바깥은 어두웠다. 오스트리아군의 탐조등 불빛이 우리 뒤쪽 산에서 이리저리 움직이고 있었다. 잠깐 적막이 흘렀지만 곧 우리 뒤쪽 대포들이 일제히 불을 내뿜으며 포격을 시작했다. 소령이 큰 소리로 외쳤다.

"좋았어."

나는 서둘러 말했다.

"그런데 수프 말입니다, 소령님."

그가 미처 듣지 못해 나는 다시 한 번 말해야 했다.

"아직 식사가 안 왔네."

커다란 포탄 하나가 날아와 벽돌 공장 건물 밖에서 터졌다. 이어서 또 한 발이 터졌는데, 굉음 속에서 벽돌과 흙무더기가 쏟아져 내리는 소리가 작게 들렸다.

"먹을 만한 게 있습니까?"

"파스타 아시우타(치즈와 가지 등을 곁들여 오븐에 구운 마카로니 요리-옮긴이)가 조금 있네."

"조금 덜어주시면 가져가겠습니다."

소령이 위생병을 불러 지시하자 그가 뒤쪽으로 가더니 시야에서 사라졌다가 식은 마카로니 요리가 담긴 금속 통을 들고 나타났다. 나는 그것을 고르디니에게 주었다.

"치즈도 있습니까?"

소령은 마지못해 위생병을 다시 불렀고, 그는 구덩이로 내려가 흰 치즈 덩어리를 4분의 1가량 잘라서 가져왔다.

나는 아까보다 정중하게 말했다.

"정말 고맙습니다."

"지금은 밖으로 나가지 않는 게 좋을 걸세."

바깥 출입구 옆에서 뭔가를 내려놓는 소리가 들렸다. 운반병 중 한 명이 건물 안쪽을 기웃거렸다. 그를 보고 소령이 소리쳤다.

"이리 데려와. 뭐하고 서 있는 거야? 우리가 밖으로 나가 부상자를 데려와야겠나?"

들것 운반병 둘이 부상자의 두 팔과 두 다리를 들어 안으로 데리고 들어왔다. 소령이 명령했다.

"웃옷을 찢게."

소령은 끝에 거즈를 감은 핀셋을 집어 들었다. 대위 둘이 겉옷을 벗었다. 소령이 두 운반병에게 말했다.

"가봐."

나는 고르디니에게 말했다.

"가자."

"포격이 끝날 때까지 여기서 기다리는 게 좋을 텐데."

소령이 어깨너머로 말했다.

"운전병들이 식사를 기다리고 있습니다."

"그렇다면 좋을 대로 하게."

우리는 밖으로 나가 벽돌 공장 마당을 가로질러 달렸다. 포탄 하나가 강기슭 근처에서 짧게 터졌다. 그러더니 소리도 없이 또 한 발이 날아와 갑자기 터졌다. 우리는 둘 다 납작 엎드렸다. 섬광이 번쩍이고 쿵 하는 폭발음과 화약 냄새가 진동하는 가운데 파편들이 쉭쉭 날아가는 소리와 벽돌이 와그르르 무너지는 소리가 들렸다. 고르디니가 일어나 방공호 쪽으로 뛰어가는 모습이 보였다. 나도 그의 뒤를 따라갔다. 들고 있던 치즈의 매끄러운 표면은 벽돌 가루 범벅이 되었다. 방공호 안으로 들어가니 운전병 셋이 벽을 등진 채 담배를 피우고 있었다. 나는 그들을 향해 말했다.

"자, 이거 받으라고. 애국자 양반들아."

마네라가 걱정스러운 표정으로 물었다.

"구급차는 어때요?"

"괜찮아."

"중위님, 놀라셨죠?"

"그럼, 젠장."

나는 칼을 꺼내 날을 닦은 뒤 더러워진 치즈 표면을 깎아냈다. 가부치가 마카로니 통을 내밀었다.

"먼저 드십시오, 중위님."

"아냐, 바닥에 내려놔. 다 같이 먹자고."

"포크가 없는데요."

나는 영어로 말했다.

"빌어먹을."

그러고는 치즈를 잘게 잘라 마카로니 위에 올리며 말했다.

"앉지."

다들 모여 앉았으나 음식에는 손대지 않았다. 나는 엄지와 다른 손가락들로 마카로니를 집어 올렸다. 덩어리져 있던 것이 흐트러졌다.

"높이 들어 올리세요, 중위님."

내가 팔을 쭉 뻗어 올리자 마카로니 가닥들이 딸려 올라왔다. 나는 그것을 입으로 가져가 끝까지 쭉 빨아들여 씹고 치즈도 한 입 베어 물었다. 그리고 와인도 한 모금 마셨다. 와인은 녹슨 쇠 맛이 났다. 나는 와인이 든 수통을 파시니에게 돌려주었다. 그가 겸연쩍은 표정으로 말했다.

"맛이 갔네요. 너무 오래 놔뒀나 봐요. 수통을 차 안에 뒀거든요."

다들 먹는 데 여념이 없었다. 턱을 통에 바짝 붙이고 머리를 뒤로 젖혀 마카로니 가닥을 쭉쭉 빨아들이고 있었다. 나는 치즈와 함께 마카로니를 한 입 더 먹고 와인으로 입가심을 했다. 그때 밖에 뭔가가 떨어져 땅이 흔들렸다. 놀란 가부치가 말했다.

"420밀리 포 아니면 박격포일 거야."

나는 머리를 크게 흔들며 말했다.

"이런 산속에 420밀리 포는 없어."

"그쪽은 커다란 스코다 포(체코슬로바키아에서 제작한 산악용 대포-옮긴이)를 갖고 있어요. 포탄 떨어진 구멍들을 봤어요."

"305밀리 포겠지."

우리는 다시 먹기 시작했다. 기차 엔진에 시동이 걸리는 것처럼 털털거리는 소리가 나더니 또 한 번의 폭발이 땅을 뒤흔들었다. 파시니가 걱정스러운 목소리로 말했다.

"이 방공호는 별로 깊지 않은데."

"지금 저건 대형 박격포였어."

"맞습니다, 중위님."

나는 내 몫의 치즈 조각을 마저 먹고 와인도 한 모금 삼켰다. 다른 소음을 뚫고 털털거리는 소리가 들리더니 다음에는 츄, 츄, 츄, 츄 하는 소리가 났다. 그리고 용광로 문을 홱 열어젖힐 때처럼 강한 섬광이 번뜩였다. 처음에는 흰 빛이었다가 빨갛게 변했고 맹렬한 바람과 함께 굉음이 그치지 않았다. 숨을 쉬어보려고 했으나 소용없었다. 내 몸뚱이가 송두리째 밖으로, 밖으로, 밖으로 무섭게 밀려 나가는 듯한 느낌이 들었다. 온몸이 계속해서 바람에 날렸다. 몸이 아주 빠르게 저절로 밀려 나가기에 나는 죽은 건가 싶었는데, 그렇게 생각했던 게 큰 착각이었다는 사실을 깨달았다. 순간적으로 몸이 붕 뜨더니 곧 다시 미끄러져 떨어지는 느낌이 들었다. 숨이 돌아오니 아까 그 자리였다. 땅은 파헤쳐져 있고 머리맡에는 쪼개진 나무 기둥이 떡 하니 놓여 있었다. 머리가 지끈거리는 와중에도 누군가 우는 소리가 들렸다. 비명을 지르는 것도 같았다. 나는 몸을 움직이려고 했으나 쓸데없는 짓이었다. 강 건너에서는 강을 따라 온통 기관총과 소총 소리가 울려 퍼졌다. 뭔가 요란하게 후두두 떨어지는 듯한 소리가 들리더니 조명탄이 솟아올라 터지며 하얀빛이 떠다녔다. 로켓탄을 쏘아 올렸는지 폭발하는 소리도 났다. 모든 것이 한순간이었다. 그리고 나는 가까이에서 누군가의 목소리를 들었다.

"어머니! 아아, 어머니!"

나는 몸을 잡아당기고 비틀어서 마침내 두 다리를 빼낸 뒤 몸을 돌려 그에게 손을 뻗었다. 파시니였다. 내가 손을 대자 그는 비명을 질렀다. 그의 다리가 내 쪽을 향해 있었는데 어둠 속에서 번쩍이는 포화 불빛에 양다리가 무릎 위까지 박살 난 것이 보였다. 한쪽 다리는 완전히 날아갔고 다른 쪽은 힘줄과 바짓가랑이에 간신히 붙어 있었다. 떨어져 나간 다리는 몸과 연결되어 있지 않다는 듯 제멋대로 꿈틀꿈틀 경련을 일으키고 있었다. 그는 자기 팔을 물어뜯으며 신음했다.

"아아! 어머니, 어머니."

그러고는 중얼거렸다.

"성모 마리아에게 영광을, 마리아에게 영광을. 아! 예수님, 절 쏘아 죽여주세요, 예수님, 죽여주세요. 어머니, 어머니. 아! 순결하고 아름다운 성모 마리아님, 절 쏘아 죽여주세요. 이제 그만, 그만, 그만. 아! 예수님, 아름다운 성모 마리아님. 이제 그만 끝내주세요. 아아, 아아."

그러더니 목이 메는 듯했다.

"어머니, 어머니."

이윽고 조용해졌다. 팔을 입에 문 채였고 떨어져 나간 다리는 계속 씰룩거리고 있었다. 나는 두 손을 나팔처럼 모으고 외쳤다.

"부상자를 데려가게! 부상자를 데려가게!"

나는 파시니에게 좀 더 가까이 가서 다리에 지혈대를 대주려고 했지만 꼼짝도 할 수 없었다. 다시 시도해봤더니 다리가 조금 움직였다. 팔과 팔꿈치를 이용해 몸을 뒤로 끌어낼 수 있었다. 파시니는 이제 아무 소리 없이 조용했다. 나는 그의 곁에 앉아 군복 상의를 벗고 내 셔츠 자락을 찢으려고 애썼다. 셔츠가 잘 찢어지지 않아 옷자락 끝을 이로 물어뜯었다. 그때 파시니의 각반이 생각났다. 나는 모직 양말을 신었지만 그는 각반을 차고 다녔다. 운전병들은 다들 각반을 찼는데, 파시니는 한쪽에만 찼다. 나는 각반을 풀었다. 풀다 보니 애써 각반을 풀어 지혈대를 만들 필요가 없다는 것을 알게 되었다. 파시니가 이미 죽어버린 것이다. 나는 그가 정말 죽었는지 확인해봤다. 다른 세 명도 찾아야 했다. 나는 몸을 똑바로 세워 앉았다. 그런데 내 머릿속에서 뭔가가 인형 눈알 속의 추처럼 움직여 눈알 뒤 안쪽을 때렸다. 다리가 뜨뜻해지면서 축축한 느낌이 들었고, 신발 안쪽도 뜨뜻하고 축축했다. 나는 총을 맞았다는 생각이 들어 몸을 구부리고 한쪽 무릎에 손을 대봤다. 무릎이 거기 없었다. 손을 뻗어보니 내 무릎은 정강이 부근에 떨어져 있었다. 나는 셔츠에 손을 닦았다. 조명탄이 또 한 번 터져 둥실 뜬 불빛이 아주 천천히 내려왔다. 다리를 내려다본 순간 덜컥 겁이 났다. 아, 하느님. 나는 중얼거렸다. 저를 여기서 구해주세요. 하지만 세 명이 더 있다는 데 생각이 미쳤다. 운전병은 넷이었던 것이다. 파시니는 죽었다. 그러면 셋이 남았다. 그때 누군가 내 양팔을 잡았고, 또 한 사람이 내 두 다리를 들어 올렸다. 나는 다급하게 말했다.

"세 명이 더 있습니다. 한 명은 죽었고요."

"마네라입니다. 들것을 가지러 갔는데 없었어요. 괜찮습니까, 중위님?"

"고르디니와 가부치는 어디 있지?"

"고르디니는 주둔지에서 붕대를 감고 있습니다. 가부치는 중위님 다리 쪽을 들고 있고요. 제 목에 매달리세요, 중위님. 부상이 심하십니까?"

"다리에 맞았어. 고르디니는 어떤가?"

"괜찮습니다. 대형 박격포 포탄이 떨어졌어요."

"파시니가 죽었어."

"예, 죽었습니다."

포탄이 가까이에 떨어져 둘 다 땅에 엎드리는 바람에 나를 떨어뜨렸다. 마네라가 미안해하며 말했다.

"죄송합니다, 중위님. 제 목을 붙잡으세요."

"또 떨어뜨리기만 해봐."

"무서워서 그랬습니다."

"자네들은 부상을 입지 않았나?"

"둘 다 아주 가벼운 부상입니다."

"고르디니는 운전을 할 수 있나?"

"못할 것 같습니다."

두 사람은 주둔지에 도착하기 전에 나를 한 번 더 떨어뜨렸다. 나는 입술을 앙다문 채 욕을 했다.

"개새끼들 같으니라고."

마네라는 어쩔 줄 몰라 했다.

"죄송합니다, 중위님. 다시는 안 떨어뜨리겠습니다."

주둔지 바깥에는 수많은 부상병이 어둠 속에서 땅바닥에 누워 있었다. 군인들이 부상병들을 안으로 옮기거나 밖으로 날랐다. 커튼을 젖히고 누군가를 안으로 또는 밖으로 데려갈 때 응급치료소에서 불빛이 새어 나오는 것이 보였다. 사망자들은 한쪽으로 내갔다. 군의관들은 옷소매를 어깨까지 걷어붙이고 도살업자처럼 벌겋게 피투성이가 된 채로 치료하고 있었다. 들것이 모자랐다. 시끄럽게 구는 부상병도 있었지만 대부분은 조용했다. 바람이 불어 응급치료소 문 위 나무 그늘 속에서 나뭇잎들이 나부꼈다. 밤이 되자 쌀쌀해지기 시작했다. 들것 운반병들이 쉴 새 없이 들어와 들것을 내려놓고 부상병을 옮긴 뒤 밖으로 나갔다. 내가 응급치료소에 도착하자마자 마네라가 위생병 하사 한 명을 데려왔다. 그 하사가 내 두 다리에 붕대를 감아주었다. 그의 말로는 상처에 흙먼지가 너무 많이 들어가는 바람에 피를 많이 흘리지 않았다고 했다. 될 수 있는 한 빨리 치료해주겠다고도 했다. 그러고는 다시 안으로 들어가 버렸다. 마네라가 내게 고르디니는 운전을 할 수 없을 것 같다고 말했다. 어깨가 박살나고 머리도 다쳤기 때문이다. 처음에는 괜찮은 듯했지만 지금은 어깨가 뻣뻣하게 굳었다고 했다. 그는 벽돌담 한옆에 앉아 있었다. 마네라와 가부치는 각자 부상병들을 차에 싣고 출발했다. 그 두 사람은 운전을 할 수 있는 상태였다. 영국군이 구급차 석 대를 끌고 도착했는데, 구급차마다 두 명씩 타고 있었다. 운전병들 가운데 한 명이 고르디니를 따라 내 쪽으로 왔다. 고르디니는 안색이 백지장처럼 창백하고 아파 보였다. 영국인 운전병이 몸을 숙이고 물었다.

"부상이 심하십니까?"

그는 키가 크고 금속 테 안경을 쓰고 있었다.

"다리를 맞았네."

"중상이 아니면 좋겠네요. 담배 한 개비 피우시겠습니까?"

"고맙네."

"운전병 둘을 잃었다고 하더군요."

"맞아. 한 명은 죽었고 또 한 명은 자네를 데려온 친구지."

"운이 지독하게 나빴네요. 저희가 구급차를 몰까요?"

"그걸 부탁하려던 참이었네."

"아주 조심히 다뤄 중위님 숙소에 가져다놓겠습니다. 206번지 맞죠?"

"맞아."

"멋진 곳이죠. 그 근처에서 중위님을 뵌 적이 있습니다. 미국인이라고 하던데요."

"맞네."

"저는 영국인입니다."

"설마!"

"영국인 맞습니다. 이탈리아인이라고 생각하셨습니까? 저희 부대에도 이탈리아인이 있긴 하죠."

"자네가 구급차를 몰아준다니 잘됐군."

그가 몸을 일으켰다.

"아주 조심히 다루겠습니다. 중위님 밑에 있는 이 친구가 저한테 중위님을 꼭 만나보라고 하더군요."

그가 고르디니의 어깨를 툭툭 두드렸다. 고르디니는 순간 움찔하더니 미소를 띠었다. 영국인은 유창하고 틀린 데 없는 이탈리아어로 말하기 시작했다.

"자, 이제 다 준비됐어. 자네 중위님도 만나봤고. 우리가 구급차 두 대를 맡기로 하지. 이제 걱정하지 말라고."

그러다가 그가 갑자기 말을 멈췄다.

"중위님이 여기서 나가시도록 조치해야겠네요. 이제 군의관님들을 만나보겠습니다. 저희가 중위님을 호송해서 돌아가면 되니까요."

그는 부상병들 사이로 조심스럽게 발을 내디디며 응급치료소로 걸어갔다. 그러더니 문에 걸어놓은 담요를 젖히고 불빛이 새어 나오는 안으로 들어갔다. 고르디니가 다가와 말했다.

"저 친구가 보살펴드릴 겁니다, 중위님."

"프랑코(고르디니의 이름-옮긴이), 자넨 상태가 어때?"

"저는 괜찮습니다."

그가 내 옆에 앉았다. 조금 뒤 응급치료소 정면의 담요가 들리더니 들것 운반병 둘이 키가 큰 영국인을 따라 나왔다. 그가 운반병들을 내게 데려왔다. 그러고는 이탈리아어로 말했다.

"이분이 미국인 중위님이시네."

"난 기다리는 편이 좋겠어. 나보다 더 심한 부상을 입은 사람이 많으니 말이야. 난 괜찮아."

"오세요, 어서. 대단한 영웅심 발휘하시지 말고요."

그리고 다시 이탈리아어로 말했다.

"다리 부분을 아주 조심해서 들어 올리게. 다리 통증이 심하시니. 이분은 미국 윌슨 대통령의 친아들이시라고."

운반병들이 나를 들어 올려 응급치료소로 데려갔다. 안에서는 수술대마다 수술이 한창이었다. 몸집이 작은 소령은 화가 머리끝까지 난 얼굴로 우리를 쳐다봤다. 그는 나를 알아보고 핀셋을 흔들어 보였다.

"괜찮은가?"

"괜찮습니다."

키가 큰 영국인이 이탈리아어로 말했다.

"제가 모시고 왔습니다. 저분은 미국 대사의 외아들이십니다. 치료를 받을 때까지 여기 있도록 해주십시오. 치료 뒤엔 제가 맨 먼저 차에 실어 호송하겠습니다."

그가 허리를 굽혀 나를 봤다.

"제가 사무병을 찾아 서류 처리를 하겠습니다. 그러면 일이 훨씬 빨리 진행될 겁니다."

그는 구부정한 자세로 출입구를 빠져나갔다. 소령은 이제 핀셋으로 집어낸 것들을 대야에 던져넣고 있었다. 나는 그의 손길을 눈으로 쫓았다. 이제 그는 붕대를 감고 있었다. 그러고 나서 들것 운반병들이 그 군인을 수술대에서 내렸다.

"제가 미국인 중위를 치료하겠습니다."

대위들 가운데 한 명이 나섰다. 그들은 나를 수술대 위에 눕혔다. 수술대는 딱딱하고 미끄러웠다. 여러 종류의 악취가 코를 찌르고 화학약품과 달착지근한 피 냄새도 났다. 그들이 내 바지를 벗기자 군의관 대위는 상처를 살피면서 사무병 하사가 받아쓰도록 구술을 시작했다.

"좌측과 우측 대퇴부, 좌측과 우측 무릎 그리고 우측 발의 복합 외상. 우측 무릎과 발의 심부 부상. 두피의 열상."

그러고 나서 그는 외과용 탐침으로 두드리며 물었다.

"아픈가?"

"젠장, 예!"

"두개골 골절 의심. 임무 수행 중 부상. 이렇게 해놔야 자해 혐의로 군법회의에 회부되지 않지."

그가 내게 말했다.

"브랜디 한잔하겠나? 어쩌다 이런 부상을 입은 건가? 뭘 하려던 거였나? 자살? 파상풍 예방주사를 놔주게. 양쪽 다리 모두에다 십자 표시를 해주고. 고맙네. 이 부분을 조금 정리하고 닦아낸 뒤 붕대를 감아주겠네. 자네 피는 아주 착하게 잘 굳는군."

사무병이 서류에서 눈을 들고 말했다.

"부상 사유는 뭐라고 적을까요?"

군의관 대위가 물었다.

"뭐에 맞은 건가?"

나는 눈을 감은 채 말했다.

"박격포 포탄이었습니다."

대위는 찌르는 것처럼 아프게 처치하더니 조직을 잘라내며 말했다.

"확실한가?"

나는 가만히 누워 있으려고 애썼지만, 살을 잘라내자 배 속이 퍼덕거리는 느낌이 들었다.

"그런 것 같습니다."

대위가 (뭔가를 찾아내고 흥미로워하면서) 말했다.

"적군의 박격포 포탄 파편들이로군. 원한다면 좀 더 찾아보겠지만 그럴 필요까진 없을 것 같고. 이 부위 전체에 소독약을 바르겠네. 따끔한가? 좋아, 조금 있다 겪을 아픔에 비하면 이 정도는 아무것도 아니지. 통증은 아직 시작되지도 않았으니까. 여기 브랜디 한 잔 가져오게. 충격을 받으면 통증이 무뎌지지. 하지만 괜찮아. 상처 부위가 감염되지만 않으면 걱정할 것 없네. 요즘은 그런 일이 드물기도 하고. 머리는 어떤가?"

내가 힘겹게 대답했다.

"죽겠어요!"

"그럼 브랜디는 너무 많이 마시지 말게. 골절이 있으면 염증을 조심해야지. 여긴 어떤가?"

나는 온몸이 땀투성이가 되어 말했다.

"하느님 맙소사!"

"골절이 있는 것 같군. 붕대로 싸매줄 테니 머리를 흔들지 말게나."

그는 손을 재빠르게 놀려 붕대를 팽팽하고 확실하게 감았다.

"다 됐어. 행운을 비네. 프랑스 만세."

다른 대위들 가운데 한 명이 일러주었다.

"이 친군 미국인이야."

대위는 퉁명스럽게 말했다.

"프랑스인이라고 하지 않았나? 프랑스어를 하잖아. 예전부터 얼굴은 알고 있었지. 나는 계속 프랑스인인 줄 알았네."

그는 텀블러에 든 코냑을 반쯤 마셨다.

"부상이 심한 쪽부터 데려와. 파상풍 주사도 더 가져오고."

대위는 이렇게 말한 뒤 내게 손을 흔들어 인사했다. 군인들이 나를 들어 올렸고 문을 지나갈 때 담요 자락이 내 얼굴을 스쳤다. 밖으로 나오자 사무병 하사가 누워 있는 내 옆에 무릎을 꿇고 앉아 부드럽게 물었다.

"이름이 뭡니까? 중간 이름은요? 성은요? 계급은 어떻게 됩니까? 출생지는요? 군 특기는요? 어느 부대시죠?"

한참 동안 질문이 이어졌다.

"머리를 다치셨다니 정말 안타깝습니다, 중위님. 얼른 회복하시길 바랍니다. 이제 영국인이 모는 구급차로 모셔다 드리겠습니다."

"난 괜찮네. 정말 고맙네."

소령이 말했던 그 고통이 시작되고 있어 주변 상황 따위는 내게 관심도, 상관도 없었다. 조금 뒤 영국인이 모는 구급차가 왔다. 군인들이 나를 들것에 실은 다음 들것을 구급차 높이까지 들어 올려 대충 안으로 밀어 넣었다. 내 옆에는 들것이 하나 더 있었다. 그 위에 어떤 남자가 누워 있었는데, 붕대 위에 밀랍으로 만든 것 같은 코가 보였다. 그는 괴로운 듯 숨을 몰아쉬었다. 구급차 천장에 쇠사슬로 매달아 놓은 들것도 있었다. 키가 큰 영국인 운전병이 와서 차 안을 들여다보며 말했다.

"아주 살살 몰겠습니다. 편안하시면 좋겠네요."

엔진에 시동이 걸리는 것이 느껴졌다. 운전병이 앞좌석에 올라타 브레이크를 풀고 클러치를 거는 것도 느껴졌다. 그리고 구급차가 출발했다. 나는 몸속을 내달리는 통증을 느끼며 가만히 누워 있었다.

구급차는 오르막길에 들어서자 길이 막혀 속도가 느려졌다. 가끔 서 있기도 했고 방향을 틀기 위해 후진하기도 했다. 그리고 마침내 꽤 빠르게 오르막길을 달리기 시작했다. 그때 뭔가 내 몸에 똑똑 떨어지는 느낌이 들었다. 처음에는 천천히 일정한 간격을 두고 떨어지더니 곧 주르륵 하고 흐르듯 떨어졌다. 나는 운전병을 소리쳐 불렀다. 그는 차를 세우고 운전석 뒤쪽 구멍으로 이쪽을 들여다봤다.

"무슨 일입니까?"

"내 위쪽 들것에 있는 부상병에게 출혈이 있네."

"꼭대기까지 얼마 남지 않았습니다. 게다가 저 혼자서는 들것을 빼지 못합니다."

그가 차를 출발시켰다. 피는 계속 떨어졌다. 차 안이 어두워 머리 위 들것의 캔버스 천 어디쯤에서 피가 떨어지는지 보이지 않았다. 나는 몸을 옆으로 움직여 내 몸 위로 피가 떨어지는 것을 피해보려고 했다. 떨어진 피는 내 셔츠 속까지 흘러내려 뜨뜻하고 끈적거렸다. 나는 너무 춥고 다리가 아파 토할 것만 같았다. 조금 뒤 위쪽 들것에서 흐르던 피가 줄어들더니 한 방울씩 똑똑 떨어지기 시작했다. 위쪽 들것에 누운 부상병이 자세를 좀 더 편하게 고치는 듯 들것의 캔버스 천이 움직이는 소리가 들렸다. 영국인이 다시 물었다.

"아까 그 부상병은 좀 어떤가요? 거의 다 왔는데요."

"죽었나 봐."

핏방울이 드문드문 떨어졌다. 겨울에 해가 진 뒤 고드름에서 물방울이 떨어지는 것처럼 아주 천천히 말이다. 차 안은 밤이라 추웠고 우리는 오르막길을 달리고 있었다. 꼭대기의 주둔지에 이르자 군인들이 내 위쪽 들것을 가지고 나가더니 다른 들것을 실었다. 우리는 다시 길을 서둘렀다.

10장

야전병원 병실에 누워 있는데 오후에 누군가 문병을 올 거
라고 했다. 날씨는 후텁지근하고 병실에는 파리가 많았다. 나
를 담당하는 위생병은 종이를 여러 줄로 길게 잘라 막대기 끝
에 묶어 파리 쫓는 빗자루를 만들었다. 나는 누워 있는 상태로
파리들이 천장에 달라붙는 것을 지켜봤다. 위생병이 휘두르
기를 멈추고 잠이 들면 파리들이 내려왔다. 나는 입으로 후후
불며 파리를 쫓다가 결국은 손으로 얼굴을 덮고 잠이 들었다.
너무 더워 잠에서 깨자 다리가 가려웠다. 나는 위생병을 깨웠
다. 그가 붕대 감은 부위에 탄산수를 부어주었다. 그러자 침대
가 축축하고 시원해졌다. 잠이 깬 부상병들이 병실 여기저기
서 이야기를 나누고 있었다. 오후 시간에는 아주 조용했다. 오

전에는 남자 간호사 셋과 의사 한 명이 병상을 하나하나 차례로 돌았다. 그들은 환자를 침대에서 옮겨 처치실로 데려가 상처 부위에 붕대를 다시 감아주었고, 그동안 병상 정돈이 이루어졌다. 처치실로 옮겨가는 과정은 기분이 좋지 않았다. 그때는 몰랐는데, 환자를 옮기지 않고도 침대를 정돈할 수 있다는 것을 나중에 알게 되었다. 담당 위생병이 물을 다 붓자 침대가 시원하고 쾌적해졌다. 나는 그에게 발바닥의 가려운 데를 긁어달라고 했다. 그때 군의관 한 명이 리날디를 데려왔다. 리날디는 성큼성큼 들어와 침상으로 몸을 구부리고 내게 입을 맞췄다. 그가 장갑을 끼고 있는 것이 보였다.

"안녕, 우리 애송이? 몸은 좀 어때? 내가 이걸 가져왔단 말이야……."

코냑이었다. 위생병이 의자를 가져오자 리날디는 거기에 앉았다.

"좋은 소식도 가져왔지. 자넨 훈장을 받게 될 거야. 위에서는 은성훈장을 주고 싶어 하지만 동성훈장으로 그칠지도 몰라."

"뭘 했다고 훈장이야?"

"중상을 입었잖아. 자네가 영웅적인 행동을 했다는 걸 증명하면 은성훈장도 받을 수 있을 거라던데. 그렇지 않으면 동성훈장을 받는 거고. 무슨 일이 있었는지 정확하게 말해봐. 뭐라도 영웅적인 행동을 한 거 있어?"

"아니, 우린 치즈를 먹다가 포격을 당했어."

"농담하지 말고. 포격 전이든 후든 틀림없이 뭔가 영웅다운 행동을 했을 거 아냐. 기억을 잘 되살려봐."

"그런 거 안 했어."

"누군가를 업고 나르진 않았고? 고르디니 말로는 자네가 여러 명을 업고 날랐다던데. 하지만 제1주둔지의 군의관 소령은 그건 불가능한 일이라고 주장하더군. 아무튼 소령이 전공 보고서에 서명해야 해."

"난 아무도 나르지 않았어. 움직일 수가 없었다고."

"그건 상관없어."

리날디는 장갑을 벗었다.

"은성훈장을 받게 해줄 수 있을 것 같아. 다른 부상자들보다 먼저 치료받는 걸 거부하지는 않았어?"

"딱 부러지게 거부한 건 아니야."

"그건 상관없다니까. 자네 부상이 얼마나 깊은지 보라고. 늘 전방에 가겠다고 자청하는 용감무쌍한 행동은 어떻고. 게다가 작전도 성공했잖아."

"아군이 무사히 강을 건넜어?"

"대성공이야. 포로가 1천 명쯤 될 거야. 소식지에 나왔는데 못 봤어?"

"못 봤어."

"다음에 가져다주지. 성공적인 기습 작전이었어."

"상황은 어때?"

"아주 좋아. 우리 모두 최고야. 다들 자네를 자랑스러워하고 있어. 그러니 상황을 정확하게 말해줘. 내가 보기에 자넨 은성 훈장을 받을 게 확실하다고. 계속 말해봐, 전부 다."

그는 말을 멈추고 잠깐 생각에 잠겼다가 계속 말했다.

"어쩌면 영국 훈장을 탈 수 있을지도 몰라. 거기에 영국인도 한 사람 있었으니까. 그를 만나러 가서 자네를 추천해주겠느냐고 물어봐야겠어. 뭔가 해줄 수 있을 거야. 고통이 심한가? 코냑 한잔 마셔. 위생병, 코르크마개 뽑이 좀 가져다주게. 아, 내가 작은창자를 3미터나 잘라내는 수술을 얼마나 잘해냈는 지 자네가 봤어야 하는데.「랜싯」(영국 의학 전문 잡지로, 랜싯은 양 날 끝이 뾰족한 외과용 칼을 일컫는 단어임—옮긴이)에 실릴 만한 일 이야. 자네가 번역해주면「랜싯」에 보내야지. 내 실력은 하루 가 다르게 늘고 있다고. 가엾은 친구, 병세는 어떤 거야? 빌어 먹을 코르크마개 뽑이는 어디 있는 거지? 자네가 너무 씩씩하 게 입을 다물고 있어 잠깐 아프다는 걸 잊고 있었어."

리날디가 장갑으로 침대 가장자리를 탁 내리쳤다. 그때 위 생병이 말했다.

"코르크마개 뽑이 가져왔습니다, 중위님."

"그 병을 따주게. 잔도 가져오고. 좀 마셔봐, 이 친구야. 머리 부상은 좀 어때? 자네 서류를 봤어. 골절은 없더군. 제1주둔지의 소령은 돼지 잡는 사람 같아. 내가 자넬 맡았으면 하나도 안 아팠을 텐데. 난 아무도 아프게 안 해. 요령을 알거든. 날이 갈수록 아프지 않게 살살, 더 잘하는 법을 배운다니까. 말이 너무 많아서 미안해, 친구. 자네가 심한 부상을 당한 걸 보니 울컥해서 그래. 자, 마셔봐. 좋은 술이야. 15리라나 준 거라고. 맛이 꽤 좋을 거야. 별 다섯 개짜리지. 돌아가는 길에 그 영국군을 찾아가야겠어. 자네가 영국 훈장을 받도록 해줄 거야."

"그런 일로 훈장을 주지는 않아."

"자넨 너무 겸손하단 말이야. 연락 장교를 보내야겠어. 그라면 영국군을 잘 다룰 수 있겠지."

"바클리 양을 본 적 있어?"

"데려올게. 지금 가서 데려오겠네."

"그러지 마. 고리치아 이야기나 해줘. 아가씨들은 잘 있어?"

"아가씨다운 아가씨들이 어디 있어야지. 두 주 동안이나 새로 온 아가씨가 없었어. 이제 난 꼴사나워서 거기 잘 안 가. 아가씨들 같지가 않고 오랜 전우 같다니까."

"전혀 안 가?"

"뭐 새로운 일이 없나 하고 가보긴 하지. 오다가다 들르는 정도야. 다들 자네 안부를 묻더군. 하도 오래 머물러서 동지애가 생기다니, 낯 뜨거워서 원."

"전방으로 가려는 아가씨들이 이젠 없는 모양이지."

"가려는 사람이 왜 없어, 아가씨들이 그렇게 많은데. 행정이
형편없어서 그래. 후방 방공호 안에 숨어 있는 작자들 즐거우
라고 붙들어두고 있는 거지."

"불쌍한 리날디. 외로이 전장에 있는데 새로 오는 아가씨들
조차 없다니."

리날디가 자기 잔에 코냑을 한 잔 더 따랐다.

"이 정도 술은 상처에 해롭지 않을 거야, 우리 꼬맹이. 그러
니 마시자고."

코냑을 마시자 온몸에 훈훈한 기운이 퍼졌다. 리날디는 또
한 잔을 따랐다. 그는 이제 별로 말이 없었다. 그 대신 잔을 치
켜들었다.

"자네의 용맹스러운 부상을 위해. 그리고 은성훈장을 위해.
말해보게, 친구. 이렇게 후끈한 날씨에 계속 여기 누워 있으면
울컥하지 않아?"

"가끔 그래."

"그렇게 누워 있는 건 나로서는 상상도 할 수 없어. 나 같으
면 미쳐버릴 거야."

"자넨 이미 미쳐 있는데 뭘."

"자네가 돌아오면 좋겠어. 연애질하다 밤이 되어 돌아오는

사람도 없고, 놀려줄 사람도 없고, 나한테 돈 빌려줄 사람도 없고, 피를 나눈 형제도 룸메이트도 없다고. 대체 부상은 왜 당한 거야?"

"신부님을 놀리면 되잖아."

"신부님이라, 신부님 놀리는 건 내 몫이 아니지. 그건 대위님 전문이잖아. 난 신부님을 좋아해. 죽기 전에 신부가 필요하면 그분을 불러. 이미 만나러 오실 거긴 하지만. 단단히 준비하고 있던데."

"나도 그분이 좋아."

"아, 그럴 줄 알았어. 가끔 자네와 신부님이 좀 그런 식의 관계가 아닐까 싶었지. 자네도 뭔지 알지?"

"아니, 그런 거 아니야."

"맞아, 가끔 그런 생각이 든다고. 안코나 여단의 제1연대 녀석들처럼 약간 그렇고 그런."

"닥쳐."

그는 자리에서 일어나 장갑을 꼈다.

"아! 난 자넬 놀리는 게 좋아 죽겠다고, 우리 꼬맹이. 신부님과도 어울리고 영국 아가씨와도 어울리지만, 자네 마음속 본성은 나와 다를 게 없다고."

"아니, 안 그래."

"아니, 그래. 자넨 아주 이탈리아인다워. 불과 연기에 휩싸여 있지만 안은 텅 비었지. 자넨 미국인인 척하고 있을 뿐이야. 우린 형제고 서로 사랑한단 말이지."

나는 심드렁하게 말했다.

"나 없는 동안 얌전히 지내라고."

"바클리 양을 보내주지. 나 없이 그녀와 둘만 있는 게 나을 거야. 더 순수해지고 더 상냥해질 테니."

"아, 꺼져버려."

"그녀를 보내줄게. 자네의 그 사랑스럽고 쌀쌀맞은 여신님 말이야. 영국 여신님이지. 맙소사, 남자가 그런 여자를 데리고 숭배 말고 뭘 할 수 있겠어? 영국 여자가 그것 말고는 무슨 쓸모가 있느냐고?"

"자넨 무례하고 입버릇이 지저분한 데이고(이탈리아 사람을 대단히 모욕적으로 이르는 말-옮긴이)야."

"응? 뭐라고?"

"무례한 웝(역시 이탈리아인을 가리키는 모욕적인 말-옮긴이)이라고 말이야."

"웝이라, 그럼 자넨 바짝 졸아든 표정을 한······ 웝이야."

"자넨 너무 무지막지해. 멍청하고."

그 말에 뜨끔해하는 것을 보고 나는 말을 이었다.

"아는 것도, 경험도 없지. 경험이 없으니 멍청하고."

"그래? 나도 자네의 나무랄 데 없는 여인들에 대해 한마디

하지. 자네의 여신들 말이야. 몸가짐이 단정한 처녀와 보통 여자는 잠자리에서 딱 한 가지가 달라. 처녀와의 관계는 고통스럽지. 내가 아는 건 그뿐이야."

리날디가 장갑으로 침대를 내리치면서 말했다.

"그리고 그 처녀가 그걸 정말 좋아하는지 아닌지 절대 알 수가 없다고."

"화내지 마."

"화내는 게 아냐. 자네 잘되라고 하는 소리지, 이 친구야. 자네가 곤란한 상황에 빠지지 말라고."

"차이점은 그것뿐이야?"

"그래. 하지만 세상에 널린 자네 같은 바보들은 절대 모를 거야."

"그런데 나한테 말해주다니 고마운걸."

"말다툼하지 말자고, 친구. 난 자네를 정말 사랑하니까 말이야. 다만 바보 같은 짓은 하지 마."

"안 해. 자네처럼 영리하게 처신할게."

"화내지 마, 우리 꼬맹이. 웃어봐. 한잔 들고. 난 이제 정말 가봐야 해."

"자넨 정말 좋은 친구야."

"이제 알겠지. 한 꺼풀 벗겨보면 우린 똑같다니까. 우리는 전쟁이 맺어준 형제야. 잘 가라고 키스해줘."

"자넨 너무 유치해."

"아니, 난 애정 표현이 좀 클 뿐이야."

리날디의 숨결이 내 쪽으로 다가오는 것이 느껴졌다.

"잘 있어. 곧 또 보러올게."

그의 숨결이 멀어졌다.

"원하지 않으면 키스하지 않아. 자네의 영국 처녀를 보내줄게. 잘 있어, 우리 꼬맹이. 코냑은 침대 밑에 뒀어. 얼른 털고 일어나라고."

그가 돌아갔다.

11장

　신부가 찾아온 것은 해가 뉘엿뉘엿 지고 있을 때였다. 위생병들이 수프를 가져왔다가 다 먹으면 빈 그릇을 내갔다. 나는 누워서 줄지어 놓인 침대를 보다가 창밖을 바라봤다. 부드러운 저녁 바람에 나무 꼭대기가 조금씩 흔들리는 것이 보였다. 바람은 창문을 통해 병실 안으로도 들어와 저녁이 되자 선선해졌다. 파리들은 이제 천장에 달라붙어 있거나 철사에 매달린 전구 위에 앉아 있었다. 전구는 부상병이 들어올 때라든가, 무슨 일이 있을 때만 켰다. 한자리에 누운 채로 황혼이 물러가고 밀려오는 어둠을 맞이하고 있으니 아주 어릴 때로 돌아간 듯했다. 일찌감치 저녁을 먹고 침대에 누워 있는 기분이 들었다. 위생병이 침대 사이를 지나오더니 멈춰 섰다. 누군가 그와 함께 있었다. 신부였다. 작은 몸집에 검게 탄 얼굴의 신부가 어색해하며 거기 서 있었다. 그는 걱정스러운 표정으로 물었다.

"좀 어떠십니까?"

신부는 침대 옆 바닥에 갖고 온 짐을 내려놓았다.

"괜찮습니다, 신부님."

신부는 리날디가 왔을 때 가져다 둔 의자에 앉아 어색함을 누그러뜨리기 위해 창밖을 내다봤다. 얼굴이 무척 피곤해 보였다. 신부가 말했다.

"잠깐만 있다가 갈게요. 시간이 늦었으니까요."

"별로 늦지도 않은걸요. 요새 식당은 어떻습니까?"

그가 미소를 지었다.

"난 여전히 한바탕 농담거리지요."

그렇게 말하는 목소리에 피곤함이 묻어났다.

"다들 잘 있다니 다행이네요."

"중위님이 무사해서 정말 기쁩니다. 고통스럽지 않으면 좋겠군요."

신부는 무척이나 피곤해 보였다. 이렇게 피곤해하는 모습은 별로 본 적이 없었다.

"지금은 아프지 않습니다."

"식당에서 안 보이니 보고 싶었습니다."

"거기 있다면 얼마나 좋을까요. 항상 신부님과 이야기하는 게 즐거웠거든요."

"몇 가지 물건을 가져왔습니다."

신부는 짐 꾸러미를 집어 들었다.

"이건 모기장입니다. 베르무트 술(향료를 가미한 화이트 와인의
한 종류-옮긴이)도 가져왔습니다. 베르무트 좋아하나요? 이건
영국 신문들이고요."

"포장을 벗겨주세요."

신부는 즐거워하며 포장을 풀었다. 나는 모기장을 집어 들
었다. 신부는 베르무트 술병을 들어 내게 보여준 뒤 침대 옆 바
닥에 내려놓았다. 나는 영국 신문 뭉치들 가운데 하나를 집어
들었다. 신문 뭉치를 돌려 창으로 들어오는 어스름한 빛에 비
춰보니 기사 제목들이 보였다. 「뉴스 오브 더 월드」(역사가 오래
된 영국 타블로이드 일요신문-옮긴이)였다. 신부는 조심스럽게 말
했다.

"다른 것들은 삽화가 많습니다."

"이런 것들을 읽을 수 있다니 정말 좋네요. 어디서 구하셨습
니까?"

"메스트레(이탈리아 베네치아 북서쪽의 도시-옮긴이)에 주문했
어요. 더 올 겁니다."

"와주셔서 정말 고맙습니다, 신부님. 베르무트 한잔 드시겠
어요?"

"감사합니다. 하지만 놔두었다가 드세요. 중위님 드시라고 가져온 거니까요."

"아닙니다, 한잔 드세요."

"그럼 그러지요. 나중에 더 가져올게요."

위생병이 잔을 가져오더니 병도 따주었다. 그가 코르크마개를 쪼개는 바람에 마개 끄트머리를 병 안으로 밀어 넣어야 했다. 신부는 실망한 기색이었지만 이렇게 말했다.

"괜찮습니다, 상관없어요."

"신부님의 건강을 위해, 건배."

"중위님의 쾌유를 위해, 건배."

술을 마신 뒤에도 신부는 손에 잔을 들고 있었고, 우리는 서로를 물끄러미 바라봤다. 우리는 가끔 이야기를 나누는 좋은 친구 사이였지만 오늘 밤은 무슨 일인지 껄끄러웠다.

"무슨 일 있으세요, 신부님? 굉장히 피곤해 보이세요."

"피곤하긴 한데, 피곤할 이유는 없죠."

"더위 때문인가 봅니다."

"아니에요, 아직 봄이지 않습니까. 그런데 기운이 하나도 없네요."

"전쟁 혐오증인가 봅니다."

"아닙니다. 하지만 전쟁은 끔찍이 싫죠."

"나도 좋아하지는 않아요."

신부는 고개를 젓고 창밖을 내다봤다.

"중위님은 전쟁을 반대하지는 않죠. 잘 모르기도 하고요. 용서하세요. 부상당한 사람한테 이런 말을 하다니."

"사고인걸요."

"하지만 부상을 당했어도 당신은 여전히 전쟁을 모릅니다. 그건 분명해요. 나 또한 모르긴 하지만 어렴풋이 느껴집니다."

"부상당할 무렵 우리도 그런 이야기를 나누고 있었죠. 파시니가 그런 이야기를 했습니다."

신부가 잔을 내려놓았다. 그는 잠시지만 뭔가 다른 생각에 빠져 있다가 말했다.

"나도 그들과 똑같기에 압니다."

"그래도 신부님은 다르시죠."

"하지만 사실 그들과 다름없습니다."

"장교들은 아무것도 모르죠."

"알고 있는 장교들도 있습니다. 아주 여려서 우리 가운데 그 누구보다 비참한 기분을 느끼는 사람도 있습니다."

"대부분은 그렇지 않겠죠."

"교육이나 돈의 문제가 아닙니다. 다른 뭔가가 있습니다. 교육받고 돈 있는 사람이라 해도 파시니 같은 이들은 장교가 되고 싶어 하지 않을 겁니다. 나도 마찬가지고요."

"신부님도 계급은 장교잖아요. 나도 장교고요."

"진짜 장교는 아니죠. 심지어 중위님은 이탈리아인도 아니고 이방인일 뿐이지요. 하지만 중위님은 사병들에 비하면 장교에 더 가깝습니다."

"뭐가 다릅니까?"

"설명하기가 쉽지 않네요. 기꺼이 전쟁을 일으키는 사람들이 있습니다. 이 나라에는 그런 사람이 많지요. 하지만 어떤 사람들은 전쟁을 원하지 않습니다."

"하지만 먼저 말씀하신 사람들이 전쟁을 하게끔 할 테죠."

"맞습니다."

"그리고 난 그런 사람들을 돕고요."

"중위님은 외국인이지요. 애국자입니다."

"그러면 전쟁을 원하지 않는 사람들은요? 그들은 전쟁을 멈출 수 있습니까?"

"모르겠습니다."

신부는 다시 창밖을 내다봤다. 나는 잠깐 신부의 얼굴을 쳐다봤다.

"그들이 전쟁을 멈추게 한 적이 있긴 합니까?"

"전쟁을 중단시킬 만한 조직력을 갖추고 있지 않아 그런 겁니다. 게다가 조직력을 갖춰도 그 지도자들이 배신하겠지요."

"그럼 희망이 없다는 건가요?"

"절대 그런 것은 아닙니다. 하지만 나도 희망을 가질 수 없을 때가 있어요. 언제나 희망적으로 생각하려고 하지만 늘 그렇지는 못합니다."

"어쩌면 전쟁이 끝날지도 모르죠."

"그러길 바랍니다."

"전쟁이 끝나면 어떻게 하실 건가요?"

"그런 일이 가능하다면 나는 아브루치로 돌아갈 겁니다."

신부의 검게 탄 얼굴이 갑자기 밝아졌다.

"아브루치를 정말 사랑하시는군요."

"그럼요, 정말로 사랑합니다."

"그렇다면 마땅히 그곳으로 가셔야지요."

"정말 행복할 겁니다. 그곳에 살면서 하느님을 사랑하고 그분을 섬길 수 있다면 말이지요."

"그리고 사람들에게 존경도 받으면서요."

"예, 존경도 받고요. 안 될 이유가 있습니까?"

"안 될 이유가 없죠. 신부님은 존경받을 겁니다."

"사실 그건 중요하지 않습니다. 하지만 그곳, 내 고향에서는 사람이 하느님을 사랑하는 것을 당연하게 여기지요. 지저분한 농담거리가 아니고요."

"무슨 말씀인지 알겠습니다."

신부가 나를 보며 미소 지었다.

"알기는 하지만 하느님을 사랑하지는 않는다는 말씀이죠."

"예."

"그분을 전혀 사랑하지 않습니까?"

"밤에 그분이 두려워질 때는 가끔 있지요."

"하느님을 사랑해야 합니다."

"나는 뭐든 별로 사랑하지 않습니다."

"아니요, 중위님에게도 사랑이 있습니다. 밤에 대해 이야기 한 적이 있지요. 그건 사랑이 아닙니다. 한낱 격정이고 정욕에 지나지 않습니다. 사랑을 하게 되면 사랑하는 대상을 위한 일 들이 하고 싶어집니다. 그 사람을 위해 희생하고 싶어지고요. 또 섬기고 싶어지지요."

"난 사랑은 하지 않습니다."

"사랑하게 될 겁니다. 나는 알 수 있어요. 그렇게 되면 행복 해질 겁니다."

"나는 지금 행복합니다. 이제까지 항상 행복했고요."

"그것과 다른 행복입니다. 경험해보기 전에는 알 수 없는 행 복이지요."

"뭐 그렇다면 혹시라도 내가 그런 행복을 경험하게 되면 신 부님에게 말씀드리겠습니다."

"내가 너무 오래 있었네요. 말도 너무 많았고요."

신부는 정말 그랬을까 봐 걱정스러운 듯했다.

"아니에요, 가지 마세요. 여자를 사랑하는 건 어떤가요? 내가 진심으로 어떤 여자를 사랑하게 되는 경우에도 그런 행복이 있을까요?"

"그건 나도 모릅니다. 지금까지 여자를 사랑해본 적이 없으니까요."

"어머니는요?"

"예, 어머니는 틀림없이 사랑했지요."

"하느님을 늘 사랑했나요?"

"어릴 때부터 계속 그랬지요."

"그렇군요……."

나는 뭐라고 해야 할지 몰라 이렇게 말했다.

"신부님은 훌륭한 젊은이네요."

"나도 젊은이죠. 하지만 중위님은 나를 신부님(father)이라고 부르지요."

"그게 예의니까요."

신부가 미소를 지었다.

"정말 가봐야겠습니다. 뭐 부탁하고 싶은 건 없나요?"

그가 진심으로 물었다.

"없습니다. 그냥 이렇게 이야기를 나누면 좋겠어요."

"식당 동료들에게 안부 전해드리겠습니다."

"좋은 선물 많이 주셔서 고맙습니다."

"별것 아닙니다."

"또 와주세요."

"그럼요, 잘 지내십시오."

신부가 내 손을 잡더니 다독거렸다. 나는 이탈리아 사투리로 말했다.

"또 뵙겠습니다."

신부도 내 말을 따라 했다.

"또 뵙죠."

방은 어두컴컴했다. 위생병이 침대 발치에 앉아 있다가 일어나 신부를 데리고 나갔다. 나는 신부를 무척 좋아하기에 언젠가 그가 아브루치로 돌아가게 되기를 빌었다. 신부는 식당에서 형편없는 대우를 받으며 지냈는데, 잘 버텨내고 있긴 했다. 하지만 나는 그가 고향에서라면 어땠을지 생각해봤다. 신부가 말해주었는데, 카프라코타에서는 마을 아래편 개울에서 송어가 잡혔다. 밤에는 피리를 부는 게 금지되어 있었다. 젊은 청년들이 여자의 집 창밖에서 세레나데를 부를 때도 피리만은 안 되었다. 왜 그런지 이유를 물어봤더니 여자들이 밤에 피리 소리를 들으면 좋지 않아서라고 했다. 소작농들은 하나같이 낯선 사람과 마주치면 모자를 벗고 "나리"라고 불렀다. 신부의 아버지는 매일 사냥을 나가 소작농들 집에 들러 식사를 했다. 소작농들은 그것을 영광으로 생각했다. 외국인이 사냥을 하려면 이제까지 한 번도 체포된 적이 없다는 증명서를 제시해야

만 했다. 그란사소디탈리아 쪽에는 곰이 있었지만 그곳까지는
꽤 멀었다. 아퀼라는 아름다운 마을이었다. 여름에도 밤이면
시원하고 아브루치의 봄은 이탈리아에서 가장 아름다웠다. 하
지만 밤나무 숲 속으로 사냥을 가기에는 가을이 제격이었다.
새들은 포도를 따 먹고 살아서 고기 맛이 아주 좋았다. 소작농
들은 손님에게 식사 대접하는 일을 영광스러워했기에 점심 도
시락을 싸갈 필요가 없었다. 조금 뒤 나는 스르르 잠이 들었다.

12장

병실은 길쭉한 직사각형인데, 오른쪽으로 창문들이 있고 끄트머리에 처치실로 들어가는 문이 있었다. 내 침대가 있는 줄은 창문을 바라보고 있으며, 창문 아래의 다른 쪽 줄은 벽을 향해 있었다. 왼쪽으로 돌아누우면 처치실 문이 보이는 구조였다. 다른 쪽 끝으로 문이 하나 더 있어서 가끔 사람들이 들어왔다. 환자들 가운데 누군가 죽음이 임박하면 침대 주변에 가리개를 놓아 다른 환자들이 보지 못하게 했다. 하지만 군의관과 남자 간호사들의 신발이며 각반이 가리개 밑으로 보였다. 가끔 임종 때 속삭이는 소리가 들리기도 했다. 그런 뒤에는 신부가 가리개 뒤에서 나왔고, 그다음에 남자 간호사들이 가리개 뒤로 들어갔다가 담요를 덮어씌운 죽은 사람을 들고 나와 침대 사이 통로를 지나갔다. 그리고 누군가 가리개를 접은 뒤 치웠다.

그날 아침, 내가 누워 있는 병동을 맡은 소령이 찾아와 다음 날 이동할 수 있는 몸 상태인지 물었다. 나는 그렇다고 대답했다. 그렇다면 아침 일찍 나를 후송해갈 거라고 말했다. 너무 더워지기 전에 이동하는 게 좋을 것이라는 말도 덧붙였다.

그들이 나를 침대에서 들어 올려 처치실로 옮길 때 창문으로 내다보니 안뜰에 새로 생긴 무덤들이 보였다. 뜰을 향해 열어젖힌 문 바깥쪽에 군인 한 명이 앉아 무덤에 세울 십자가들을 만들고 묻혀 있는 병사들의 이름과 계급, 소속 연대를 각각 적어넣고 있었다. 그는 병동 일도 봐주었는데, 한가할 때는 내게 오스트리아제 소총 탄피로 라이터를 만들어주기도 했다. 군의관들도 아주 친절하고 실력 있어 보였다. 병원에서는 나를 밀라노로 보내려고 애썼다. 그곳에는 좀 더 나은 엑스레이 시설이 있었고, 수술 뒤에는 물리치료도 받을 수 있었기 때문이다. 나 또한 밀라노로 가고 싶었다. 병원에서는 부상병들을 될 수 있는 한 모두 후방으로 보내고 싶어 했다. 공격이 시작되면 침대가 더 많이 필요했기 때문이다.

야전병원을 떠나기 전날 밤, 리날디가 같은 식당을 쓰는 소령과 함께 와주었다. 그들 말로는 내가 밀라노에 새로 생긴 미군 병원으로 갈 거라고 했다. 미국인 구급차 부대들이 파견될 예정이어서 미군 병원이 그 부대원들이나 이탈리아에서 복무 중인 미국인들을 보살필 거라는 이야기였다. 적십자 기구에는 미국인이 많았다. 미국은 독일에 전쟁을 선포했지만 오스트리아에는 선전포고를 한 상태가 아니었다.

이탈리아인들은 미국이 오스트리아에도 선전포고를 할 것이 틀림없다고 생각했다. 그래서 미국인이라면 군대가 아니라 적십자 기구라 할지라도 반겼다. 소령과 리날디는 내게 미국의 윌슨 대통령이 오스트리아에 선전포고를 할 것 같은지 물어봤다. 나는 시간문제라고 대답해주었다. 미국이 오스트리아에 어떤 악감정이 있는지 알 수 없었지만, 독일에 선전포고를 했으면 오스트리아에도 선전포고를 하는 것이 논리적인 듯했다. 그들은 또 미국이 터키에도 선전포고를 할 것인지 궁금해했다. 나는 확실하지 않다고 대답했다. 그러면서 터키(나라 이름이기도 하지만 영어로 '칠면조'를 뜻하기도 함-옮긴이)는 미국에서 전국적으로 사랑받는 새라고 농담을 던졌다. 하지만 이 농담을 이탈리아어로 너무 형편없이 옮기는 바람에 두 사람은 몹시 어리둥절해하고 의심스러워했다. 그래서 나는 그렇다고, 미국은 아마 터키에 선전포고를 할 거라고 다시 말해주었다. 그렇다면 불가리아에는? 우리는 브랜디를 여러 잔 마시고 취해 있었기에 나는 그렇다고, 하느님께 맹세코 불가리아에도, 또 일본에도 선전포고를 할 거라고 대답했다. 하지만 일본은 영국의 동맹국이 아니냐며 두 사람은 고개를 갸웃거렸다. 그래서 나는 그놈의 영국을 어떻게 믿겠느냐고 말했다. 일본인들은 하와이를 손에 넣고 싶어 해. 하와이가 어디 있는데? 태평양에 있지. 일본인들은 왜 하와이를 탐내는데? 정말 갖고 싶은 게 아니야. 말이 그렇다는 거지. 일본인들은 춤과 독하지 않은 술을 사랑하는, 조그맣고 놀라운 민족이라고. 프랑스처럼 말이냐고 소령이 맞장구를 쳤다. 우리는 프랑스의 니스와 사보이아를 빼앗아올 거야. 코르시카와 아드리아 해안 전체도 빼앗아올 거라고 리날디가 말했다. 소령은 이탈리아가 전성기의 로마로 돌아가는 거라고 말했다. 나는 덥고 벼룩 천지인 로마가 싫다고 말했다. 로마가 싫다고? 세상에, 난 로마가 너무 좋은데. 로마는 만국의 어머니라고. 테베레 강물을 먹고 자란 로물루스(테베레 강에 버려졌으나 늑대 젖을 먹고 자라 나중에 로마를 건설했다고 여겨지는 전설 속 인물―옮긴이)를 잊지 못할 거야. 뭐라고? 아무것도 아냐. 모두 로마로 가자. 오늘 밤에 로마로 가서 다시 돌아오지 않는 거야. 로마는 아름다운 도시라고 소령이 말했다. 나는 만국의 어머니이자 아버지라고 덧붙였다. 그러자 리날디가 로마는 여성형이라고 반박했다. 그러니 아버지가 될 수는 없다고. 그럼 누가 아버지인데 그래, 성령인가? 신성모독은 안 돼. 신을 모독하는 게 아니라 알고 싶어서 묻는 거라고. 취했네, 우리 꼬맹이. 누가 날 취하게 만든 거야? 소령이 말했다. 내가 그랬지. 내가 자네를 취하게 했어. 자네를 사랑하니까. 그리고 미국이 참전했으니까. 내가 호기를 부렸다. 그럼 코가 비뚤어질 때까지 마셔야지. 그러자 리날디가 말했다. 아침이 되면 자네가 가버린다고, 이 친구야. 내가 덧붙였다. 로마로 가지. 소령이 내 말을 고쳐주었다. 아니, 밀라노야. 밀라노로 가는 거야. 크리스털 팰리스로, 카페 코바로, 캄파리로, 비피로, 갈레리아(모두 밀라노의 관광 명소임-옮긴이)로. 자넨 운이 좋은 친구야. 내가 말했다. 그란이탈리아 식당에도 가서 조지에게 돈을 빌릴 거야. 리날디가 말했다. 스칼라 극장에도. 스칼라 극장에도 가야지. 내가 말했다. 매일 밤 갈 거야. 소령이 놀렸다. 매일 밤 갈 만큼 주머니가 두둑하진 않을 텐데.

내가 말했다. 입장권이 아주 비싸긴 하지요. 할아버지 앞으로 일람불어음(만기일이 따로 없고 제시하면 바로 지급해야 하는 어음-옮긴이)을 끊죠 뭐. 일람…… 뭐? 일람불어음. 할아버지가 돈을 내지 않으면 내가 감옥에 가겠지요. 은행의 커닝엄 씨가 처리하겠죠. 난 그 어음으로 살아가거든요. 설마 할아버지가 애국심에 찬 손자를 이탈리아를 살리다 죽게 내버려두겠어? 리날디가 말했다. 미국인 가리발디(이탈리아의 통일과 독립을 위해 애쓴 정치가-옮긴이)를 살려라. 어음 만세! 내가 말했다. 그러자 소령이 주의를 주었다. 우린 조용히 해야 해. 조용히 하라는 말을 벌써 여러 번 들었다고. 자네 정말 내일 가는 건가, 페데리코? 리날디가 말했다. 미군 병원으로 간다고 말했잖아요. 아리따운 간호사들한테로 간다고요. 야전병원의 턱수염 달린 간호병들 말고요. 소령이 말했다. 그래, 그래. 미군 병원으로 간다는 거 알지. 내가 말했다. 턱수염은 상관없어. 턱수염이야 누구든 기르고 싶으면 기르라지 뭐. 턱수염을 길러보지 그러세요, 소령님? 방독면에 안 들어가잖아. 에이, 들어가요. 방독면에는 뭐든 다 들어가요. 전 방독면 안에다 토한 적도 있는걸요. 리날디가 속삭이듯 말했다. 목소리가 너무 커, 이 친구야. 자네가 최전방에 있었던 거 다들 안다고. 아아, 우리 예쁜 꼬맹이, 자네가 없는 동안 난 뭘 하지? 소령이 말했다. 우린 그만 가봐야 해. 여기 있으니 감상적으로 변하는군. 있잖아, 깜짝 놀랄 소식이 있어. 자네의 영국 아가씨 말이야. 누굴 말하는지 알지? 자네가 매일 밤 병원으로 만나러 가던 그 영국 아가씨 있잖아? 그녀도 밀라노로 간대. 다른 간호사 한 명과 미군 병원으로 간다지 뭐야. 미국에서 아직 간호사들이 도착하지 않아서 말이야. 그쪽 부서장과 오늘 나눈 얘기야. 이곳 전선에 여자가 너무 많대. 그래서 몇 명 후방으로 보낸다는 거야. 어때, 이 친구야? 잘됐잖아, 그렇지? 자넨 큰 도시로 갈 거고 거기 가면 영국인 아가씨가 자넬 꼭 안아줄 테지. 나는 왜 다치지 않나 몰라? 내가 말했다. 당하게 될지도 모르지. 소령이 말했다. 우린 가봐야겠어. 술 마시고 떠들어서 페데리코가 쉬지 못하

잖아. 가지 마세요. 아니, 가야 해. 잘 지내게. 행운을 비네. 즐
거운 일이 많기를. 안녕, 안녕히. 안녕. 어서 돌아와, 우리 꼬맹
이. 리날디가 내게 입을 맞췄다. 자네한테 리졸 소독약 냄새가
나네. 잘 있어, 우리 아기. 잘 지내게. 소령이 내 어깨를 다독거
렸다. 재미 많이 보라고. 그러고 나서 두 사람은 발끝으로 살금
살금 걸어나갔다. 나는 꽤 취해 있었고 곧 곯아떨어졌다.

다음 날 아침 우리는 밀라노를 향해 떠났고, 마흔여덟 시간
뒤 밀라노에 도착했다. 힘겨운 여행이었다. 메스트레에서 오
랜 시간 출발이 지연되어 멈춰 서 있어야 했다. 아이들이 와서
빼꼼 들여다봤다. 나는 꼬마 남자아이에게 코냑을 한 병 사다
달라고 했지만 아이는 돌아와서 그라파밖에 구할 수 없다고
말했다. 나는 그라파라도 사오라고 했다. 아이가 그라파를 사
오자 거스름돈을 그 아이에게 돌려주었다. 나는 옆자리 사내
와 얼큰하게 취해 비첸차를 지나칠 때까지 곤히 잤다. 그러고
는 잠에서 깨어 열차 바닥에 토해버렸다. 옆자리 사내가 이미
여러 번 토해놓은 터라 별 문제는 되지 않았다. 토하고 나자 참
을 수 없는 갈증이 몰려와 베로나 외곽에 정차했을 때 열차 옆
을 왔다 갔다 하던 군인에게 부탁해 물을 얻었다. 나는 술에 취
해 있는 또 한 명, 제오르제티를 깨워 물을 내밀었다. 그는 물
을 어깨에 부어달라고 하더니 다시 곯아떨어졌다. 물을 가져

다준 군인은 돈을 주어도 받지 않고 도리어 즙 많은 오렌지를 내게 주었다. 나는 오렌지 과육만 빨아먹고 속껍질은 뱉어내면서 아까의 그 군인이 화물 차량 옆을 왔다 갔다 하는 것을 바라봤다. 조금 뒤 열차가 갑자기 덜컹하더니 출발했다.

/

2부

/

13장

밀라노에는 아침 일찍 도착했다. 열차가 우리를 화물역에
내려놓았다. 구급차 한 대가 나를 미군 병원으로 후송했다. 들
것에 누워 구급차에 실려 가는 바람에 마을 어디쯤을 지나가
고 있는지 알 수 없었다. 하지만 운반병들이 들것을 내려줄 때
보니 시장이 있고 문을 연 와인 가게 앞에서는 점원 아가씨가
비질을 하고 있었다. 그리고 사람들이 길에 물을 뿌리고 있었
다. 이른 아침의 냄새가 풍겨왔다. 운반병들은 들것을 내려놓
고 병원 안으로 들어갔다. 그러더니 수위와 함께 다시 나왔다.
희끗희끗한 콧수염을 기른 수위는 문지기 모자를 쓰고 있고
재킷 없이 셔츠 차림이었다. 들것이 엘리베이터에 들어가지
않자 그들은 나를 들것에서 내려 엘리베이터로 올라가는 편이

나을지, 들것에 실은 채 들어 올려 계단으로 올라가는 편이 나을지 상의했다. 나는 그냥 그들의 말을 듣고 있었다. 그들은 엘리베이터를 타기로 했다. 그래서 나를 들것에서 내렸다. 나는 서둘러 말했다.

"조심하게. 살살 다뤄줘."

엘리베이터 안은 우리가 다 타자 비좁아서 나는 다리를 굽히고 있어야 했는데, 통증이 너무 심해 도저히 참을 수가 없었다.

"다리 좀 펴주게."

"그럴 수가 없습니다, 중위님. 다리를 펼 공간이 없어요."

대담한 운반병은 나를 팔로 안아 받치고 있었으며 나는 팔을 그의 목에 두른 채 매달려 있었다. 내 얼굴에 닿는 그의 입김에서 마늘 향과 레드 와인 향이 섞인 금속 냄새가 났다. 다른 운반병이 말했다.

"점잖게 계십시오."

"점잖지 못한 망나니는 너라고!"

내 발을 잡고 있는 운반병이 또다시 말했다.

"점잖게 계시라니까요."

엘리베이터 문이 닫히고 철창까지 닫히자 수위가 4층 버튼을 눌렀다. 수위는 걱정스러운 얼굴이었다. 엘리베이터는 아주 천천히 올라갔다. 나는 마늘 냄새가 나는 운반병에게 물었다.

"무거운가?"

그가 대답했다.

"아닙니다."

하지만 그는 얼굴에 땀을 흘리고 숨을 몰아쉬고 있었다. 엘리베이터는 계속 천천히 올라가다가 드디어 멈췄다. 내 발을 잡은 운반병이 엘리베이터 문을 열고 밖으로 나갔다. 우리가 내린 곳은 발코니였다. 놋쇠 손잡이가 달린 문들이 여러 개 있었다. 내 발 쪽에 있는 운반병이 초인종을 눌렀다. 문 안쪽에서 초인종 울리는 소리가 들렸지만 아무도 나오지 않았다. 그때 수위가 계단으로 올라왔다. 들것 운반병들이 물었다.

"다들 어디 있는 겁니까?"

수위가 대답했다.

"모르겠습니다. 잠은 보통 아래층에서 잡니다만."

"누구든 좀 데려와 주십시오."

수위는 초인종을 울리고 문을 두드려보더니 문을 열고 안으로 들어갔다. 그리고 안경을 쓴 나이 지긋한 여자와 함께 돌아왔다. 머리는 느슨하게 묶어 반쯤 흘러내렸고 간호사 제복 차림이었다. 그녀가 손사래를 치며 말했다.

"못 알아들어요. 이탈리아어를 할 줄 몰라요."

내가 나서야 했다.

"제가 영어를 합니다. 이 사람들은 저를 어딘가에 내려놓고 싶어 합니다."

"환자가 들어갈 만한 병실이 아직 준비되지 않았어요. 환자가 들어오기로 되어 있던 게 아니라서요."

그녀는 흘러내린 머리를 머리끈에 쑤셔 넣고, 근시인 듯 눈을 가늘게 뜨고 나를 쳐다봤다.

"어느 병실이든 저를 내려놓을 만한 곳을 이분들에게 안내해주세요."

"글쎄요, 오기로 되어 있는 환자가 없었다고요. 아무 병실에나 들여놓을 수는 없어요."

"아무 방이나 됩니다."

그러고 나서 나는 수위에게 이탈리아어로 말했다.

"빈 병실을 찾아봐 주게."

수위가 대답했다.

"병실은 다 비어 있습니다. 중위님이 첫 환자예요."

수위는 모자를 손에 들고 나이 든 간호사를 쳐다봤다.

"제발 부탁인데 저를 아무 방에나 데려가 주십시오."

다리를 굽히고 있어 통증이 가시지 않았다. 통증으로 뼛속까지 욱신거리는 느낌이 들었다. 수위가 방 안으로 들어가고 머리가 희끗한 여자도 그 뒤를 따라 들어가더니 그가 황급히 돌아와 안내했다.

"저를 따라오세요."

운반병들은 나를 들고 긴 복도를 지나 블라인드가 쳐진 방으로 들어갔다. 새 가구 냄새가 났다. 방에는 침대와 거울 달린 커다란 옷장이 하나씩 있었다. 그들은 나를 침대에 눕혔다. 여자가 말했다.

"지금은 시트를 깔아드릴 수가 없어요. 전부 장에 넣고 잠갔거든요."

나는 여자의 말에 대꾸하지 않고 수위에게 말했다.

"내 주머니에 돈이 있네. 단추 달린 주머니 말이야."

수위가 돈을 꺼냈다. 들것 운반병들은 손에 모자를 들고 침대 옆에 서 있었다.

"두 사람한테 각각 5리라씩 주고 자네도 5리라 갖게. 나에 대한 서류는 다른 쪽 주머니에 있네. 그걸 간호사에게 주게."

들것 운반병들은 경례하면서 감사하다고 말했다. 나도 겨우 웃는 낯으로 말했다.

"잘 가게. 정말 고마웠네."

그들은 다시 경례하고 방을 나갔다. 나는 간호사 쪽으로 몸을 돌려 말했다.

"그 서류들에는 제 증세와 이제까지 받은 치료에 대해 쓰여 있습니다."

간호사는 서류를 집어 들고 안경 너머로 물끄러미 바라봤다. 서류는 세 장으로 접혀 있었다. 그녀는 난감해했다.

"어떻게 해야 할지 모르겠네요. 전 이탈리아어를 전혀 읽을

줄 몰라요. 게다가 의사 선생님의 지시가 없으면 아무것도 할
수 없어요."

그녀는 눈물을 떨어뜨리기 시작하더니 서류를 앞치마 주머
니에 넣었다. 그러고는 울면서 물었다.

"미국인이세요?"

"그렇습니다. 서류는 침대 옆 탁자에 올려놔 주세요."

병실 안은 어둑어둑하고 서늘했다. 침대에 눕자 맞은편에
커다란 거울이 보였지만 무엇이 비치는지는 보이지 않았다.
수위는 침대 옆에 서 있었다. 얼굴이 선량해 보이고 말투도 무
척 친절했다. 나는 먼저 수위에게 말했다.

"이제 가보게."

간호사에게도 말했다.

"간호사님도 가보시고요. 이름이 어떻게 되십니까?"

"워커 부인이에요."

"가보세요, 워커 부인. 저는 잠을 좀 자야겠어요."

그렇게 해서 나는 병실에 혼자 남았다. 병실 안은 서늘하고
병원 냄새도 나지 않았다. 매트리스는 단단하고 편안해 숨 죽
여 꼼짝 않고 누워 있으니 기분이 좋아지고 고통도 덜했다. 얼
마 뒤 나는 물이 마시고 싶어졌다. 침대 옆 전깃줄에 벨이 달려
있는 것을 발견하고 눌러봤으나 아무도 오지 않았다. 나는 다
시 잠들었다.

잠에서 깨어난 나는 주변을 둘러봤다. 덧문 사이로 햇빛이 새어 들어오고 있었다. 커다란 옷장과 아무것도 걸려 있지 않은 휑한 벽, 의자 두 개가 보였다. 두 다리는 더러워진 붕대에 감겨 침대 밖으로 튀어나와 있었다. 나는 다리를 움직이지 않으려고 조심했다. 몹시 목이 말라 벨을 찾아 눌렀다. 문이 열리는 소리가 들려 쳐다보니 간호사가 와 있었다. 어리고 예쁜 아가씨였다. 나는 몸을 일으켜 인사했다.

"안녕하세요."

"안녕하세요."

그녀도 인사하고는 침대 쪽으로 다가왔다.

"의사 선생님을 모셔올 수 없었어요. 코모 호수 쪽에 가 계시거든요. 환자가 올 거라곤 아무도 생각하지 못했어요. 그런데 어디가 아프세요?"

"상처를 입었습니다. 두 다리와 발, 머리를 다쳤어요."

"이름이 어떻게 되세요?"

"헨리입니다. 프레더릭 헨리."

"제가 몸을 닦아드릴게요. 하지만 의사 선생님이 오시기 전에는 아무 치료도 해드릴 수가 없어요."

"바클리 양이 여기 있습니까?"

"아니요, 여기 그런 이름을 가진 사람은 없어요."

"제가 왔을 때 우시던 분은 누구였습니까?"

간호사는 웃으며 대답했다.

"워커 부인이에요. 야간 근무 중이었는데 자고 있었어요. 누가 올 거라곤 생각도 못 했거든요."

이야기를 나누면서 그녀는 내 옷을 벗겼다. 붕대만 빼고 다 벗기더니 나를 아주 부드럽게 살살 닦아주었다. 몸을 닦으니 기분이 한결 좋아졌다. 머리에도 붕대가 감겨 있었는데, 그녀는 붕대 가장자리를 돌아가며 모두 닦아주었다.

"어디서 다치신 건가요?"

"플라바 북쪽의 이손초 강에서요."

"그게 어디죠?"

"고리치아 북쪽입니다."

그녀에게는 모두가 별 의미 없는 지명이라는 것을 알 수 있었다.

"통증이 심하세요?"

"아뇨, 지금은 별로 심하지 않습니다."

그녀는 체온계를 내 입 속에 넣었다. 나는 다소 거북한 말투로 말했다.

"이탈리아 사람들은 겨드랑이에 끼던데요."

"체온계를 물고 말씀하시면 안 돼요."

조금 뒤 그녀는 체온계를 빼 온도를 확인한 다음 흔들었다.

"몇 도인가요?"

"환자분에게는 알려드리지 않아요."

"그래도 말씀해주십시오."

"거의 정상이에요."

"열이 났던 적은 없어요. 두 다리에 고철이 잔뜩 박혀 있는데도요."

"무슨 말씀이세요?"

"제 다리에 박격포 포탄 파편과 오래된 나사못, 침대 스프링 같은 것들이 박혀 있다는 뜻이지요."

그녀는 고개를 젓고 미소를 지어 보였다.

"다리에 이물질이 박혀 있다면 염증을 일으켰을 거고 열이 났을 거예요."

"좋아요. 나중에 알게 되겠죠."

그녀는 나갔다가 이른 아침에 만났던 나이 든 간호사와 함께 돌아왔다. 두 사람은 함께 내가 누워 있는 상태에서 침대를 정리했다. 내게는 생소한 장면이고 감탄할 만한 솜씨였다.

"여기 책임자는 누굽니까?"

"밴 캠펜 양이세요."

"간호사는 몇 명이나 있나요?"

"우리 둘뿐이에요."

"더 충원되지 않습니까?"

"몇 명 더 오긴 할 거예요."

"언제 도착합니까?"

"모르겠어요. 아픈 분치곤 질문이 아주 많으시네요."

"전 아픈 게 아닙니다. 다친 거죠."

두 사람이 침대 정돈을 마쳤다. 나는 깨끗하고 부드러운 시트를 한 장은 밑에 깔고 또 한 장은 위에 덮고 누워 있게 되었다. 워커 부인이 나갔다 오더니 환자복 상의를 들고 왔다. 그들이 환자복을 입혀주자 나는 아주 깨끗이 씻고 잘 차려입은 것 같은 기분이 들었다. 덩달아 목소리도 밝아졌다.

"두 분은 정말 친절하시네요."

게이지 양이라고 불린 간호사가 킥킥 웃었다. 내가 물었다.

"물 한 모금 마실 수 있을까요?"

"물론이죠. 아침 식사도 가져올게요."

"아침은 됐습니다. 덧문 좀 열어주시겠어요?"

방 안은 어둠침침했는데, 덧문을 열자 밝은 햇빛이 들어왔다. 발코니 쪽을 내다봤더니 그 너머로 기와지붕들과 굴뚝들이 보였다. 기와지붕들 위로 새하얀 구름과 새파란 하늘이 보였다.

"다른 간호사분들이 언제 오는지 모르십니까?"

"왜요? 저희가 잘 보살피고 있지 않은가요?"

"두 분은 정말 친절하시죠."

"환자용 변기를 사용하시겠어요?"

"한번 써보겠습니다."

두 간호사가 나를 받쳐주었지만 변기는 비어 있는 그대로였다. 나는 다시 누워 발코니 쪽으로 열린 문 너머를 바라봤다.

"의사 선생님은 언제 오십니까?"

"오실 때가 되면 오시겠죠. 코모 호수 쪽에 전화를 걸어보긴 했는데 통화는 하지 못했어요."

"다른 의사 선생님은 안 계시고요?"

"그분이 이 병원 의사 선생님이세요."

게이지 양이 물주전자와 잔을 가져왔다. 나는 물을 세 잔이나 마셨다. 그런 다음 간호사들은 병실을 나갔고 나는 잠깐 창밖을 바라보다가 다시 잠들었다. 점심을 먹고 나서 오후가 되자 수간호사인 밴 캠펜 양이 나를 보러왔다. 그녀는 나를 마음에 들어 하지 않았다. 나도 그녀가 마음에 들지 않았다. 그녀는 조그맣고 깐깐하고 의심이 많았으며, 그 직책을 맡기에는 지나치게 똑똑했다. 내게 질문을 많이 했는데, 내가 이탈리아군에 소속되어 있는 것을 수치스러운 일이라고 생각하는 듯했다. 나는 다소 딱딱한 말투로 물었다.

"식사와 함께 와인을 마셔도 됩니까?"

"의사 선생님이 처방하신 경우에만 됩니다."

"그럼 의사 선생님이 오실 때까지 와인을 못 마신다고요?"

"절대 안 되죠."

"선생님이 오시기는 합니까?"

"코모 호수에 계신 선생님께 이미 전화를 드렸어요."

그녀가 나가고 게이지 양이 다시 왔다.

"밴 캠펜 양에게 왜 무례하게 말씀하셨어요?"

그녀는 솜씨 좋게 침대를 정돈하고 나서 내게 물었다.

"그럴 생각은 없었어요. 그런데 그분이 건방지게 나와서요."

"그분은 중위님이 거만하고 무례하다고 말하던걸요."

"안 그랬습니다. 그런데 의사 선생님도 없는 병원이라니 어쩔 셈입니까?"

"오실 거예요. 코모 호수 쪽으로 선생님께 전화를 드렸어요."

"그분은 거기서 뭘 하는 겁니까? 수영이라도 해요?"

"아니요, 거기도 진료소가 있어서요."

"왜 의사를 더 두지 않는 겁니까?"

"쉿! 조용히 하세요. 얌전히 계시면 곧 오실 거예요."

나는 수위를 불러달라고 해 와인 가게에 가서 친차노(베르무트 술의 상표 중 하나-옮긴이) 한 병과 키안티(이탈리아 토스카나 지역에서 생산되는 단맛이 덜한 레드 와인-옮긴이) 한 병, 석간신문을 사다 달라고 이탈리아어로 말했다. 그는 나갔다가 내가 말한 것들을 신문지로 싸서 들고 와 내 앞에 풀어놓았다. 그리고 내가 부탁하자 와인과 베르무트 술병의 코르크 마개를 뽑은 다음 술병을 내 침대 밑에 놓아주었다. 간호사들이 나가고 병실에 홀로 남자 나는 침대에 누워 잠깐 신문을 읽었다. 1면에 실린 소식도 읽고 사망한 장교들의 명단과 그들이 받은 훈장도 훑어봤다. 그러고는 밑으로 손을 뻗어 친차노 병을 꺼내 배 위에 세워놓고, 차가운 잔도 거기 올려놓곤 조금씩 마셨다. 마시는 동안 병을 그대로 두어 배에 둥그런 자국이 생겼다. 술을 마시면서 나는 병실 밖 마을의 지붕들 위로 어둠이 깔리는 광경을 지켜봤다. 제비들이 빙글빙글 돌며 날았고, 나는 그런 제비들을 바라봤다. 쏙독새들이 지붕 위를 날아다니는 모습을 보며 나는 친차노를 마셨다. 게이지 양이 에그노그(우유와 달걀에 브랜디나 럼주를 섞은 음료-옮긴이)를 가져왔다. 나는 베르무트 술병을 얼른 병실 문 반대쪽 침대 바닥에 내려놓았다. 그녀가 말했다.

"밴 캠펜 양이 에그노그에다 셰리주(식사 전에 마시는 화이트 와인-옮긴이)를 조금 넣어주셨어요. 그녀한테 무례하게 대하지 마세요. 나이도 젊지 않고 이 병원에서 막중한 책임을 지고 있으니까요. 워커 부인은 나이가 많이 들어 별로 도움이 되지 않아요."

"그분은 훌륭한 여성이지요. 정말 감사하다고 전해주세요."

"바로 저녁 식사를 가져올게요."

"저녁은 됐습니다. 배가 고프지 않네요."

그러나 그녀는 식사 쟁반을 가져와 침대용 탁자에 놓아주었다. 나는 고맙다고 인사하곤 조금 떠먹었다. 그러고 나니 밖은 어두워졌고 하늘을 오락가락하는 탐조등 불빛이 보였다. 나는 한동안 그걸 바라보다가 잠이 들었다. 아주 곤히 잤는데, 딱 한 번 식은땀을 흘리며 놀라서 깼다. 그 뒤로는 그 꿈을 다시 꾸지 않으려고 애쓰며 잠을 청했다. 날이 밝아오기 전에 꽤 오랫동안 깨어 있었는데, 수탉들의 울음소리가 들리고 동이 트기 시작할 무렵까지 계속 말똥말똥한 상태였다. 그러다 보니 피곤해졌고 날이 완전히 밝자 다시 잠들었다.

14장

깨어보니 밝은 햇살이 방 안을 채우고 있었다. 전선으로 돌아와 있는 줄 알고 침대에서 기지개를 켰다. 그때 두 다리가 아파 내려다보니 여전히 더러운 붕대를 감은 채였고, 그걸 본 순간 여기가 어디인지 생각났다. 나는 손을 뻗어 벨을 찾아 눌렀다. 벨소리가 복도에 울렸고, 누군가의 신발 고무 밑창이 복도를 디디며 이리로 오는 소리가 들렸다. 게이지 양이었다. 밝은 햇살 아래서 보니 조금 나이 들어 보이고 별로 예쁘지 않았다. 그녀는 활짝 웃으며 말했다.

"좋은 아침이에요. 잠은 잘 주무셨어요?"

"예, 감사합니다. 이발사를 불러줄 수 있습니까?"

"간밤에 잘 계신지 살피러 왔더니 잠든 채 이걸 안고 계시더라고요."

게이지 양이 옷장 문을 열고 베르무트 술병을 들어 보였다. 병은 거의 비어 있었다. 그녀는 웃으며 말했다.

"또 한 병도 침대 밑에서 꺼내 옷장에 넣어뒀어요. 잔을 달라고 하지 그러셨어요?"

"마시지 못하게 할지도 모른다고 생각했죠."

"조금쯤은 같이 마셔드렸을 거예요."

"정말 좋은 분이로군요."

"혼자 술 마시는 건 좋지 않아요. 절대 그러시면 안 돼요."

"알았습니다."

"친구분인 바클리 양이 왔어요."

"정말입니까?"

"예, 전 별로 마음에 들지 않지만요."

"좋아하게 될 겁니다. 엄청나게 착하거든요."

그녀가 고개를 저었다.

"확실히 예쁘긴 해요. 이쪽으로 조금만 움직여보시겠어요? 좋아요. 아침 식사를 하기 전에 씻겨드릴게요."

게이지 양은 수건과 비누, 따뜻한 물로 나를 씻겨주었다. 그녀는 항상 친절했다.

"어깨를 들어주세요. 예, 됐어요."

"아침 식사를 하기 전에 이발사를 불러줄래요?"

"수위를 보내 이발사를 불러올게요."

그녀가 나갔다가 조금 뒤 돌아왔다.

"이발사를 부르러 갔어요."

그녀는 들고 있던 수건을 물이 담긴 대야에 담갔다.

이발사는 수위와 함께 왔다. 나이가 쉰 정도 된 사람으로, 양 끝이 살짝 들린 카이저수염을 기르고 있었다. 게이지 양은 하던 일을 끝내고 밖으로 나갔다. 이발사는 내 얼굴에 비누거품을 묻혀 면도를 해주었다. 그는 아주 근엄하고 말을 아끼는 사람이었다. 내가 물었다.

"무슨 일이 있나요? 새로운 소식 없습니까?"

"어떤 소식이오?"

"뭐라도요. 마을은 어떻습니까?"

"지금은 전시잖아요. 적군의 귀가 사방에 있답니다."

나는 그를 올려다봤다.

"얼굴 들지 말고 가만히 계세요."

그는 그렇게 말하곤 계속 면도를 해주었다.

"난 아무 말도 안 할 겁니다."

나는 그의 말에 당황스러워 물었다.

"도대체 왜 이러십니까?"

"나는 이탈리아인입니다. 적군과는 이야기를 나누지 않을 겁니다."

나는 그쯤 하고 입을 다물었다. 그가 미친 사람이라면 한시라도 빨리 그가 잡은 면도칼 아래에서 빠져나오는 것이 현명할 듯했다. 한번은 그를 제대로 쳐다보려고 했다. 그러자 그가 무뚝뚝하게 말했다.

"조심하세요. 면도날이 날카롭습니다."

면도가 끝나자 나는 그에게 이발 값을 주면서 팁으로 반 리라를 주었다. 그러자 그가 팁을 돌려주었다.

"받지 않겠습니다. 전선에 나가 싸우지는 않지만 난 이탈리아인입니다."

"썩 꺼지시오."

"그러라고 하시니 그럼 이만."

그는 말을 마치고 면도칼들을 신문지로 쌌다. 그는 침대 옆 탁자에 동전 다섯 개를 놓아두고 방을 나갔다. 벨을 울리자 게이지 양이 들어왔다.

"수위 좀 오라고 해주시겠습니까?"

"알았어요."

수위가 들어왔다. 그는 웃음이 터지려는 것을 애써 참느라 얼굴이 붉어졌다.

"저 이발사 미친 것 아니오?"

"아닙니다, 중위님. 착각한 거예요. 제 말을 잘못 알아들어 중위님이 오스트리아군 장교인 줄 알았답니다."

"아!"

수위가 웃으며 말했다.

"흐, 흐, 흐. 그 친구 아주 웃겼죠. 조금이라도 움직였으면 그 친구 말로는 아마⋯⋯."

그는 검지로 목을 긋는 시늉을 했다.

"흐, 흐, 흐."

그는 여전히 웃음이 터져 나오려는 것을 참는 중이었다.

"제가 중위님은 오스트리아군이 아니라고 했더니 말입니다. 흐, 흐, 흐."

나는 비꼬듯 말했다.

"흐, 흐, 흐. 그 친구가 내 목을 잘라버렸더라면 얼마나 재미있었겠나. 흐, 흐, 흐."

"아닙니다, 중위님. 아니에요, 아닙니다. 그 친구는 오스트리아군이 너무 무서웠던 거예요. 흐, 흐, 흐."

나는 그의 웃음을 따라 하며 말했다.

"흐, 흐, 흐. 썩 나가게."

수위가 나가고 나서 복도에 그의 웃음소리가 퍼지는 것이 들렸다. 그리고 누군가 복도를 따라 걸어오는 소리도 들렸다. 나는 문을 쳐다봤다. 캐서린 바클리였다.

그녀는 병실로 들어와 내 침대 쪽으로 다가왔다. 그러고는 이렇게 말했다.

"안녕."

그녀는 산뜻하고 젊고 아주 예뻐 보였다. 이렇게 예쁜 사람을 본 적이 없다는 생각이 들 정도였다. 나도 인사를 했다.

"안녕."

그녀를 다시 본 순간 나는 사랑에 빠지고 말았다. 내 몸속에 있는 모든 것이 거꾸로 솟는 느낌이었다. 그녀는 문 쪽을 바라보더니 아무도 보이지 않자 침대 가장자리에 앉아 내 쪽으로 몸을 구부려 키스해주었다. 나는 그녀를 홱 끌어당겨 키스를 했다. 그녀의 심장이 뛰는 것이 느껴졌다.

"내 사랑. 당신이 오다니, 이렇게 기쁠 데가 있나?"

"그리 어려운 일은 아니었어요. 하지만 머무르는 건 힘들지도 몰라요."

"머물러야 해요. 아, 당신은 정말 놀라운 사람이야."

나는 짧은 시간 그녀에게 푹 빠져들었다. 캐서린이 진짜로 거기에 있다는 사실이 믿어지지 않아서 그녀를 힘껏 끌어당겨 안았다.

"이러면 안 돼요. 몸이 다 낫지 않았잖아요."

"다 나았어요. 이리 와요."

"안 돼요. 아직 아픈 환자라고요."

"아니, 안 아파요. 아프지 않다니까. 이리 와요."

"정말로 나를 사랑해요?"

"진심으로 사랑해요. 당신한테 정신 못 차리고 있는 거 알고 있잖소. 어서 이리 와줘요."

"우리 심장이 뛰는 걸 느껴봐요."

"심장 같은 건 상관없어요. 난 당신을 원해요. 당신이 좋아서 미칠 지경이라고요."

"정말 나를 사랑해요?"

"자꾸 그런 말 하지 말고 이리 와요, 어서. 어서요, 캐서린."

"좋아요. 하지만 아주 잠깐만이에요."

"알았어요. 문을 닫아요."

"안 돼요. 그러면 안 돼요."

"이리 와요, 말은 그만하고. 어서 이리 와요."

캐서린이 침대 옆 의자로 가서 앉았다. 병실 문은 복도 쪽으로 열려 있었다. 걷잡을 수 없는 열정이 지나가고 그 어느 때보다도 기분이 좋았다. 그녀가 물었다.

"이젠 내가 당신을 사랑한다는 걸 알겠어요?"

"아, 당신은 정말 사랑스러워. 당신은 여기에 계속 있어야 해요. 당신을 보낼 수는 없어요. 정신 못 차릴 정도로 당신한테 푹 빠져 있으니까."

"우리 둘 다 정신 바짝 차려야 해요. 아까 일은 순간적인 격정이었어요. 그래서는 안 돼요."

"밤에는 그래도 돼요."

"정신 차려야 한다니까요. 특히 당신은 다른 사람 앞에서 조심해야 하고요."

"그럴게요."

"그래야죠. 당신은 다정한 사람이에요. 정말로 날 사랑하는 거 맞죠, 그렇죠?"

"그런 말 다시는 하지 마요. 그 말이 나한테 어떻게 들리는지도 모르면서."

"그럼 조심할게요. 당신한테 해주고 싶은 건 다 했네요. 이젠 정말 가봐야겠어요."

"바로 다시 와줘요."

"올 수 있으면 올게요."

"잘 가요."

"갈게요, 내 사랑."

그녀가 병실을 나갔다. 하느님께 맹세코 나는 그녀와 사랑에 빠지는 것을 바라지 않았다. 그 누구하고도 사랑에 빠지는 것을 원하지 않았다. 하지만 하느님께 맹세코 나는 이미 사랑에 빠져 버렸고 밀라노의 미군 병원 병실 침대에 누워 있었다. 오만 가지 생각이 머릿속을 스쳐갔지만 너무 좋아서 들뜬 기분이 되었다. 그때 게이지 양이 들어왔다. 그는 의사 소식부터 전해주었다.

"의사 선생님이 오시고 있어요. 선생님이 코모 호수 쪽에서 전화를 주셨어요."

"언제 도착한답니까?"

"오늘 오후에 도착하실 거예요."

15장

오후가 되기까지는 아무 일도 없었다. 의사는 야위고 말이 없는 왜소한 사람으로, 전쟁 탓에 안정감을 잃은 듯 보였다. 그는 우아하고 세련되게 불쾌감을 나타내면서 내 넓적다리에 박힌 작은 쇳조각들을 많이 끄집어냈다. 그는 '스노우'인지 아니면 다른 뭐라고 불리는 국소마취제를 사용했다. 이 약은 피부나 근육 조직을 얼려 탐침이나 메스, 핀셋 등이 언 부분 밑으로 들어갈 때까지 통증을 느끼지 않게 해주었다. 마취된 부분이 어디까지인지는 환자가 소리를 지르니 분명하게 알 수 있었고, 의사의 여리디여린 섬세함이 바닥났을 때쯤 그는 엑스레이를 찍어보는 게 좋겠다고 말했다. 탐침으로는 만족스럽지 않다면서 말이다.

엑스레이는 오스페달레 마조레(밀라노의 육군병원-옮긴이)에서 찍었는데, 엑스레이를 찍어준 의사는 다혈질에 유능하고 활달한 사람이었다. 양어깨를 올려 준비가 끝나면 환자도 기계를 통해 커다란 이물질 몇 개를 직접 보게 되어 있었다. 엑스레이 사진은 나중에 보내주기로 했다. 의사는 자기 수첩에 내 이름과 소속 연대, 엑스레이를 찍은 소감을 적어달라고 했다. 그는 이물질이 흉하고 끔찍하고 잔혹하다고 딱 잘라 말했다. 오스트리아군은 개자식들이라고도 했다. 몇 명이나 죽여 봤느냐고? 나는 한 명도 죽여본 적이 없지만 그를 기분 좋게 해주고 싶었다. 그래서 여럿 죽였다고 대답했다. 게이지 양이 나를 따라왔는데, 의사는 그녀에게 팔을 두르며 클레오파트라보다 더 아름답다고 칭찬했다. 하지만 그녀가 알아듣기나 했을지 모르겠다. 옛날 이집트 여왕이었던 클레오파트라 말이다. 물론 맞는 말이었다. 하느님께 맹세코 그녀는 미인이었다. 우리는 구급차를 타고 작은 병원으로 돌아왔다. 조금 뒤 사람들이 내 몸을 안고 위층으로 올라가 다시 침대에 눕혔다. 엑스레이 사진은 그날 오후에 도착했다. 그 의사가 하느님께 맹세코 그날 오후에 나올 거라더니 정말 그렇게 한 것이다. 캐서린 바클리가 내게 사진들을 보여주었다. 엑스레이 사진은 빨간 봉투에 들어 있었다. 그녀가 사진들을 봉투에서 꺼내 불빛을 향해 치켜들었고 우리는 함께 사진을 봤다.

"저건 당신의 오른쪽 다리예요."

그러고는 그 사진을 다시 봉투에 집어넣었다.

"이건 왼쪽이고요."

나는 사진을 가르키며 말했다.

"저리 치워요. 치우고 어서 침대로 와요."

"안 돼요. 사진을 보여주려고 잠깐 들른 거란 말이에요."

그녀는 나갔고 나는 거기 남아 누워 있었다. 찌는 듯한 오후였다. 나는 침대에 누워 지내는 데 넌더리가 났다. 수위를 불러 구할 수 있는 신문을 모두 사오라고 보냈다.

수위가 돌아오기 전에 의사 세 명이 병실로 들어왔다. 나는 실력이 부족한 의사들이 서로 친하게 지내며 조언을 구하는 버릇이 있다는 것을 알고 있었다. 맹장을 제대로 제거할 수 없는 의사는 편도선도 제대로 못 자르는 의사를 추천하게 마련이다. 이 세 명도 그런 의사들이었다. 섬세한 손을 가진 이 병원 소속 의사가 말했다.

"이 사람이 그 젊은이입니다."

키가 크고 수척해 보이는 턱수염을 기른 의사가 말했다.

"안녕하십니까?"

세 번째 의사는 엑스레이 사진이 담긴 빨간 봉투를 가져온 사람이었는데, 아무 말도 하지 않았다.

턱수염을 기른 의사가 물었다.

"붕대를 풀어볼까요?"

그러자 이 병원 의사가 게이지 양에게 말했다.

"그러시죠. 간호사, 붕대를 풀어줘요."

게이지 양이 붕대를 풀었다. 나는 두 다리를 내려다봤다. 야전병원에서 봤을 때는 갈아놓은 지 얼마 안 된 햄버그스테이크 고기 같은 모습이었다. 그런데 이제는 다리에 딱딱한 껍질이 덮였고, 무릎은 부어올라 칙칙했고, 종아리는 푹 패어 있었지만 고름은 없었다. 이 병원 의사가 말했다.

"아주 깨끗하군요. 깨끗하고 상태가 좋아요."

턱수염 기른 의사가 말했다.

"음."

세 번째 의사는 이 병원 의사의 어깨너머로 쳐다보고 있었다.

턱수염 기른 의사가 다시 말했다.

"무릎을 움직여보세요."

"움직일 수가 없습니다."

턱수염을 기른 의사가 물었다.

"관절을 시험해볼까요?"

그의 군복 소매에는 별 세 개 옆에 줄이 하나 있었다. 선임대위라는 뜻이었다. 이 병원 의사가 대답했다.

"그러지요."

의사 두 명이 내 오른쪽 다리를 조심스럽게 잡고 굽혔다. 나는 잔뜩 찡그린 채 말했다.

"아픕니다."

"그래요, 그래. 조금만 더 구부려보죠, 선생님."

나는 너무 아파서 화가 났다.

"그만하십시오. 최대한 구부린 겁니다."

선임 대위가 말했다.

"부분적인 관절 손상이로군."

그가 몸을 일으켰다.

"엑스레이 사진을 다시 볼 수 있을까요?"

세 번째 의사가 한 장을 건넸다.

"아니요, 왼쪽 다리 사진으로요."

"그게 왼쪽 다리입니다, 선생님."

"그러네요. 다른 각도로 보고 있었네."

선임 대위가 사진을 다시 받아들었다. 그리고 또 다른 사진 한 장을 한동안 들여다보았다.

"이거 보이나요, 선생님?"

그가 이물질들 가운데 하나를 가리켰다. 그것은 둥그렇고 빛을 받아 선명하게 보였다. 의사들은 그 사진을 보며 한참 의견을 나눴다. 턱수염을 기른 선임 대위가 말했다.

"이거 하나는 말할 수 있어요. 시간문제란 겁니다. 3개월, 아니면 6개월이 될 수도 있겠어요."

"관절 낭액이 다시 생겨야만 하니까."

"물론이죠. 시간문제입니다. 포탄 파편이 막에 싸이기도 전에 저런 무릎을 절개하는 건 양심상 할 수 없습니다."

"같은 생각입니다, 선생님."

내가 물었다.

"6개월이라니, 왜요?"

"무릎을 안전하게 절개하려면 그전에 파편이 막에 싸여야 하는데, 그 기간이 6개월입니다."

"믿을 수가 없네요."

"무릎을 잃고 싶지는 않겠지요, 젊은이?"

"그겁니다."

"뭐라고요?"

"잘라내고 싶습니다. 그래야 거기에 갈고리를 달죠."

"무슨 소립니까? 갈고리라니?"

이 병원 의사가 말했다.

"농담하는 겁니다."

그는 내 어깨를 아주 우아하게 툭툭 쳤다.

"이 환자도 당연히 자기 무릎을 지키고 싶죠. 아주 용감한 젊은이랍니다. 무공 은성훈장 감으로 거론되고 있습니다."

선임 대위는 놀랍다는 표정이었다.

"축하합니다."

그러고는 내 손을 잡고 흔들었다.

"내가 말할 수 있는 건 그런 상태의 무릎을 열어보기 전에 적어도 6개월은 안전한 후방에서 기다려야 한다는 것뿐입니다. 물론 다른 소견도 환영이지만."

이번엔 나도 정중하게 말했다.

"정말 고맙습니다. 선생님 의견을 존중합니다."

선임 대위가 시계를 보더니 말했다.

"우린 이만 가봐야겠군요. 행운을 빌겠습니다."

"저도 행운을 빌겠습니다. 정말 감사드리고요."

나는 세 번째 의사와 악수를 나눴다.

"나는 바리니 대위입니다, 헨리 중위."

세 명 모두 병실을 나갔다.

"게이지 양."

내가 부르자 그녀가 들어왔다.

"이 병원 의사 선생님에게 잠깐만 다시 와달라고 해줘요."

의사가 모자를 들고 들어와 내 침대 옆에 섰다.

"나를 보자고 했다고요?"

"예, 수술하려고 6개월을 더 기다릴 수는 없습니다. 맙소사, 선생님. 침대에 누워 6개월을 지내본 적이 있습니까?"

"계속 침대에 누워 있지는 않을 겁니다. 먼저 상처에 햇볕을 쬐어야 하죠. 그러고 나서는 목발을 짚고 다니면 되고요."

"6개월을 참은 다음에 수술을 한단 말입니까?"

"그게 안전합니다. 이물질이 막에 싸일 수 있게 되어야 하고 관절 낭액도 다시 생겨야 하니까요. 그런 다음 무릎을 절개하는 편이 안전할 겁니다."

"선생님이 보기에도 제가 그렇게 오래 기다려야 할 것 같습니까?"

"그게 가장 안전합니다."

"아까 그 선임 대위는 어떤 사람입니까?"

"밀라노에서 내로라하는 외과의사입니다."

"계급이 선임 대위인 거죠?"

"예, 하지만 훌륭한 의사입니다."

"제 다리를 선임 대위 정도가 갖고 놀게 하고 싶지는 않습니다. 그 사람의 실력이 뛰어나다면 소령이 되었겠죠. 선임 대위가 어떤 건지 저도 압니다, 선생님."

"그는 뛰어난 외과의사고 내가 아는 어떤 의사들보다 그의 판단을 받아들이는 게 낫다고 봅니다."

"다른 의사에게 보일 수 있을까요?"

"원하신다면 물론 가능합니다. 하지만 나라면 바렐라 군의관 의견에 따르겠습니다."

"다른 사람에게 와서 봐달라고 해주시겠습니까?"

"그럼 발렌티니 선생님에게 부탁하겠습니다."

"어떤 분입니까?"

"마조레 병원의 외과의사입니다."

"좋습니다. 정말 감사합니다, 선생님. 아시겠지만, 전 6개월을 침대에 누워서 기다릴 수가 없습니다."

"침대에 누워만 있지는 않을 겁니다. 먼저 햇빛 치료를 하게될 거예요. 그 뒤에는 가벼운 운동도 할 수 있을 거고요. 그러고 나서 막이 생기면 수술을 받는 겁니다."

"하지만 6개월을 기다릴 수는 없다고요."

의사는 모자를 쥐고 있던 섬세한 손가락을 펴더니 이내 미소를 지었다.

"전선으로 돌아가고 싶어서 그런 겁니까?"

"그러면 안 되나요?"

"아주 용감한 군인이군요. 훌륭하네요."

그는 감동한 표정으로 몸을 구부려 우아한 자세로 내 이마에 입을 맞췄다.

"발렌티니 선생님을 불러오겠습니다. 걱정하지 말고 흥분하지도 마세요. 얌전히 계십시오."

나는 마음을 가라앉히고 물었다.

"한잔하시겠습니까?"

"고맙지만 괜찮습니다. 난 술을 전혀 안 합니다."

"딱 한 잔만 하세요."

나는 벨을 눌러 수위에게 잔을 가져다 달라고 했다.

"아닙니다, 난 됐습니다. 환자들이 기다리고 있어요."

"그럼 안녕히 가십시오."

"그럼 쉬십시오."

두 시간 뒤에 발렌티니 의사가 병실로 들어왔다. 그는 상당히 분주해 보이고 콧수염 끝이 위로 바짝 들려 있었다. 계급은 소령이었다. 그의 얼굴은 검게 그을렸고 웃음이 떠나지 않았다. 그가 상처를 살피며 말했다.

"이렇게 심한 부상이라니, 어쩌다 이렇게 됐습니까? 어디 엑스레이 사진 좀 봅시다. 그래, 그렇군. 바로 이거로군요. 아주 건강해 보입니다. 저 예쁜 아가씨는 누구죠? 애인입니까? 그런 것 같군요. 참 지랄맞은 전쟁 아닙니까? 부상 부위는 좀 어떤가요? 훌륭한 젊은이로군요. 새것처럼 싹 고쳐주겠습니다. 이렇게 하면 아픕니까? 당연히 아프겠지만 의사란 족속들은 환자를 아프게 하는 걸 어찌나 좋아하는지 말이오. 지금까지 어떤 치료를 받았나요? 저 아가씨는 이탈리아어를 하지 못합니까? 배워야겠군요. 그나저나 참 예쁘네. 이탈리아어는 내가 가르쳐줄 수도 있는데. 나도 여기 환자로 들어오고 싶군. 농담이오. 두 사람의 출산 관리는 내가 공짜로 해줘야지. 아가씨가 알아들었을까요? 저 아가씨가 당신에게 잘생긴 사내아이를 낳아줄 겁니다. 저 아가씨를 닮아 멋진 금발일 거요. 좋아요, 다 됐어요. 아가씨가 참 예쁘네. 그녀에게 나하고 저녁 식사 한번 하자고 말해줘요. 아니, 애인을 빼앗겠다는 건 아니고. 고마워요. 정말 고맙습니다, 아가씨. 자, 다 됐습니다."

의사가 내 어깨를 다독였다.

"이제 알고 싶은 건 다 알았습니다. 붕대는 푼 채로 그냥 놔두세요."

"한잔하시겠습니까, 발렌티니 선생님?"

"술 말입니까? 물론이지요. 열 잔이라도 마시고 갈 거요. 술은 어디 있지요?"

"옷장 안에요. 바클리 양이 가져다줄 겁니다."

"건배! 당신을 위해서 건배요, 간호사 아가씨. 이렇게 예쁠 수가 있나. 내가 좀 더 좋은 코냑을 가져다주리다."

그는 콧수염에 묻은 술을 닦아냈다.

"수술은 언제쯤 가능하다고 보십니까?"

"내일 아침이오. 그전에는 안 됩니다. 위장을 비워야 하니까요. 깨끗하게 씻어두어야 하고요. 아래층 나이 든 간호사에게 지시해두지요. 그럼 이만, 내일 봅시다. 아까 그것보다 맛좋은 코냑을 가져오겠소. 이곳에서 아주 편안히 지내고 있군요. 잘 있어요, 내일까지 말이오. 잠도 푹 자고. 내일 아침 일찍 봅시다."

그는 문가에서 손을 흔들었고 콧수염이 빳빳하게 올라가면

서 갈색으로 그을린 얼굴에 미소가 번졌다. 그의 옷소매에는
네모 칸 안에 별이 하나 붙어 있었다. 그는 소령이었다.

16장

그날 밤 박쥐 한 마리가 병실로 날아들었다. 발코니 쪽으로 통하는 문이 열려 있어 들어온 거였는데, 우리는 그 문을 열어 놓은 채 마을의 지붕들 위로 내려앉은 밤을 감상하고 있었다. 마을을 뒤덮은 밤하늘의 희미한 빛만 있을 뿐 병실은 어두컴컴했고, 박쥐는 겁도 없이 밖에 있을 때처럼 병실 안에서 사냥감을 찾아다녔다. 우리는 누운 채 박쥐를 지켜봤는데, 지금 생각해보니 그때 하도 가만히 누워 있어서 우리를 발견하지 못했던 것 같다. 박쥐가 나가고 나서 탐조등 불빛이 켜지는 게 보였고, 우리는 긴 빛줄기가 하늘에서 이리저리 움직이다가 꺼지는 것을 지켜봤다. 병실은 다시 캄캄해졌다. 부드러운 밤바람 속에 이웃한 건물 지붕 위에서 고사포 사수들이 말을 주고 받는 소리가 들렸다. 서늘한 밤이라 그들은 망토를 입고 있었다. 밤중에 누군가 병실로 올라오지 않을까 걱정했지만 캐서린 말로는 다들 잠들었다고 했다. 한번은 밤에 함께 잠들었다가 깨보니 그녀가 옆에 없었다. 하지만 곧 캐서린이 복도를 걸어오는 소리가 들렸다. 그리고 문이 열리더니 그녀가 다시 침대로 들어와서 괜찮다고, 아래층에 내려가 봤는데 모두 잠들어 있다고 말해주었다. 밴 캠펜 양의 방문 앞에 갔더니 잠들어 새근거리는 숨소리가 들렸다고 했다. 둘이서 캐서린이 가져온 크래커를 먹고 베르무트 술도 마셨다. 둘 다 무척 배가 고팠지만 그녀는 지금 먹은 것도 아침이면 다 토해내야 할 거라고 말했다. 나는 날이 밝고 나서야 잠들었고 잠에서 깨자 캐서린은 사라지고 없었다. 그리고 그녀는 상큼하고 아름다운 모습으로 다시 병실로 들어와 내 침대에 앉았다. 내가 체온계를 물고 있는 동안 해가 떠올랐고, 지붕에 내려앉은 이슬 냄새가 나더니 이웃집 지붕 위 고사포 사수들의 커피 향이 그 뒤를 이었다. 캐서린이 미소 띤 얼굴로 말했다.

"함께 산책을 나가면 좋겠어요. 휠체어만 있으면 내가 밀어줄 수 있는데."

"휠체어에는 어떻게 타고?"

"둘이 해보는 거죠."

나는 열린 문밖을 바라보며 말했다.

"공원으로 나가 야외에서 아침을 먹을 수도 있겠지."

"우리가 진짜로 해야 할 일은요, 당신의 친구 발렌티니 선생님을 맞이할 준비를 하는 거예요."

"그분은 대단한 것 같아."

"나는 당신만큼 그분을 좋게 보지는 않아요. 하지만 실력이 있는 것 같기는 해요."

"침대로 다시 와봐, 캐서린. 어서."

"안 돼요. 이미 멋진 밤을 보내지 않았던가요?"

"오늘 밤도 야간 당직이 가능할까?"

"아마 그럴 거예요. 하지만 당신이 날 원치 않겠죠."

"아니, 원할걸."

"그러지 않을걸요. 수술을 받아본 적이 없잖아요. 그래서 수술 뒤에 어떻게 될지 모르잖아요."

"난 괜찮을 거야."

"아파서 내가 안중에도 없을걸요."

"그럼 지금 와줘."

"이러지 마세요. 난 환자 기록 차트를 써야 해요. 당신 수술 준비도 해야 하고."

"날 진심으로 사랑하지 않는 거야. 그렇지 않다면 다시 와주겠지."

"왜 이렇게 철이 없으실까."

그녀는 내게 키스를 한 뒤 말했다.

"차트는 됐어요. 당신 체온은 늘 정상이죠. 아주 이상적인 체온이에요."

"당신이야말로 뭐든 다 이상적이지."

"어머, 아니에요. 당신 체온은 정말 좋아요. 내가 얼마나 좋아하는데요."

"아마 우리 아이들도 체온이 훌륭할 거야."

"우리 아이들은 체온이 형편없을걸요."

"발렌티니에게 수술을 받으려면 뭘 준비해야 하지?"

"별것 없어요. 하지만 꽤 불쾌하죠."

"당신이 그런 일을 하지 않아도 되면 좋으련만."

"싫어요. 다른 누군가가 당신을 만지는 건 싫어요. 바보 같죠. 다른 사람이 당신을 만지면 화가 머리끝까지 나요."

"퍼거슨 양이라 해도?"

"특히 퍼거슨과 게이지 그리고 또 다른 분, 이름이 뭐죠?"

"워커?"

"그래요. 지금 여긴 간호사가 너무 많아요. 환자가 좀 더 늘지 않으면 우릴 다른 곳으로 보낼 거예요. 간호사가 넷이나 되니까요."

"환자가 늘 거야. 그러면 간호사들이 그만큼 필요할 테고. 꽤 큰 병원이니까 말이야."

"환자가 오면 좋겠어요. 나를 다른 데로 보내면 어떡하죠? 환자가 오지 않으면 그럴 거라고요."

"나도 가야지."

"바보 같은 소리 하지 마요. 아직 갈 수 없잖아요. 회복하고 나면 우리 같이 어딘가로 가요."

"그러고 나서는?"

"전쟁이 끝날지도 모르죠. 영원히 계속되지는 않을 테니까."

"얼른 나을게. 발렌티니 선생이 고쳐줄 거야."

"그런 굉장한 수염을 달고 있는데 그 정도는 하셔야죠. 그리고 마취하게 되면 뭔가 딴생각을 해요. 우리 둘 생각은 하지 말고요. 마취 상태에서는 아무 말이나 막 하거든요."

"뭘 생각해야 하지?"

"뭐든지요. 우리 생각 빼곤 뭐든지. 가족들 생각을 해봐요. 아니면 다른 여자 생각이라도 해요."

"그건 안 되지."

"그럼 기도문을 외워요. 아주 좋은 인상을 줄 거예요."

"아무 말 하지 않을지도 모르잖아."

"그건 그래요. 말 안 하는 사람도 많죠."

"난 말을 안 할 거야."

"장담하지 마세요. 그렇게 장담할 일이 아니에요. 이렇게 사랑스러운 분이 큰소리치면 안 되죠."

"난 한마디도 안 할 거라니까."

"지금 그게 큰소리치는 거라고요. 그럴 필요 없어요. 숨을 깊게 쉬라고 하면 기도문이나 시 같은 걸 외우기 시작해요. 그러면 멋져 보일 거고 난 당신이 자랑스러울 거예요. 어차피 지금도 자랑스럽긴 해요. 체온이 이렇게 정상인 것도 그렇고, 베개를 나라고 생각하고 아이처럼 꼭 껴안고 자는 것도 그렇고요. 내가 아니라 다른 여자인가? 예쁜 이탈리아 여자?"

"당신이야."

"물론 그렇겠죠. 아, 내가 당신을 이렇게나 사랑하는데, 발렌티니 선생님이 당신 다리를 깨끗이 낫게 해주시겠죠. 내가 수술 장면을 지켜보지 않아도 돼서 다행이에요."

"그럼 당신이 오늘 밤 야간 당직을 서겠군."

"예, 당신은 신경 쓸 여력이 없겠지만."

"두고 보라고."

"됐어요. 이제 당신은 안팎으로 전부 깨끗해졌어요. 이제 말해봐요. 몇 명이나 사랑해봤어요?"

"한 명도 없었어."

"나도 아니에요?"

"아니, 당신은 사랑하지."

"다른 여자는 몇 명이었는데요?"

"하나도 없었다니까."

"그럼 몇 명과…… 뭐라고 해야 할까요? 밤을 같이 지내봤어요?"

"한 명도 없었어."

"거짓말하는 거죠."

"정말이야."

"괜찮아요. 어디 계속 거짓말을 해보세요. 나도 바라는 바예요. 그 여자들은 예뻤어요?"

"어느 누구하고도 같이 밤을 보낸 적 없어."

"그렇겠죠. 매력적이었나요?"

"그런 거 모른다니까."

"당신은 내 거예요. 이건 사실이고 당신은 다른 어느 여자에게도 속해본 적이 없는 사람이죠. 하지만 그래 본 적이 있다고 하더라도 난 신경 안 써요. 과거의 여자들이 두렵지 않으니까요. 하지만 그 여자들 이야기는 내게 하지 마요. 남자가 여자하고 밤을 보낼 때 여자는 언제 돈 얘기를 하나요?"

"몰라."

"당연히 모르겠죠. 여자가 사랑한다는 말은 하나요? 말해줘요, 알고 싶단 말이에요."

"하겠지. 남자가 해달라고 하면."

"그럼 남자도 사랑한다고 하고요? 말해줘요. 이건 중요한 문제예요."

"하고 싶으면 남자도 하겠지."

"하지만 당신은 절대 안 했고요? 정말이에요?"

"아니라니까."

"설마. 사실대로 말해줘요."

나는 거짓말을 했다.

"그런 적 없어."

"안 그랬을 거예요. 당신이 안 그랬을 줄 알고 있어요. 아, 사랑해요."

바깥에는 태양이 지붕들 위로 솟아올라 성당 첨탑들이 햇빛을 받아 빛나고 있었다. 나는 몸 안팎을 깨끗이 닦고 의사를 기다렸다. 캐서린이 물었다.

"그럼 이런 건가요? 남자가 원하는 말을 여자가 해주나요?"

"항상 그렇지는 않지."

"난 그렇게 할 건데. 나는 당신이 바라는 말을 해줄 거고 당신이 바라는 행동을 해줄 거예요. 그리고 나면 당신은 다른 여자들은 쳐다보지도 않겠지요, 그렇죠?"

그녀는 몹시 행복한 표정으로 나를 쳐다봤다.

"난 당신이 원하는 행동을 할 거고 당신이 원하는 말을 할 거예요. 그러면 난 내 목적을 달성하는 거고요, 그렇죠?"

"그래."

"이제 수술 준비가 다 됐는데 내가 어떻게 해주면 될까요?"

"다시 침대로 와줘."

"알았어요, 갈게요."

"아! 예쁜 자기, 귀여운 자기, 나의 자기."

"그거 봐요. 난 당신이 원하는 건 뭐든 하잖아요."

"당신은 정말 사랑스러워."

"침대에서는 아직 서툴까 봐 걱정돼요."

"정말로 사랑스러워."

"당신이 원하는 걸 나도 원해요. 나라는 존재는 이제 없어요. 당신이 원하는 것만 있는 거죠."

"다정한 사람 같으니."

"착하기도 해요. 착하지 않아요? 다른 여자들은 원하지 않는 거예요, 그렇죠?"

"절대로."

"봤죠? 난 착해요. 당신이 원하는 걸 한다고요."

17장

수술이 끝나고 깨어나 보니 저세상은 아니었다. 수술을 한다고 죽지는 않는다. 그냥 숨이 막힐 뿐이다. 죽는 것과는 약간 달라서 화학약품으로 질식시켜 아무것도 느끼지 못하게 되는 것이다. 수술이 끝난 다음에는 차라리 술에 취해 있는 편이 나았다. 토하면 쓴 담즙밖에 나오지 않게 되어 토하고 나서도 편해지지 않는 건 조금 싫지만 말이다. 침대 발치에 모래주머니들이 보였는데, 깁스 모양을 잡아주는 파이프 위에 놓여 있었다. 조금 뒤 게이지 양이 보였고 그녀가 다가와 물었다.

"이제 좀 어떠세요?"

"견딜 만해요."

"선생님이 무릎 수술을 아주 잘해내셨어요."

"얼마나 걸렸습니까?"

"두 시간 반이오."

"헛소리는 안 했나요?"

"아무 말도 안 하셨어요. 아직 말씀하시면 안 돼요. 그냥 얌전히 계세요."

속이 메스꺼웠다. 캐서린의 말이 맞았다. 야간 당직이 누가 됐든 상관없었다.

이제 병원에는 환자가 세 명 더 늘었다. 적십자 기구에서 일하는 조지아 주 출신의 깡마른 청년이 말라리아에 걸려 들어왔고, 역시 깡마른 체구의 착한 청년은 뉴욕 출신인데 말라리아와 황달에 걸려 입원했다. 또 잘생긴 청년 하나는 유산탄과 고성능 폭약을 조합한 포탄의 뇌관 뚜껑을 기념으로 가지려고 열었다가 병원 신세를 지게 됐다. 그 포탄은 오스트리아군이 산악 지대에서 사용하는 유산탄으로, 뇌관 뚜껑은 포탄이 폭발한 다음에도 건드리기만 하면 터지는 종류였다.

캐서린 바클리는 언제든 야간 당직을 마다하지 않아 다른 간호사들이 그녀를 무척 좋아하게 되었다. 말라리아 환자들을 돌보는 일은 꽤 손이 많이 갔는데, 뇌관 뚜껑을 연 청년은 우리와 친구가 되어 밤에는 벨을 울리지 않았다. 꼭 필요한 경우에는 울리긴 했지만 말이다. 그래도 우리는 일하는 짬짬이 함께 시간을 보냈다. 나는 그녀를 몹시 사랑했고 그녀도 나를 사랑했다. 낮에는 잠을 잤는데, 낮 동안 깨어 있을 때면 쪽지를 썼고 퍼거슨이 그 쪽지들을 그녀에게 전해주었다. 퍼거슨은 착한 아가씨였다. 나는 그녀에 대해서는 아는 게 거의 없었다. 아는 거라곤 오빠 하나는 제52사단에, 또 다른 오빠는 메소포타미아에 있다는 것뿐이었다. 그녀는 캐서린 바클리에게 아주 잘해주었다. 한번은 내가 그녀에게 물었다.

"우리 결혼식에 와줄 거죠, 퍼기(퍼거슨의 애칭-옮긴이)?"

"두 사람은 절대 결혼하지 않을걸요."

"할 겁니다."

"아니요, 안 해요."

"왜요?"

"결혼하기 전에 싸우게 될 테니까요."

"우린 절대 안 싸워요."

"시간이 지나면 싸우게 돼 있어요."

"우린 안 싸웁니다."

"그럼 죽게 되겠죠. 싸우든지 죽든지 둘 중 하나예요. 다들 그렇답니다. 그래서 결혼하지 않는 거예요."

나는 손을 뻗어 퍼거슨의 손을 잡으려고 했다. 그러자 그녀는 뒤로 물러났다.

"잡지 마세요. 울고 있는 거 아니에요. 두 사람은 잘될 수도 있겠죠. 하지만 조심하세요. 그녀를 힘들게 하지 마시라고요.
그랬다간 제가 중위님을 죽여버릴 거예요."

"그녀를 힘들게 하지 않을 겁니다."

"예, 그렇다면 조심하세요. 저도 두 사람이 잘되면 좋겠어
요. 행복한 시간을 보내고 있잖아요."

"아주 멋진 시간을 보내고 있죠."

"그럼 싸우지 말고 그녀를 힘들게 하지도 마세요."

"안 그러겠습니다."

"정말 조심하셔야 해요. 캐서린이 혹시라도 전쟁고아를 기
르게 되지 않으면 좋겠어요."

"당신은 좋은 분이군요, 퍼기."

"그렇지 않아요. 절 띄워주려고 하지 마세요. 다리는 좀 어
떤가요?"

"아주 좋아요."

"머리는요?"

그녀가 내 정수리에 손가락을 댔다. 감각이 마비된 발을 만
지는 느낌이었다.

"전혀 아프지 않네요."

"그렇게 큰 충격을 받으면 정신착란이 올 수도 있어요. 정말
아무렇지도 않으세요?"

"예."

"운이 좋으신 거예요. 편지는 다 쓰셨어요? 이제 내려가 보려고요."

"여기 있습니다."

"캐서린한테 당분간 야간 당직을 서지 말라고 해주세요. 무척 지쳐 있어요."

"알았습니다. 그럴게요."

"제가 말리고 싶지만 캐서린이 듣지 않을 거예요. 다른 간호사들이야 캐서린이 해주면 좋아하니까. 중위님이라면 좀 쉬도록 하실 수 있을 것 같아요."

"그럴게요."

"밴 캠펜 양은 중위님이 오전 내내 주무신다고 뭐라 하세요."

"그럴 겁니다."

"캐서린이 당분간 야간 근무를 쉬게 해주시면 좋겠어요."

"저도 그러면 좋겠습니다."

"중위님은 솔직히 바라시지 않겠죠. 그래도 캐서린을 쉬게 해주신다면 전 중위님을 존경할 거예요."

"쉬게 할 겁니다."

"믿지는 않아요."

그녀는 쪽지를 갖고 나갔다. 나는 벨을 울렸고 조금 뒤 게이지 양이 들어왔다.

"무슨 일 있으세요?"

"그냥 이야기 좀 하고 싶어서요. 바클리 양이 한동안 야간 당직을 그만 서야 한다고 생각하지 않으세요? 엄청나게 피곤해 보이던데, 왜 계속 그분만 야간 당직을 서는 건가요?"

게이지 양이 나를 바라보더니 말했다.

"전 중위님 편이에요. 그러니 저한테는 그렇게 말씀하시지 않아도 돼요."

"그게 무슨 말인가요?"

"왜 모른 척하실까. 바라시는 건 그게 다예요?"

"베르무트 한 잔 마실래요?"

"그러죠. 마시고 곧 가봐야 해요."

그녀는 옷장에서 술병을 꺼낸 뒤 잔을 가져왔다. 나는 잔이 필요하지 않았다.

"간호사님이 잔에 따라 마셔요. 나는 병째 마실게요."

"중위님을 위하여."

"밴 캠펜 양이 제가 아침에 늦게까지 자는 걸 갖고 뭐라고 하던가요?"

"그냥 투덜거리시는 거예요. 중위님이 특별 대우를 받는 환자라고 하세요."

"맘대로 지껄여보라지."

"못된 사람은 아니에요. 그냥 나이가 들어 짜증을 잘 내시는 거예요. 처음부터 중위님을 마음에 들어 하지 않으셨고요."

"싫어했죠."

"뭐, 저는 중위님이 좋은걸요. 중위님 편이라고요. 이 말은 잊지 마세요."

"당신은 정말 좋은 사람이군요."

"아니에요. 중위님이 누굴 좋게 생각하는지는 저도 알아요. 하지만 전 중위님 편이에요. 다리는 좀 어떠세요?"

"아주 좋습니다."

"차가운 탄산수를 가져와 부어드릴게요. 바깥쪽이 더워 깁스 안쪽이 가려울 테니까요."

"당신은 정말 좋은 분입니다."

"많이 가려우세요?"

"아니요, 괜찮습니다."

"모래주머니를 바로잡아 드릴게요."

그녀가 몸을 숙였다.

"전 중위님 편이에요."

"알고 있습니다."

"아니요, 잘 모르고 계세요. 하지만 언젠가는 아시게 될 거예요."

캐서린 바클리는 야간 당직을 사흘 쉰 다음 다시 밤 근무에 나섰다. 각자 긴 여행을 하고 와서 다시 만난 듯한 기분이었다.

18장

그해 여름 우리는 환상적인 시간을 보냈다. 내가 밖으로 나
갈 수 있을 때는 둘이 마차를 타고 공원을 돌아다녔다. 그 마
차가 지금도 기억난다. 말은 천천히 걸었고, 앞에는 반들거리
는 실크해트를 쓰고 높이 올라앉아 있는 마부의 등이 보였고,
캐서린 바클리가 내 옆에 앉아 있었다. 우리 둘의 손이 닿으
면, 아니 내 손 가장자리가 그녀의 손에 닿기만 해도 우리는 설
렜다. 목발을 짚고 다닐 수 있게 된 다음에는 비피스나 그란이
탈리아 같은 식당으로 저녁을 먹으러 가서 갤러리아(유리 천장
이 설치되어 있는 밀라노의 상점가—옮긴이)의 야외 탁자에서 식사를
했다. 웨이터들이 들락거렸고, 사람들이 지나다녔고, 촛불이
탁자보 위에 그림자를 드리웠다. 그란이탈리아가 가장 좋다고

결론을 내린 다음부터는 수석 웨이터 조지가 우리에게 탁자 하나를 따로 남겨놓아 주었다. 그는 훌륭한 웨이터여서 음식 주문은 그에게 맡겼다. 그동안 우리는 지나가는 사람들을 바라봤고, 땅거미 질 무렵의 웅장한 갤러리아 거리를 바라봤고, 서로를 바라봤다. 우리는 얼음 통에 든, 단맛이 없는 카프리 화이트 와인을 마셨다. 프레사나 바르베라, 달콤한 화이트 와인 등 다른 와인들도 여러 차례 시도해봤지만 카프리가 최고였다. 전쟁 중이라서 와인 전문 웨이터가 없어 내가 프레사 같은 와인에 대해 물어보면 조지는 부끄러운 듯 미소를 지었다. 그가 말했다.

"와인에서 딸기 맛이 나다니, 그런 와인을 만드는 나라도 다 있나 생각하신다면……."

캐서린이 물었다.

"딸기 맛이 어때서요? 멋있게 들리는데요."

"그럼 숙녀분이 한번 시음해보세요. 원하신다면 말이죠. 중위님에게는 마고(프랑스 보르도 지역에서 나는 쌉쌀한 맛의 레드 와인-옮긴이) 작은 병을 하나 가져다 드리지요."

나도 그 맛이 궁금했다.

"나도 마셔볼게요, 조지."

"중위님에게는 권해드릴 수가 없네요. 딸기 맛조차 나지 않거든요."

캐서린이 궁금하다는 표정으로 말했다.

"딸기 맛이 날지도 모르잖아요. 그럼 정말 굉장할 텐데."

"가져오겠습니다. 숙녀분이 드실 만큼 드시고 나면 다시 가져가겠습니다."

그것은 그다지 와인 같지도 않았다. 조지가 말한 것처럼 딸기 맛조차 나지 않았다. 우리는 다시 카프리를 마셨다. 어느 날 저녁에는 내가 돈이 모자라 조지가 1백 리라를 빌려준 적도 있다. 그는 늘 그렇듯 웃으며 말했다.

"괜찮습니다, 중위님. 어떤 상황인지 저도 압니다. 남자가 어쩌다 돈이 모자라게 되는지 다 알지요. 중위님이나 숙녀분에게 돈이 필요하면 언제든 말씀하십시오."

저녁을 먹고 나서 우리는 다른 식당과 셔터를 내린 상점들을 지나치며 갤러리아를 걸었다. 그러다 샌드위치를 파는 조그만 가게 앞에서 걸음을 멈췄다. 햄과 양상추를 넣은 샌드위치와 안초비(지중해산 멸치류의 작은 물고기—옮긴이) 샌드위치가 있었다. 갈색으로 윤기가 흐르고 손가락 길이밖에 되지 않는, 아주 조그마한 롤빵으로 만든 것이었다. 밤에 배가 고플 때 먹을 만했다. 우리는 갤러리아를 빠져나가 성당 앞에서 지붕 없는 마차를 타고 병원으로 돌아왔다. 병원 문 앞에 도착하자 수위가 목발 짚는 것을 도와주러 나왔다. 마부에게 삯을 치르고 나서 우리는 엘리베이터를 타고 위층으로 올라갔다. 캐서린은 내 병실보다 아래층인 간호사들이 머무르는 층에서 내렸다. 나는 더 올라가 목발을 짚고 복도를 걸어 내 병실로 들어갔다. 어떤 때는 옷을 벗고 침대에 들어가기도 했고, 어떤 때는 발코니로 나가 의자에 앉아 아픈 다리를 다른 의자에 얹고 지붕 위의 제비들을 바라보며 캐서린을 기다리기도 했다. 캐서린이 위층으로 올라오면 마치 그녀가 긴 여행을 마치고 돌아온 듯한 기분이 들었다. 나는 목발을 짚고 그녀를 따라 복도를 걸었다. 대야를 들어다 주기도 했다. 문밖에서 그녀를 기다리고 있기도 하고 그녀를 따라 병실 안으로 들어가기도 했다. 환자가 우리 친구인지 아닌지에 따라 달랐다. 그녀가 할 일을 다 끝내면 함께 내 병실 밖 발코니에 앉아 있었다. 그런 다음에 나는 침대로 돌아갔고, 모두 잠이 들고 벨을 눌러 도움을 청할 환자가 없다는 확신이 들면 그녀가 병실로 왔다. 나는 그녀의 머리를 풀어주는 것이 좋았다. 머리를 푸는 동안 그녀는 대개 침대에 가만히 앉아 있었지만, 갑자기 내게 달려들어 키스하기도 했다. 내가 그녀의 머리핀을 뽑아 침대 시트 위에 늘어놓으면 머리카락이 풀려 느슨해졌고, 나는 머리를 푸는 동안 가만히 있는 그녀를 바라보곤 했다. 마지막 남아 있는 핀 두 개까지 다 뽑으면 머리카락이 모두 출렁 내려왔고, 그녀는 고개를 숙여 머리카락으로 우리 두 사람을 덮기도 했다. 마치 텐트 안이나 폭포 뒤에 있는 듯했다.

캐서린의 머리카락은 정말로 아름다웠다. 나는 가끔 누운 채 열린 문으로 빛이 새어 들어오는 가운데 머리를 틀어 올리는 그녀를 바라봤다. 가끔 날이 밝기 바로 전에 호수가 반짝일 때처럼 그녀의 머리카락은 심지어 밤에도 빛났다. 그녀는 얼굴뿐 아니라 몸매도 아주 예쁘고 피부도 무척 부드러웠다. 우리는 침대에 함께 누워 있곤 했다. 나는 그녀의 뺨을 쓰다듬고 이마를, 눈 밑을, 턱과 목을 손가락 끝으로 매만지면서 "피아노 건반처럼 매끄러워"라고 말했다. 그러자 그녀는 내 턱을 손가락으로 두드리며 "매끄럽기가 사포 같아서 피아노 치기가 아주 힘들어"라고 말했다.

"거칠어?"

"아니요, 그냥 놀리는 거예요."

밤이 정말 즐거웠고, 우리는 서로를 바라보는 것만으로도 행복했다. 온갖 황홀한 시간들 말고도 우리에게는 사랑을 나누는 여러 가지 소소한 방법이 있었다. 우리는 각자 다른 방에 있더라도 서로의 생각을 전달하려고 애썼다. 가끔 효과가 있는 것 같기도 했다. 어쨌거나 우리가 늘 같은 생각을 하고 있었기 때문일 테지만.

우리는 캐서린이 이 병원으로 온 첫날 결혼한 거라고 치고 결혼한 지 몇 달째인지 헤아려보았다. 나는 진짜 캐서린과 결혼하고 싶었지만 그녀는 그렇게 하면 병원에서 자신을 다른 곳으로 보낼 거라고 했다. 정식으로 절차를 밟기 시작하는 순간부터 그녀를 감시하고 우리 두 사람을 떼어놓을 거라고도 했다. 우리가 결혼하려면 이탈리아 법률에 따라야 했는데, 그 절차는 아주 까다로웠다. 나는 혹시라도 아이가 생길까 봐 걱정되어 정말로 결혼하고 싶었다. 하지만 우리는 정말 결혼한 것처럼, 그다지 걱정하지 않는 것처럼 행동했다. 어쩌면 진짜로 결혼하지 않은 그 상황이 오히려 즐거웠는지도 모르겠다. 어느 날 밤에도 그런 이야기를 나눴는데, 캐서린은 이렇게 말했다.

"그러면 병원에서 나를 내보낼 거예요."

"안 그럴 수도 있잖아."

"틀림없어요. 날 고향으로 돌려보낼 거고, 그러면 우리는 전쟁이 끝날 때까지 헤어져 있어야 해요."

"내가 휴가를 내서 가면 되지."

"휴가로 스코틀랜드에 왔다 갈 수는 없어요. 게다가 난 당신 곁을 떠나고 싶지 않아요. 지금 결혼한들 뭐가 좋다고요? 우린 진짜 결혼한 거예요. 더 이상 뭐가 필요해요."

"당신을 위해 이러는 거야."

"이미 '나'는 없어요. 내가 바로 당신이죠. 나를 당신과 별개라고 생각하지 말아 줘요."

"여자들은 늘 결혼하고 싶어 하는 줄 알았지."

"맞아요. 하지만 이미 결혼했잖아요. 당신하고 결혼했어요. 좋은 아내가 되어주지 못하고 있나요?"

"당신은 사랑스러운 아내지."

"그러고 보니 나도 딱 한 번 결혼을 기다렸던 적이 있어요."

"그 얘기는 듣고 싶지 않아."

"지금 내가 자기 말고는 아무도 사랑하고 있지 않은 거 알잖아요. 그러니 예전에 다른 누가 나를 사랑했다고 해서 신경 쓰지 마요."

"신경이 쓰여."

"죽은 사람을 질투하면 안 되죠. 당신은 모든 걸 가졌는데."

"그런 건 아냐. 그래도 듣고 싶지 않아."

"가엾은 우리 자기. 나는 당신이 온갖 여자를 거친 걸 알지만 신경 쓰지 않아요."

"비밀리에 결혼할 수 있는 무슨 방법이 없을까? 내게 무슨 일이 생기거나 아이가 생길 경우에 대비해서."

"교회나 국가의 법을 따르지 않고 결혼할 방법은 없어요. 우린 이미 비밀리에 결혼했잖아요. 만약 내게 종교가 있다면 그게 아주 중요한 문제가 되었겠지요. 하지만 난 종교가 없어요."

"나한테 성 안토니오 메달을 줬잖아."

"행운을 빈 거였죠. 누군가 내게 줬던 거예요."

"그럼 당신은 아무것도 걱정하지 않아?"

"당신과 멀리 떨어져 있게 될까 봐 그것만 걱정해요. 당신이 내 종교예요. 내가 가진 전부고요."

"알았어. 하지만 당신이 결혼하자고 하는 그날, 나는 당신하고 결혼할 거야."

"나를 정식 아내로 맞아들여야 하는 것처럼 말하지 마세요. 나는 이미 정식 아내예요. 당신만 행복하고 자랑스럽다면 아무것도 부끄러워하지 않아도 돼요. 혹시 행복하지 않은 거예요?"

"설마 당신이 나를 떠나 딴 남자에게 가지는 않겠지."

"안 떠나요. 절대 당신을 버리고 딴 남자에게 가지 않을게요. 앞으로 온갖 종류의 끔찍한 일들이 우리한테 일어날지도 몰라요. 하지만 그걸 걱정할 필요는 없어요."

"걱정하지 않아. 하지만 나는 당신을 정말로 사랑하는데 당신은 예전에 딴 남자를 사랑했잖아."

"그래서 그 남자가 어떻게 됐죠?"

"죽었지."

"그래요, 그 사람이 죽지 않았다면 당신을 만나지도 못했을 거예요. 나는 바람을 피우거나 하지 않아요. 난 결점이 많지만 한 남자에게 아주 충실하다고요. 너무 충실해서 질릴지도 몰라요."

"나는 얼마 안 있어 전선으로 돌아가야 해."

"떠나기 전까지는 그런 생각 하지 마요. 난 지금 행복해요.

우린 설레는 시간을 보내고 있고요. 오랫동안 행복을 모르고 살아 당신을 만났을 때 거의 정신이 나간 상태였는지도 모르겠어요. 아마 정신이 나간 상태였겠죠. 하지만 이제 우린 행복하고 서로 사랑해요. 그러니 마음껏 즐거워하고 행복해하자고요. 당신도 행복하죠, 그렇죠? 내 행동에서 맘에 안 드는 구석이 있어요? 뭘 하면 당신이 기뻐할까요? 머리카락을 풀어줄래요? 즐겨볼까요?"

"좋지, 침대로 와."

"알았어요. 먼저 환자들부터 보고 올게요."

19장

그해 여름은 그렇게 흘러갔다. 날씨가 무더웠고 신문에 아군의 승리 기사가 많이 났다는 것 말고는 하루하루에 대해 별다른 기억이 나지 않는다. 나는 아주 건강해서 다리도 빠르게 회복되었다. 처음 목발을 짚기 시작한 지 얼마 되지 않아 목발을 졸업하고 지팡이를 짚고 걸어 다닐 수 있을 정도였다. 나는 마조레 병원에서 무릎 굽히는 치료를 받기 시작했다. 기계요법 치료를 시작으로 반사경이 달린 상자에 들어가 자외선을 쬐고, 마사지를 받고, 목욕을 했다. 나는 오후에 그곳으로 갔다가 치료가 끝나면 카페에서 술을 한잔하며 신문을 읽었다. 시내를 돌아다니지는 않았다. 카페에서 곧장 집으로, 아니 병원으로 돌아가고 싶을 뿐이었다. 내가 바라는 건 캐서린을 보는 것뿐이었다. 나머지 시간은 그저 보내기만 하면 충분했다. 나는 대부분 아침나절에는 잠을 자고, 오후가 되면 가끔 경마를 보러 가고, 오후 늦게는 물리치료를 받으러 갔다. 가끔은 영미인 전용 클럽에 들러 창문 앞자리의 두꺼운 가죽 쿠션이 달린 의자에 앉아 잡지를 읽었다. 목발을 떼고 나서는 우리가 함께 외출하는 것이 허용되지 않았다. 도움이 필요해 보이지 않는 환자가 간호사와 둘만 있는 게 눈에 띄면 보기 흉하다는 이유였다. 그래서 오후에는 둘이 같이 있는 경우가 많지 않았다. 함께 저녁을 먹으러 나갈 수 있는 때도 있기는 했다. 퍼거슨이 따라오는 경우였다. 밴 캠펜 양도 우리가 친한 친구 사이인 것을 인정했는데, 캐서린이 일을 많이 덜어주었기 때문이다. 그녀는 캐서린이 아주 좋은 집안 출신이라고 생각했고, 마침내 편애하게 되었다. 밴 캠펜 양은 집안을 아주 중요하게 생각했으며 자신도 훌륭한 집안 출신이었다. 병원 일이 바쁘기도 해서 그녀는 늘 일에 파묻혀 있었다. 찌는 듯한 여름 날씨여서 밀라노에 아는 사람이 많아도 나는 늘 날이 저물자마자 병원으로 돌아가고 싶은 마음이 간절했다. 전선에서는 아군이 카르소로 진격해 플라바 맞은편의 쿡 지역을 점령했고, 바인시차 고원을 노리고 있었다. 서부 전선은 상황이 그리 좋지 않은 듯했다. 장기전으로 흘러가고 있는 것 같았다. 미국도 전쟁에 뛰어들었지만, 대규모 부대를 파견해 전투를 치를 만큼 훈련시키려면 일 년은 걸릴 듯했다. 내년은 힘든 해가 될 것으로 보였다. 어쩌면 만족스러운 해가 될지도 모르겠지만 말이다. 이탈리아 군은 어마어마한 병력을 소모하고 있었다. 그래서 전쟁을 지속할 수 있을지 장담할 수 없었다. 아군이 바인시차와 몬테 산 가브리엘레를 점령한다고 해도 오스트리아군에 이르기까지는 수많은 산이 버티고 있었다. 나도 그 산들을 본 적이 있다. 높은 산들은 모두 저 너머에 펼쳐져 있었다. 카르소에서 앞으로 나가고 있긴 하지만 바닷가 쪽은 습지와 늪투성이였다. 나폴레옹이라면 오스트리아군을 평지에서 쳤을 것이다. 그러면 절대 산속에서 전투를 벌이지 않았을 것이다. 오스트리아군을 산에서 내려오게 만들어 베로나 부근에서 격파하지 않았을까. 그러나 서부 전선에서는 아군이고 적군이고 어느 쪽도 격파하지 못하고 있었다. 더 이상 전쟁이 누군가의 승리로 끝나는 일이 일어나지 않는 게 아닐까 싶었다. 영원히 계속될지도 모를 일이었다. 제2의 백년전쟁이 될 수도 있었다. 나는 신문을 도로 선반에 올려놓고 클럽을 나왔다. 계단을 조심조심 내려와 비아 만초니를 따라 걸었다. 나는 그란 호텔 건물 밖에서 마차에서 내리는 마이어스 노부부를 만났다. 부부는 경마를 보고 돌아오는 길이었다. 상체가 튼실한 부인은 까만 새틴 드레스를 입고 있었다. 키가 작고 노쇠한 마이어스 씨는 흰 콧수염을 기르고 있었으며, 지팡이에 의지해 평발인 듯한 걸음걸이로 걸었다.

"안녕하세요? 잘 지내시나요?"

부인과 나는 악수를 나눴다. 마이어스 씨도 인사했다.

"안녕하신가."

"경마는 어떠셨습니까?"

"좋았어요, 정말 즐거웠죠. 내가 우승마를 세 번이나 맞혔지 뭐예요."

나는 마이어스 씨에게도 물었다.

"선생님은 어떠셨습니까?"

"괜찮았지. 난 한 번 맞혔소."

마이어스 부인이 말했다.

"난 이이가 어떤 식으로 하는지 전혀 몰라요. 나한테 한마디도 안 해준다니까요."

마이어스 씨가 말했다.

"난 잘하고 있어."

그는 웬일인지 다정하게 굴었다.

"자네도 좀 나와보지 그러나."

말하는 동안 그는 상대를 쳐다보지 않거나 상대를 다른 사람으로 착각하기 일쑤였다.

"그러겠습니다."

마이어스 부인이 말했다.

"문병하러 갈게요. 아들들을 위해 줄 게 있어요. 군인들은 다 내 아들이죠. 내 사랑스러운 아들들이에요."

"부인을 뵈면 모두 기뻐할 겁니다."

"다들 사랑스러운 아들이니까요. 당신도 마찬가지고요. 내 아들들 가운데 한 명이라고요."

"전 이제 가봐야겠습니다."

"사랑스러운 아들들에게 안부 전해주세요. 가져다줄 게 한 아름 있어요. 맛좋은 마르살라(시칠리아산 화이트 와인-옮긴이)랑 케이크도 있어요."

"예, 안녕히 가십시오. 두 분을 뵈면 다들 엄청나게 좋아할 겁니다."

마이어스 씨가 말했다.

"잘 가게나. 갤러리아에도 좀 나오게. 내 자리가 어딘지 알 잖나. 우리 모두 매일 오후 거기 가 있으니."

나는 길을 따라 계속 올라갔다. 카페 코바에 들러 뭔가 사서 캐서린에게 주고 싶었다. 나는 카페 안에 들어가 초콜릿 한 상 자를 샀고, 여종업원이 포장하는 동안 바 쪽으로 넘어갔다. 영 국인 부부 한 쌍과 조종사 몇 명이 있었다. 나는 혼자서 마티니 (진과 베르무트를 섞은 칵테일-옮긴이)를 한 잔 마시고 값을 치른 뒤 건물 밖 카운터에서 초콜릿을 받아 병원을 향해 걸었다. 스 칼라 극장에서 조금 올라가다 보면 나오는 작은 술집 야외 자리에 내가 아는 사람이 몇몇 있었다. 영사관 부영사와 노래를 공부하는 두 친구, 이탈리아군 소속이자 샌프란시스코 출신의 이탈리아인이 있었다. 나는 그들과 함께 술을 마셨다. 가수들 가운데 한 명은 이름이 랠프 시먼스인데, 엔리코 델크레도라는 이름으로 노래를 부르고 있었다. 노래를 얼마나 잘 부르는지는 알 수 없었지만 그는 항상 중대한 일을 앞두고 있는 것처럼 행동했다. 그는 뚱뚱하고 꽃가루 알레르기라도 있는 사람처럼 코와 입 언저리가 늘 지저분했다. 그는 피아첸차(이탈리아 북부 도시-옮긴이)에서 노래를 부르고 돌아왔다고 했다. 「토스카」를 불렀는데 정말 훌륭했다는 것이다. 그가 우쭐해 말했다.

"물론 자넨 내 노래를 듣지 못했지만."

"여기서는 언제 부를 건가?"

"올 가을에 스칼라 극장에서 공연할 거야."

그러자 이탈리아군 에토레가 말했다.

"장담하는데 관객들이 자네한테 의자를 집어 던질걸. 모데나(이탈리아 북부 도시-옮긴이)에서 관객들이 의자를 던졌다는 얘기 들었나?"

"그건 빌어먹을 거짓말이야."

에토레가 말했다.

"분명 사람들이 의자를 집어 던졌어. 내가 그 자리에 있었다고. 나도 여섯 개나 던졌는걸."

"샌프란시스코에서 온 이탈리아 촌놈 주제에."

"이 친구는 이탈리아어 발음이 정말 엉망이야. 가는 곳마다 의자가 날아다니지."

다른 테너 한 명이 말했다.

"피아첸차는 이탈리아 북부에서 가장 노래 부르기 힘든 곳이야. 정말이지 거긴 노래 부르기 아주 힘든 소극장이라고."

그 테너의 이름은 에드거 손더스였고, 에두아르도 조반니라는 이름으로 노래했다. 다시 에토레가 말했다.

"나도 그 현장에서 자네가 의자에 맞는 꼴을 좀 보고 싶네. 자넨 이탈리아어로 노래하지 못하잖아."

화가 난 에드거 손더스가 말했다.

"이 친구 꼴통이군. 말할 줄 아는 거라곤 의자 던지는 것밖에 없으니."

"자네들 둘이 노래 부를 때는 관객들도 그것밖에 할 줄 모를걸. 그런데도 미국에서는 스칼라 극장에서 대성공을 거두었다고 떠들어댈 테지. 스칼라에서는 첫 음만 듣고도 노래를 못 하게 하겠지만."

시먼스가 끼어들었다.

"난 스칼라 극장에서 노래할 거야. 10월에 「토스카」를 부를 거라고."

에토레가 부영사에게 말했다.

"꼭 보러 가야지. 갈 거지, 맥? 이 친구들을 보호해줄 사람이 필요할 테니 말이야."

부영사가 말했다.

"미국 군대가 보호하러 가지 않을까. 한 잔 더 하겠나, 시먼스? 마실 거지, 손더스?"

"좋지."

이번엔 에토레가 내게 말을 걸었다.

"듣기로는 자네가 은성훈장을 받을 거라던데. 어떤 공훈으로 받는 건가?"

"모르겠어. 받을지도 의문이고."

"받겠지. 야, 이거! 그렇게 되면 카페 코바의 아가씨들이 자네를 멋있다고 생각하겠는걸. 다들 자네가 오스트리아군 2백 명을 죽였거나 혼자서 참호 하나를 완전히 초토화한 걸로 생각할 거 아냐. 정말이지 나도 한때 훈장을 타려고 애썼지."

부영사가 물었다.

"자네는 몇 개나 탄 거야, 에토레?"

시먼스가 먼저 말했다.

"죄다 휩쓸었지. 저 친구 때문에 전쟁이 유지된다니까."

에토레가 대답했다.

"동성훈장을 두 번, 은성훈장을 세 번 받았지. 하지만 표창장은 하나만 왔더라고."

시먼스가 물었다.

"나머지는 어떻게 된 거야?"

"작전이 성공하지 못한 거지. 실패하면 훈장이 전부 보류되니까."

"부상은 몇 번이나 당했나, 에토레?"

"세 번 심하게 당했지. 그래서 상이군인 리본이 세 개나 돼. 보이지?"

그가 군복 소매를 끌어당겨 돌렸다. 리본은 검은 바탕에 은색 줄을 나란히 수놓은 것으로, 어깨에서 20센티미터 정도 아래 소매에 달려 있었다. 에토레가 내게 말했다.

"자네도 하나 받았잖아. 정말이지 받을 만하다니까. 난 훈장보다 그게 나아. 정말이야, 나 참. 세 개를 받는다는 건 대단한 거라고. 병원에 석 달 정도 있을 만한 부상을 한 번 입을 때마다 하나씩 받는 거니까."

부영사가 물었다.

"어디에 부상을 입었나, 에토레?"

에토레는 소매를 걷어 올렸다.

"여기야."

그가 깊게 팬 매끄럽고 불그스름한 상처를 보여줬다.

"여기 다리에도 있어. 각반을 차고 있어 보여주지는 못하겠네. 발에도 있지. 발에 죽은 뼈가 있어 지금도 고약한 냄새가

난다고. 아침마다 조그마한 뼛조각을 새로 떼어내는데 냄새가
가시지를 않아."

시먼스가 얼굴을 찡그리며 물었다.

"뭐에 맞은 거야?"

"수류탄. 감자 으깨는 것처럼 생긴 거 말이야. 내 발 한쪽 면
을 통째로 날려버렸다고. 자네도 감자 으깨는 것처럼 생긴 거
봤지?"

그가 내 쪽으로 몸을 돌렸다.

"그럼."

에토레가 말했다.

"그 개새끼가 그걸 던지는 걸 봤지. 그걸 맞고 나가떨어져
완전 죽었구나 싶었는데, 그 빌어먹을 감자 수류탄이 맹탕이
었던 거지. 그래서 내가 소총으로 그 개새끼를 쏴버렸어. 나는
늘 소총을 갖고 다니거든. 내가 장교라는 사실을 적이 알 수 없
도록 말이야."

시먼스가 물었다.

"그놈 표정이 어떻던가?"

"놈은 그 수류탄 딱 하나만 갖고 있었나 봐. 그때 왜 그걸 던
졌는지 모르겠어. 평소에 한번 던져보고 싶었나 봐. 생전 진짜
전투란 걸 구경조차 못 했는지도 모르고. 어쨌든 그 개새끼를
제대로 날려버렸지."

"그 자식을 쐈을 때 표정은 어떻던가?"

"제길, 내가 그걸 어떻게 알아. 난 그놈 배를 쐈어. 머리를 쏘려고 하다간 빗맞힐까 봐 말이야."

내가 물었다.

"에토레, 장교가 된 지는 얼마나 됐어?"

"이 년 됐어. 곧 대위가 될 거야. 자넨 중위가 된 지 얼마나 됐나?"

"삼 년 되어가네."

"자넨 대위는 되지 못할 거야. 이탈리아어가 아주 능숙하지는 않으니 말이야. 말은 하지만 읽고 쓰는 건 잘하지 못하잖아. 대위가 되려면 교육을 좀 받아야 해. 왜 미군에 들어가지 않았어?"

"들어가게 될지도 몰라."

"제발 나도 들어가면 좋겠군. 아이고, 대위는 월급을 얼마나 받지, 맥?"

"정확히는 몰라. 250달러 정도 아닐까."

"맙소사, 250달러면 뭔들 못할까. 얼른 미군에 입대하는 게 좋을걸, 프레드(프레더릭의 애칭-옮긴이). 날 입대시켜줄 수 있나 좀 알아봐 줘."

"알았네."

"난 이탈리아어로 중대 하나는 통솔할 수 있어. 영어로 통솔하는 것도 쉽게 익힐 수 있을 거야."

시먼스가 말했다.

"자넨 장군이 되겠지."

"아냐, 장군이 될 만큼 아는 게 많지 않아. 장군은 알아야 할 게 우라지게 많잖아. 자네들은 전쟁이 별거 없다고 생각하지. 그런 머리로는 상병 노릇 하기도 벅차다고."

"그럴 필요가 없으니 다행이지 뭔가."

"자네 같은 뺀질이들을 모아놓으면 자네가 상병 노릇 정도 는 하겠지 뭐. 아이고야, 자네들 둘을 내 소대에 넣고 싶군. 맥 자네도. 자네는 내 당번병으로 쓰고 싶어."

맥은 살짝 웃어 보이며 말했다.

"자넨 대단한 친구야, 에토르. 하지만 꼭 군국주의자 같아."

에토레는 자신만만한 표정으로 말했다.

"난 전쟁이 끝나기 전에 대령이 될 거야."

"적군이 자넬 죽이지 않는다면 말이지."

"날 죽일 수는 없을 거야."

그는 엄지와 검지로 옷깃에 달린 별들을 만졌다.

"내가 이렇게 하는 거 보이지? 누가 전사하는 얘길 하면 우 린 늘 별을 만져."

"이제 가자고, 심(시먼스의 애칭-옮긴이)."

손더스가 일어서며 말했다.

"그러지."

나 역시 일어서며 말했다.

"또 보자고. 나도 가야 해."

술집 안에 걸린 시계가 막 여섯 시 십오 분 전을 가리키고 있
었다.

"잘 가게, 에토레."

"잘 가, 프레드. 자네가 은성훈장을 받으면 정말 좋겠네."

"받게 될지 어떨지 몰라."

"꼭 받게 될 거야, 프레드. 자네가 받을 거라는 얘길 들었어."

"그럼, 또 봐. 말썽 일으키지 말고, 에토레."

"내 걱정은 하지 마. 술도 안 마시고, 여기저기 쑤시고 돌아
다니지도 않잖아. 술고래도 아니고 창녀 집을 드나드는 호색
한도 아니라고. 뭐가 나한테 이로운지는 나도 알아."

"나중에 봐. 자네가 대위로 진급하게 되어 기뻐."

"진급할 때까지 기다릴 필요는 없어. 전쟁에서 공훈을 세우
면 대위가 되는 거야. 알지? 별 세 개에 교차해놓은 칼, 그 위에
왕관. 그게 바로 나야."

"행운을 비네."

"자네에게도 행운이 있기를. 언제 전선으로 돌아가지?"

"이제 곧."

"그래, 그럼 또 보자고."

"잘 가게."

"잘 가게. 불운은 멀리하고."

나는 병원으로 가는 지름길 쪽으로 가려고 뒷길로 나와 걸었다. 에토레는 스물세 살이었다. 그동안 샌프란시스코에 있는 삼촌이 그를 거둬 키웠는데, 토리노에 있는 부모님을 찾아갔을 때 전쟁이 선포되었던 것이다. 그에게는 여동생이 한 명 있었다. 그와 함께 미국으로 건너와 삼촌 집에서 살았고, 올해 사범학교를 졸업할 예정이었다. 에토레는 명실상부한 영웅이었지만 만나는 사람마다 지루하게 하는 재주가 있었다. 캐서린은 그와 이야기하는 걸 견디기 힘들어했다. 그녀가 말했다.

"찾아보면 영웅은 많아요. 하지만 영웅들은 보통 훨씬 더 과묵하다고요."

"난 신경 쓰이지 않던데."

"나도 신경 쓰지 않았을 거예요. 그가 그렇게 잘난 체하지만 않았어도. 그리고 재미없고 따분하고 지루한 얘기만 늘어놓지 않았어도."

"나도 지루하긴 해."

"그렇게 말해줘서 고마워요. 하지만 안 그래도 돼요. 당신은 전선에서 활약하는 그의 모습이 그려지니까 유능하다고 생각하겠죠. 다만 그는 내가 별로 좋아하는 부류가 아닌 것뿐이에요."

"그렇지."

"당신이 알아주는 게 정말 고마우니까 저도 그를 좋아하도록 애써볼게요. 하지만 그는 지독히도 진저리나는 사람이에요."

"그가 오늘 오후에 그러던데, 자기가 대위가 될 거래."

"반가운 일이네요. 그가 기뻐하겠어요."

"당신은 내가 좀 더 높은 계급으로 진급하길 원하지 않아?"

"아니요, 원하지 않아요. 좋은 식당에 들어갈 수 있을 정도의 계급이면 돼요."

"딱 지금의 내 계급인데."

"당신 계급은 훌륭해요. 더 높은 계급 같은 건 바라지 않아요. 그런 계급은 사람을 우쭐대게 할 테니까요. 아, 내 사랑! 당신이 잘난 체하지 않아서 정말 기뻐요. 잘난 체했어도 당신과 결혼했을 테지만, 그래도 잘난 체하지 않는 남편과 사는 게 얼마나 마음 편한지 몰라요."

우리는 발코니에서 조용히 이야기를 나누고 있었다. 달이 떠오를 시각이었지만 마을 전체에 안개가 자욱하게 깔려 있어 달은 그 모습을 드러내지 않았다. 조금 뒤에는 이슬비가 내리기 시작해 우리는 병실 안으로 들어왔다. 바깥의 안개가 비로 바뀌었고, 조금 있으니 비가 세차게 내렸다. 지붕 위를 두드리는 빗소리가 들렸다. 나는 일어나 문가로 가서 비가 안으로 들이치지 않는지 살펴봤는데 괜찮았다. 그래서 문을 열어놓은 채로 놔두었다. 캐서린이 물었다.

"또 누구를 만났어요?"

"마이어스 부부를 만났어."

"그들도 참 묘하죠."

"마이어스 씨는 본국에서라면 감옥에 갇혀 있어야 했을 처지래. 국외에서 죽게 풀어준 거라는군."

"그래서 그 뒤로 영원히 밀라노에서 행복하게 살았습니다, 이거네요."

"행복한지는 모르지."

"감옥에서 나왔으니 그 정도면 행복하겠죠."

"부인이 병원에 선물을 가져오시겠대."

"그녀는 언제나 아주 멋진 것들을 가져다주죠. 당신더러 사랑스러운 아들이라 하던가요?"

"아들들 가운데 하나래."

"군인들 모두 그녀의 사랑스러운 아들이죠. 그는 아들을 편애해요. 비 오는 소리 좀 들어봐요."

"심하게 내리네."

"그래도 항상 나를 사랑할 거죠, 예?"

"그럼."

"궂은비가 내려도 그럴 거죠?"

"물론이지."

"좋아요, 난 비가 무섭거든요."

"왜 무서운데?"

졸음이 몰려왔다. 밖에는 비가 끊임없이 내리고 있었다.

"모르겠어요. 늘 비가 무서웠어요."

"난 비가 좋은데."

"빗속을 걷는 건 좋아요. 하지만 비는 사랑을 힘들게 하죠."

"언제나 당신을 사랑할게."

"나도 당신을 사랑할 거예요. 비가 오나 눈이 오나 우박이 내리나…… 또 뭐가 있죠?"

"글쎄, 난 졸린 것 같아."

"자요. 뭐가 어떻든 난 당신을 사랑할 거예요."

"정말로 비가 무서운 건 아니지?"

"당신과 함께 있을 때는 안 무서워요."

"왜 비가 무서운데?"

"모르겠어요."

"말해봐."

"강요하지 마요."

"그래도 말해봐."

"싫어요."

"말해보라니까."

"알았어요. 가끔 내가 빗속에 죽어 있는 모습이 보여서 비가 무서워요."

"설마."

"그리고 가끔은 당신이 빗속에 죽어 있는 것도 보여요."

"그건 좀 가능성이 있지."

"아니요, 그렇지 않아요. 내가 당신을 안전하게 지킬 거니까요. 분명 그럴 거예요. 하지만 사람은 누구든 자기 자신은 어쩌지 못하잖아요."

"제발 그만해. 오늘 밤에 당신이 스코틀랜드산 위스키를 마시고 정신 못 차리는 걸 보고 싶지는 않으니까. 우리가 같이 있을 수 있는 시간도 그리 길지 않다고."

"그렇죠, 하지만 난 스코틀랜드 사람이고 정신 나간 것도 맞아요. 하지만 그만할게요. 다 말도 안 되는 얘기니까."

"그래, 다 말도 안 돼."

"말도 안 되죠. 헛소리일 뿐이에요. 난 비가 무섭지 않아요. 비가 무섭지 않아요. 아아! 하느님, 무섭지 않게 해주세요."

그녀는 울고 있었다. 나는 조용히 달래주었고 그녀도 울음을 그쳤다. 하지만 밖에는 여전히 비가 줄기차게 내리고 있었다.

20장

　어느 날 오후 우리는 경마를 보러 갔다. 퍼거슨도 같이 갔고 크로웰 로저스, 그러니까 포탄 뇌관 뚜껑이 폭발해 눈을 다친 젊은이도 함께였다. 점심을 먹고 나서 여자들은 옷을 갈아입으러 가고, 그동안 크로웰과 나는 그의 병실 침대 위에 앉아 경마 신문에서 경주마들의 과거 성적과 예상 기사를 읽었다. 아직 머리에 붕대를 감은 크로웰은 경마에 별 관심이 없었다. 하지만 뭔가 할 일이 필요한지라 계속 경마 신문을 읽으며 모든 말의 기록을 파악했다. 크로웰은 말들이 전부 형편없는데 그런 말들 가운데서 골라야 한다고 투덜거렸다. 마이어스 씨는 크로웰이 마음에 들었는지 조언을 해주었다. 마이어스 씨는 거의 매번 돈을 땄지만 배당금 액수가 적어진다는 이유로 웬만하면 정보를 알려주지 않았다. 경마에는 부정이 아주 많았다. 그러다 보니 외국에서 제명당한 기수들이 이탈리아에서 경기를 하고 있었다. 마이어스 씨의 정보는 믿을 만했지만 나는 그에게 물어보기가 싫었다. 어떤 때는 아예 대답을 하지 않거나 설령 알려준다 해도 기분이 상한 것처럼 보였기 때문이다. 무슨 이유에선지 우리에게는 정보를 알려주어야 한다고 생각하는 듯했다. 하지만 크로웰에게는 별로 꺼리지 않고 정보를 말해주었다. 크로웰은 두 눈을 모두 다쳤는데, 특히 한쪽이 심했다. 마이어스 씨도 눈에 문제가 있어서 그런지 크로웰을 좋아했다. 마이어스 씨는 부인에게도 자신이 어떤 말에 걸었는지 절대 이야기해주는 법이 없었다. 부인은 따기도 하고 잃기도 했는데, 대부분 잃는 쪽이었다. 그리고 어디서든 입을 쉬지 않았다.

우리 넷은 지붕 없는 마차를 타고 산시로 경마장으로 갔다. 아주 화창한 날씨였다. 우리는 공원을 가로질러 전찻길을 따라 마차를 달려 시내를 빠져나왔다. 길에 먼지가 자욱하게 일었다. 철책으로 담장을 두른 전원주택들이 보였다. 커다란 정원은 제때 손질하지 않아서 식물들이 제멋대로 자라 있었다. 도랑에는 물이 흐르고, 텃밭의 채소는 이파리에 먼지가 뽀얗게 앉아 있었다. 들판 너머에는 농가들이 있었는데, 물길을 낸 풍요로운 농장들도 보였다. 북쪽으로는 산들이 보였다. 경마장으로 들어가는 마차가 꽤 많았다. 군복을 입고 있어 정문 경비원들은 입장권도 받지 않고 우리를 들여보냈다. 우리는 마차에서 내려 프로그램 안내지를 사고 트랙을 가로지른 뒤 경주마 대기소로 이어지는, 두껍고 부드러운 잔디가 깔려 있는 경기장을 지나갔다. 낡은 특별관람석은 나무로 만들어졌고, 마권 판매소는 관람석 밑 경주마 훈련장 근처에 줄을 지어 있었다. 트랙 안에는 울타리를 따라 군인들이 득실거렸다. 경주마 대기소 또한 사람들로 붐볐다. 그들은 말들이 특별관람석 뒤쪽 나무들 아래를 둥글게 돌도록 이끌고 있었다. 우리가 아는 사람들도 보였다. 우리는 퍼거슨과 캐서린에게 의자를 가져다주고 경주마들을 바라봤다.

말들은 기수가 이끄는 대로 차례로 한 바퀴씩 고개를 떨어뜨린 채로 돌고 있었다. 그중 한 마리는 자줏빛이 도는 검정색이었는데, 크로웰은 분명 털을 염색했을 거라고 장담했다. 말을 살펴보니 그런 것도 같았다. 그 말은 안장을 채우라는 알림 벨이 울리기 바로 전에야 나왔다. 우리는 마부의 팔에 적힌 번호를 보고 프로그램 안내지에서 그 말을 찾아봤다. 명단에는 '야팔락'이라는 이름의 거세한 흑마로 올라와 있었다. 그날의 경기는 1천 리라가 넘는 상금을 한 번도 타본 적 없는 경주마들끼리 벌이는 경주였다. 캐서린도 털을 염색한 게 분명하다고 했다. 퍼거슨은 잘 모르겠다고 했다. 나는 그 말이 수상쩍어 보였다. 우리 모두 그 말에 1백 리라를 걸기로 의견을 모았다. 배당률 표에는 이기면 서른다섯 배를 지급한다고 나와 있었다. 크로웰이 마권을 사오는 동안 우리는 기수들을 보고 있었다. 기수들은 말을 타고 한 바퀴 더 돈 다음에 나무 밑을 지나 트랙으로 가서 출발선인 모퉁이까지 서서히 속력을 올려 달렸다.

우리는 경기를 관람하러 특별관람석으로 올라갔다. 당시 산시로 경마장에는 자동 출발 장치가 없었다. 그래서 출발 신호를 울리는 사람이 말들을 전부 한 줄로 늘어세웠다. 트랙 한참 위에서 보니 말들은 아주 작아 보였다. 준비가 끝나자 신호자가 긴 채찍을 철썩 휘둘러 말들을 출발시켰다. 검은 말이 선두를 차지하며 우리 앞을 지나갔는데, 반환점을 돌 때는 다른 말들과 거리를 더 벌렸다. 말들이 반대편 끝에 있을 때 망원경으로 봤더니 기수가 보였다. 그는 말을 진정시키려고 애쓰고 있었지만 소용없었다. 다시 반환점을 돌아 마지막 직선 코스로 들어설 때 그 검은 말은 말 몸길이의 열다섯 배쯤 차이로 다른 말들을 따돌리고 있었다. 말은 결승점을 지나고 나서도 한참을 달려 반환점을 돌았다. 캐서린이 흥분된 목소리로 말했다.

"엄청나지 않아요? 우리가 3천 리라 넘게 땄어요. 정말 훌륭한 말이 분명해요."

크로웰이 말했다.

"배당금을 받기 전에 염색한 게 벗겨지지나 않았으면

좋겠네요."

"정말 멋진 말이었어요. 마이어스 씨도 저 말에 걸었는지 궁금하네요."

나는 마이어스 씨에게 큰 소리로 물었다.

"우승마에 거셨어요?"

그가 고개를 끄덕였다. 마이어스 부인이 말했다.

"난 아니에요. 젊은이들은 어디에 걸었나요?"

"야팔락이오."

"정말인가요? 삼십오 대 일인데!"

"말 색깔이 마음에 들었어요."

"난 지저분해 보이는 것 같아 그 색깔이 싫었는데. 사람들이 그 말에는 걸지 말라고 하더라고요."

마이어스 씨가 말했다.

"배당금이 많지는 않을 거야."

나는 이해가 되지 않았다.

"배당률 표에는 삼십오 대 일로 나와 있었는데요."

"금액이 많지 않을 걸세. 막판에 사람들이 그 말에 돈을 많이 걸었거든."

"누가요?"

"켐턴 일당이지. 두고 보라고. 두 배 받기도 어려울걸."

캐서린이 실망스럽다는 듯 말했다.

"그럼 우리 3천 리라는 못 받겠네요. 사기 경마라니 마음에 들지 않아요!"

"2백 리라는 받을 거야."

"그게 뭐예요. 별거 아니잖아요. 3천 리라를 받게 될 줄 알았는데."

퍼거슨도 한마디 했다.

"사기네요, 역겨워요."

캐서린은 서운해했다.

"하긴 사기가 아니었다면 우리도 그 말에 걸지 않았겠지요. 하지만 3천 리라는 받고 싶었는데."

크로웰이 큰 소리로 말했다.

"내려가서 한잔하면서 얼마나 주는지 보자고요."

우리는 금액을 게시하는 곳으로 갔다. 배당금 지급을 알리는 벨이 울렸다. 야팔락 우승 쪽에는 18.50이라는 숫자가 보였다. 10리라를 걸었을 때 배당금이 두 배가 채 안 된다는 이야기였다.

우리는 특별관람석 밑에 있는 바로 가서 위스키와 탄산음료를 마셨다. 거기서 안면이 있는 이탈리아인 두엇과 마주쳤다. 매캐덤스와 부영사도 만났는데, 그들은 우리가 여자들 있는 쪽으로 가자 따라왔다. 두 이탈리아인은 매너가 좋아서 우리가 다시 마권을 사러 내려가 있는 동안 매캐덤스는 캐서린과 이야기를 나눴다. 마이어스 씨는 배당금 표시기 근처에 서 있었다. 나는 크로웰에게 말했다.

"어떤 말에 걸었는지 물어봐."

크로웰이 다가가서 물었다.

"어떤 말에 거셨어요, 마이어스 씨?"

마이어스 씨는 프로그램 안내지를 꺼내더니 연필로 5번을 가리켰다. 그러자 크로웰이 조심스럽게 말했다.

"저희도 따라 걸면 안 될까요?"

"그러게나, 어서 걸라고. 그런데 아내한테는 내가 가르쳐줬다고 하지 말게."

내가 물었다.

"한잔하시겠습니까?"

"고맙지만 사양하겠네. 난 술 안 마셔."

우리는 5번 말이 한 번 우승하는 데 1백 리라, 순위권에 드는데 1백 리라를 건 다음 위스키와 탄산음료를 한 잔씩 더 마셨다. 나는 기분이 아주 좋아서 아는 이탈리아인 두엇을 더 데려와 함께 술을 마신 다음 여자들에게로 돌아갔다. 이 이탈리아인들도 매너가 좋아 앞서 만나 합석했던 두 사람과 견줄 만했다. 조금 뒤 아무도 자리에 앉아 있지 못했다. 나는 마권을 캐서린에게 건네주었다.

"어떤 말이에요?"

"모르겠어. 마이어스 씨가 고른 말이야."

"이름도 모르는 거예요?"

"몰라, 프로그램 안내지에서 찾아봐. 5번일걸."

그녀가 말했다.

"그토록 그를 믿다니 눈물겹네요."

5번 말이 우승했지만 배당금은 없었다. 마이어스 씨는 화를 내며 말했다.

"20리라 따자고 2백 리라를 걸어야 하다니. 12리라를 걸면 10리라 딴다고. 돈을 걸 가치가 없군. 아내는 20리라를 잃었는데 말이오."

캐서린이 내게 말했다.

"나도 같이 내려갈게요."

이탈리아인들은 모두 일어서 있었다. 우리는 아래층으로 내려가 경주마 대기소로 나갔다. 캐서린이 물었다.

"이런 게 좋아요?"

"응, 좋은 것 같아."

"괜찮은 것 같기는 해요. 하지만 난 사람들을 이렇게 많이 만나는 게 힘들어요."

"많이 만난 건 아닌데."

"아니죠. 하지만 마이어스 씨 부부에다 부인과 딸들을 데리고 온 은행가에……."

"그는 내 어음을 현금으로 바꿔주는 사람이야."

"그렇지만 그가 아니더라도 다른 누군가가 해줄 거 아니에요. 게다가 나중에 만난 젊은 남자 넷은 끔찍했다고요."

"그럼 관람석에 가지 말고 여기 울타리 쪽에서 경기를 관람하지 뭐."

"그러면 좋겠어요. 그리고 우리가 들어본 적 없는 말에 걸어봐요. 마이어스 씨가 걸지 않는 쪽에."

"좋아."

우리는 '라이트포미'라는 말에 걸었다. 그 말은 다섯 마리가 뛰는 경주에서 4등을 한 말이었다. 우리는 울타리에 기대어 말들이 발굽으로 땅을 울리며 달려가는 것을 바라봤다. 저 멀리 산들이 보이고, 나무들과 경마장 너머로 밀라노가 보였다. 캐서린의 목소리는 한결 밝아졌다.

"기분이 훨씬 좋네요."

땀에 흠뻑 젖은 경주마들이 문을 지나 돌아오고 있었다. 기수들은 자기 말을 진정시키며 나무 밑으로 몰고 가서 내렸다.

"한잔하지 않을래요? 여기 밖에서 마셔도 될 것 같은데요. 말들을 보면서."

"가서 술을 사올게."

"종업원이 가져올 거예요."

캐서린이 손을 들자 경주마 훈련장 옆 파고다 바에서 종업원이 나왔다. 우리는 원형 철제 테이블에 앉았다.

"우리끼리 있는 게 더 좋지 않아요?"

"좋지."

"다 같이 있을 때는 굉장히 외롭다는 느낌이 들었어요."

"여기 정말 좋은데."

"예, 정말 멋진 경기장이에요."

"근사하지."

"하지만 당신 즐거움을 망치는 건 싫어요. 당신이 원하면 언
제든 사람들한테 돌아갈게요."

"아냐, 여기서 술을 조금 더 마시자고. 그런 다음 내려가 물
웅덩이 바로 옆에서 장애물 경마를 구경하는 거야."

"나한테 정말 잘해주네요."

우리는 잠깐 둘만 있다가 기분 좋게 다시 사람들과 어울렸
다. 그리고 즐거운 시간을 보냈다.

21장

9월이 되자 먼저 밤이 쌀쌀해지더니 이내 낮에도 선선해졌다. 공원의 나뭇잎들은 색이 바뀌기 시작했다. 여름이 가버린 것을 알 수 있었다. 전선에서 치르는 전투는 상황이 불리하게 흘러 산가브리엘레를 탈환하지 못했다. 바인시차 고원에서 치른 전투는 막을 내렸고, 9월 중순쯤에는 산가브리엘레를 차지하기 위한 전투도 거의 막바지에 다다랐다. 이탈리아군은 그곳을 점령하지 못했다. 에토레는 전선으로 돌아갔다. 말들도 로마로 보내버려 경마장에서 더는 경기가 열리지 않았다. 크로웰도 미국으로 송환될 예정이어서 로마로 갔다. 시내에서는 반전 폭동이 두 번이나 있었다. 토리노에서 벌어진 폭동은 아주 격렬했다. 클럽에서 만난 어느 영국인 소령이 말하기를 바인시차 고원과 산가브리엘레에서 이탈리아군이 병력 15만 명을 잃었다고 했다. 카르소에서도 4만 명이 목숨을 잃었다고 했다. 함께 술을 마시는 동안 소령은 혼자 떠들었다. 이곳의 올해 전투는 이것으로 끝이라고 하면서 이탈리아군이 감당할 수도 없으면서 욕심을 부렸다고 했다. 플랑드르에서 벌어지는 공격도 그 결과가 좋지 않을 거라고 했다. 이번 가을처럼 병력을 잃는다면 내년에도 연합군은 궁지에 몰릴 것 같았다. 소령은 아군은 이미 완전히 궁지에 몰렸지만, 그 사실을 모르고 있는 한 괜찮을 거라고 했다. 아군은 이미 완전히 궁지에 몰렸지. 그런데 그 사실을 깨닫지 못하고 있는 거라고. 소령의 말로는 끝까지 궁지에 몰린 줄 모르고 싸우는 나라가 전쟁에서 승리할 거라는 이야기였다. 우리는 술을 한 잔 더 마셨다. 누군가의 참모 노릇을 했느냐고? 나는 아니었다. 그가 참모였다. 그런데 다 허튼짓이었다나. 클럽에는 우리밖에 없었다. 우리는 커다란 가죽 소파에 깊이 파묻혀 앉아 있었다. 광택 없는 가죽으로 만든 그의 군화는 매끈하게 닦여 있었다. 멋있는 군화였다. 그는 다 허튼짓이었다고 말했다. 그들의 머릿속은 사단과 병력으로 가득 차 있었다. 다들 사단을 차지하려고 아귀다툼을 벌였고, 사단을 손에 넣으면 죽음으로 내몰았다. 끝장이었다. 독일군은 여러 번 승리를 거뒀다. 맹세코 독일군은 진짜 군인이었다. 훈족(4~5세기 아시아와 유럽에 걸쳐 대제국을 건설한 유목민족

232

으로, 나중에 유럽인들은 꼴 보기 싫은 사람을 훈족이라 불렀으며, 제1차 세계대전 때 연합군도 독일군을 훈족으로 묘사했음-옮긴이)이야말로 뼛속까지 군인이 아닌가. 하지만 독일군도 끝장이기는 마찬가지였다. 모두가 끝장이었다. 나는 러시아에 대해 물어봤다. 소령 말로는 그들도 이미 끝났다고 했다. 나도 곧 알게 될 거라고 했다. 오스트리아군도 마찬가지라고 했다. 그래도 독일 놈들의 사단과 합치면 해볼 만할 거라고 했다. 내가 물었다. 오스트리아군이 올가을에 공격할까요? 소령은 당연히 공격할 거라고 대답했다. 이탈리아군은 끝장났네. 다들 알고 있지. 독일 놈들이 트렌티노를 관통해 내려와 비첸차에서 철로를 끊어버리면 이탈리아군은 어떻게 되겠는가? 내가 말했다. 1916년에도 그 작전을 시도했죠. 독일군과는 아니었지 않은가. 내가 대답했다. 독일군이었어요. 소령이 말했다. 하지만 이번엔 그렇게 하지 않을걸. 너무 단순하니까 말이야. 좀 더 복잡한 작전을 시도하다가 멋들어지게 망할 걸세. 내가 말했다. 전 이만 가봐야겠습니다. 나는 병원으로 돌아가야 했다. 소령이 말했다.

"잘 가게."

그러고는 쾌활하게 덧붙였다.

"행운이란 행운은 다 갖고 가게나!"

세상에 대한 그의 비관주의와 인간적인 쾌활함이 아주 대조적이라는 생각이 들었다.

나는 이발소에 들러 면도하고 병원으로 돌아왔다. 내 다리는 이제 오래 걸어도 될 만큼 좋아졌다. 사흘 전에 검사를 마쳤다. 하지만 마조레 병원에서 받는 치료 코스가 끝나려면 아직도 몇 가지 치료가 남았다. 나는 골목길에서 절뚝거리지 않고 걷는 연습을 했다. 한 노인이 아케이드 아래에서 어떤 모양을 오려내고 있었다. 나는 멈춰 서서 그를 지켜봤다. 두 아가씨가 포즈를 취하고 있었는데, 노인이 두 사람의 실루엣을 오리고 있었다. 노인은 머리를 한쪽으로 기울인 채 아가씨들을 바라보며 무척 빠른 손놀림으로 가위질을 했다. 아가씨들은 키득키득 웃고 있었다. 노인은 실루엣을 내게 보여주더니 그것을 흰 종이에 붙여 아가씨들에게 건네주었다. 그리고 나를 향해 말했다.

"예쁘지요. 중위님도 한번 해보시죠?"

아가씨들은 실루엣을 보고 깔깔 웃으며 가버렸다. 예쁘게 생긴 아가씨들이었다. 그중 한 명은 병원 건너편 와인 가게의 점원이었다. 나도 한번 해보고 싶어졌다.

"좋지요."

"모자를 벗으세요."

"아니요, 모자를 쓴 채로 해주세요."

노인이 밝은 목소리로 말했다.

"그러면 그다지 예쁘지 않을 텐데요. 하지만 그편이 더 군인

답기는 하겠네요."

노인은 검은 종이를 잘라낸 다음 붙어 있던 두꺼운 종이 두 장을 떼어 그중 하나에 내 옆모습을 붙여 건네주었다.

"얼마입니까?"

노인은 손사래를 쳤다.

"됐어요. 그냥 만들어드린 겁니다."

나는 동전 몇 개를 꺼냈다.

"받으세요. 재미있었어요."

"괜찮아요. 나야말로 재미로 만들어본 겁니다. 애인한테 주시구려."

"정말 고맙습니다. 또 뵙죠."

"또 봅시다."

나는 다시 병원으로 향했다. 병원에는 편지가 몇 통 와 있었는데, 공문서 한 통이 끼어 있었다. 삼 주간의 요양 휴가를 마치면 전선으로 복귀하라는 내용이었다. 나는 편지를 꼼꼼히 읽고 또 읽어봤다. 그래 봤자 그게 전부였다. 요양 휴가는 10월 4일, 내 치료 코스가 끝나는 때부터 시작이었다. 삼 주면 21일이니까 휴가는 10월 25일까지였다. 나는 병원에 외출하겠다고 말한 다음 병원에서 조금 떨어진 식당으로 저녁을 먹으러 갔다. 거기서 내게 온 편지들도 읽고 테이블 위에 놓인 「코리에레 델라 세라」 신문도 읽었다. 편지 한 통은 할아버지한테서 온 것이었다. 가족들의 소식과 애국심을 일깨우는 격려의 글이 담겨 있었다. 그리고 2백 달러짜리 어음과 오려낸 신문기사 몇 개가 들어 있었다. 장교 식당의 군종신부가 보낸 재미없는 내용의 편지도 한 통 있었다. 프랑스군에 비행사로 입대한 지인도 거친 무리와 어울리게 되었다는 내용의 편지를 보내주었다. 리날디는 짧은 편지를 보냈는데, 언제까지 밀라노에서 농땡이를 부릴 건지와 뭐 좀 새로운 소식이 없는지 묻는 내용이었다. 그러면서 축음기 음반을 갖고 복귀하라며 음반 목록을 동봉했다. 나는 식사와 함께 키안티 작은 병을 마시고 나서 커피와 코냑도 한 잔 했다. 신문을 다 읽고 난 뒤 편지들은 주머니에 집어넣고, 신문은 테이블 위에 팁과 함께 올려놓고 식당을 나왔다. 병실로 돌아와서는 옷을 벗고 잠옷으로 갈아입은 다음 발코니 쪽으로 열린 문에 커튼을 치고 침대에 앉아 「보스턴」을 읽었다. 마이어스 부인이 병원에 있는 '아들들'을 위해 놓고 간 신문 더미 속에 있었던 것이다. 시카고 화이트삭스 야구팀이 아메리칸리그에서 우승을 바라보고 있으며, 뉴욕 자이언츠 팀은 내셔널리그에서 선두를 달리고 있었다. 그 무렵 베이브 루스(미국의 유명한 투수이자 홈런왕-옮긴이)는 보스턴 레드삭스 팀의 투수로 활약하고 있었다. 신문은 따분한 내용뿐이었다. 뉴스라곤 지방 소식에다 뻔한 내용이었고, 전쟁 뉴스도 한물간 내용이었다. 미국 뉴스는 하나같이 신병 훈련소를 다루고 있

었다. 내가 신병 훈련소에 있지 않은 게 정말 다행이라는 생각
이 들 정도였다. 읽을 만한 것은 야구 소식뿐이었지만 야구에
는 조금도 흥미가 없었다. 그런 신문이 잔뜩 쌓여 있기까지 하
니 흥미를 갖고 읽기란 애초에 불가능한 일이었다. 그래도 최
신 소식은 아니었지만 얼마 동안 찬찬히 읽어봤다. 미국은 정
말로 전쟁에 뛰어들 것인지, 그러면 메이저리그가 중단될 것
인지 궁금했다. 설마 하니 그러지는 않겠지만 말이다. 밀라노
에서는 여전히 경마 경기가 열렸고, 전쟁은 더 악화될 수 없을
만큼 상황이 좋지 않았다. 프랑스에서는 경마를 금지했다. 우
리가 돈을 걸었던 야팔락이 바로 프랑스 출신이었다. 캐서린
은 아홉 시가 되어서야 근무를 시작했다. 근무가 시작되면서
그녀의 발소리가 들렸고, 한번은 복도를 지나가는 모습이 보
이기도 했다. 그녀는 여러 병실을 들어갔다 나온 뒤에야 마침
내 내 병실로 들어왔다.

"좀 늦었죠. 할 일이 많았어요. 좀 어때요?"

나는 신문 이야기와 내 휴가 이야기를 해주었다.

"잘됐네요. 어디 가고 싶어요?"

"아무 데도 안 가고 싶어. 그냥 여기 있고 싶어."

"바보 같은 소리 하지 마요. 어디든 골라서 가요. 나도 따라
갈게요."

"그게 어떻게 가능해?"

"모르겠어요. 하지만 그렇게 할 거예요."

"당신은 정말 놀라운 사람이야."

"그렇지 않아요. 하지만 잃을 게 없으면 헤쳐나가는 게 그리 어렵지 않아요."

"그게 무슨 말이야?"

"별 뜻 없어요. 한때는 너무나 커 보였던 난관이 이젠 사소하게 보일 뿐이에요."

"그래도 넘어서기 힘들지도 몰라."

"아니요, 그렇지 않아요. 필요하다면 난 그냥 떠나버릴 거예요. 하지만 그렇게 되지는 않겠죠."

"어디로 가지?"

"어디든 상관없어요. 당신이 가고 싶은 곳이라면 어디라도요. 아는 사람이 없는 곳으로요."

"정말 어딜 가든 상관없어?"

"상관없어요. 어디든 마음에 들 거예요."

그녀는 감정이 격해져 있고 신경도 곤두서 있는 듯했다.

"무슨 일 있어, 캐서린?"

"아니요, 아무 일도 없어요."

"분명 있어."

"아니에요. 정말 아무것도 아니에요."

"뭔가 있는 눈치인걸. 어서 말해봐. 우리 사이에 말하지 못

할 일이 뭐 있어."

"아무것도 아니라니까요."

"어서 말해줘."

"말하고 싶지 않아요. 당신이 언짢아하거나 걱정할까 봐 싫어요."

"안 그럴게."

"정말이에요? 나는 괜찮지만 당신이 걱정할까 봐 그래요."

"당신이 괜찮으면 나도 괜찮을 거야."

"그래도 말하고 싶지 않아요."

"말해줘."

"꼭 그래야 할까요?"

"응."

"아이를 가졌어요. 3개월쯤 돼가요. 걱정하는 거 아니죠? 제발 아니라고 말해주세요. 걱정하면 안 돼요."

"괜찮아."

"정말 괜찮아요?"

"물론이지."

"할 수 있는 건 다 해봤어요. 별의별 약을 다 먹어봤지만 소용없었어요."

"난 걱정하지 않아."

"어쩔 수 없었어요. 그래도 난 걱정하지 않아요. 당신도 걱정하거나 불쾌하게 생각하면 안 돼요."

"난 당신이 걱정될 뿐이야."

"바로 그거예요. 절대 그래서는 안 돼요. 사람들은 어느 시대에나 아이를 낳았어요. 누구나 말이에요. 아주 자연스러운 일이에요."

"당신은 정말 놀라운 사람이야."

"그렇지 않아요. 절대 싫어하지 마요. 당신한테 곤란한 일이 생기지 않게 애써볼게요. 이미 곤란하게 만들어버렸다는 건 알지만. 지금까지 난 착한 여자 아니었나요? 당신은 지금까지 전혀 몰랐죠?"

"몰랐어."

"앞으로도 쭉 그럴 거예요. 당신은 걱정만 안 하면 돼요. 걱정하고 있다는 거 알아요. 이젠 그러지 마요. 지금 이 순간부터는 안 돼요. 한잔하지 않을래요? 항상 술 한잔 마시면 기분이 밝아지잖아요."

"싫어, 지금 기분이 아주 좋아. 당신도 너무나 멋지고."

"그렇지 않아요. 하지만 당신이 요양 휴가 때 갈 곳을 정하면 함께 갈 수 있게 준비할게요. 10월이면 틀림없이 아주 아름다울 거예요. 우린 즐거운 시간을 보낼 거고요. 당신이 전선에 나가 있는 동안에는 매일 편지를 쓸게요."

"당신은 어디에 있으려고?"

"아직 잘 모르겠어요. 하지만 어딘가 멋진 곳에 있을 거예요. 그런 것도 다 알아봐야죠."

우리는 잠깐 아무 말도 없었다. 캐서린은 침대 위에 앉아 있었고 나는 그녀를 바라봤지만 서로 만지거나 하지는 않았다. 누군가 병실에 들어와 어색하게 있을 때처럼 우리는 떨어져 앉아 있었다. 그녀가 손을 뻗어 내 손을 잡았다.

"화난 건 아니죠?"

"아냐."

"덫에 걸린 느낌도 아닌 거죠?"

"조금은 그럴지도 몰라. 하지만 당신 때문은 아니야."

"나 때문이라는 말은 아니었어요. 바보같이 굴지 마요. 어찌됐건 덫에 걸린 기분이 드느냐는 말이었어요."

"생물학적으로는 이런 경우 당연히 덫에 걸린 느낌이 들 수밖에 없을 거야."

손을 움직이거나 뺀 것도 아닌데 순간 그녀가 멀어진 느낌이 들었다.

"왠지 '당연히'라는 말이 곱게 들리지 않네요."

"미안해."

"괜찮아요. 하지만 알잖아요, 난 아이를 낳아본 적도, 예뻐한 적도 없어요. 그래도 당신이 바라는 대로 하려고 애썼는데, '당연히'라니요."

"혀라도 잘라내고 싶은 심정이야."

멀어졌던 그녀가 다시 돌아온 느낌이 들었다.

"아아! 내 말에 마음 쓰지 마요."

우리는 다시 유대감이 생겼고 이내 어색함도 사라졌다.

"우린 한몸이니 쓸데없이 오해해서는 안 돼요."

"안 되지."

"하지만 사람들은 서로 오해하겠죠. 서로 사랑하는데도 사서 오해하고, 싸우고, 그러고 나면 갑자기 다른 사람이 되어버리죠."

"우린 싸우지 않을 거야."

"싸우면 안 돼요. 이 세상에는 우리 둘뿐이고 나머지는 다 남이니까요. 뭐든 우리 사이에 끼어들게 되면 우리는 사라지고 세상이 우리를 삼켜버릴 거예요."

"그럴 일은 없어. 그런 일이 벌어지기엔 당신이 너무 용감해서 말이야. 용감한 사람에게는 아무 일도 일어나지 않아."

"물론 그들도 죽긴 하지만요."

"그래도 딱 한 번만 죽지."

"기억이 안 나네요. 누가 한 말이었죠?"

"겁쟁이는 천 번을 죽어도 용감한 사람은 딱 한 번이라는 말(셰익스피어가 쓴 희곡 가운데 『율리우스 카이사르』에 나온 대사-옮긴이)?"

"예, 누가 그랬죠?"

"모르겠어."

"그 말을 한 사람은 겁쟁이였나 봐요. 그 사람은 겁쟁이에 대해 꽤 많은 걸 알고 있었지만, 용감한 사람에 대해서는 아무 것도 몰랐던 것 같아요. 용감한 사람이 똑똑한 사람이기도 하다면 아마 2천 번은 죽을걸요. 말을 안 할 뿐이죠."

"모르겠어. 용감한 사람의 머릿속을 들여다본다는 건 어려운 일이니까."

"그렇죠. 그래서 계속 용감해 보이는 거고요."

"당신은 그 문제에서는 권위자로군."

"맞아요. 그런 말 들을 만해요."

"당신은 용감해."

"아니에요. 하지만 용감해지고 싶어요."

"난 용감하지 않아. 나도 내 주제를 알아. 충분히 알 만큼 오래 전쟁터에 나가 있었거든. 타율이 2할 3푼인데 더 나아질 수 없다는 걸 아는 야구 선수와 같아."

"타율이 2할 3푼인 야구 선수라고요? 무척 근사한 말처럼 들리는데요."

"그렇지 않아. 야구에서는 그저 그런 타자란 얘기야."

그녀가 나를 부추겼다.

"하지만 그래도 타자잖아요."

"우리 둘 다 건방진 것 같은데. 하지만 당신은 용감해."

"아니요, 그랬으면 하는 거죠."

"우리 둘 다 용감해. 나도 술을 마시면 꽤 용감하다고."

"우린 훌륭한 사람들이에요."

캐서린이 옷장 쪽으로 가서 코냑과 술잔을 가져왔다.

"한잔하세요. 당신은 지금까지 아주 훌륭한 사람이었어요."

"정말 별로 마시고 싶지 않아."

"한 잔만 드세요."

"좋아."

나는 유리잔에 코냑을 3분의 1쯤 따라 마셨다. 그녀가 웃으며 말했다.

"정말 대단해요. 브랜디는 영웅을 위한 술이라죠. 하지만 지나치게 영웅이 되지는 말고요."

"전쟁이 끝나면 우린 어디서 살지?"

"오랜 친구들의 집에서 살지 않을까요. 지난 삼 년 동안 나는 어린아이처럼 크리스마스에는 전쟁이 끝나기를 바랐어요. 하지만 이제는 우리 아들이 해군 소령이 되기를 기대하겠어요."

"육군 장성이 될지도 모르지."

"백년전쟁이 된다면 해군과 육군, 양쪽 다 노려볼 만한 시간이 되겠네요."

"한잔하겠어?"

"안 돼요. 술을 마시면 당신은 언제나 기분이 좋아지지만요, 난 어지럽기만 하더라고요."

"그럼 브랜디를 마셔본 적이 없어?"

"없어요. 난 아주 촌스러운 아내거든요."

나는 바닥으로 손을 뻗어 술병을 집어 올려 한 잔을 더 따랐다. 캐서린이 일어서며 말했다.

"난 이제 가서 당신 전우들을 살펴봐야겠어요. 돌아올 때까지 신문이라도 읽고 있어요."

"꼭 가봐야 해?"

"지금이든 나중이든 가야 해요."

"알았어. 그럼 지금 갔다 와."

"조금 이따 다시 올게요."

"그때쯤이면 이 신문들을 다 읽었을 거야."

22장

그날 밤 날씨가 쌀쌀해지더니 다음 날에는 비가 내렸다. 마조레 병원에 갔다 오는 길에 비가 억수같이 쏟아져 병원으로 돌아왔을 때는 흠뻑 젖은 상태였다. 병실로 올라오니 바깥 발코니에 비가 세차게 쏟아지고 있었고, 바람이 불어 유리문을 때리고 있었다. 나는 옷을 갈아입고 나서 브랜디를 조금 마셨다. 맛이 별로 좋지 않았다. 그날 밤 속이 안 좋더니 다음 날 아침 식사를 하고 나자 구역질이 났다. 병원 담당 의사가 말했다.

"틀림없어. 간호사, 환자의 흰자위를 좀 봐요."

게이지 양이 들여다보더니 내게도 거울을 보여줬다. 눈 흰자위가 누렇게 보였다. 황달이었다. 나는 황달로 두 주를 앓았다. 그래서 우리는 요양 휴가를 함께 보내지 못했다. 원래는 마

조레 호수의 팔란차(밀라노 북서쪽의 소도시-옮긴이)에 갈 계획이
었는데 말이다. 단풍이 드는 가을이 아름다운 곳이었다. 걷기
좋은 산책길도 있고 호수에서는 송어 낚시도 할 수 있었다. 같
은 호숫가 도시지만 팔란차는 스트레사보다 사람이 많지 않아
더 좋았다. 스트레사는 밀라노에서 아주 쉽게 갈 수 있어 언제
나 아는 사람들과 마주쳤다. 팔란차에는 아름다운 마을이 있
고, 어부들이 사는 섬들에 노를 저어 가볼 수도 있고, 가장 큰
섬에는 식당도 있었다. 하지만 우리는 가지 못했다.

　황달로 침대에 누워 있던 어느 날, 밴 캠펜 양이 병실로 들
어오더니 옷장 문을 열고 거기 있던 빈 술병들을 찾아냈다. 내
가 수위를 시켜 술병들을 한 아름 내려보냈는데, 밴 캠펜 양이
그것을 보고 더 있을 술병들을 찾으러 올라온 것이 틀림없었
다. 술병들은 대부분 베르무트였고 마르살라와 카프리, 빈 키
안티 병들과 코냑도 몇 병 있었다. 수위가 베르무트 술이 들어
있던 큰 병들을 내갔고, 다음으로 짚으로 싸인 키안티 병들도
내갔는데, 브랜디 병들은 마지막에 내가려고 남겨뒀다. 밴 캠
펜 양이 찾아낸 것은 브랜디 병들로, 퀴멜주(발트 해 연안의 명산
품으로, 파슬리 열매 등으로 조미한 무색의 독주-옮긴이)가 들어 있는
곰 모양의 병도 있었다. 곰 모양을 한 술병이 특히 그녀의 화를
돋웠다. 그녀가 병을 들어 올렸는데, 곰이 엉덩이를 바닥에 깔
고 털썩 앉아 앞발을 쳐든 모양이었다. 유리로 된 머리에는 코

르크마개가 꽂혀 있고 병 밑바닥에는 끈끈한 결정체들이 있었다. 나는 웃음이 났지만, 웃음이 터지려는 걸 참으며 말했다.

"퀴멜주가 들어 있었습니다. 최고급 퀴멜주는 그런 곰 모양 술병에 들어 있지요. 러시아산이랍니다."

밴 캠펜 양이 물었다.

"저것들이 다 브랜디 병들인 거죠?"

"누워 있으니 뭐가 있는지 다 보이지는 않네요. 하지만 아마 그럴 겁니다."

"이런 짓을 벌인 지 얼마나 됐나요?"

"제가 직접 사온 겁니다. 이탈리아군 장교들이 자주 문병을 오기에 대접하려고 브랜디를 마련해둔 겁니다."

"중위님은 마시지 않았다는 건가요?"

"저도 물론 마셨습니다."

"브랜디를 말이죠. 다 마신 브랜디 병이 열한 개에다 저 곰 술까지."

"퀴멜주라니까요."

"사람을 보내 저 병들을 치워버리게 하겠습니다. 빈 병들은 저게 다인가요?"

"지금은 그렇습니다."

"난 그동안 중위님이 황달에 걸려 불쌍하게 생각하고 있었네요. 중위님 같은 사람한테는 동정도 낭비인 것 같은데 말이죠."

"고맙군요."

"난 전선으로 돌아가고 싶지 않은 마음이 비난받을 일은 아니라고 생각해요. 하지만 알코올의존증으로 황달에 걸리는 것보다는 좀 더 똑똑한 방법을 써보지 그러셨어요."

"황달이 뭐 때문이라고요?"

"알코올의존증이오. 들으셨잖아요."

나는 아무 말도 하지 않았다.

"다른 방법을 찾아내면 모를까, 황달이 다 나으면 안타깝지만 전선으로 돌아가야겠군요. 고의로 황달에 걸렸으니 요양 휴가를 얻을 자격이 안 된다고 생각해요."

"그렇습니까?"

"그래요."

"황달에 걸려본 적이 있습니까, 밴 캠펜 간호사님?"

"없어요, 하지만 황달 환자들은 수없이 봐왔죠."

"그럼 간호사님 보기에는 그 환자들이 병을 즐기던가요?"

"전선에 있는 것보다야 낫겠죠."

"밴 캠펜 간호사님, 자기 불알을 걷어차 본인을 고자로 만드는 남자를 본 적이 있습니까?"

분명히 질문한 것이었지만 밴 캠펜 양은 무시했다. 무시하든가 병실을 나가든가 둘 중 하나는 해야 했다. 하지만 그녀는 병실에서 나갈 마음이 아직 없었다. 오랫동안 나를 싫어했는데, 지금이 바로 내 약점을 물고 늘어질 기회였기 때문이다.

"고의로 부상을 입고 전선에서 도망치는 군인들은 수없이 봤어요."

"그 질문이 아니잖습니까. 고의로 부상을 입은 사람들은 나도 봤습니다. 난 간호사님이 자기 불알을 걷어차 자신을 고자로 만드는 남자를 본 적이 있는지 물었습니다. 그것이 황달에 걸리는 것과 가장 비슷한 느낌이라서요. 그런데 내가 생각하기에는 여자들이 좀처럼 경험해볼 수 없는 느낌이란 말입니다. 그래서 황달에 걸린 사람을 본 적이 있느냐고 물어본 겁니다, 밴 캠펜 간호사님. 왜냐하면……."

내 말을 무시하고 밴 캠펜 양이 병실에서 나갔다. 조금 뒤 게이지 양이 들어왔다.

"도대체 밴 캠펜 양에게 뭐라고 한 거예요? 화가 머리끝까지 났던데요."

"병에 걸린 느낌을 비교하고 있었어요. 밴 캠펜 간호사님은 아이를 낳아본 적이 없지 않느냐는 이야기를 꺼내려던 참이었지요."

"생각이 짧으세요. 중위님에게 한 방 먹이려고 단단히 벼르고 있다고요."

"이미 한 방 먹였어요. 휴가를 받지 못하게 했고, 어쩌면 군법회의에 넘길지도 모르죠. 그러고도 남을 사람이에요."

"예전부터 중위님을 싫어했잖아요. 군법회의는 무엇 때문인데요?"

"내가 황달에 걸리려고 일부러 술을 마셨다고 하던데요. 전선으로 돌아가지 않으려고 말이죠."

"어휴, 중위님은 술을 한 잔도 마시지 않았다고 증언해드릴게요. 모두 그렇게 증언해드릴 거예요."

"술병들을 봤어요."

"그 술병들 좀 치우시라고 내가 골백번은 말했잖아요. 술병은 지금 어디 있어요?"

"옷장 안에요."

"여행 가방 갖고 있죠?"

"아니요, 저 배낭에 넣죠."

게이지 양이 술병들을 배낭 안에 채워 넣었다.

"내가 수위에게 가져다줄게요."

그녀가 문 쪽으로 향했을 때였다. 밴 캠펜 양의 목소리가 들렸다.

"잠깐만요. 그 병들은 내가 가져가죠."

밴 캠펜 양이 수위와 함께 와 있었다. 그녀는 딱딱한 말투로 말했다.

"저걸 옮겨주세요. 의사 선생님에게 보고할 때 술병들을 보여야겠어요."

그녀는 복도를 따라 내려갔다. 수위는 배낭을 짊어지고 갔다. 안에 든 것이 무엇인지는 수위도 알고 있었다.

휴가를 빼앗긴 것 말고는 아무 일도 일어나지 않았다.

23장

　전선으로 복귀하기로 되어 있던 날 밤, 나는 수위를 보내 토리노에서 오는 기차 편에 내 자리를 잡아놓도록 했다. 기차는 자정에 밀라노를 출발할 예정이었다. 그 기차는 토리노에서 정비를 하고 밤 열 시 삼십 분경 밀라노에 도착해 출발 시각까지 밀라노 역에 머물기로 되어 있었다. 자리를 잡으려면 기차가 도착할 때 역에 가 있어야 했다. 수위는 친구 한 명을 데리고 갔다. 휴가를 나온 기관총 사수로, 전에는 양복점에서 일하던 친구라고 했다. 둘이 가면 자리 하나쯤은 잡을 수 있을 거라고 자신했다. 나는 그들에게 역 입장권 살 돈을 주고 내 짐도 가져다 달라고 했다. 짐은 커다란 배낭 하나와 잡낭 두 개였다.

　나는 다섯 시쯤 병원 사람들에게 작별 인사를 하고 병원을

나섰다. 수위가 내 짐을 수위실에 가져다 두었고, 나는 그에게
자정이 되기 전에 기차역으로 가겠다고 말했다. 수위의 아내
는 나를 "나리"라고 부르며 울음을 터뜨렸다. 그녀는 눈물을
닦고 나와 악수를 나누더니 다시 울음을 터뜨렸다. 내가 등을
토닥거려주었더니 또 한 번 눈물바다가 되었다. 그녀는 이제
까지 내 옷을 수선해주었는데, 키가 작고 땅딸막한 몸집에 머
리카락이 하얗게 센 밝은 표정의 여자였다. 울 때는 얼굴 전체
가 일그러졌다. 나는 길모퉁이 와인 가게 안에서 창밖을 내다
보며 기다렸다. 밖은 어둡고 추웠으며 안개가 자욱했다. 나는
커피와 그라파를 주문해 값을 치르고 상점 유리창에서 새어나
가는 빛으로 사람들이 지나가는 것을 지켜봤다. 드디어 캐서
린이 보여 나는 창문을 톡톡 두드렸다. 그녀가 나를 보고 미소
를 지었다. 나는 그녀를 맞으러 밖으로 나갔다. 그녀는 짙은 파
란색 망토에 부드러운 펠트 모자 차림이었다. 우리는 함께 걸
었다. 보도를 따라 와인 가게들을 지나고, 시장이 있는 광장을
가로질러 아치형 지붕이 덮인 길을 따라 올라가 성당 앞 광장
에 이르렀다. 그곳에는 전차 선로가 놓여 있고 그 건너편에 성
당이 있었다. 성당은 안개 속에서 희뿌옇게 젖어 있었다. 우리
는 전차 선로를 건넜다. 왼쪽으로 가게들이 있었는데, 창마다
불빛이 환하고 갤러리아 쪽으로 통하는 입구가 있었다. 광장
은 안개가 잔뜩 끼어 있었다. 성당 앞으로 가까이 다가가 보니

건물이 아주 컸다. 돌은 축축하게 젖어 있었다.

"들어가 볼까?"

캐서린이 대답했다.

"아니요."

우리는 계속 걸었다. 우리 앞에 있는 석조 버팀벽 그늘 아래로 군인 한 명이 애인과 함께 서 있었다. 우리는 그들을 지나쳐 갔다. 두 사람은 벽에 바짝 기대서 있고, 남자가 자기 외투로 여자를 감싸 안고 있었다. 나는 곁눈질로 그들을 보며 말했다.

"꼭 우리 같군."

캐서린이 말했다.

"우리 같은 사람은 아무도 없어요."

행복하다는 뜻으로 한 말은 아니었다.

"저 사람들, 갈 만한 데라도 있으면 좋겠네."

"그런 게 별 도움이 안 될지도 몰라요."

"그럴까. 그래도 사람은 모두 갈 곳이 있어야 해."

"성당이 있잖아요."

우리는 이제 성당을 지나쳐 걷고 있었다. 광장을 가로질러 맞은편 끝으로 갔을 때 성당 쪽을 돌아다봤다. 안개에 싸인 성당은 아름다웠다. 우리는 가죽 제품을 파는 가게 앞에 서 있었다. 진열창을 들여다보니 승마용 부츠와 배낭, 스키 부츠가 보였다. 배낭은 중앙에, 승마용 부츠는 이쪽, 스키 부츠는 저쪽에 각각 따로 떨어져 진열되어 있었다. 가죽은 색이 짙고 기름을 먹여 길이 잘 든 안장처럼 부드러워 보였다. 기름을 먹였지만 번들거리지 않는 가죽이 전등 불빛에 밝게 빛났다.

"언제 스키 타러 가자고."

"두 달 뒤면 뮈렌이 스키철일 거예요."

"그곳으로 가자고."

"좋아요."

우리는 다른 상점 진열창들을 지나쳐 계속 걷다가 어느 골목길로 접어들었다.

"이쪽으로는 한 번도 와보지 않았어요."

"내가 병원으로 가는 길이지."

좁은 길이라 우리는 길 오른쪽으로 붙어 걸었다. 많은 사람이 안개 속을 지나다니고 있었다. 가게들도 있었는데, 모두 창마다 불을 밝히고 있었다. 우리는 치즈를 잔뜩 쌓아놓은 진열창을 들여다봤다. 나는 총포상 앞에서 걸음을 멈췄다.

"잠깐 들어가지. 총을 한 자루 사야겠어."

"무슨 총이오?"

"권총."

우리는 가게 안으로 들어갔다. 나는 빈 권총집이 달린 허리띠를 풀어 카운터에 올려놓았다. 카운터 뒤에는 여자 둘이 있었다. 여자들이 권총을 여러 자루 갖고 나왔다. 나는 권총집을 열면서 말했다.

"크기가 여기에 맞아야 합니다."

그건 회색 가죽으로 만든 권총집이었는데, 시내에 나갈 때 차려고 산 중고품이었다. 캐서린이 물었다.

"좋은 권총이 있어요?"

나는 점원을 보며 말했다.

"다 비슷비슷한데. 이거 한번 시험해볼 수 있을까요?"

점원이 대답했다.

"지금은 총을 쏠 만한 데가 없어요. 하지만 정말 좋은 총이에요. 절대 빗나가지 않을 겁니다."

나는 찰칵하고 방아쇠를 뒤로 당겨봤다. 용수철이 조금 센 편이지만 부드럽게 움직였다. 나는 조준하면서 다시 잡아당겨봤다. 여자 점원이 말했다.

"중고품이에요. 명사수 장교님 거였죠."

"여기서 그분한테 파셨던 겁니까?"

"예."

"어떻게 해서 총이 여기로 되돌아오게 된 거죠?"

"그 장교님 밑에 있던 부하한테서 샀어요."

"내 것도 있을지 모르겠네요. 이건 얼맙니까?"

"50리라예요. 정말 싼 거죠."

"알았습니다. 예비 클립도 두 개 챙겨주고 실탄도 한 상자

주십시오."

점원이 내가 말한 물건들을 카운터 밑에서 꺼냈다. 점원이
물었다.

"검은 필요하지 않으세요? 아주 좋은 가격의 중고품이 몇 개
있는데요."

"난 전선으로 갑니다."

"아, 그러시구나. 그럼 검은 필요 없으시겠네요."

나는 실탄과 권총 값을 치른 뒤 탄창을 채워 제자리에 끼웠
다. 그리고 빈 권총집에 권총을 넣고 여분의 클립에 실탄을 채
워 권총집의 가죽 구멍에 끼운 뒤 허리띠를 조였다. 권총이 허
리띠에 달려 있어 묵직한 느낌이 들었다. 그래도 정규 권총을
소지하는 편이 더 나을 거라고 생각했다. 언제든 탄알을 구할
수 있을 테니 말이다. 나는 캐서린을 향해 말했다.

"이제 우린 완전무장 상태야. 잊지 말고 해야 할 일들 가운데
하나였지. 예전 권총은 병원으로 오는 길에 누가 가져갔어."

캐서린이 말했다.

"성능이 좋은 권총이면 좋겠네요."

점원이 또다시 물었다.

"다른 건 필요하지 않으세요?"

"없는 것 같네요."

"그 권총에는 끈을 달 수 있어요."

"나도 봤습니다."

점원은 뭔가를 더 팔고 싶어 했다.

"호루라기는 필요하지 않으세요?"

"괜찮습니다."

점원이 작별 인사를 했다. 우리는 보도로 나왔다. 캐서린은
진열창 안을 들여다봤다. 점원이 밖을 내다보고 있다가 우리
에게 인사를 했다.

"나무에 박아놓은 저 거울 조각들은 뭐에 쓰는 거예요?"

"새들을 유인하는 거지. 들판에서 빙글빙글 돌려 종달새들
이 그걸 보고 나오면 이탈리아인들이 총을 쏴서 잡는 거야."

"머리를 잘 썼네요. 미국에서는 종달새를 쏘거나 하진 않죠?"

"별로 안 그러지."

우리는 길을 건너 반대편 길을 따라 걸어 올라가기 시작했
다. 캐서린이 밝아진 목소리로 말했다.

"이제 기분이 좀 나아졌어요. 출발할 때는 기분이 엉망이었
거든요."

"우린 함께 있으면 언제나 기분이 좋잖아."

"우린 언제나 함께 있을 거예요."

"그래야지. 오늘 밤 자정에 내가 떠나긴 하지만."

"그 생각은 하지 마요."

우리는 계속 길을 따라 올라갔다. 안개 때문에 불빛이 누르

스름하게 보였다. 캐서린이 물었다.

"피곤하지 않아요?"

"당신은 어떤데?"

"난 괜찮아요. 걷는 게 즐겁네요."

"그래도 너무 오래 걷지는 말자고."

"그래요."

우리는 불빛이 하나도 없는 골목으로 접어들어 길을 걸었다. 나는 걸음을 멈추고 캐서린에게 키스했다. 키스하는 동안 그녀가 내 어깨 위에 손을 얹는 것이 느껴졌다. 그녀는 내 망토를 자신에게로 끌어당겨 우리 둘을 가렸다. 우리는 길에서 높은 담벼락에 기대서 있었다. 내가 말했다.

"어디로든 가자."

"좋아요."

우리는 길을 따라 죽 걸어 운하 옆에 있는 좀 더 넓은 길로 빠져나왔다. 맞은편에는 벽돌담과 건물들이 있었다. 앞쪽으로는 길을 따라 내려간 곳에서 다리를 건너는 전차가 보였다.

"다리에서 마차를 잡을 수 있을 거야."

우리는 다리 위에 선 채 안개 속에서 마차를 기다렸다. 전차 몇 대가 집으로 돌아가는 사람들을 잔뜩 싣고 지나갔다. 그 뒤 마차 한 대가 가까이 다가왔지만 누군가 타고 있었다. 안개는 서서히 비로 바뀌고 있었다.

"걸어가든지 아니면 전차를 타야겠어요."

"곧 올 거야. 마차는 여길 지나다니니까."

"한 대 와요."

마부가 말을 세우더니 미터기에 달린 금속 표지판을 내렸다. 마차는 지붕을 덮었는데, 마부의 코트에는 빗방울이 맺혀 있었다. 반들반들 광을 낸 모자가 빗속에서 반짝거렸다. 우리는 나란히 앉았다. 마차는 지붕이 덮여 있어서 안이 어두웠다.

"어디로 가자고 했어요?"

"역으로 가달라고 했어. 역 건너편에 우리가 갈 만한 호텔이 있어."

"이대로 가도 되는 건가요? 짐도 없이?"

"괜찮아."

빗속에서 골목길을 달려 역까지 가는 데 시간이 꽤 걸렸다. 캐서린이 물었다.

"저녁은 먹지 않을 건가요? 배가 고파질 것 같아요."

"호텔 방 안에서 먹으면 돼."

"난 입을 것도 없는데. 잠옷도 없어요."

"그럼 한 벌 사자고."

나는 마부를 불렀다.

"저쪽 비아 만초니로 갑시다."

마부는 고개를 끄덕이곤 다음 모퉁이에서 왼쪽으로 방향을 틀었다. 큰길에서 캐서린이 상점을 하나 발견했다.

"저기 한 집 있네요."

나는 마부에게 세워달라고 했다. 캐서린이 내려 보도를 가로질러 가게 안으로 들어갔다. 나는 마차 안에 기대앉아 그녀를 기다렸다. 비가 내리고 있었다. 비에 젖은 거리 냄새와 빗속에서 무럭무럭 김이 나는 말 냄새가 풍겨왔다. 그녀가 포장한 꾸러미 하나를 들고 돌아와 마차에 올라탔고, 우리는 다시 출발했다. 그녀가 상기된 표정으로 말했다.

"사치를 좀 부렸어요. 하지만 무척 예쁜 잠옷이에요."

호텔에 도착하자 나는 캐서린에게 마차에서 기다리라고 말한 뒤 안으로 들어가 지배인과 이야기를 나눴다. 방은 많았다. 나는 마차로 돌아와 마부에게 삯을 치렀다. 캐서린과 나는 함께 호텔 안으로 들어갔다. 어려 보이는 급사 남자아이가 꾸러미를 옮겨주었다. 지배인은 고개 숙여 인사하고 엘리베이터로 안내했다. 빨간 플러시 천과 놋쇠 장식이 잔뜩 달려 있었다. 지배인도 우리와 함께 엘리베이터에 탔다.

"두 분은 방에서 식사하실 건가요?"

나는 지배인 쪽으로 시선을 돌리며 말했다.

"예, 메뉴판을 올려 보내주시겠습니까?"

"특별한 저녁 식사를 하시려나 보네요. 직접 사냥해 잡은 야생 새 요리나 수플레(거품을 낸 달걀흰자에 감자, 고기 등을 섞고 부풀려 오븐에 구워낸 요리-옮긴이) 어떠십니까?"

엘리베이터가 층마다 철컹거리며 세 층을 지나가더니 또 한 번 철커덩하고 멈춰 섰다.

"새 요리로는 뭐가 있습니까?"

"꿩이나 누른도요 요리가 있습니다."

"누른도요로 하지요."

우리는 낡은 카펫이 깔린 복도를 걸어갔다. 복도에는 문이 여러 개 있었다. 지배인은 어느 방에 멈춰 서더니 열쇠로 문을 열었다.

"여깁니다. 아름다운 방이지요."

급사 남자아이가 꾸러미를 방 한가운데 있는 탁자 위에 가져다 놓았다. 지배인이 커튼을 열어젖히며 말했다.

"바깥은 안개가 자욱해요."

방 안에는 빨간 플러시 천을 씌운 가구들이 있었다. 거울이 많고 의자가 두 개, 새틴 덮개를 씌운 커다란 침대가 하나 있었다. 문 하나는 화장실로 통했다. 지배인이 말했다.

"메뉴판을 올려 보내드리겠습니다."

그는 꾸벅 인사하고 방을 나갔다.

나는 창문으로 가서 밖을 내다본 다음 줄을 잡아당겨 두꺼운 플러시 천으로 된 커튼을 쳤다. 캐서린은 침대에 앉아 유리로 장식된 샹들리에를 바라보고 있었다. 그녀는 모자를 벗었다. 머리카락이 불빛에 반짝거렸다. 그녀는 거울 하나에 자신의 모습을 비춰보더니 손으로 머리카락을 매만졌다. 다른 세 개의 거울로 내 쪽에서도 그녀의 모습이 보였다. 표정이 별로 행복해 보이지 않았다. 그녀는 망토를 침대에 떨어뜨렸다.

"왜 그래?"

"지금까지는 단 한 번도 내가 창녀 같다는 느낌이 든 적이 없었어요."

나는 창가로 가서 커튼을 옆으로 밀고 밖을 내다봤다. 그녀가 그렇게 생각할 줄은 몰랐다.

"당신은 창녀가 아닌걸."

"알아요. 하지만 그런 기분이 들어 즐겁지가 않네요."

그녀의 목소리는 딱딱하고 착 가라앉아 있었다.

"이곳은 우리가 올 수 있는 가장 좋은 호텔이야."

나는 창밖을 내다봤다. 광장 건너편으로 기차역의 불빛이 보였다. 마차들이 길을 지나다녔고 공원의 나무들도 보였다. 호텔에서 새어나오는 불빛 때문에 비에 젖은 보도가 반짝거렸다. 나는 속으로 생각했다. 이런, 젠장. 이런 때에 말다툼을 해야 한단 말인가?

캐서린이 나를 불렀다.

"이리 오세요."

착 가라앉았던 목소리가 달라져 있었다.

"어서 오세요. 난 다시 착한 여자가 되었어요."

침대 쪽을 바라보니 그녀가 미소를 짓고 있었다.

나는 침대 쪽으로 가서 그녀 옆에 앉아 키스를 했다.

"당신은 나만의 착한 여자야."

"난 분명히 당신 거예요."

식사를 하고 나니 둘 다 기분이 좋아졌다. 그러고 나서는 아주 행복한 기분이 되어 잠깐이었지만 그 호텔 방이 우리 두 사람의 집인 것처럼 느껴졌다. 병원의 병실이 우리에겐 집이었듯이, 이 호텔 방도 우리 집이었다.

식사하는 동안 캐서린은 내 군복 상의를 어깨에 걸치고 있었다. 배가 몹시 고팠던 데다 음식도 맛있었다. 우리는 카프리한 병과 생테스테프(프랑스 보르도의 생테스테프 지역에서 생산된 와인-옮긴이) 한 병을 마셨다. 내가 거의 마시고 캐서린은 조금만 마셨는데, 그것만으로도 그녀의 기분이 한결 좋아졌다. 저녁 식사로는 누른도요 요리에 감자 수플레와 밤 퓨레, 샐러드를 곁들여 먹고, 디저트로는 자바이오네(달걀노른자와 설탕, 와인 등으로 만든 디저트-옮긴이)를 먹었다. 음식을 먹고 나자 캐서린의 목소리에 기운이 돌았다.

"멋진 방이네요, 예쁘기도 하고요. 밀라노에 있는 동안 내내 여기 머무를 걸 그랬어요."

"재미있는 방이군. 그리고 좋기도 하고."

"나쁜 짓도 근사하네요. 나쁜 짓에 맛들인 사람들은 그 방면에 센스가 있나 봐요. 빨간 플러시 천은 정말 예뻐요. 아주 딱 맞아요. 거울들도 매혹적이고요."

"당신은 사랑스러운 여자야."

"아침에 이런 방에서 잠이 깨면 어떤 기분일지 잘 모르겠네요. 하지만 아주 훌륭한 방이에요."

나는 생테스테프를 한 잔 더 따랐다. 캐서린이 말했다.

"정말 벌 받을 짓을 해보고 싶어요. 우리가 하는 짓은 전부 순진하고 단순한 것 같아요. 우린 나쁜 짓은 절대 못 할 것 같아요."

"당신 대단해."

"배가 고픈 것뿐이에요. 무척 배고파요."

"당신은 착하고 단순한 여자야."

"단순한 여자죠. 하지만 당신 말고는 아무도 그걸 이해하지 못했어요."

"당신을 처음 만나고 나서 한번은 오후 내내 어떻게 하면 함께 카보우르 호텔에 갈 수 있을까, 간다면 어떤 기분일까 생각했던 적이 있지."

"참 뻔뻔한 사람이었군요. 여긴 카보우르 호텔 같은 데는 아니잖아요?"

"아니지. 거기선 우리를 들여보내 주지도 않을걸."

"언젠가는 들여보내 주겠죠. 하지만 바로 그런 점에서 우린 다르네요. 난 그런 생각은 안 해봤거든요."

"조금도 안 해봤어?"

"손톱만큼은 했겠죠."

"아아, 귀엽기도 하지."

나는 와인을 한 잔 더 따랐다. 얼굴이 살짝 붉어진 캐서린이 말했다.

"나는 아주 단순한 여자예요."

"처음에는 그렇게 생각하지 않았어. 정신이 나갔나 했지."

"조금은 그랬겠죠. 하지만 따져보면 정신이 나갔던 건 아니었어요. 당신을 혼란스럽게 했던 건 아니죠?"

"와인은 참 대단한 힘을 지녔어. 안 좋은 것들은 전부 잊게 해주니 말이야."

"술, 좋죠. 하지만 술 때문에 우리 아버지는 심한 통풍에 걸리셨어요."

"아버지가 살아 계셔?"

캐서린이 대답했다.

"예, 통풍에 걸려 계시죠. 당신이 우리 아버지를 만날 필요는 없어요. 당신은 아버지가 안 계세요?"

"안 계셔. 의붓아버지만 있지."

"내가 그분을 좋아하게 될까요?"

"당신도 내 의붓아버지를 만날 필요가 없을 거야."

"우린 너무나도 즐거운 시간을 보내고 있어요. 다른 것에는 관심이 가지 않아요. 당신과 결혼해서 정말 행복해요."

웨이터가 들어와 그릇들을 가져갔다. 조금 뒤 말없이 가만히 있다 보니 빗소리가 들렸다. 저 아래 길에서 자동차가 경적을 울렸다. 나는 영국 시인 앤드루 마벌이 쓴 「수줍은 여인에게」라는 시의 한 구절을 읊었다.

> 하지만 언제나 등 뒤에서 들리네,
> 날개 달린 시간의 전차가 가까이 질주해오는 소리가.

캐서린이 말했다.

"나도 그 시를 알아요. 마벌의 시죠. 하지만 그건 남자와 같이 살려고 하지 않는 아가씨 이야기잖아요."

나는 정신이 아주 맑고 냉정해져 현실적인 문제를 이야기하고 싶었다.

"아이는 어디서 낳을 거야?"

"모르겠어요. 내가 찾아낼 수 있는 가장 좋은 장소에서 낳아야죠."

"어떻게 준비하려고 해?"

"되도록 온 힘을 다해서요. 걱정하지 마요. 우린 전쟁이 끝나기 전에 아이를 여러 명 갖게 될지도 모른다고요."

"갈 시간이 거의 됐어."

"예, 원한다면 지금 출발하세요."

"싫어."

"걱정하지 마세요. 지금까지 아무 일 없이 괜찮았는데 걱정 하다니요."

"걱정 안 할게. 편지는 얼마나 자주 쓸 거야?"

"매일요. 편지를 검열할까요?"

"검열관들은 내용을 훼손할 만큼 영어를 잘하진 못해."

"아주 헷갈리게 쓸게요."

"너무 헷갈리게 쓰진 말고."

"검열관들이 조금 헷갈릴 정도로만 할게요."

"이젠 정말 가야 할 것 같아."

"알겠어요."

"멋진 우리 집을 떠나기가 싫어 죽겠어."

"나도 그래요."

"하지만 가야겠지."

"그래요. 그런데 우린 한 번도 우리 집에 오래 머물러본 적 이 없네요."

"앞으로는 그렇게 될 거야."

"당신이 돌아올 때쯤에는 멋진 집을 구해놓을게요."

"바로 돌아오게 될지도 모르지."

"발에 조금 부상을 입을 수도 있겠네요."

"아니면 귓불에."

"싫어요. 당신 귀는 이대로였으면 좋겠어요."

"발은 안 그렇고?"

"발은 이미 한 번 다쳤잖아요."

"이제 가야겠어. 정말로."

"알았어요. 먼저 나가세요."

24장

우리는 엘리베이터를 타지 않고 계단으로 내려갔다. 계단에 깔린 카펫도 낡아 있었다. 식사 값은 저녁 식사를 방으로 갖고 올라왔을 때 웨이터에게 치렀는데, 아까 그 웨이터가 방문 옆 의자에 앉아 있었다. 웨이터가 벌떡 일어나 꾸벅 인사를 했고, 나는 그와 함께 별실로 들어가 객실료를 냈다. 지배인은 내게 서로 친근해졌으니 객실료를 미리 내지 않아도 된다고 했다. 하지만 그는 퇴근하면서 웨이터를 방문 앞에 있게 해 내가 돈을 내지 않고 그냥 가는 일이 없도록 했던 것이다. 실제로 그런 일이 있었던 모양이다. 친한 사이였는데도 말이다. 하긴 전쟁 중에는 별의별 사람이 다 있는 법이니까.

나는 웨이터에게 마차를 잡아달라고 부탁했다. 그는 내 손에 들린 캐서린의 잠옷 꾸러미를 받아들더니 우산을 갖고 밖으로 나갔다. 창문으로 내다보니 그가 빗속을 뚫고 길을 건너고 있었다. 우리는 별실에 앉아 창밖을 바라봤다.

"기분은 좀 어때, 캣(캐서린의 애칭-옮긴이)?"

"졸려요."

"난 속이 허전하고 배고파."

"먹을 게 전혀 없어요?"

"잡낭 안에 있어."

마차가 오는 것이 보였다. 마차가 멈춰 섰다. 말은 머리를 빗속에 축 늘어뜨리고 있었다. 웨이터가 마차에서 내려 우산을 펴고 호텔 쪽으로 왔다. 우리는 입구에서 웨이터와 만나 우산을 쓰고 밖으로 나가 비에 젖은 길을 걸어 길가에 댄 마차 쪽으로 걸음을 옮겼다. 길가 배수로에는 빗물이 흐르고 있었다. 웨이터가 말했다.

"짐은 좌석에 두었습니다."

그는 우리가 마차에 탈 때까지 우산을 들고 서 있었다. 나는 그에게 팁을 주었다. 그가 고개를 숙이며 말했다.

"정말 감사합니다. 즐거운 여행 되십시오."

마부가 고삐를 치켜들자 말이 걸음을 옮겼다. 웨이터는 우산을 쓴 채 발길을 돌려 호텔 쪽으로 갔다. 우리는 길을 따라 달리다가 왼쪽으로 돌았고, 다시 오른쪽으로 돌아 기차역 앞에 다다랐다. 막 비를 피해 들어온 헌병 두 사람이 불빛 아래 서 있었다. 불빛에 헌병들의 모자가 반짝거렸다. 빗줄기는 기차역의 불빛을 받아 맑고 투명해 보였다. 대합실에 있던 짐꾼 하나가 어깨에 비를 맞으며 밖으로 나왔다. 나는 손을 내저으며 말했다.

"아닙니다. 고맙지만 도움이 필요하지 않습니다."

그는 아치형 지붕이 달린 대합실로 돌아갔다. 나는 캐서린 쪽으로 몸을 돌렸다. 그녀의 얼굴은 마차 지붕의 덮개 그늘에 가려져 있었다.

"이제 작별 인사를 하는 게 좋겠어요."

"나도 다시 타고 가면 안 될까?"

"안 되죠."

"잘 가, 캣."

"마부에게 병원으로 가달라고 해줄래요?"

"그럴게."

나는 마부에게 병원 주소를 일러주었다. 그가 고개를 끄덕였다. 나는 캐서린 쪽을 바라보았다.

"잘 있어. 몸조심하고 아가 캐서린도 잘 보살펴줘."

"잘 가요."

"안녕."

나는 빗속으로 걸음을 옮겼다. 마차가 출발했다. 캐서린이 몸을 내밀어 불빛에 그녀의 얼굴이 보였다. 그녀는 미소 지으며 손을 흔들었다. 마차는 길을 따라 올라갔다. 캐서린이 아치형 지붕 쪽을 가리켰다. 가리키는 쪽을 돌아봤더니 아치형 지붕과 두 헌병밖에 보이지 않았다. 안으로 들어가 비를 피하라는 뜻 같았다. 나는 안으로 들어가 마차가 모퉁이를 도는 모습을 지켜봤다. 그런 다음에야 기차역을 통과해 기차가 들어오는 선로 쪽으로 내려갔다.

병원 수위가 승강장에서 나를 찾고 있었다. 나는 그를 따라 기차에 올라탔다. 북적거리는 사람들 틈을 헤치고 좌석 통로를 지나 문을 하나 지나치니 기관총 사수가 사람으로 꽉 찬 차량의 구석 자리에 앉아 있었다. 내 배낭과 잡낭들은 그의 머리 위 짐칸에 있었다. 통로에는 많은 사람이 서 있었는데, 우리가 들어가자 모두 쳐다봤다. 열차에는 자리가 충분하지 않아서 다들 분위기가 싸늘했다. 기관총 사수가 일어나 내게 자리를 내주었다. 그때 누군가 내 어깨를 톡톡 두드렸다. 고개를 돌려 보니 키가 아주 크고 바싹 마른 포병대 대위가 서 있었는데, 턱을 따라 불그스름한 흉터가 나 있었다. 그는 통로 유리를 통해 안을 들여다보고 들어온 것이었다. 내가 물었다.

"왜 그러십니까?"

나는 몸을 돌려 그를 마주 봤다. 그는 나보다 키가 크고 군모 챙 그늘에 가려진 얼굴은 아주 핼쑥했으며, 흉터는 그리 오래

되지 않은 듯 반들반들했다. 차량 안의 사람들 모두가 나를 쳐다보고 있었다. 그가 심드렁한 표정으로 말했다.

"그러면 안 되지. 사병을 시켜 자리를 맡아두게 하면 안 되는 것 아닌가."

"이미 끝난 일입니다."

그가 침을 꿀꺽 삼켰다. 목젖이 올라갔다가 내려가는 것이 보였다. 기관총 사수는 좌석 앞에 서 있었다. 다른 승객들도 유리창 너머로 이쪽을 보고 있었다. 차량 안의 승객들은 아무도 입을 떼지 않았다.

"자넨 그럴 권리가 없어. 난 자네가 오기 두 시간 전부터 여기 있었다고."

"원하시는 게 뭡니까?"

"그야 좌석이지."

"저도 그렇습니다."

나는 그의 얼굴을 쳐다봤다. 차량 안의 사람들 모두가 내게 반감을 갖고 있는 것이 느껴졌다. 그들이 원망스럽지는 않았다. 대위도 그럴 만했다. 하지만 나는 좌석이 필요했다. 여전히 아무도 말을 하지 않았다.

이런, 젠장. 내가 말했다.

"앉으십시오, 대위님."

기관총 사수가 길을 비켜주었고 키 큰 대위가 자리에 앉았다. 그가 나를 쳐다봤다. 기분이 상한 듯한 표정이었다. 그래도 그는 자리를 차지하지 않았는가.

"내 짐을 내려주게."

나는 기관총 사수에게 말했다. 우리는 통로로 나왔다. 기차는 만원이어서 앉을 가능성이 전혀 없었다. 나는 수위와 기관총 사수에게 각각 10리라씩 주었다. 그들은 통로를 지나 승강장으로 나가 열차 창문을 하나하나 들여다봤지만 빈자리는 어디에도 없었다. 수위가 돌아와 말했다.

"브레시아에서 사람이 내릴지도 모릅니다."

기관총 사수가 말했다.

"그리고 더 많은 사람이 타겠지."

작별 인사를 하고 악수를 나눈 다음 그들은 떠났다. 둘 다 몹시 미안해했다. 기차가 출발했을 때 기차 안의 사람들은 다들 통로에 서 있었다. 기차가 역을 빠져나가는 동안 나는 기차역과 역 구내의 불빛들을 바라봤다. 비가 여전히 쏟아지고 있어 차창은 곧 빗물 때문에 아무것도 보이지 않게 되었다. 조금 있다가 나는 통로 바닥에서 잠을 청했다. 그전에 돈과 서류가 들어 있는 지갑을 셔츠와 바지 안쪽으로 밀어 넣어 바짓가랑이 쪽에 감춰두었다. 나는 밤새 잠을 잤다. 브레시아와 베로나에서 많은 사람이 올라타는 바람에 잠시 깨기는 했지만 곧 다시 잠들었다. 나는 잡낭 하나는 머리에 잠시 베고, 다른 하나는 팔에 안고, 배낭도 몸에 닿아 바로 느낄 수 있게 해놓고 잤다. 누구든 나를 밟지 않으려면 내 몸 위를 넘어가는 수밖에 없었다. 다른 승객들도 통로 바닥을 따라 죽 누워 잠을 청하고 있었다. 창틀을 붙잡고 있거나 문에 기대서 있는 승객도 있었다. 그 기차는 내내 만원이었다.

A Farewell to Arms

/

3부

/

25장

 가을로 들어서자 나무들은 앙상한 가지만 남았다. 길은 진흙투성이였다. 나는 군용 트럭을 타고 우디네를 출발해 고리치아를 향해 달렸다. 가는 동안 다른 군용 트럭들을 지나쳐 갔다. 나는 시골 풍경을 바라봤다. 뽕나무는 이파리가 다 떨어져 버렸고 들판은 온통 갈색이었다. 가지만 앙상하게 남은 가로수에서 떨어진 낙엽들이 젖은 채로 길바닥에 뒹굴고 있었다. 군인들이 길에서 한창 작업을 하는 중이었다. 가로수 사잇길을 따라가며 부서진 돌무더기를 이용해 바퀴 자국으로 파인 부분을 메우고 있었다. 마을은 안개에 뒤덮여 산 쪽은 잘 보이지 않았다. 우리는 강을 건넜는데, 물이 불어 수위가 높았다. 산 쪽에서 비가 내리고 있었던 것이다. 마을로 들어가는 길에 공장과 집, 전원주택 들을 차례로 지나쳤는데, 포격당한 집들이 예전보다 늘었다. 좁은 길에서 영국 적십자 기구 소속의 구급차 한 대를 지나쳤다. 운전병은 여위고 시커멓게 그을린 얼굴에 모자를 쓰고 있었다. 내가 모르는 얼굴이었다. 트럭이 주둔지 주무 장교의 집 앞 커다란 광장에 도착했다. 군용 트럭에서 내리자 운전병이 내 배낭을 건네주었다. 나는 배낭을 등에 메고 잡낭 두 개는 팔에 건 채 예전에 머물던 숙소로 걸어갔다. 하지만 집에 돌아왔다는 느낌이 들지 않았다.

나는 축축한 자갈길을 걸어 들어갔다. 나무 사이로 집이 보였다. 창문들은 모두 닫혀 있었지만 문은 열려 있었다. 집 안으로 들어가니 소령이 책상 앞에 앉아 있었다. 휑한 방 안에는 지도 몇 장과 타이프 친 서류들이 벽에 붙어 있을 뿐이었다. 소령이 나를 보더니 말했다.

"잘 지냈나, 좀 어떤가?"

그는 예전보다 더 나이 들고 무미건조해 보였다.

"좋습니다. 여기 상황은 어떻습니까?"

"다 끝났네. 짐을 내려놓고 좀 앉게."

나는 배낭과 잡낭 두 개를 바닥에 내려놓고 모자도 배낭 위에 올려놓았다. 그러고는 벽 쪽에 있던 의자를 끌어와 소령의 책상 옆에 앉았다. 소령이 걱정스러운 눈빛으로 말했다.

"끔찍한 여름이었네. 이제 건강해진 건가?"

"그렇습니다."

"훈장은 받았고?"

"예, 잘 받았습니다. 정말 감사합니다."

"어디 한번 보여주게."

나는 망토를 젖혀 리본 두 개를 보여주었다.

"메달이 들어 있는 상자도 받았나?"

"아닙니다, 표창장만 받았습니다."

"메달 상자는 나중에 도착할 걸세. 그건 시간이 좀 걸리지."

"저는 이제 무슨 일을 하면 됩니까?"

"구급차들은 전부 나가 있네. 북쪽 카포레토에 여섯 대가 가 있지. 카포레토를 아는가?"

"예, 압니다."

골짜기에 종탑이 있는 하얗고 작은 마을로 기억하고 있었다. 깨끗하고 아담한 분위기에 광장에는 멋진 분수도 있었다.

"그 구급차들은 그곳을 거점으로 움직이고 있지. 환자가 아주 많네. 전투가 끝났거든."

"다른 차들은 어디에 있습니까?"

"두 대는 산속에 있고 넉 대는 아직 바인시차에 있네. 또 다른 구급차 소대 둘은 제3군과 함께 카르소에 있고."

"저는 무슨 일을 할까요?"

"괜찮다면 바인시차로 가서 거기 있는 구급차 넉 대를 맡게

나. 지노가 꽤 오래 거기 가 있었지. 자넨 아직 그쪽으로 가본 적이 없지 않나?"

"없습니다."

"상황이 아주 안 좋았어. 구급차를 석 대나 잃었네."

"그 소식은 들었습니다."

"그렇군. 리날디가 편지에 써 보냈겠지."

"리날디는 어디에 있습니까?"

"여기 병원에 있네. 병원에서 여름과 가을을 보냈지."

"그렇군요."

"끔찍했지. 상황이 얼마나 안 좋았는지 자넨 상상하기 어려울 걸세. 자네가 그때 포격을 당한 게 다행이었다고 몇 번이나 생각했는지 모르네."

"그런 것 같습니다."

"내년에는 상황이 더 나빠질 걸세. 어쩌면 지금 공격해올지도 모르지. 사람들 말로는 적군이 곧 공격할 거라고 하더군. 하지만 난 믿지 않네. 너무 늦었거든. 강물을 봤나?"

"봤습니다. 이미 수위가 높더군요."

"이제 장마가 시작되었는데, 공격해올 거라니 말도 안 되지. 곧 눈도 내릴 테고. 자네 나라 사람들은 어떻게 되었나? 자네 말고 미국인들이 올 것 같은가?"

"육군 1천만 명을 훈련 중이라고 합니다."

"일부라도 와주면 좋으련만. 하지만 미군 병력은 프랑스군이 독차지할 테지. 이곳까지는 한 명도 오지 않을 걸세. 좋아, 자넨 오늘밤은 여기서 보내고 내일 소형차로 가서 지노를 이쪽으로 돌려보내게. 길을 아는 녀석을 붙여주지. 자세한 건 지노가 다 이야기해줄 걸세. 아직도 포격이 꽤 진행되고 있지만 그것으로 끝날 거야. 바인시차를 한번 돌아보게."

"그쪽으로 가게 돼 기쁩니다. 소령님을 다시 모시게 된 것도 기쁘고요."

그가 미소를 지었다.

"그렇게 말해주니 고맙군. 나는 이 전쟁에 진절머리가 나네. 내가 떠나 있었다면 다시는 돌아오지 않았을 거야."

"그렇게 좋지 않습니까?"

"끔찍하네. 지금도 안 좋은데 더 악화되고 있으니. 어서 가서 씻고 자네 친구 리날디나 만나보게나."

나는 방을 나와 짐을 들고 2층으로 올라갔다. 리날디는 방에 없고 그의 물건들만 보였다. 나는 침대에 앉아 각반을 풀고 오른쪽 군화를 벗은 다음 침대에 드러누웠다. 피곤한 데다 오른쪽 발이 아팠다. 한쪽 신발만 벗고 침대에 누워 있는 게 우스운 것 같아 나는 왼쪽 군화 구두끈도 마저 풀어 바닥에 던져놓고 다시 담요 위에 누웠다. 창문이 닫혀 있어 갑갑했지만 너무 피곤해 일어나서 창문을 열 기운조차 남아 있지 않았다. 방 한 구석에 몰아놓은 짐들이 보였다. 밖이 어두워지기 시작했다. 나는 침대에 누운 채로 캐서린을 생각하면서 리날디를 기다렸다. 원래 밤에 잠들기 전에만 캐서린 생각을 하고, 그 밖의 시간에는 떠올리지 않으려고 했다. 하지만 지금은 피곤하기도 하고 딱히 할 일도 없어 나는 누워서 캐서린 생각을 했다. 한참 그녀 생각을 하고 있는데 리날디가 들어왔다. 그는 조금 여윈 것 같기는 했지만 여전해 보였다. 그가 반가운 목소리로 말했다.

"어이쿠, 우리 애송이."

나는 침대에서 일어났다. 그가 다가와 옆에 앉더니 나를 끌어안았다.

"반가운 우리 애송이."

리날디가 내 등을 철썩 때리기에 나는 그의 두 팔을 붙들었다. 그는 장난기 어린 표정으로 말했다.

"귀여운 자식, 무릎 좀 보여줘."

"그러려면 바지를 벗어야 하는데."

"벗으면 되지, 우리 꼬맹이. 친구 말고 여기 누가 있다고. 그쪽에서 어떤 처치를 했는지 보고 싶어서 그래."

나는 일어나 바지를 벗고 무릎 보호대를 끌렀다. 리날디는 바닥에 앉아 내 무릎을 앞뒤로 부드럽게 구부렸다 폈다 해봤다. 흉터를 손가락으로 만져보더니 양쪽 엄지로 무릎 뼈를 눌러보기도 하고 손가락으로 무릎을 살살 흔들어보기도 했다.

"관절 치료가 다 끝났다고 하던가?"

"응."

"이런 상태로 자넬 돌려보내다니 범죄나 다름없는걸. 관절 접합을 완전히 끝냈어야지."

"예전보다 많이 나아진 거야. 그때는 널빤지처럼 뻣뻣하기만 했다고."

리날디는 내 무릎을 좀 더 구부려봤다. 나는 그의 손을 바라봤다. 섬세한 외과의사의 손이었다. 그의 정수리를 보니 머리카락에 윤기가 흐르고 부드럽게 가르마가 져 있었다. 그가 내 무릎을 더 깊이 구부렸다. 나는 소리를 질렀다.

"아야!"

"물리치료를 더 받았어야 했어."

"예전보다 나아졌다니까."

"그렇다는 건 알고 있어, 이 친구야. 그래도 이런 건 자네보다 내가 더 잘 아니까."

그는 일어나 침대에 앉았다.

"무릎 수술 자체는 잘돼 있어."

그가 내 무릎 검사를 마친 뒤 말했다.

"이제 다 얘기해봐."

"얘기할 게 없어. 그동안 아주 조용한 생활을 했다고."

"결혼한 사람처럼 굴다니, 무슨 일이 있는 거야?"

"아무 일도 없어. 자넨 무슨 일이 있는 거야?"

"이놈의 전쟁 때문에 아주 죽겠어. 요즘 무척 우울해."

그는 두 손을 깍지 껴서 무릎 위에 올려놓았다. 나는 낮게 혀를 찼다.

"이런."

"뭐 어때서? 나는 인간적인 감정 변화도 겪으면 안 되나?"

"그런 거 아냐. 그동안 잘 지낸 것 같구먼 뭘. 그동안 무얼 했는지 얘기해봐."

"여름이고 가을이고 수술만 했어. 계속 일만 했다고. 다른 사람 일도 모두 내가 했어. 어려운 수술은 모조리 나한테 떠넘기더군. 하느님께 맹세코 난 뛰어난 외과의사가 될지도 몰라, 이 친구야."

"더 잘됐네."

"난 생각이란 걸 전혀 하지 않네, 전혀. 하느님께 맹세코 아무 생각도 하지 않아. 그저 수술만 할 뿐이지."

"그렇겠지."

"하지만 지금은 말이야…… 우리 애송이, 다 끝났다고. 이젠 수술할 일이 없지만 내 기분은 지옥 같아. 정말 끔찍한 전쟁 아닌가, 우리 애송이. 자네는 내 말 믿겠지. 이제 기운 좀 나게 해줘. 축음기 음반은 가져왔어?"

"그럼."

음반은 종이로 싼 뒤 판지 상자에 담아 내 배낭에 넣어두었다. 나는 너무 피곤해 음반을 꺼낼 기운도 없었다.

"몸이 안 좋은 건가, 우리 꼬맹이?"

"죽을 맛이야."

"이놈의 전쟁은 끔찍하다니까. 자, 우리 둘 다 실컷 마시면 기운이 좀 나겠지. 그런 다음 여자들이랑 몸 좀 풀자고. 그러면 기분이 좋아질 거야."

"난 황달을 앓았어. 그래서 실컷 마시지는 못해."

"이런, 우리 꼬맹이. 어쩌다 이렇게 되어 돌아왔을까. 부상도 입었는데 간까지 상해 돌아왔네. 정말이지 이놈의 전쟁은 나쁘기 짝이 없어. 우리가 왜 이딴 걸 버텨내고 있는 건지."

"한잔하자. 많이 마시진 못하겠지만 그래도 한잔해야지."

리날디는 방을 가로질러 세면대 쪽으로 가더니 잔 두 개와 코냑 한 병을 갖고 왔다. 그는 한결 밝아진 목소리로 말했다.

"오스트리아산 코냑이야. 별 일곱 개짜리라고. 산가브리엘레를 함락하고 얻은 건 이것뿐이지."

"자네도 거기 있었나?"

"아니, 난 아무 데도 안 갔어. 계속 여기서 수술만 했다니까. 이거 좀 봐, 우리 꼬맹이. 이건 자네가 쓰던 양치 컵이야. 자네를 잊지 않으려고 계속 간직해왔다고."

"이 닦는 걸 잊지 않으려고 그랬겠지."

"아니라니까. 내 컵은 따로 있다고. 이건 자네를 추억하려고 간직해둔 거야. 욕을 해대고, 아스피린을 먹고, 몸 파는 계집애들을 저주하면서 빌라로사의 자취를 이에서 닦아내려고 애쓰던 자네를 추억하려고 말이지. 저 컵을 볼 때마다 칫솔로 양심을 깨끗하게 닦던 자네가 생각난다니까."

그가 침대 쪽으로 걸어왔다.

"나한테 키스 한 번 해줘. 병세가 심각한 건 아니겠지."

"절대 키스 안 해. 원숭이 같으니라고."

"그래 뭐, 자네는 착하고 훌륭한 앵글로색슨 청년이지. 그리고 후회할 줄 아는 청년이기도 하지. 조금만 기다리면 그 앵글로색슨 청년이 칫솔로 계집질의 찝찝함을 닦아내는 모습을 볼 수 있겠네."

"코냑이나 따라."

우리는 컵을 부딪치고 술을 마셨다. 리날디는 나를 놀렸다.

"자네를 취하게 한 다음 간을 꺼내 괜찮은 이탈리아 간을 대신 집어넣어 자네를 다시 사나이로 만들어볼까."

나는 코냑이나 더 따르라고 컵을 내밀었다. 밖은 이제 어두컴컴했다. 나는 코냑이 든 컵을 들고 창가로 가 창문을 열었다. 비는 그쳐 있었다. 바깥 날씨가 제법 쌀쌀했다. 나무들은 안개에 싸여 있었다. 리날디가 말했다.

"코냑을 창밖으로 버리거나 하지 말고, 못 마시겠거든 나나

달라고."

"자네 거나 실컷 마셔."

나는 리날디를 다시 보게 되어 기뻤다. 그는 이 년 동안 틈만
나면 놀려댔지만 나는 그런 그가 좋았다. 우리는 서로를 아주
잘 알고 있었던 것이다. 그가 침대에서 물었다.

"결혼은 했나?"

나는 창가 벽에 기대서 있었다.

"아직 안 했어."

"사랑은 하고 있고?"

"응."

"그 영국 아가씨하고 말이지?"

"맞아."

"불쌍한 우리 꼬맹이. 그녀가 자네한테 잘해주나?"

"물론이지."

"내 말은 침대에서 잘해주느냐고?"

"닥치라고."

"그러지. 자네도 내가 무척 세심한 사람이라는 걸 알 거야.
그런데 그녀는……?"

나는 그의 말을 막았다.

"리닌, 제발 입 좀 닥쳐. 내 친구가 되고 싶다면 닥치라고."

"난 자네 친구가 되고 싶은 게 아닌데, 우리 꼬맹이. 이미 자

네 친구니까 말이야."

"그럼 닥쳐."

"알았어."

나는 침대로 가서 리날디 옆에 앉았다. 그는 자기 컵을 손에 든 채 바닥을 내려다보고 있었다.

"어떤 건지 이해하지, 리닌?"

"그럼, 이해하지. 살면서 함부로 말할 수 없는 화제들을 수 없이 겪었네. 하지만 자네한텐 그런 게 거의 없었지. 이젠 자네 한테도 그런 게 생겼나 보군."

그는 여전히 바닥을 내려다보고 있었다.

"자넨 그런 게 전혀 없나?"

"없어."

"하나도?"

"하나도 없어."

"자네 어머니나 여동생에 대해 이런저런 농담을 해도?"

"그럼 자네 여동생 농담으로 받아치지 뭐."

리날디가 재빨리 응수하자 우리 둘 다 웃음을 터뜨렸다. 내가 말했다.

"백년 묵은 능구렁이 같으니."

"내가 질투하는 건가 봐."

"설마, 그럴 리가."

"그런 뜻이 아니야. 다른 의미로 한 말이야. 주변에 결혼한 친구들이 있어?"

"있지."

"난 없어. 그런데 둘이 서로 좋아 죽으면 친하게 지내지 못하겠더라고."

"왜?"

"그들이 날 반기지 않으니까."

"왜 안 반겨?"

"내가 뱀이니까. 선악을 알게 하는 뱀(구약성서 창세기에 나오는 뱀을 말하는 것으로, 최초의 인간 하와를 유혹해 금지된 과일인 선악과를 먹게 했음-옮긴이)."

"혼동했나 보군. 선악을 알게 한 것은 사과라고."

"아니, 그건 뱀이었어."

그는 아까보다 쾌활해져 있었다. 나도 덩달아 목소리를 높여 말했다.

"자넨 생각을 너무 깊이 하지 않을 때가 더 좋아."

"난 자네를 아주 많이 좋아해, 이 친구야. 내가 위대한 이탈리아의 사상가가 될 때마다 김을 빼놓지만 말이야. 말로 표현할 수는 없지만 난 많은 것을 알고 있어. 자네보다 훨씬 더 많은 걸 알고 있다고."

"암, 그러시겠지."

"하지만 자네가 더 즐겁게 살 거야. 후회할지언정 자네가 즐거운 시간을 더 많이 보낼 거라고."

"아닐걸."

"아니, 그래. 내 말이 맞다니까. 난 이미 일하고 있을 때만 행복을 느끼게 돼버렸어."

그는 다시 바닥을 내려다봤다.

"이겨낼 거야."

"아니. 일 말고는 딱 두 가지를 좋아하는데, 하나는 내 일에 해롭고 다른 하나는 삼십 분이나 십오 분이면 끝나지. 더 짧을 때도 있고(술과 여자를 의미—옮긴이)."

"훨씬 더 짧을 때도 있겠지."

"내가 기술이 늘어서 그런지도 모르잖아, 우리 꼬맹이. 자넨 잘 모를 거야. 하지만 나한테는 이 두 가지와 일밖에 없어."

"다른 재미가 생길 거야."

"아니, 절대 아무것도 생기지 않아. 지금 우리가 가진 건 태어날 때 갖고 태어난 것이고, 절대 새로운 걸 배우지는 못해. 새로운 걸 얻지는 못한다고. 우리는 모두 완전히 채워진 상태에서 시작하는 거야. 자넨 라틴 민족이 아니라는 데 감사해야 해."

"라틴 민족 같은 건 없어. 라틴식 사고방식이 있는 거지. 자넨 자기 결점에 지나치게 자부심을 느낀단 말이야."

그러자 리날디는 고개를 들고 웃음을 터뜨렸다.

"그만해야겠군, 우리 꼬맹이. 평소보다 생각을 너무 많이 했더니 피곤해."

그는 방에 들어왔을 때부터 이미 피곤해 보였다.

"식사 시간이 거의 다 됐네. 자네가 돌아와서 기뻐. 자넨 내가장 친한 친구이자 전우 아닌가."

내가 물었다.

"그런데 그 전우들은 언제 밥을 먹나?"

"지금 당장. 자네 간 건강을 위해 한 잔 더 마시자고."

"성 바울처럼 말이지."

"틀렸어. 그건 와인과 위장 얘기였지. 네 위장을 위해 포도주를 조금씩 쓰라(신약성서의 디모데전서 5장 23절에서 인용한 문구로, 디모데전서의 저자는 성 바울임-옮긴이)."

"병에 뭐가 들어 있든 자네가 건배하자는 게 뭐든 그걸 위해 건배."

"자네의 여자를 위해."

리날디가 자기 컵을 내밀었다.

"좋아."

"그녀에 대해 야한 농담은 하지 않을게."

"너무 무리하지는 마."

그는 코냑을 들이켜고 나서 말했다.

"난 순수해. 자네와 똑같이 말이야, 우리 꼬맹이. 나도 영국 아가씨를 사귈 거야. 사실 자네 애인은 내가 먼저 알았지만 나와 어울리기엔 그녀 키가 좀 컸지. 키 큰 여자는 누이로만."

그가 어딘가에 나온 말을 인용했다. 나는 비꼬는 투로 응수했다.

"자넨 마음씨가 곱고 순수하군."

"그렇지? 그래서 사람들이 날 '순수한 리날디'라고 부르는 거라고."

"아니, '음란한 리날디'겠지."

"자, 우리 꼬맹이. 아직 내 마음이 순수할 때 밥 먹으러 내려가자고."

나는 세수하고 머리를 빗은 뒤 리날디와 함께 아래층으로 내려갔다. 그는 조금 취해 있었다. 식사를 하는 방은 식사 준비가 아직 덜 되어 있었다. 그가 주위를 둘러보더니 말했다.

"가서 술병을 가져올게."

리날디는 위층으로 올라갔다. 식탁에 앉아 있으니 그가 술병을 갖고 돌아와 텀블러에 코냑을 각자 반씩 따랐다.

"너무 많은데."

나는 이렇게 말하고 나서 잔을 들어 탁자 위에 놓인 램프 불빛에 비춰봤다. 리날디가 말했다.

"위장이 비어 있는데 뭐가 많아. 술은 놀라운 거야. 위장을 홀랑 태워버리니 말이야. 자네한테는 최악이지."

"괜찮아."

"날마다 자기 파괴를 하는 거야. 위를 망가뜨리고 손을 떨게 만들지. 외과의사에게 딱 좋은 일이군."

"권하는 건가?"

"진심으로. 다른 건 안 먹어. 쭉 마시라고, 우리 꼬맹이. 그리고 속이 아파오는 걸 기대하시라."

나는 반 잔을 다 마셨다. 복도에서 당번병이 외치는 소리가 들렸다.

"수프요! 수프가 다 되었습니다!"

소령이 들어와 우리에게 고개를 까딱해 보이고는 자리에 앉았다. 자리에 앉으니 그가 굉장히 조그마해 보였다. 소령이 물었다.

"다 모인 건가?"

당번병이 수프 그릇을 내려놓고 국자로 한 그릇 가득 채워주었다. 리날디가 큰 소리로 말했다.

"우리가 전부입니다. 신부님이 오지 않는다면 말입니다. 페데리코가 돌아온 줄 알면 벌써 와 있을 텐데 말이죠."

내가 물었다.

"신부님은 어디 있어?"

소령이 대답했다.

"307번지에 있어."

소령은 수프를 먹느라 바빴다. 그는 입가를 훔치고 끝이 위로 들린 회색 콧수염을 조심스레 닦았다.

"내 생각엔 아마 곧 올 걸세. 내가 그쪽에 전화해 자네가 왔다는 전갈을 남겼거든."

내가 말했다.

"소란스럽던 식당이 그립군요."

소령이 낮은 목소리로 말했다.

"그래, 지금은 조용하지."

리날디는 씩 웃어 보이더니 말했다.

"제가 좀 떠들어보죠."

"엔리코, 와인 좀 들게."

소령은 내 잔에 와인을 가득 채워주었다. 스파게티가 나오자 우리 모두 먹느라 바빴다. 스파게티를 다 먹어갈 때쯤 신부가 들어왔다. 신부는 예전과 다름없이 몸집이 작고 갈색 피부에 다부진 모습이었다. 나는 일어나서 신부와 악수했다. 신부가 내 어깨에 손을 얹으며 말했다.

"소식 듣자마자 바로 왔습니다."

소령이 말했다.

"앉게나. 늦었군."

"안녕하십니까, 신부님."

리날디가 영어로 말했다. 신부를 제물로 삼아 놀려대던 대위가 영어를 몇 마디 할 줄 알아서 그에게 배운 것이었다.

신부도 인사를 했다.

"안녕하십니까, 리날디."

당번병이 신부에게 수프를 가져다주었지만 신부는 스파게티부터 먹겠다고 했다. 신부가 내게 물었다.

"좀 어떻습니까?"

나는 어깨를 으쓱해 보이며 대답했다.

"좋습니다. 그동안 이곳 상황은 어땠습니까?"

리날디가 끼어들었다.

"와인 좀 드세요, 신부님. 네 위장을 위해 포도주를 조금씩 쓰라. 성 바울이 한 말이죠, 이미 아시겠지만."

신부가 점잖게 말했다.

"예, 압니다."

리날디는 자기 잔에 술을 채우고 말했다.

"바로 그 성 바울이 말이죠, 그가 모든 말썽의 근원입니다."

신부는 나를 바라보며 미소를 지었다. 신부는 이젠 어떤 말로 화를 돋워도 꿈쩍도 하지 않았다. 리날디가 말을 이었다.

"바로 그 성 바울이 이 술집 저 술집 돌아다니던 술꾼이었고 여자 뒤꽁무니나 쫓아다니던 사람이었다고요. 그러다가 본인이 한창때가 지나자 그게 다 나쁘다고 한 거죠. 자기는 다 해놓고 아직 피가 끓는 우리한테는 금지하는 율법을 만들었단 말이죠. 그렇지 않아(성 바울은 원래 기독교를 박해하던 사람이었으나 그리스도를 믿게 된 뒤부터 신실한 신앙인이 되었음-옮긴이), 페데리 코?"

소령이 미소를 지었다. 우리는 이제 고기 스튜를 먹고 있었다. 나는 리날디를 보며 말했다.

"난 해가 진 뒤에는 성인에 대해 논하지 않아."

신부는 스튜를 먹다가 고개를 들어 내게 미소를 지어 보였다. 리날디는 짐짓 화난 표정으로 말했다.

"이 녀석 보게, 신부님한테 넘어갔네. 신부님을 놀려대던 그리운 옛 친구들은 다 어디로 간 거야? 카발칸티는 어디 있지? 브룬디는? 체사레는? 지원군도 없이 나 혼자 신부님에게 깐족 거려야 한단 말인가?"

소령이 나섰다.

"신부님은 훌륭한 분이네."

"물론 훌륭한 분이죠. 하지만 그래도 신부님이잖아요. 난 식당 분위기를 그 옛날처럼 만들어보려는 거고요. 페데리코를 행복하게 해주고 싶단 말입니다. 신부님이야 알 게 뭐야, 젠장!"

소령은 리날디를 쳐다보더니 그가 취했다는 것을 알아챘다. 리날디의 여윈 얼굴이 새하얗다 보니 머리카락은 하얀 이마와 대조되어 굉장히 까맣게 보였다. 신부는 크게 신경 쓰지 않는 듯했다.

"괜찮습니다, 리날디. 괜찮아요."

"지옥에나 가버려. 망할 놈의 전쟁도 다 꺼져버려."

리날디가 의자에 풀썩 주저앉았다. 소령이 내게 말했다.

"요새 스트레스를 많이 받아 지쳐서 그래."

소령은 스튜 속 고기를 다 먹고 국물도 빵조각으로 싹싹 훑어 먹었다. 리날디가 식탁에다 대고 소리를 질렀다.

"내가 알 게 뭐야, 젠장. 죽일 놈의 전쟁 따위 개나 줘버려."

그는 싸움이라도 걸리는 듯 식탁 주변을 둘러봤다. 눈은 풀려 있고 안색이 창백했다. 나는 그의 말을 따라 했다.

"그러게 말이야. 망할 놈의 전쟁 따위 개나 줘버리라고."

리날디는 고개를 저으며 말했다.

"아니, 아니. 자넨 못 해. 자넨 할 수 없어. 진짜 못 한다니까. 자넨 무미건조하고 텅 비어 있잖아. 아무것도 없다고. 정말이지 아무것도 없다니까. 빌어먹을, 하나도 없어. 난 알아, 일하고 있지 않은 때니까."

신부가 주위를 둘러보자 당번병이 스튜 접시를 내갔다. 리날디는 신부에게로 몸을 돌리며 말했다.

"고기는 왜 드세요? 오늘이 금요일인 줄 모르세요(로마 가톨릭에서는 전통적으로 금요일에 고기 먹는 것을 금하고 있음—옮긴이)?"

"오늘은 목요일입니다."

"거짓말, 금요일이라고요. 신부님은 우리 주님의 살을 먹고 있는 거예요. 하느님 고기죠. 그래요, 죽은 오스트리아군이네요. 바로 그걸 먹고 있군요."

나는 예전부터 식당에서 나눴던 실없는 소리로 마무리를 지었다.

"흰 살코기는 장교들의 살이지."

리날디가 웃음을 터뜨렸다. 그러더니 자기 잔에 술을 따르고 말했다.

"내 말 신경 쓰지 마. 지금 정신이 살짝 나갔어."

신부가 진지한 표정으로 말했다.

"중위님은 휴가가 필요합니다."

소령이 신부에게 고개를 저어 보였다. 리날디가 신부를 쳐다봤다.

"내가 휴가를 가야 할 것 같다고요?"

소령이 다시 신부를 향해 고개를 저었다. 리날디는 신부를 쳐다보고 있었다. 신부는 늘 그렇듯 조용히 말했다.

"마음대로 하시면 됩니다. 원치 않으면 안 가는 거죠."

"지옥에나 가버려. 다들 나를 없애버리려고 해. 매일 밤 나를 없애버리려 한다고. 내가 싸워서 물리쳐 버리지. 내가 그게 걸렸으면 어쩔 건데. 다들 걸려 있잖아. 온 세상이 다 걸려 있다고. 우선……."

리날디는 강의하는 듯한 말투로 계속 말했다.

"작은 뽀루지가 생깁니다. 그리고 어깻죽지 사이에 발진이 눈에 띄지요. 그런 다음에는 아무런 징후가 없습니다. 수은을 믿어보는 거지요(성병의 하나인 매독 증상을 말하는 것으로, 당시엔 수은을 매독 약으로 사용했음-옮긴이)."

소령이 조용히 한마디 했다.

"아니면 살바르산(매독 약의 일종-옮긴이)이나."

리날디가 말했다.

"그것도 수은이 함유된 제품이죠."

리날디는 이제 몹시 신이 난 것처럼 굴었다.

"그 두 가지에 필적할 만한 걸 내가 알지. 친애하는 신부님, 신부님은 절대 걸리지 않을 겁니다. 우리 꼬맹이는 걸리겠지만요. 산업재해거든요. 단순히 직업상 일어나는 사고예요."

당번병이 달콤한 디저트와 커피를 가져왔다. 디저트는 호밀빵 푸딩의 일종으로, 찐득한 소스가 곁들여 있었다. 램프 안에서 나오는 검은 연기가 유리 등피 안 위쪽까지 차오르고 있었다. 소령이 당번병 쪽을 보며 말했다.

"양초 두 자루 가져오고 램프는 치우지."

당번병이 양초 두 자루에 불을 붙여 각각 받침과 함께 들고 와 램프 불을 끈 다음 램프를 가져갔다. 리날디는 이제 말이 없었다. 진정된 듯했다. 우리는 이야기를 좀 더 나누다가 커피를 마시고 나서 모두 함께 복도로 나왔다. 리날디가 나를 보며 말했다.

"자네는 신부님과 이야기를 좀 더 나누게. 나는 시내에 가봐야겠어. 먼저 가보겠습니다, 신부님."

신부도 인사했다.

"잘 가요, 리날디."

리날디는 나를 바라보며 말했다.

"나중에 봐, 프레디."

"그래, 일찍 돌아와."

리날디는 얼굴을 찌푸리더니 밖으로 나갔다. 소령은 우리와 함께 서 있다가 말했다.

"중위는 아주 지친 데다 과로까지 겹쳤지. 게다가 매독에 걸렸다고 생각하는 모양이야. 난 아니라고 생각하지만 가능성은 있지. 자신이 직접 치료하고 있다네. 그럼 들어가 쉬게. 엔리코, 날이 밝기 전에 떠나지?"

"그렇습니다."

"그럼 잘 가게나. 행운을 비네. 페두치가 자넬 깨워주고 함께 갈 걸세."

"안녕히 계십시오, 소령님."

"잘 가게. 다들 오스트리아군이 공격할 거라고 수군대지만 난 믿지 않네. 아니기를 바라기도 하고. 하지만 어쨌든 여기까지는 미치지 못하겠지. 지노가 이것저것 얘기해줄 걸세. 지금은 전화 통화도 잘되고 있지."

"정기적으로 전화로 보고드리겠습니다."

"그래 주게. 그럼 들어가 쉬게. 리날디가 브랜디를 너무 많이 마시지 않게 하고."

"말려보겠습니다."

"잘 자게, 신부."

"안녕히 주무십시오, 소령님."

소령은 사무실로 들어갔다.

26장

  나는 문 쪽으로 가서 밖을 내다봤다. 비는 멈췄지만 안개가
잔뜩 끼어 있었다. 나는 신부에게 물었다.

"위층으로 올라갈까요?"

"아주 잠깐밖에 머물지 못합니다."

"올라가죠."

  우리는 계단을 올라가 내 방으로 갔다. 나는 리날디의 침대
에 털썩 앉았다. 신부는 당번병이 펴놓은 내 간이침대에 앉았
다. 방 안은 어두웠다.

"그런데 몸 상태는 어떻습니까?"

"건강합니다. 오늘 밤은 피곤하지만요."

"나도 피곤하군요. 그럴 만한 이유가 없는데도 말입니다."

"전쟁은 어떻습니까?"

"내가 보기엔 곧 끝날 것 같습니다. 이유는 모르겠지만 느낌이 그래요."

"어째서 그런 느낌이 드나요?"

"아까 소령님의 모습을 봤지요? 순해지지 않았던가요? 지금 많은 사람이 그렇습니다."

"저도 그런 것 같군요."

"정말 끔찍한 여름이었습니다."

신부는 내가 이곳을 떠나기 전보다 훨씬 더 자신감에 차 있었다. 그가 말을 이었다.

"얼마나 끔찍했는지 상상도 못 할 겁니다. 그 자리에 있으면서 어떤지 경험했던 사람만 알 수 있습니다. 많은 사람이 이번 여름에 전쟁이 어떤 건지 몸소 깨달았죠. 절대 깨닫지 못할 거라고 생각했던 장교들도 이제는 압니다."

나는 손으로 담요를 쓰다듬으며 물었다.

"앞으로 무슨 일이 벌어질까요?"

"모르겠습니다. 하지만 뭐가 됐든 그리 길게 가지는 않을 것 같습니다."

"그럼 어떻게 될까요?"

"전투를 중단하겠죠."

"누가요?"

"양쪽 모두요."

"그러면 얼마나 좋을까요."

"믿지 않는군요?"

"나는 양쪽이 동시에 전투를 중단할 거라고는 생각하지 않습니다."

"그렇지는 않겠지요. 그건 너무 지나친 기대죠. 하지만 군인들 사이에 일어난 변화를 보면 오래가지 않을 듯합니다."

"올 여름 전투는 어느 쪽이 승리했습니까?"

"아무도 승리하지 못했습니다."

"오스트리아군이 이긴 거 아닙니까. 산가브리엘레를 지켜냈잖습니까. 그들이 이긴 거죠. 그러니 그들은 전투를 중단하지 않을 겁니다."

"우리가 느낀 것처럼 그들도 느낀다면 분명히 가능성은 있습니다. 그들도 똑같은 걸 겪었으니까요."

"이기고 있는 전쟁을 그만둔 적은 지금까지 없었습니다."

"그 말을 들으니 기운이 빠지네요."

"내 생각에 그렇다는 것뿐입니다."

"그럼 중위님 생각에는 전쟁이 계속될 것 같습니까? 아무 일도 일어나지 않고요?"

"모르겠습니다. 다만 승리를 거둔 오스트리아군이 전투를 중단하지는 않을 것 같습니다. 우리는 패배할 때나 기독교인

다워지니까요."

"오스트리아인들도 기독교인입니다. 보스니아 쪽은 아니지만 말입니다."

"난 문자 그대로 기독교인을 이야기하는 게 아니었습니다. 주님과 같은 생각을 실천하는 걸 말한 겁니다."

신부는 아무 말도 하지 않았다. 나는 계속 말했다.

"지금 우리 모두가 순해진 것은 전쟁에서 지고 있기 때문이죠. 베드로가 겟세마네 동산에서 예수님을 구했더라면 예수님은 어떠셨을까요(로마군이 예수를 잡아가려 하자 베드로가 칼을 빼들었으나 예수는 하느님의 뜻을 이루겠다고 하며 말렸고, 결국 십자가에 못 박혀 죽음을 맞았음–옮긴이)?"

"그래도 똑같았을 겁니다."

"난 그렇게 생각하지 않습니다."

"기운이 빠지는군요. 나는 무슨 일이 일어날 거라고 믿고 그렇게 기도합니다. 머지않았다는 느낌이 들어요."

"무슨 일이 일어날지도 모르죠. 하지만 우리 쪽에서만 일어날 겁니다. 적군이 우리와 똑같이 느끼고 있다면 상황이 괜찮아지겠죠. 하지만 그들은 우리를 꺾었습니다. 우리와 다르게 느끼고 있을 겁니다."

"수많은 군인이 항상 같은 느낌을 받습니다. 패배를 당해서 그렇게 느끼는 게 아닙니다."

"그들은 처음부터 패배한 거였어요. 농사짓던 땅에서 끌려나와 군대에 들어갔을 때 이미 패배한 거였죠. 그래서 소작농들이 분별력을 갖게 되는 겁니다. 처음부터 패배로 시작했기 때문에 말이죠. 그들에게 권력을 주면 과연 얼마나 분별력이 있을까요."

신부는 여전히 아무 말도 하지 않고 생각에 잠겨 있었다. 내가 먼저 말을 꺼냈다.

"이젠 나도 우울해지려고 하네요. 이래서 내가 이런 생각을 하지 않는 겁니다. 생각은 전혀 안 하지만, 그래도 말을 하기 시작하면 생각해보지도 않고 머릿속에 떠오르는 대로 말하게 되네요."

"예전에는 뭔가를 바라고 있었어요."

"패배 말입니까?"

"아닙니다. 그 이상의 어떤 것을요."

"그 이상은 없어요. 승리 말고는요. 그건 더 나쁠지도 모르고요."

"난 오랫동안 승리를 꿈꿔왔습니다."

"나도 그래요."

"그런데 지금은 모르겠습니다."

"승리든 패배든 반드시 어느 한쪽이 되겠죠."

"이제 더는 승리할 거라고 믿지 않습니다."

"나도 믿지 않습니다. 하지만 패배할 거라고도 믿지 않아요. 패배가 더 나을지도 모르지만 말입니다."

"그럼 무엇을 믿나요?"

나는 망설이지 않고 말했다.

"잠이 올 거라는 걸 믿죠."

신부가 자리에서 일어섰다.

"이렇게 오래 머물러 있었다니 정말 미안합니다. 하지만 중위님과 이야기를 나누는 게 너무 좋군요."

"나도 다시 이야기를 나누게 돼 정말 기쁩니다. 잠 이야기는 별 뜻 없이 한 말이었습니다."

우리는 일어나 어둠 속에서 악수를 나눴다. 신부가 말했다.

"나는 지금 307번지에서 묵고 있습니다."

"난 내일 아침 일찍 주둔지로 가야 합니다."

"돌아오면 또 봐요."

"함께 산책하면서 이야기를 나누죠."

나는 신부를 문까지 배웅하기 위해 일어섰다. 신부가 손을 내저으며 말했다.

"내려오지 마세요. 중위님이 돌아와서 정말 좋습니다. 중위님에게는 그리 좋은 일이 아니지만."

신부가 내 어깨 위에 손을 얹었다. 내가 말했다.

"난 괜찮습니다. 안녕히 가세요."

"편히 쉬세요. 그럼 안녕히."

나도 인사했다.

"안녕히."

나는 졸려서 쓰러질 지경이 되어 있었다.

27장

　리날디가 돌아왔을 때 나는 눈을 떴지만 그는 아무 말도 하지 않았다. 그래서 나도 다시 잠들었다. 아침이 되자 나는 동이 트기 전에 옷을 입고 출발했다. 리날디는 내가 방을 나올 때도 잠에서 깨지 않았다.

　나는 바인시차에 가본 적이 없었다. 산등성이를 올라가고 있으니 기분이 이상했다. 그곳은 예전에 오스트리아군이 점령했던 곳이고, 내가 부상을 당했던 강기슭 너머가 아니던가. 그곳에는 비탈진 새 도로가 생겼고 트럭이 여러 대 지나다니고 있었다. 그 너머로 길이 평탄해지면서 안개 속으로 숲과 가파른 야산들이 보였다. 숲은 단숨에 점령해 그리 엉망이 되지는 않았다. 숲 너머 야산에 가려졌던 길이 훤히 드러난 곳은 길 양쪽을 머리 위까지 거적으로 가려놓았다. 길은 만신창이가 된 마을까지 이어져 있었다. 전선은 그 너머에 있었다. 주변에는 대포가 많았다. 집들은 박살이 나 있었지만 체계가 잘 잡혀 있어 곳곳에 표지판이 있었다. 우리는 지노를 찾아갔다. 그는 우리에게 커피를 내주었다. 나는 그와 함께 여러 사람을 만나보고 주둔지를 둘러봤다. 지노의 말로는 영국군 구급차들이 바인시차보다 훨씬 더 아래쪽인 라브네에서 활동하고 있다고 했다. 지노는 영국군을 대단히 우러러봤다. 아직도 포격이 계속되고 있지만 부상자는 그리 많지 않다고 했다. 하지만 이제 장마가 시작되었으니 환자가 늘어날 것이라고 했다. 오스트리아군이 공격해올 거라는 분위기가 팽배하지만 지노는 그렇게 생각하지 않았다. 아군 쪽에서 공격할 거라는 소문도 있지만 새로 투입된 부대가 없기에 그 또한 가능성이 없는 것 같다고 했다. 이곳은 음식이 부족해 지노는 고리치아에 돌아가 식사를 든든히 할 수 있게 된 것이 기쁜 듯했다. 저녁으로 뭘 먹었는지 묻기에 대답해주었더니 그는 정말 훌륭하다고 감탄했다. 특히 디저트 이야기에 입이 떡 벌어졌다. 자세히 말해주지 않고 그냥 달콤한 디저트라고 했더니 빵 푸딩 정도가 아니라 더 대단한 디저트가 나오리라 믿는 눈치였다.

지노는 자신이 어디로 배치될지 아느냐고 물었다. 나는 그건 모르겠지만 남은 차량들 가운데 일부가 카포레토에 가 있다고 대답해주었다. 그는 그쪽으로 가면 좋겠다고 했다. 카포레토는 아담하고 근사한 곳으로, 그는 그 너머로 높이 솟은 산이 좋다고 했다. 지노는 착한 청년이고 다들 그를 좋아하는 듯했다. 그는 정말 지옥 같았던 것은 산가브리엘레 전투와 롬 지역 너머에서 실패로 끝난 공격이었다고 했다. 그의 말로는 오스트리아군은 아군 주둔지의 건너편 위쪽으로 테르노바 능선을 따라 숲에 대포를 대거 배치해두고, 밤에 미친 듯이 도로들을 포격한다고 했다. 특히 해군 부대의 함포가 많다는 점이 거슬린다고 했는데, 함포는 탄도가 낮기에 나도 구별해낼 수 있을 거라고 했다. 포성이 들리는 것과 거의 동시에 찢어지는 듯한 포탄 날아가는 소리가 들린다는 것이었다. 또한 적군은 보통 두 대를 한꺼번에 연달아 발사해 포탄 파편이 어마어마하다고 했다. 그가 파편을 하나 보여줬다. 그건 30센티미터가 넘는 길이에 고르게 들쭉날쭉한 금속 조각이었다. 배빗 합금 같아 보였다. 지노가 계속 말했다.

"그리 위력적으로 보이진 않지만 그래도 겁이 나긴 하지. 나를 향해 똑바로 날아오는 것처럼 들리거든. 쿵 하는 소리와 함께 곧바로 쌕 하고 날아와 터져버리는 거야. 당장 무서워 죽을 지경인데, 부상당하지 않는다고 해서 안심이 되겠어?"

지노의 말로는 우리와 대치하고 있는 전선에 이제 크로아티아인이 합류했고 마자르인도 있다고 했다. 아군은 여전히 공격 태세를 갖추고 있었다. 오스트리아군이 공격해온다고 해도 아군 쪽은 이렇다 할 철조망도, 물러설 곳도 없었다. 고원에서 뻗어나온 야트막한 산들을 따라 방어에 유리한 지점들이 있지만, 방어를 위한 정비는 하나도 되어 있지 않았다. 그는 그건 그렇고, 바인시차를 어떻게 생각하느냐고 물었다.

나는 고원에 좀 더 가까운 평탄한 곳일 거라고 생각했다. 게다가 이처럼 언덕과 산으로 들쭉날쭉한 곳인 줄은 몰랐다. 지노가 말했다.

"고원 지대지. 평원은 아니고."

우리는 그가 머물고 있는 숙소의 지하실로 돌아왔다. 나는 작은 산들을 줄줄이 방어하는 것보다는 정상으로 갈수록 평평해지고 후미진 곳도 있는 산등성이가 방어하기 더 쉽고 현실적인 것 같다고 말했다. 산악 지대를 공격해 올라가는 것이 평지에서 공격하는 것보다 어렵지 않다고 주장했다. 그러자 지노가 머리를 흔들며 말했다.

"산 나름이겠지. 산가브리엘레를 보게."

"그렇지. 하지만 고전했던 곳은 평평한 정상이었어. 정상까지는 꽤 쉽게 치고 올라갔다고."

"그렇게 쉽지는 않았어."

"그렇긴 하지만 특수한 경우였지. 어쨌든 산이라기보다는 요새에 가까웠으니까 말이야. 오스트리아군이 몇 년에 걸쳐

요새화했지."

내 말은 기동성 있는 전쟁에서는 전략적으로 줄줄이 이어진 산들을 전선으로 사수하는 것이 별 의미가 없다는 뜻이었다. 산은 돌아서 가면 그만이니까 말이다. 될 수 있는 한 기동력을 유지해야 하는데, 산지는 그다지 기동력이 좋지 않다. 게다가 항상 산 아래쪽으로 쏘면 더 멀리 나가버린다. 측면으로 우회 공격이라도 들어오면 최정예 부대는 가장 높은 산에 남게 된다. 나는 산악전을 신뢰하지 않았다. 나는 지노에게 생각을 많이 해봤는데, 아군이 산 하나를 빼앗으면 적군이 다른 산 하나를 빼앗는 식이 될 거라고 말했다. 하지만 정작 본격적인 전투가 시작되면 다들 산에서 내려와야 할 것이다.

그러자 지노가 산악이 접경이라면 어떻게 할 거냐고 물었다. 나는 거기까지는 아직 생각해보지 않았다고 말했고, 둘 다 웃음을 터뜨렸다. 내가 말했다.

"하지만 옛날에 오스트리아인들은 항상 베로나 부근의 사각형 지대에서 혼쭐이 났지. 평지로 내려오도록 유도해서 격파했던 거야."

"맞아. 하지만 그건 프랑스인들 얘기잖아. 다른 나라에서 전투를 치르게 되면 군사적인 문제점들을 깨끗하게 해결할 수 있으니까."

나는 그의 말에 동의했다.

"그래. 자기 나라에서라면 그처럼 냉철하게 지형을 이용할 수 없었겠지."

"러시아인들은 그렇게 했잖아. 나폴레옹을 유인해 잡으려고 말이야."

"그랬지. 하지만 러시아는 국토가 넓잖아. 이탈리아에서 나폴레옹을 유인하려고 후퇴했다가는 순식간에 브린디시(이탈리아 남동부의 항구 도시-옮긴이)까지 밀릴걸."

"끔찍한 곳이지. 가본 적이 있나?"

"머문 적은 없어."

"나는 애국심이 강하지만 브린디시나 타란토(이탈리아 남부의 항구 도시-옮긴이)는 좋아할 수가 없네."

나는 웃으며 물었다.

"바인시차는 좋고?"

"그 땅은 신성하지. 하지만 감자가 좀 더 많이 자라면 좋겠어. 이곳에 와보니 오스트리아군이 심어놓은 감자밭들이 있더라고."

"먹을 게 그렇게 부족한가?"

"양껏 먹어본 적이 한 번도 없어. 하지만 내가 워낙 대식가인데도 굶어 죽진 않았지. 식당은 평균 정도 되네. 전선에 있는 연대들은 꽤 괜찮게 먹지만 지원 부대들은 그렇지 않아. 어딘가에서 뭔가 잘못된 게 분명해. 식량이 충분할 텐데 말이야."

"상어 같은 놈들이 딴 데 팔아먹고 있나 보지."

"맞아. 전방 부대에는 되도록 많이 보급해주지만 후방 부대 쪽은 턱없이 부족해. 그래서 숲에 오스트리아군이 심어놓은 감자와 밤을 싹 먹어치웠지. 식량을 좀 더 잘 보급해주어야 한다고. 다들 잘 먹으니까. 식량은 충분한 게 확실한데 말이지. 군인들에게 식량이 부족하다는 게 얼마나 나쁜 영향을 미치는지 알지? 사기가 확 떨어진다고."

"그럼. 식량이 충분하다고 전쟁에서 이기는 건 아니지만 부족하면 질 수도 있지."

"진다는 얘기는 하지 말라고. 여기저기서 충분히 떠들잖아. 올 여름에 해낸 일들이 헛되이 끝날 리가 없네."

나는 아무 말도 하지 않았다. 신성하다든가, 영광스럽다든가, 희생적이라든가, 헛되다는 표현이 나오면 나는 언제나 당황스러웠다. 그런데 이 표현을 심심찮게 들었다. 어떤 때는 고함을 질러야 겨우 들릴 정도로 목소리가 잘 전달되지 않는 빗속에 서서 듣기도 했다. 포고문에서 그런 표현을 읽기도 했다. 다른 포고문 위에 새로 덕지덕지 붙여놓은 포고문에서 말이다. 그렇게 오래 보고 들어온 표현이지만 실제로 나는 신성한 것이라고는 본 적도 없었고, 영광스럽다는 것에서도 영광이라고는 찾아볼 수 없었으며, 희생이란 시카고의 도살장과 다름없다는 생각이었다. 고깃덩어리 같은 시체를 묻어주는 것 말고는 아무런 가공도 하지 않는다는 게 다르긴 하지만 말이다. 도저히 참고 들어줄 수 없는 표현이 많다 보니 마침내는 땅 이름만 위엄을 지켰다. 어떤 숫자도 똑같이 위엄이 있었다. 땅 이름과 함께 날짜만이 우리가 말할 수 있고 말했을 때 의미를 갖는 유일한 것이었다. 영광, 명예, 용기, 신성과 같은 추상적인 말들은 실체가 있는 마을의 이름, 도로 이름, 강 이름, 연대 숫자와 날짜 같은 것들에 비하면 더럽게 느껴졌다. 지노는 애국자였다. 그래서 가끔 우리가 다르다고 느껴지는 말들을 하곤 했다. 그래도 그는 좋은 청년이었고, 나는 그에게서 애국자 티가 나는 것을 이해했다. 지노는 타고난 애국자였기 때문이다. 그는 페두치와 함께 차를 타고 고리치아로 돌아갔다.

그날은 온종일 폭풍우가 몰아쳤다. 바람을 타고 비가 내리쳐 사방이 물웅덩이에 진흙투성이였다. 부서진 집들의 벽토는 잿빛으로 젖어 있었다. 비는 오후 늦게야 그쳤다. 제2주둔지에서 바라보니 헐벗고 비에 젖은 시골의 가을 풍경이 눈에 들어왔다. 구름은 야산 꼭대기에 머물러 있었고, 길을 가리고 있는 거적은 흠뻑 젖어 물방울이 떨어지고 있었다. 해는 완전히 지기 전에 빼꼼 얼굴을 내밀어 산등성이 너머 헐벗은 숲을 비춰주었다. 그 산등성이 숲에는 오스트리아군의 대포가 많았지만 불을 뿜은 것은 몇 대 안 되었다. 전선 근처의 부서진 농가 위 하늘에 갑자기 유산탄의 포연이 둥그스름하게 피어오르는 것이 보였다. 중앙에 노르스름한 흰색 섬광이 번쩍이는 부드러운 연기 덩어리였다. 섬광이 번쩍이고 난 다음에는 꽝음이 들리고, 그다음에는 연기 덩어리가 바람에 날려 흩어지는 것이 보였다. 돌무더기가 되어버린 집들에도, 주둔지의 부서진 집 옆 도로에도 유산탄에서 발사된 쇠 탄알이 수없이 떨어져 있었다. 하지만 그날 오후에는 주둔지 근처에 포탄이 떨어지지 않았다. 우리는 구급차 두 대에 부상병들을 싣고 도로를 달려 내려왔다. 도로는 젖은 거적으로 가려져 있었고, 거적의 지푸라기 사이 틈새로 저무는 햇살이 새어 들어왔다. 야산 뒤의 가림막이 끝나고 탁 트인 도로로 빠져나오기도 전에 해가 저물었다. 우리는 가림막 없는 도로를 계속 달렸다. 차가 모퉁이를 돌아 공터로 들어갔다가 거적을 쳐놓은 사각형 터널로 들어가자 다시 비가 내리기 시작했다.

밤새 바람이 일다 비가 억수같이 내리는 새벽 세 시쯤 포격이 시작되었다. 크로아티아인 부대가 산의 목초지를 건너와 군데군데 있는 숲들을 통과해 전선으로 침투했다. 컴컴한 빗속에서 전투를 벌였는데, 최전선 뒤 2선에 있던 겁먹은 아군의 반격에 물러가 버렸다. 빗속에서도 포격을 엄청나게 퍼부었고 로켓탄도 수없이 발사했다. 기관총과 소총도 전선을 따라 끊임없이 불을 뿜어냈다. 적군은 다시 오지 않았고 주변이 고요해졌다. 돌풍과 빗소리 사이로 저 멀리 북쪽에서 엄청난 포격

소리가 들려왔다.

부상병들이 주둔지로 들어왔다. 들것에 실려 오기도 했고, 제 발로 걸어오기도 했고, 전장을 가로지르던 동료의 등에 업혀 오기도 했다. 하나같이 흠뻑 젖고 겁에 질린 상태였다. 들것에 실려 온 부상병들이 주둔지 지하실에 대기하다가 실려 나왔다. 그들만으로도 구급차 두 대가 꽉 찼다. 두 번째 차량 문을 닫고 자물쇠를 잠그는데, 내 얼굴에 떨어지던 빗방울이 눈으로 바뀌었다. 비에 섞여 내리는 눈발이 점점 거세고 빨라졌다.

날이 밝자 폭풍우는 여전히 몰아쳤지만 눈은 그쳤다. 눈은 젖은 땅에 떨어져 녹아버렸다. 그리고 다시 비만 내리고 있었다. 날이 밝자마자 공격이 또 한 번 있었지만 성공하지는 못했다. 우리는 온종일 다음 공격을 기다렸지만 해가 저물 때까지 아무 일도 없었다. 남쪽에서 포격이 시작되었다. 오스트리아군 대포가 집결되어 있는, 나무가 우거진 긴 산등성이 아래쪽이었다. 포격을 예상했지만 우리 쪽으로 날아오지는 않았다. 날이 어둑어둑해졌다. 마을 뒤 벌판에서 아군의 대포들이 불을 뿜었다. 포탄 날아가는 소리가 들리자 오히려 안심이 되었다.

남쪽에서 벌인 공격이 실패로 끝났다는 소식을 들었다. 그날 밤 적군은 공격하지 않았다. 하지만 적군이 북쪽 전선을 돌파했다는 소식이 들려왔다. 밤중에 후퇴할 준비를 하라는 명령을 받았다. 주둔지의 대위가 내게 말해준 것이었다. 여단 사령부에서 대위에게 내린 명령이라고 했다. 그러나 조금 뒤 대위가 전화를 받고 오더니 후퇴는 사실이 아니라고 했다. 여단 사령부는 무슨 일이 있어도 바인시차 전선을 확보하라는 명령을 받았다는 것이다. 아군의 전선이 돌파당한 게 사실이냐고 묻자 대위가 여단에서 들은 이야기를 해주었다. 오스트리아군이 제27군단을 뚫고 카포레토 쪽으로 치고 올라갔다는 소식이었다. 북쪽에서는 온종일 대규모 전투가 벌어졌던 것이다. 대위는 비참한 표정으로 말했다.

"그놈들이 뚫렸다면 우린 끝장이야."

군의관 한 명이 말했다.

"지금 공격하고 있는 건 독일군이라네."

독일군이라니, 가슴을 철렁하게 하는 단어였다. 독일군과는 엮이고 싶지 않았다. 군의관이 또다시 말했다.

"독일군 사단이 열다섯 개지. 그놈들이 아군 전선을 돌파했으니 우린 고립될 거야."

"여단에서는 이 전선을 사수해야 한다고 하네. 그놈들이 철저하게 돌파한 건 아니라는 거야. 아군은 몬테 마조레(이탈리아 북서부의 산-옮긴이)부터 산줄기를 가로지르는 전선을 사수할 거라는 거지."

"여단에서는 어디서 들은 얘기라고 합니까?"

"사단 사령부에서."

323

"후퇴 명령도 사단에서 나왔던 걸세."

내가 말했다.

"우리는 육군 군단 사령부 소속입니다. 하지만 여기서는 대위님 지시를 받습니다. 그러니 대위님이 가라고 하시면 따를 겁니다. 분명하게 명령을 내려주십시오."

"이곳을 떠나지 말라는 게 명령일세. 자네는 부상병들을 모두 후송 병원으로 옮겨주게."

"후송 병원에서 야전병원으로 옮긴 경우는 있었습니다. 하지만 저는 후퇴한 경우는 없습니다. 말씀해주십시오. 후퇴한다면 부상병들을 어떻게 대피시킵니까?"

"대피는 없어. 될 수 있는 한 많은 숫자를 데려가고 나머지는 그냥 두는 거야."

"구급차에는 뭘 싣습니까?"

"병원 장비들이지."

"알았습니다."

다음 날 밤, 후퇴가 시작되었다. 독일군과 오스트리아군이 북쪽 전선을 돌파하고 치비달레와 우디네를 향해 계곡을 따라 내려오고 있다는 소식이 들려왔다. 후퇴는 질서정연했지만 비가 와 축축한 분위기에서 침울하게 이뤄졌다. 우리는 한밤중에 붐비는 도로를 따라 천천히 나아가면서 비를 맞으며 행군하는 부대와 대포, 무기를 끌고 가는 말, 노새, 군용 트럭 들을 지나쳤다. 모두 전선을 떠나 이동하고 있었다. 진격할 때보다 무질서한 모습을 보이지는 않았다.

그날 밤 우리는 고원에서 그나마 가장 덜 파괴된 마을에 설치해두었던 야전병원을 철수시키는 일을 도왔다. 우리는 부상병들을 강 쪽의 플라바로 이송했다. 그리고 다음 날에는 플라바의 야전병원과 후송 병원을 철수시키기 위해 온종일 비를 맞으며 구급차를 몰았다. 비는 끈질기게 내리고 있었다. 바인시차 주둔군은 10월의 빗속을 뚫고 고원에서 내려와 같은 해 봄을 큰 승리로 시작했던 바로 그 강을 건너 후퇴했다. 우리는 그다음 날 점심때쯤 고리치아에 도착했다. 비는 그쳤다. 마을이 거의 텅 비어 있었다. 거리를 따라 올라가니 군인들이 몸 파는 집 아가씨들을 트럭에 태우고 있었다. 아가씨는 모두 일곱 명이었다. 다들 모자와 코트로 무장한 채 작은 여행 가방을 든 채였다. 그중 둘은 울고 있었다. 울고 있지 않은 아가씨들 가운데 하나가 우리를 향해 생긋 웃더니 혀를 내밀고 아래위로 날름거렸다. 까만 눈에 입술이 두터운 아가씨였다.

나는 차를 세우고 몸 파는 집의 여주인 쪽으로 가서 이야기를 나눴다. 장교들이 다니던 집 아가씨들은 아침 일찍 떠났다고 했다. 그럼 아가씨들은 어디로 가는 거죠? 여주인은 코넬리아노로 간다고 대답했다. 트럭이 출발했다. 두터운 입술의 아가씨가 또 우리를 향해 혀를 내밀었다. 여주인은 손을 흔들어주었다. 두 아가씨는 계속 울고 있었다. 다른 아가씨들은 재미있다는 듯이 마을을 바라봤다. 나는 다시 차에 올라탔다. 보넬로가 아쉽다는 듯 말했다.

"아가씨들과 같이 가야 하는 건데. 그러면 즐거운 여행이 될텐데 말이죠."

내가 말했다.

"우리도 즐거운 여행을 하게 될 거야."

"지옥 같은 여행이 되겠죠."

"내 말이 바로 그 말이야."

우리는 예전에 머물던 숙소 쪽으로 올라가 봤다.

"거친 녀석들이 트럭에 기어들어 가서 여자들한테 올라타려는 걸 봐야 하는데."

"그럴 것 같아?"

"당연하죠. 제2군 군인들치고 저 포주 여편네 모르는 사람은 없을걸요."

우리는 숙소 근처에 이르렀다. 보넬로는 계속 그 이야기를 했다.

"그 여편네를 '원장 어머니'라고 불러요. 아가씨들 얼굴은 낯설지만 다들 그 여자는 알죠. 후퇴하기 바로 전에 데려온 아가씨들이 틀림없어요."

"고생깨나 하겠는걸."

"물론 고생하겠죠. 공짜로 저 아가씨들과 한번 자보고 싶네요. 어쨌거나 그 집에서는 금액을 너무 세게 부르거든요. 정부가 우리한테 바가지를 씌운다니까요."

"차를 밖에 세우고 정비병들에게 점검해보라고 하게. 엔진오일도 갈고 차동기어도 확인해야 하네. 기름을 채우고 나서는 눈 좀 붙이게."

"알겠습니다, 중위님."

숙소는 텅 비어 있었다. 리날디는 병원과 함께 철수하고 없었다. 소령도 간부용 차량에 병원 사람들을 태워가고 난 뒤였다. 창문에는 내게 보내는 쪽지가 붙어 있었다. 복도에 쌓여 있는 물건들을 구급차에 싣고 포르데노네로 이동하라는 내용이었다. 정비병들은 이미 떠나고 없었다. 나는 다시 차고 쪽으로 돌아왔다. 차고에 와 있는데 구급차 두 대가 더 들어오더니 운전병들이 내렸다. 다시 빗방울이 떨어지기 시작하고 있었다. 피아니가 말했다.

"너무나 졸리네요……. 플라바에서 여기까지 오는 동안 세 번이나 졸았어요. 우린 이제 어떻게 합니까, 중위님?"

"엔진오일을 갈고 기름칠을 한 뒤 급유해서 숙소 앞에 차를 대게. 그다음 남아 있는 잡동사니들을 싣는 거야."

"그러고 나서 출발하나요?"

"아니, 세 시간 동안 잠을 잔다."

보넬로는 다행스럽다는 듯이 숨을 내쉰 뒤 말했다.

"세상에, 잠을 잔다니 반갑네요. 운전하는 동안 깨어 있을 자신이 없었거든요."

내가 물었다.

"아이모, 자네 차량은 어떤가?"

"양호합니다."

"작업복을 좀 가져다주게. 나도 자네들을 도와 엔진오일을 갈지."

그러자 아이모가 손을 내저으며 말했다.

"그러지 마십시오, 중위님. 별일도 아닌걸요. 가서 짐을 챙기세요."

"짐은 다 싸놨어. 그럼 난 가서 남아 있는 물건들을 내다놓도록 하지. 준비가 되는 대로 차를 앞쪽으로 가져오라고."

군인들이 숙소 앞으로 차를 가져왔다. 우리는 복도에 쌓여 있던 병원 장비들을 차에 실었다. 짐을 다 싣고 나서 구급차 석 대를 비가 내리는 나무 밑 진입로에 나란히 세워두었다. 그리고 우리는 집 안으로 들어갔다. 나는 물기를 털어내며 말했다.

"부엌에 불을 지펴 옷을 말리지."

그러자 피아니가 하품을 하며 말했다.

"보송보송한 옷 같은 건 관심 없습니다. 그저 자고 싶어요."

보넬로는 신이 나서 말했다.

"소령님 침대에서 자야지. 영감님이 곯아떨어지던 데서 잘 거라고."

피아니는 졸린 눈으로 말했다.

"난 어디든 상관없어."

내가 문을 열었다.

"이쪽에 침대가 두 개 있군."

보넬로가 말했다.

"그 방에 뭐가 있는지 전혀 몰랐네요."

피아니는 시큰둥하게 응수했다.

"물고기 얼굴 영감님 방이었지."

나는 한쪽 방을 가리키며 말했다.

"자네 둘은 저기서 자도록 해. 나중에 깨워주지."

보넬로는 걱정스러운 듯했다.

"너무 오래 주무시면 오스트리아 군인이 깨워줄지도 모릅니다, 중위님."

"오래는 안 자. 아이모는 어디 있나?"

"부엌으로 가던데요."

"그럼 어서들 쉬게나."

피아니가 기지개를 켜며 말했다.

"자야겠어요. 온종일 앉은 채로 잠을 잤어요. 정수리가 온통 눈 위로 쏟아져 내리는 것 같았죠."

보넬로가 얼굴을 찡그렸다.

"군화 좀 벗어. 물고기 얼굴 영감님의 침대잖아."

"물고기 얼굴이 지금 뭐가 대수라고."

피아니는 진흙투성이 군화를 쭉 뻗은 채로 팔을 베개 삼아 침대에 누웠다. 나는 부엌으로 갔다. 아이모가 화덕에 불을 피우고 물주전자를 올리고 있었다. 그가 허리를 펴며 말했다.

"파스타 아시우타나 좀 만들어볼까 해서요. 잠에서 깨면 다들 배가 고플 테니까요."

"바르톨로메오(아이모의 이름—옮긴이), 자넨 졸리지 않아?"

"별로 졸리지 않습니다. 물이 끓으면 저도 갈게요. 불은 저절로 꺼질 테니까요."

"좀 자두는 게 좋을 거야. 치즈와 통조림 소고기를 먹으면 되니까."

"이게 더 낫잖아요. 저 무정부주의자 둘한테는 뭔가 뜨끈한 게 좋을 겁니다. 가서 주무세요, 중위님."

"소령님 방에 침대가 있어."

"중위님이 거기서 주무세요."

"아냐, 나는 내가 쓰던 방으로 갈 거야. 한잔하겠나, 바르톨로메오?"

"떠날 때 마시도록 하죠, 중위님. 지금은 마셔봐도 소용없을 거예요."

"세 시간 뒤에 잠에서 깼는데 내가 깨우러 오지 않으면 나 좀 깨워줘, 알겠지?"

"시계가 없는데요, 중위님."

"소령님 방에 벽시계가 있어."

"알았습니다."

나는 식당을 나가 복도를 지난 뒤 대리석 계단을 올라 내 방, 리날디와 함께 지냈던 방으로 들어갔다. 밖에는 아직도 비가 내렸다. 창문으로 다가가 밖을 내다봤다. 밖은 어둠이 깔리고 있었다. 나무 밑에 구급차 석 대가 늘어서 있는 것이 보였다. 나무에서 빗물이 떨어지고 있었다. 날씨는 추웠고 나뭇가지에 빗방울이 매달려 있었다. 나는 다시 리날디의 침대로 가서 벌렁 누워 잠을 청했다.

우리는 출발하기 전에 부엌에서 요기를 했다. 아이모가 양파와 통조림 고기를 잘게 다져넣어 스파게티를 만들어놓았다. 우리는 식탁에 둘러앉아 지하실에 남아 있던 와인 두 병을 마셨다. 밖은 어두웠고 비가 계속 내리고 있었다. 피아니는 꾸벅꾸벅 졸며 자리에 앉아 있었다. 보넬로가 잔을 가리키며 말했다.

"전진보다 후퇴가 더 나은 것 같아요. 후퇴 때는 바르베라를 마실 수 있으니까요."

아이모가 말했다.

"지금 마셔둬야지. 내일은 빗물이나 마시고 있을걸."

"내일이면 우디네에 도착해 있겠지. 그러면 샴페인을 마시는 거야. 거긴 뺀질이들이 살고 있는 데니까. 피아니, 잠 좀 깨라고! 우린 내일 우디네에서 샴페인을 마실 거라니까!"

피아니가 졸린 눈을 겨우 뜨고 대답했다.

"깨어 있어."

그는 자기 접시에 스파게티와 고기를 가득 담았다.

"바르토(아이모의 이름 바르톨로메오의 애칭-옮긴이), 토마토소스는 없었어?"

아이모가 대답했다.

"하나도 없던데."

보넬로는 창밖을 바라보며 말했다.

"우디네에 도착하면 샴페인을 마시게 될 거야."

그리고 그는 투명한 잔에 붉은색 바르베라를 가득 따랐다. 피아니가 말했다.

"우디네에 닿기 전에 마시는 것도 좋겠지."

아이모가 물었다.

"배불리 드셨습니까, 중위님?"

"많이 먹었어. 바르톨로메오, 술병 좀 줘봐."

"한 사람당 한 병씩 차로 가져갈 수 있게 챙겨두었습니다."

"잠은 좀 잔 건가?"

"전 잠이 별로 없어서요. 눈은 좀 붙였습니다."

보넬로가 신이 나서 말했다.

"내일은 국왕 침대에서 자게 될 거야."

그는 기운이 펄펄 나는 모양이었다.

피아니가 말했다.

"내일은 어쩌면 잠을……."

보넬로는 여전히 들뜬 목소리로 말했다.

"난 여왕하고 자야겠어."

그는 내가 그 농담을 어떻게 받아들이는지 눈치를 살폈다. 피아니가 졸린 목소리로 말했다.

"자네가 같이 잘 사람은……."

보넬로가 말을 가로챘다.

"반역죄입니다, 중위님. 반역죄 아닌가요?"

나는 조용히 말했다.

"입 다물어. 와인 몇 잔에 너무 불손해졌는걸."

밖에는 비가 억수같이 내리고 있었다. 나는 시계를 봤다. 아홉 시 삼십 분이었다. 나는 자리를 털고 일어섰다.

"이제 출발할 때가 됐어."

보넬로가 물었다.

"중위님은 누구 차로 가실 건가요?"

"아이모와 가겠네. 그다음엔 자네가 뒤따르고, 그다음은 피아니야. 콜몬스로 통하는 길에서 출발하기로 하지."

피아니는 자신 없어 하며 말했다.

"졸까 봐 걱정이네요."

"알았네. 내가 자네 차를 타고 가지. 그 뒤에 보넬로, 그다음 은 아이모로 하자고."

피아니는 금방 기분이 좋아져 말했다.

"그게 가장 좋겠습니다. 제가 너무 졸려서요."

"내가 운전할 테니 잠깐 눈 좀 붙여."

"아니요, 잠들면 깨워줄 사람이 있다는 걸 알고 있으니 운전 할 수 있습니다."

"내가 깨워주지. 바르토, 집에 불 좀 꺼줘."

보넬로가 말했다.

"그냥 놔두는 게 나을 겁니다."

"이곳은 이제 다시 쓸 일이 없어졌으니까요."

"내 방에 작은 자물쇠가 달린 짐 가방이 있네. 가져오는 것 좀 도와주겠나, 피아니?"

피아니가 앞장서며 말했다.

"저희가 가져오겠습니다. 알도, 가자고."

그는 보넬로와 함께 복도 저쪽으로 사라졌다. 두 사람이 위 층으로 올라가는 소리가 들렸다. 조용히 있던 바르톨로메오 아이모가 말했다.

"여긴 참 좋은 곳이었죠."

그는 와인 두 병과 치즈 반쪽을 배낭에 넣었다.

"이런 곳은 다시없을 겁니다. 어디로 후퇴하게 되는 겁니까, 중위님?"

"탈리아멘토 강 너머라고 하던데. 병원과 작전 구역은 포르데노네에 설치할 거고."

"포르데노네보다는 여기가 좋죠."

"난 포르데노네를 몰라서."

"저는 한 번 지나가 봤습니다."

아이모는 얼굴을 찡그리며 말했다.

"그리 좋은 곳은 못 됩니다."

28장

빠져나가면서 보니 마을은 비에 젖고 어둠에 싸인 채 텅 비어 있었다. 군부대와 대포만이 대열을 이뤄 큰 도로를 지나가고 있었다. 각기 다른 길에서 빠져나온 많은 트럭과 짐마차 몇 대도 큰 도로로 모여들었다. 피혁 공장을 지나 큰 도로로 빠져나오니 군부대와 군용 트럭, 짐마차, 대포 들이 하나의 커다란 대열을 이뤄 천천히 움직이고 있었다. 우리도 빗속에서 천천히, 하지만 쉬지 않고 나아갔다. 우리가 탄 차의 라디에이터가 앞서 가는 트럭의 뒤꽁무니에 닿을 지경이었다. 트럭에는 짐이 높이 쌓여 있었는데, 짐은 빗물에 젖은 캔버스 천으로 덮여 있었다. 그러다 트럭이 멈춰 서자 대열 전체가 멈췄다. 트럭이 다시 움직이기 시작하고 우리도 조금 앞으로 나아갔지만 그러다 또다시 멈춰 섰다. 나는 차에서 내렸다. 트럭과 짐마차 사이를 지나 비에 젖은 말들의 목 아래를 지나쳐 앞으로 나가봤다. 저 멀리 앞쪽에서부터 흐름이 정체되어 있었다. 나는 길에서 벗어나 도랑 위에 놓인 발판을 딛고 도랑을 건너 들판을 따라 걸어갔다. 들판을 가로질러 앞으로 나가보니 빗속에서 오도가도 못하고 있는 대열이 나무들 사이로 보였다. 나는 2킬로미터쯤을 더 가봤다. 대열은 여전히 꼼짝도 하지 않고 있었지만 정체된 차량들 너머 한편으로 군부대가 이동하고 있는 것이 보였다. 나는 구급차로 돌아왔다. 우디네까지 정체되어 있을지도 모르는 일이었다. 피아니는 운전대를 잡고 잠들어 있었다. 나도 옆자리에 올라타 같이 잠들어 버렸다. 여러 시간이 흐른 뒤 앞쪽 트럭에서 삐걱거리며 기어를 넣는 소리가 들렸다. 나는 피아니를 깨워 출발시켰다. 몇 미터 더 가다가 멈춰 서고, 그러다 또 가기를 반복했다. 비는 여전히 내리고 있었다.

  밤중에 대열은 또 꼼짝달싹 않더니 좀처럼 앞으로 나아갈 기미가 보이지 않았다. 나는 차에서 내려 뒤쪽의 아이모와 보넬로에게로 가봤다. 보넬로의 차에는 공병 하사 둘이 함께 타고 있었다. 내가 가까이 다가가자 하사들이 긴장하는 눈치였다. 보넬로가 말했다.

  "이들은 다리 쪽에 뭔가를 작업하라는 지시를 받고 남았답니다. 소속 부대를 찾아갈 수 없다고 해서 태웠습니다."

"중위님의 허락을 구합니다."

나는 별다른 말 없이 대답했다.

"허락하네."

보넬로가 하사들을 향해 말했다.

"중위님은 미국인이십니다. 누구든 태워주실 거예요."

하사들 가운데 한 명이 입가에 웃음을 띠었다. 또 다른 하사
는 보넬로에게 내가 북미나 남미계 이탈리아인이냐고 물었다.

"중위님은 이탈리아인이 아닙니다. 북미 분이세요."

하사들은 예의를 갖췄지만 그 말을 믿지 않는 눈치였다. 나
는 그들을 뒤로하고 뒤차의 아이모에게 갔다. 그는 아가씨 둘
을 함께 태운 채 구석에 기대어 담배를 피우고 있었다. 나는 큰
소리로 그를 불렀다.

"바르토, 바르토."

아이모가 웃으며 말했다.

"아가씨들에게 말 좀 붙여보세요, 중위님. 무슨 말을 하는지
전혀 모르겠어요. 이봐!"

아이모는 한 아가씨의 허벅지에 손을 올려 다정하게 꼭 쥐
었다. 아가씨는 숄을 바짝 끌어당겨 몸을 감싸더니 그의 손을
뿌리쳤다. 그가 말했다.

"이봐! 중위님에게 이름을 말씀드리고 여기서 뭘 하고 있었
는지도 말해봐."

아가씨는 나를 사납게 쏘아봤다. 또 한 아가씨는 계속 눈을 내리깔고 있었다. 나를 쏘아봤던 아가씨가 사투리로 뭐라고 이야기했는데, 한마디도 알아들을 수가 없었다. 그녀는 통통하고 까무잡잡했으며 열여섯 살쯤 되어 보였다.

"여동생?"

나는 물어보면서 또 한 아가씨를 가리켰다. 그녀는 고개를 끄덕였다.

"알았어."

나는 말하면서 그녀의 무릎을 토닥거려주었다. 내 손이 닿자 그녀의 몸이 굳어지는 것이 느껴졌다. 여동생 쪽은 한 번도 눈을 들지 않았다. 한 살 정도 어려 보였다. 아이모가 언니 쪽의 허벅지에 손을 올리자 그녀가 뿌리쳤다. 그러자 그는 껄껄 웃으며 자신을 가리킨 채 말했다.

"좋은 사람이야."

그러고는 나를 가리키며 말했다.

"좋은 사람이고. 걱정하지 마."

아가씨는 그를 사납게 노려봤다. 두 아가씨는 야생에서 사는 길들여지지 않은 새들 같았다. 아이모가 물었다.

"좋지도 않으면서 뭐하러 내 차를 타고 가는 걸까요? 내가 손짓을 하자마자 바로 차에 올라탔다고요."

그는 아가씨 쪽으로 몸을 돌리며 말했다.

"걱정하지 말라고. ……할 위험은 없어."

그는 상스러운 말을 써서 말했다.

"……할 곳도 없고."

나는 아가씨가 그 말을 알아들었다는 것을 알 수 있었지만 그뿐이었다. 아가씨는 잔뜩 겁에 질린 눈길로 아이모를 쳐다봤다. 그리고 숄을 꼭 끌어당겼다. 아이모가 계속 말했다.

"차에 자리도 없어. ……할 위험 없다니까. ……할 공간도 없고."

그가 한마디씩 할 때마다 아가씨의 표정은 조금씩 굳어졌다. 그러더니 뻣뻣하게 앉아 그를 쳐다보고 울기 시작했다. 그녀의 입술이 움찔거리더니 포동포동한 뺨 위로 눈물이 흘러내렸다. 여동생은 고개를 들지 않은 채로 언니 손을 잡고 그대로 함께 앉아 있었다. 아까 사납게 굴었던 언니 쪽이 흑흑 흐느껴 울기 시작했다. 아이모는 겸연쩍은 듯 말했다.

"제가 겁을 준 것 같네요. 겁주려는 건 아니었는데."

그는 자기 배낭을 꺼내 치즈를 두 조각 잘라냈다.

"자, 그만 울어."

언니는 고개를 흔들며 계속 울었지만 동생은 치즈를 받아들고 먹기 시작했다. 조금 뒤 동생이 언니에게 나머지 한 조각을 주었고 둘이 함께 치즈를 먹었다. 언니 쪽은 아직도 조금씩 흐느끼고 있었다. 아이모는 별일 아니라는 듯 어깨를 으쓱하며 말했다.

"조금 있으면 괜찮아질 겁니다."

그에게 무슨 생각이 떠오른 모양이었다. 그가 바로 옆에 앉은 아가씨에게 물어봤다.

"숫처녀?"

그녀는 머리를 힘차게 끄덕였다.

"쟤도 숫처녀?"

아이모가 여동생을 가리켰다. 둘 다 고개를 끄덕였고 언니가 사투리로 뭐라고 이야기했다. 그가 말했다.

"괜찮아. 괜찮아."

두 아가씨 모두 기분이 좀 나아 보였다.

나는 구석에 기대앉은 아이모와 함께 앉아 있는 아가씨들을 뒤로하고 다시 피아니의 차로 돌아갔다. 차량 대열은 꼼짝도 하지 않았지만 군부대들은 계속해서 그 옆을 지나갔다. 비는 여전히 세차게 쏟아지고 있었다. 대열의 움직임이 멈춘 것은 차들의 배선장치가 비에 젖었기 때문일지도 모른다는 생각이 들었다. 그보다는 말이나 사람이 잠들었기 때문일 가능성이 높았지만 모두가 깨어 있어도 도시의 교통은 마비될 수 있었다. 이곳은 말과 자동차가 한데 엉켜 있었는데, 이 둘은 서로별 도움이 되지 않았다. 농부들의 짐마차 또한 도움이 되지 않기는 마찬가지였다. 예쁘장한 두 아가씨가 아이모와 함께 있는 것도 그랬다. 후퇴 지역은 두 숫처녀가 있을 곳이 못 되었다. 진짜 숫처녀들일 텐데. 신앙심이 무척 강한가 보지. 전쟁만 아니라면 우리 모두는 아마 침대에 들어가 있지 않았을까. 나는 침대에 들어가 베개에 머리를 내려놓겠지. 지금쯤 캐서린은 침대에 누워 있겠지. 시트 두 장 사이에서. 하나는 위에 덮고 하나는 밑에 깔고. 그녀가 어느 쪽으로 누워 잤더라? 어쩌면 잠들어 있지 않을지도 모르지. 어쩌면 누워서 내 생각을 하고 있을지도 몰라. 불어라, 불어라, 서풍아. 그래, 바람이 불긴 했지만 이슬비 정도가 아니라 억수같은 비가 쏟아졌지. 밤새 비가 내렸다. 비가 내리고 또 내렸다. 자, 보라고. 젠장, 사랑하는 사람이 내 팔에 안겨 있다면, 다시 내 침대에 함께 있는 거라면 얼마나 좋을까. 나의 사랑 캐서린. 귀여운 내 사랑 캐서린이 비가 되어 내린다면. 그녀를 바람에 실어 다시 내게로 보내다오. 그래, 우리는 바람 안에 함께 있는 거야. 모두 바람 속에 갇혀 있는데, 조금씩 내리는 비로는 바람을 잠재울 수 없겠지. 나는 큰 소리로 말했다.

"잘 자, 캐서린. 당신이 푹 잤으면 좋겠어. 불편하면 돌아누워. 내가 찬물을 가져다줄게. 조금 있으면 아침이 될 테고, 그러면 좀 나아질 거야. 배 속의 고 녀석이 당신을 그렇게 불편하게 하니 마음이 아파. 잠을 좀 청해봐, 사랑하는 캐서린."

그녀가 말했다. 계속 주무시던데요. 자면서 잠꼬대도 했어요. 괜찮으세요?

당신 정말 거기 있는 거야?

그럼요, 여기 있어요. 아무 데도 안 가요. 우리 사이에 달라지는 건 아무것도 없어요.

당신은 너무 예쁘고 사랑스러워. 밤중에 가버리거나 하지 않을 거지, 그렇지?

그럼요, 어디 안 가요. 난 항상 여기 있어요. 당신이 원하면 언제든지 오는걸요.

피아니가 갑자기 말을 걸었다.

"……다시 움직이기 시작했습니다."

"깜빡 졸았네."

나는 시계를 봤다. 새벽 세 시였다. 나는 좌석 뒤로 손을 뻗어 바르베라 병을 꺼냈다. 피아니가 웃으며 말했다.

"큰 소리로 잠꼬대를 하시던데요."

"영어로 꿈을 꾸고 있었어."

빗방울이 점점 약해졌다. 우리는 대열을 따라 나아가고 있었다. 날이 밝아오기 전에 또 한 번 정체가 있었고, 날이 밝자 우리는 조금 솟아오른 지대에 와 있었다. 저 멀리까지 뻗어 있는 퇴로가 보였다. 모든 것이 멈춰 있고 보병대만 사이사이로 빠져나가고 있었다. 대열이 다시 움직이기 시작했다. 하지만 낮 동안의 전진 속도로 봐서 우디네에 가고 싶다면 무슨 수를 써서든 도로를 벗어나 시골 벌판을 가로질러야 할 것 같았다.

밤사이 농부들이 시골길로 이동하다가 대열에 합류해 살림살이를 실은 짐마차들이 눈에 띄었다. 침대 매트리스 사이로 거울이 삐죽 튀어나와 있기도 하고, 닭과 오리가 짐마차에 묶인 채 가기도 했다. 빗속에서 보니 우리 앞의 짐마차에는 재봉틀이 있었다. 가장 값나가는 물건들을 챙겨온 것이리라. 여자들이 짐마차 위에서 비를 맞지 않으려고 웅크리고 앉아 있기도 했다. 다른 사람들도 짐마차 옆에 되도록 가까이 붙어 걸었다. 이제 대열에는 개들도 합류해 굴러가는 마차 아래에 들어가 따라가고 있었다. 길은 진흙투성이였고 길가 도랑에는 물이 차올라 있었다. 길가에 늘어선 나무들 너머로 펼쳐진 들판은 물이 너무 흥건하고 질척거려 건너갈 엄두가 나지 않았다. 나는 차에서 내려 길을 개척해보려고 했다. 들판을 가로질러 갈 수 있는 샛길이 있는지 앞쪽을 둘러볼 만한 장소를 찾아봤다. 샛길이 많다는 것은 알고 있었지만 엉뚱한 곳으로 통하는 길은 아무 소용이 없었다. 큰 도로에서 늘 차를 타고 지나다니다 봤는데, 길이 다 비슷비슷해서 기억이 잘 나지 않았다. 하지만 이제 여기를 빠져나가고 싶으면 샛길을 찾아야 했다. 오스트리아군이 어디쯤 있는지, 상황이 어떻게 돌아가고 있는지 아는 사람은 아무도 없었다. 그렇지만 비가 그치고 비행기가 날아와 이 대열을 공격한다면 모든 것이 끝장이라는 사실만큼은 확실히 알 수 있었다. 공격이 시작되면 몇 명만 트럭을 버리고 달아나도, 말이 몇 마리만 죽어도 도로는 완전히 마비될 게 뻔했다.

이제 빗발이 그렇게 거세지 않아서 날이 갤지도 모르겠다는 생각이 들었다. 길가를 따라 앞으로 나아가다 보니 양쪽에 나무 울타리가 쳐진 두 들판 사이에 북쪽으로 뻗은 자그마한 길이 보였다. 저 길로 가는 게 좋겠다는 생각이 들어 나는 서둘러 차 있는 곳으로 돌아왔다. 나는 피아니에게 옆길로 빠지라고 말해두고는 보넬로와 아이모에게 말해주러 뒤쪽으로 갔다. 나는 옆길을 가리키며 말했다.

"길이 엉뚱한 데로 이어지면 다시 돌아와서 대열에 끼어들면 돼."

보넬로가 물었다.

"이분들은 어쩌죠?"

하사 둘이 그의 옆자리에 앉아 있었다. 그들은 면도하지 않았지만 그래도 어스름한 이른 아침에 보니 군인 같아 보였다. 내가 대답했다.

"차를 밀 때 도움이 되겠지."

나는 뒤쪽의 아이모에게로 가서 들판을 가로질러 갈 거라고 이야기해주었다. 아이모가 아가씨들 있는 쪽을 턱으로 가리키며 물었다.

"숫처녀 자매는 어쩌죠?"

두 아가씨는 잠들어 있었다.

"아가씨들은 별로 도움이 안 될 텐데. 차를 밀어줄 수 있을 만한 사람을 태워야 해."

"차 뒤쪽으로 보내면 되죠. 공간이 좀 있으니까요."

"좋아, 그러고 싶다면 그렇게 하게. 차를 밀 수 있게 등판이 떡 벌어진 사람을 골라 태워."

아이모가 싱긋 웃었다.

"저격병 말인가요. 저격병들이 등판 하나는 넓죠. 재보고 뽑으니까요. 컨디션은 좀 어떠십니까, 중위님?"

"좋아, 자넨 어떤가?"

"좋습니다. 그런데 엄청나게 배가 고파요."

"저 길로 올라가면 뭐가 있을 거야. 들러서 요기를 하자고."

"다리는 어떠십니까, 중위님?"

내가 대답했다.

"괜찮아."

구급차 발판에 서서 앞쪽을 보니 작은 샛길로 빠져나간 피아니의 차가 앙상한 나뭇가지로 쳐놓은 울타리 사이로 보였다. 보넬로가 큰 도로를 빠져나가 피아니의 뒤에 따라붙었다. 피아니가 길을 내며 앞으로 나갔고, 나와 아이모는 울타리 사이 좁은 길을 따라 두 대의 구급차 뒤를 쫓아갔다. 길은 농가로 이어져 있었다. 피아니와 보넬로가 농가 안마당에 차를 세우는 것이 보였다. 낮고 기다란 모양의 집이었는데, 문 위에는 포도나무 덩굴시렁이 있었다. 마당에는 우물이 있었다. 피아니가 라디에이터에 채워놓을 요량으로 물을 길어 올리고 있었다. 저속 기어 상태로 너무 오래 있다 보니 과열로 냉각수가 증발해버렸던 것이다. 농가는 주인이 떠난 빈집이었다. 나는 도로 쪽을 뒤돌아봤다. 농가가 조금 높은 곳에 있어 들판을 멀리까지 내다볼 수 있었다. 길이 보였고, 울타리와 들판 그리고 나무들이 늘어선 큰 도로가 보였다. 도로에는 퇴각 행렬이 이어지고 있었다. 하사 둘은 집 안을 살펴보고 있었다. 아가씨들은 잠에서 깨어 안마당을 보고 있었다. 우물이 있고, 커다란 구급차 두 대가 농가 앞에 있고, 운전병 셋이 우물 앞에 있었다. 하사들 가운데 한 명이 괘종시계를 들고 농가에서 나왔다. 나는 단호한 어조로 말했다.

"도로 갖다 놓게."

하사는 나를 한번 쳐다보곤 집 안으로 들어갔다가 빈손으로 다시 나왔다. 내가 물었다.

"자네 동료는 어디 있나?"

"화장실에 갔습니다."

그는 구급차 좌석에 올라탔다. 우리가 떼어놓고 갈까 봐 걱정스러운 눈치였다. 보넬로가 다가와 물었다.

"아침 식사는 어떻게 하죠, 중위님? 뭔가 먹을 수는 있을 것 같습니다. 먹는 데 그리 오래 걸리지는 않을 겁니다."

"이 길을 따라 내려가면 어디든 나올 것 같은가?"

"물론이지요."

"알았어. 그럼 먹고 가지."

피아니와 보넬로가 집 안으로 들어갔다. 아이모가 아가씨들에게 말했다.

"이리 와."

그러고는 손을 뻗어 차에서 내리는 것을 도와주려고 했다. 언니 쪽이 고개를 흔들었다. 아가씨들은 사람 없는 집에는 들어가려고 하지 않았다. 그들은 우리를 쳐다보기만 하고 있었다. 아이모가 혀를 차며 말했다.

"그 아가씨들 참 까다롭네."

우리는 함께 농가 안으로 들어갔다. 널찍하고 어두컴컴했으며 버려진 집이라는 느낌이 확 들었다. 보넬로와 피아니는 부엌에 있었다. 피아니가 나를 보더니 말했다.

"먹을 게 별로 없네요. 싹 쓸어가 버렸어요."

보넬로는 육중한 식탁에서 커다란 흰 치즈 덩어리를 썰고 있었다.

"치즈는 어디서 났나?"

"지하실에 있었어요. 피아니가 와인도 찾아냈습니다. 사과

348

도 있고요."

"훌륭한 아침 식사가 되겠군."

피아니가 고리버들에 싸인 커다란 와인 항아리에서 코르크 마개를 따고 있었다. 그는 병을 기울여 구리 냄비에 와인을 가득 부었다. 그는 바쁘게 움직이며 말했다.

"냄새가 괜찮은데. 컵 좀 찾아봐, 바르토."

두 하사가 들어왔다. 보넬로가 말했다.

"치즈 좀 드시죠, 하사님들."

"가야 할 텐데."

하사 한 명이 치즈를 입에 물고 와인을 마시면서 말했다.

"갈 겁니다. 걱정하지 마요."

내가 말했다.

"군대도 속이 든든해야 움직이는 법이야."

하사 한 명이 되물었다.

"예?"

"먹어두는 게 좋을 거라고."

"예, 하지만 한시가 급하니까요."

피아니가 이를 악문 채 낮게 말했다.

"저 새끼들은 벌써 배를 채웠나 봐요."

하사들이 그를 쳐다봤다. 하사들은 우리를 싫어했다. 하사한 명이 내게 물었다.

"길을 아십니까?"

"모르네."

두 사람은 서로 마주 봤다. 아까 질문했던 하사가 말했다.

"빨리 출발하는 게 좋겠습니다."

"출발한다니까."

나는 와인을 한 컵 더 마셨다. 치즈와 사과를 먹고 난 다음이라 술맛이 아주 좋았다.

"치즈를 가져가자고."

나는 이렇게 말하고 나서 밖으로 나갔다. 보넬로가 커다란 와인 항아리를 들고 따라 나왔다. 나는 어이 없어 하며 말했다.

"그건 너무 커."

보넬로가 아쉬운 듯이 항아리를 바라보고 말했다.

"그런 것 같네요. 수통을 주십시오. 담아가겠습니다."

보넬로는 수통들을 가져다가 와인을 담았는데, 조금 흘리는 바람에 돌을 깐 안마당으로 흘러내렸다. 그리고 나서 와인 항아리를 들어 문 안쪽으로 밀어 넣고 왔다. 그는 웃으며 말했다.

"오스트리아군이 문을 부수지 않고도 금방 찾아낼 수 있을 거예요."

나는 차 쪽으로 몸을 돌리며 말했다.

"출발하자고. 피아니와 내가 앞장서지."

공병 하사 두 사람은 이미 보넬로 옆자리에 앉아 있었다. 아가씨들은 치즈와 사과를 먹고 있었고, 아이모는 담배를 피우고 있었다. 우리는 좁은 길을 따라 내려가기 시작했다. 돌아보니 따라오는 차 두 대와 농가가 보였다. 깔끔하고 야트막한 그 집은 돌로 지어 튼튼했고 우물가의 철제 장치도 아주 훌륭했다. 우리 앞에 펼쳐진 길은 좁은 진창길이었고 양쪽으로 높은 울타리가 있었다. 뒤에는 구급차들이 바짝 붙어 따라오고 있었다.

29장

정오쯤 우리는 진창길에 바퀴가 끼어 옴짝달싹하지 못했다. 우디네에서 10킬로미터가량 떨어진 지점인 듯했다. 비는 오전에 이미 그쳤다. 그동안 비행기가 지나가는 소리를 세 번이나 들었다. 우리는 머리 위를 지나간 비행기가 왼쪽으로 멀어져 가더니 큰 도로에 폭격을 퍼붓는 광경을 봤다. 우리는 그물처럼 얽힌 샛길들 때문에 고전을 겪기도 했다. 막다른 길로 여러 번 들어가는 바람에 차를 돌려 빠져나와 다른 길을 찾아야 했지만 어찌 됐건 우디네를 향해 점점 나아가고 있었다. 그런데 아이모의 차가 막다른 길에서 돌아 나오려다 길가의 무른 땅에 빠져버렸다. 바퀴가 헛돌면서 차는 점점 더 깊이 빠지더니 마침내 차동장치가 땅에 닿고 말았다. 이렇게 되었으니 바퀴 앞쪽을 파내고 나뭇가지를 집어넣어 미끄럼 방지 체인을 건 다음 차를 밀어 길 위로 올릴 수밖에 없었다. 우리는 모두 길에 내려 차 주변에 모였다. 두 하사가 차를 살펴보더니 바퀴를 점검했다. 그런 다음 두 사람은 아무 말 없이 길을 따라 내려가기 시작했다. 나는 두 사람을 쫓아가 말했다.

"이봐, 나뭇가지를 좀 꺾어오게."

하사 한 명이 말했다.

"우린 가야겠습니다."

"어서 가서 나뭇가지를 꺾어오라고."

"우린 가야겠습니다."

하사 한 명이 다시 말했고 다른 하사는 말이 없었다. 두 하사는 급히 떠나려고 했다. 내 쪽을 보려고도 하지 않았다. 나는 강한 어조로 말했다.

"명령이네. 차로 돌아와서 나뭇가지를 꺾어와."

하사 한 명이 돌아섰다.

"우린 계속 가야 합니다. 조금 있으면 고립되고 말 겁니다. 중위님은 우리에게 명령을 내릴 권한이 없습니다. 직속상관이 아니시잖아요."

"명령한다. 나뭇가지를 꺾어와."

하지만 그들은 돌아서서 길을 따라 내려가기 시작했다. 나는 다시 큰 소리로 명령했다.

"정지."

내 명령에 아랑곳하지 않고 그들은 양쪽으로 관목 울타리가 있는 진창길을 내려갔다. 내가 소리쳤다.

"명령이다! 서라!"

오히려 그들의 걸음은 더욱 빨라졌다. 나는 권총집에서 권총을 꺼내 말이 많았던 하사를 조준하고 쐈다. 총알은 빗나갔고 둘 다 달리기 시작했다. 나는 세 발을 쐈고 하사 한 명이 쓰러졌다. 다른 한 명은 울타리를 뚫고 나가 시야에서 사라졌다. 그가 들판을 가로질러 달아나기에 울타리 사이로 총을 쐈다. 총알이 떨어져 철컥 소리가 났다. 나는 새 총알을 넣었다. 도망가는 하사를 쏘기에는 거리가 너무 멀어졌다. 그는 몸을 낮게 숙인 채로 저 멀리 들판을 가로질러 달리고 있었다. 나는 빈 탄창을 다시 채우기 시작했다. 보넬로가 다가오더니 말했다.

"제가 가서 끝장을 내겠습니다."

나는 보넬로에게 권총을 건네주었다. 그는 길 한복판으로 걸어갔다. 공병 하사가 얼굴을 길바닥에 대고 쓰러져 있었다. 그는 몸을 숙여 하사 머리에 권총을 대고 방아쇠를 당겼다. 불발이었다. 내가 말했다.

"공이치기를 당겨야 해."

보넬로는 공이치기를 당겨 두 발을 쐈다. 그러고는 하사의 시체 양쪽 다리를 잡고 길가로 끌어내어 울타리 옆에 뉘였다.

그는 돌아와서 내게 권총을 건네며 혼자 중얼거렸다.

"개새끼 같으니라고."

그는 하사 쪽을 쳐다봤다.

"제가 저놈 쏘는 거 보셨죠, 중위님?"

"얼른 나뭇가지를 구해야 해. 그런데 다른 한 놈은 내 총에 맞았을까?"

아이모가 말했다.

"아닐 겁니다. 권총으로 쏘기에는 거리가 너무 멀었어요."

피아니가 이를 악문 채 말했다.

"쓰레기 같은 놈."

우리는 다 같이 크고 작은 가지들을 꺾었다. 차 안에 있던 짐도 모두 끄집어냈다. 보넬로는 바퀴 앞쪽 땅을 파내고 있었다. 준비가 끝나자 아이모가 차에 시동을 걸고 기어를 넣었다. 바퀴가 회전하면서 나뭇가지들과 진흙을 튀겨냈다. 보넬로와 나는 관절에 우두둑 소리가 날 정도로 차를 힘껏 밀었다. 차는 꿈쩍도 하지 않았다. 나는 차 소리에 묻히지 않게 큰 소리로 말했다.

"바르토, 차를 앞뒤로 움직여봐."

그는 차를 후진시켰다가 다시 전진했다. 바퀴는 땅속으로 더 깊이 파고들 뿐이었다. 그러다 차동기어가 다시 땅에 닿았고 바퀴는 파놓은 구덩이 안에서 헛돌았다. 나는 몸을 일으키고 말했다.

"밧줄로 끌어보자고."

"소용없을 것 같아요, 중위님. 똑바로 끌 수가 없잖아요."

"해보긴 해야지. 다른 방법으로는 나오지 않잖아."

피아니와 보넬로의 차는 도로가 비좁아 앞쪽으로만 움직일 수 있었다. 우리는 두 대 다 밧줄을 묶어 끌어봤다. 바퀴는 아까의 바퀴 자국 방향과 달리 비스듬히 끌릴 뿐이었다. 나는 가망이 없다는 결론을 내리고 외쳤다.

"소용없어. 그만하자고."

피아니와 보넬로가 차에서 내려 다가왔다. 아이모도 내렸다. 아가씨들은 100미터 정도 길을 올라가 돌담 위에 앉아 있었다. 보넬로가 물었다.

"어떻게 할까요, 중위님?"

"땅을 파서 나뭇가지로 다시 한 번 시도해볼 수밖에."

나는 길을 내려다봤다. 내 잘못이었다. 내가 이들을 여기까지 끌고 온 것이었다. 해는 구름 뒤에서 거의 다 빠져나왔다. 울타리 옆에는 하사의 시체가 쓰러져 있었다.

"시체 겉옷과 망토를 차 밑에 깔아보지."

내 말에 보넬로가 겉옷과 망토를 벗겨왔다. 나는 나뭇가지를 꺾고, 아이모와 피아니가 바퀴 앞과 바퀴들 사이의 땅을 팠다. 나는 망토를 찢어 둘로 나눈 다음 진창 속 바퀴 밑에 깔고 바퀴 면이 걸리도록 나뭇가지를 쌓았다. 준비를 끝내자 아이모가 좌석에 올라 시동을 걸었다. 바퀴가 헛돌았다. 우리는 밀고 또 밀었지만 아무 소용이 없었다. 내가 말했다.

"이런 ……같으니라고. 차 안에 뭐 가져가고 싶은 거 있나, 바르토?"

아이모는 보넬로와 함께 차에 올라가 치즈와 와인 두 병, 망토를 꺼내왔다. 보넬로는 운전석에 앉아 하사의 겉옷 주머니를 뒤지고 있었다. 나는 그를 향해 말했다.

"옷은 버리는 게 좋을 거야. 그런데 저 아가씨들은 어쩌지?"

피아니가 대답했다.

"뒤쪽에 타면 됩니다. 멀리 갈 것 같지는 않으니까요."

나는 구급차의 뒷문을 열고 말했다.

"이봐, 안에 타."

두 아가씨는 올라타더니 구석에 자리를 잡았다. 아가씨들은 충격이 있었던 것을 전혀 눈치 채지 못한 듯했다. 나는 길 저편을 돌아봤다. 하사는 지저분한 긴소매 속옷 차림으로 쓰러져 있었다. 나는 피아니의 차에 올라타고 차를 출발시켰다. 우리는 들판을 가로질러 가볼 계획이었다. 길이 들판 쪽으로 접어들자 나는 차에서 내려 앞쪽으로 가봤다. 들판을 가로질러 가면 반대편에 길이 하나 있었다. 하지만 차로 가기에는 땅이 너무 무르고 진창이어서 가로질러 갈 수가 없었다. 결국 바퀴가 중심축까지 땅을 파고 들어가 완전히 오도 가도 못하게 되자 우리는 차를 들판에 버려두고 우디네를 향해 걷기 시작했다.

큰 도로 쪽으로 이어진 길에 이르자 나는 두 아가씨에게 그 길을 가리키며 말했다.

"저리로 내려가. 사람들을 만나게 될 거야."

아가씨들이 나를 쳐다봤다. 나는 지갑을 꺼내 각각 10리라 지폐를 한 장씩 주었다. 그리고 길을 가리키며 다시 말했다.

"저리로 가 봐. 친구들이 있을 거야! 가족도!"

아가씨들은 알아듣지 못했지만 손에 돈을 꼭 쥐고 길을 내려가기 시작했다. 내가 돈을 도로 달라고 할까 봐 걱정이라도 되는 듯 뒤를 힐끔 돌아봤다. 나는 길을 내려가는 아가씨들을 지켜봤다. 그들은 숄로 몸을 꼭 감싸고 걱정스러운 듯이 우리 쪽을 돌아보면서 걸어갔다. 운전병 셋은 껄껄 웃고 있었다. 보넬로가 물었다.

"제가 저쪽으로 가면 얼마 주실 겁니까, 중위님?"

"아가씨들은 둘만 있는 것보다 사람들 무리 속에 있는 게 훨씬 나아. 사람들을 따라잡을 수만 있다면 말이지."

"2백 리라만 주시면 전 오스트리아 쪽으로 곧장 돌아가겠습니다."

피아니가 시큰둥한 목소리로 한마디 했다.

"놈들이 돈을 빼앗을걸."

아이모가 말했다.

"어쩌면 그새 전쟁이 끝날지도 모르잖아."

우리는 되도록 빨리 길을 올라가고 있었다. 해가 구름을 완전히 빠져나오려 하고 있었다. 길가에는 뽕나무들이 있었다. 나무들 사이로 우리의 커다란 짐차 두 대가 들판 한가운데 처박혀 있는 모습이 보였다. 피아니도 뒤를 돌아보더니 말했다.

"차들을 꺼내려면 길을 하나 새로 내야 할 겁니다."

보넬로가 지친 목소리로 말했다.

"자전거가 있으면 좋을 텐데."

아이모가 물었다.

"미국에서도 자전거를 타고 다니나요?"

"예전에는 많이들 탔지."

"여기서는 대단한 건데 말이죠. 자전거면 아주 훌륭하죠."

보넬로가 다시 한 번 말했다.

"자전거가 있었으면. 난 잘 못 걷는다고."

내가 물었다.

"저건 총소리인가?"

멀리서 총 쏘는 소리가 들린 것 같았다. 아이모가 한껏 목소리를 낮추며 대답했다.

"모르겠습니다."

그는 눈을 부릅뜨고 귀를 기울였다.

"총소리 같아."

내 말에 긴장한 표정으로 피아니가 말했다.

"우리가 가장 처음 마주치게 되는 건 기병대일 거야."

"적군에 기병대는 없을 텐데."

보넬로가 대답했다.

"하느님, 제발 없기를. 기병대 놈의 창에 찔리기는 정말 싫다고요."

피아니가 내 쪽을 향해 물었다.

"중위님, 그 하사 놈은 확실히 쏘신 거죠?"

우리의 걸음은 빨라지고 있었다. 보넬로가 말했다.

"내가 그놈 숨통을 끊었지. 이 전쟁에서 이제껏 단 한 명도 죽여본 적이 없는데, 내 평생 하사 하나만큼은 죽이는 게 소원이었다고."

피아니가 고개를 가로저으며 말했다.

"꼼짝 않는 놈을 잘도 죽이더군. 발이 안 보이도록 뛰어 달아나는 것도 아니었을 때 죽였지."

"아무렴 어때. 어쨌든 딱 하나는 내내 잊지 못할 거야. 내가 ......같은 하사놈을 죽였다고."

아이모가 물었다.

"고해성사 때 뭐라고 말할 거야?"

"그야 '축복해주십시오, 신부님. 제가 하사를 죽였습니다'라고 하겠지."

모두 웃음을 터뜨렸다.

피아니가 보넬로를 가리키며 말했다.

"이 자식은 무정부주의자예요. 교회도 다니지 않고요."

보넬로 또한 지지 않고 응수했다.

"피아니도 무정부주의자긴 마찬가집니다."

내가 물었다.

"자네들 정말 무정부주의자인가?"

"아니요, 중위님. 우린 사회주의자입니다. 이몰라(이탈리아 북부 지역에 있는 도시로 협동조합 경제가 발달했음-옮긴이) 출신이 거든요."

"그곳에 가보셨습니까?"

"아니."

"정말이지 아름다운 곳이에요, 중위님. 전쟁이 끝나고 오시 면 저희가 근사한 걸 보여드릴게요."

"자네들은 전부 사회주의자인가?"

"그렇습니다."

"아름다운 마을이라고?"

"멋지죠. 그런 마을은 본 적이 없으실걸요."

"어떻게 해서 사회주의자가 되었나?"

"우린 다 사회주의자예요. 한 명 한 명이 다 사회주의자죠. 처음부터 계속 사회주의자였어요."

"와보세요, 중위님. 중위님도 사회주의자로 만들어드릴 테니까요."

길이 왼쪽으로 꺾이면서 야트막한 산이 나오고 돌담 너머로 사과 과수원이 보였다. 오르막길로 들어서면서 대화가 끊어졌다. 우리는 일분일초를 다투며 모두 걸음을 빠르게 옮겼다.

30장

   얼마 뒤 우리는 강 쪽으로 통하는 길을 걷고 있었다. 다리 쪽
으로 이어지는 그 길에는 버려진 트럭과 짐마차가 장사진을
이뤘다. 사람은 한 명도 눈에 띄지 않았다. 강물은 수위가 높았
고 다리는 중간 부분이 폭격에 날아가 돌다리의 아치 부분이
물속에 떨어져 있었다. 그 위로 황토색 강물이 흐르고 있었다.
우리는 강기슭으로 올라가 강을 건널 만한 적당한 곳을 찾아
봤다. 나는 상류 쪽으로 가면 철교가 있으니 그리로 건너갈 수
있지 않을까 하는 생각이 들었다. 가는 길은 물구덩이로 땅이
질퍽질퍽했다. 군부대는 보이지 않았다. 버려진 트럭과 상점
들밖에 없었다. 사람이고 뭐고 하나도 없고 있는 거라곤 비에
젖은 덤불과 진창뿐이었다. 강기슭을 따라 상류 쪽으로 올라

가자 마침내 철교가 보였다. 아이모가 감격스러운 듯 말했다.

"이렇게 아름다운 철교가 있다니."

평소에는 말라서 강바닥이 드러난 강 위를 가로지르는 길쭉하고 평범한 철제 다리였다. 나는 몸을 돌린 채 말했다.

"서두르는 게 좋겠어. 그래야 놈들이 다리를 날려버리기 전에 건너지."

피아니가 말했다.

"다리를 날려버리려 해도 사람이 있어야죠. 다 떠났어요."

보넬로는 겁먹은 표정으로 말했다.

"지뢰를 묻어놨을 겁니다. 먼저 건너세요, 중위님."

그러자 아이모가 한마디 내뱉었다.

"무정부주의자가 말하는 것 좀 보라지. 저 녀석 먼저 건너가라고 하세요."

나는 서둘러 말했다.

"내가 먼저 가지. 사람 하나 건넌다고 터지는 지뢰를 묻어놓지는 않았을 거야."

피아니가 고개를 끄덕이며 말했다.

"봤지. 저게 두뇌라는 거야. 자네한테는 왜 그게 없을까, 무정부주의자 양반?"

보넬로는 심드렁한 표정으로 말했다.

"그런 게 있었으면 이 자리에 있지도 않았겠지."

아이모가 다가와 말했다.

"제법인데요, 중위님."

"그래, 제법이군."

우리는 이제 다리 가까이에 와 있었다. 하늘은 다시 구름이 끼어 비가 조금씩 내리고 있었다. 철교는 길고 튼튼해 보였다. 우리는 제방으로 올라갔다.

"한 번에 한 명씩 건너도록 하지."

이렇게 당부한 다음 나는 철교를 건너기 시작했다. 선로와 그 아래 침목을 유심히 살펴보면서 지뢰선이나 폭발물의 흔적을 찾아봤지만 아무것도 눈에 띄지 않았다. 침목들 틈으로 아래쪽을 내려다보니 흙탕물이 빠르게 흐르고 있었다. 비에 젖은 들판 너머로 비 내리는 우디네가 보였다. 나는 철교를 건넌 다음 뒤를 돌아다봤다. 강 상류 쪽으로 바로 다리가 또 하나 있었다. 유심히 보니 누르스름한 황토색 자동차가 다리를 지나고 있었다. 다리 난간이 높아 다리 위로 진입하면 차체가 보이지 않을 정도였다. 하지만 그전에 운전병과 그 옆 좌석 남자, 뒷좌석에 앉은 두 남자의 머리가 눈에 띄었다. 모두 독일군 철모를 쓰고 있었다. 다리를 건넌 자동차는 도로 위에 버려진 차량과 나무들 뒤로 사라져 보이지 않았다. 나는 철교를 건너고 있는 아이모와 나머지 운전병들에게 어서 건너오라고 손짓했다. 그러고는 철교를 기어 내려가 철로 둑 옆에 웅크리고 있었다. 아이모가 먼저 내려왔다. 나는 그를 보자마자 물었다.

"차 봤나?"

"아니요, 저흰 중위님만 보고 있었습니다."

"독일군 간부용 차량이 저 위쪽 다리를 건너갔어."

"간부용 차량이오?"

"그래."

"하느님 맙소사."

다른 운전병들도 내려와 다 함께 제방 뒤 진창에 웅크리고 앉았다. 그러고는 철교 선로와 줄지어 선 나무와 도랑, 길 쪽을 살폈다.

"그럼 우린 고립된 건가요, 중위님?"

"글쎄, 내가 아는 건 독일군 간부용 차량이 저 길로 갔다는 것뿐이야."

"중위님, 분위기가 이상하지 않으세요? 머릿속에 이상한 감이 떠오르지 않으세요?"

"실없는 소리 하지 마, 보넬로."

이때 피아니가 물었다.

"술 한잔하는 건 어떨까요? 정말 고립된 거라면 한잔하는 편이 낫잖아요."

그는 수통을 끌러 마개를 땄다.

"보세요! 저기요!"

아이모가 길 쪽을 가리켰다. 돌다리 난간 위를 따라 독일군 철모들이 움직이는 모습이 보였다. 그들은 몸을 앞으로 구부리고 유령처럼 스르륵 움직이고 있었다. 그들이 다리를 다 건너오자 전체적인 모습이 보였다. 그들은 자전거 부대였다. 선두에 선 두 사람의 얼굴이 보였다. 혈색이 좋고 건강해 보였다. 철모는 이마와 옆얼굴을 가릴 정도로 내려와 있었다. 카빈총은 자전거 몸체에 고정되어 있었고, 수류탄은 손잡이 쪽을 아래로 해 허리띠에 매달려 있었다. 그들의 철모와 회색 군복은 비에 젖어 있었다. 그들은 앞쪽과 양옆을 살피면서 힘들이지 않고 자전거를 몰았다. 두 명이 앞장서고 그 뒤로 넷이 나란히 달리고 있었다. 그 뒤엔 둘이, 또 그 뒤엔 열두 명 정도가 달렸다. 그 뒤로 열두 명이, 맨 마지막으로 한 명이 홀로 달렸다. 서로 이야기를 나누는 것 같지는 않았다. 강물 흐르는 소리 때문에 우리 귀에 들리지는 않았겠지만 말이다. 그들 모두가 도로 위쪽으로 올라가 보이지 않게 되었다. 아이모가 긴 한숨을 내뱉으며 말했다.

"하느님 맙소사."

피아니가 말했다.

"독일군이었어요. 오스트리아군이 아니었다고요."

나는 상기된 채 말했다.

"왜 아무도 저놈들을 막지 않는 거지? 저 다리는 왜 폭파해버리지 않은 거야? 이 제방을 따라 기관총이라도 배치해놔야 하는 거 아니냐고?"

보넬로가 맞장구를 쳤다.

"그러게 말입니다, 중위님."

나는 몹시 화가 났다.

"젠장, 죄다 말도 안 돼. 저 아래 작은 다리는 폭파해놓고 여기 큰 도로가 있는 다리는 곱게 놔두다니. 다들 어디 있는 거야? 막아내려는 시도라도 해야 하는 거 아니냐고?"

"그러게요, 중위님."

나는 입을 다물었다. 사실 내 알 바가 아니었다. 내 임무는 구급차 석 대를 이끌고 포르데노네에 도착하는 것뿐이었다. 그 임무는 실패했다. 지금 내가 해야 할 일은 포르데노네에 가는 것뿐이다. 그런데 우디네까지라도 갈 수 있을지 자신이 없었다. 젠장, 못 갈 것 같았다. 이제 침착하게 행동해 총에 맞거나 사로잡히지 않는 수밖에 없었다. 나는 피아니를 향해 물었다.

"아까 수통 열지 않았나?"

그가 수통을 건네주었다. 나는 안에 든 와인을 길게 한 모금 마신 뒤 말했다.

"출발하는 게 좋겠어. 하지만 서두를 필요는 없을 거야. 뭐 좀 먹겠나?"

보넬로가 대답했다.

"여기는 오래 있을 곳이 못 됩니다."

"알았어. 그럼 출발하지."

"계속 이쪽으로 가야 할까요? 눈에 안 띄게요."

"위로 올라가는 게 낫겠어. 적군도 이 다리로 올지 모르니까 말이야. 우리가 미처 알아채기도 전에 놈들이 우리 머리 위로 나타나면 안 되잖아."

우리는 철로를 따라 걸었다. 우리 양옆으로 비에 젖은 들판이 펼쳐져 있었다. 들판을 가로질러 앞쪽에 우디네의 야산이 있었다. 야산 위의 성은 지붕들이 떨어져 나가고 없었다. 종탑과 시계탑이 보였다. 들판에는 뽕나무가 많았다. 앞쪽에 선로가 파괴된 곳이 보였다. 침목도 파헤쳐져 제방에 떨어져 있었다. 갑자기 아이모가 소리쳤다.

"내려가! 내려가!"

우리는 제방 옆으로 뛰어내렸다. 또 한 무리의 자전거 부대가 지나가고 있었다. 제방 너머로 올려다보니 그들이 지나가는 모습이 보였다. 아이모가 고개를 갸우뚱하며 말했다.

"우릴 봤는데도 그냥 가네요."

보넬로는 겁에 질려 말했다.

"위쪽으로 가다간 죽겠어요, 중위님."

"놈들은 우릴 노리지 않아. 뭔가 다른 걸 쫓고 있어. 놈들이 갑자기 우리 앞에 나타나면 더 위험해."

"저는 눈에 띄지 않게 이리로 가겠습니다."

"그렇게 해. 우리는 선로를 따라 걷는다."

아이모가 조심스럽게 물었다.

"빠져나갈 수 있을까요?"

"그럼, 아직 놈들 숫자가 그렇게 많지는 않아. 어둠을 틈타 빠져나가야지."

"간부용 차는 뭘 하고 있었을까요?"

나는 어깨를 한 번 들먹인 뒤 말했다.

"누가 알겠나."

우리는 계속 선로를 따라갔다. 보넬로는 제방의 진창 속을 걷다가 지치자 우리 쪽으로 올라왔다. 철로는 이제 큰 도로에서 멀어져 남쪽으로 뻗어 있어 큰 도로에 뭐가 지나가는지 보이지 않았다. 운하를 건너는 짧은 다리는 폭파되어 있었지만 우리는 남아 있는 부분으로 기어서 건너갔다. 그때 머리 위에서 총성이 들렸다.

우리는 운하 너머 철로로 올라왔다. 철로는 나지막한 들판을 가로질러 시내 쪽으로 곧게 뻗어 있었다. 앞쪽에 또 다른 철로가 갈라져 있는 것이 보였다. 북쪽으로는 아까 자전거 부대를 봤던 큰 도로가 있었다. 남쪽으로는 양옆으로 나무들이 울창하고 그 사이로 작은 들판을 가로지르며 작은 샛길이 나 있었다. 내 생각에는 남쪽으로 방향을 트는 것이 좋을 듯했다. 그렇게 우디네 시내를 우회해 캄포포르미오 쪽으로 들판을 가로질러 가다가 탈리아멘토 강 쪽으로 가는 큰 도로로 들어서면 될 것 같았다. 우디네 너머 샛길로 계속 가다 보면 퇴각 행렬이 몰리는 길을 피할 수 있을 것 같았다. 나는 들판을 가로지르는 샛길이 많다는 사실을 알고 있었다. 그래서 제방 아래로 내려가며 말했다.

"자, 가자."

샛길로 빠져 우디네 남쪽으로 갈 작정이었다. 모두 제방 아래로 내려가기 시작했다. 그 순간 샛길 쪽에서 우리를 향해 총알 한 발이 날아왔다. 총알은 제방의 진창 속으로 빠졌다. 나는 소리를 질렀다.

"되돌아가!"

나는 진흙에 죽죽 미끄러지면서 제방을 올라가기 시작했다. 운전병들은 내 앞에 가고 있었다. 나는 죽을힘을 다해 뛰어 제방 위로 올라갔다. 울창한 덤불 속에서 총알이 두 발이 더 날아왔다. 아이모가 선로를 가로지르다가 갑자기 휘청하며 비틀거리더니 얼굴을 바닥에 처박고 쓰러졌다. 우리는 그를 반대편으로 끌고 내려와 바로 눕혔다. 그러고 나서 내가 말했다.

"머리 쪽을 높이 둬야 해."

피아니가 방향을 바꿔 눕혔다. 아이모는 제방 한쪽 진창에 누워 있었다. 그는 발을 내리막 쪽으로 둔 채 숨을 쉬다 이따금 피를 토했다. 우리 셋은 빗속에서 아이모를 들여다보며 쪼그리고 앉아 있었다. 총알은 목덜미 아래에서 위쪽으로 관통해 오른쪽 눈 밑을 뚫고 나왔다. 내가 총구멍 두 군데를 지혈하는 사이에 아이모는 숨을 거두었다. 피아니가 그의 머리를 내려놓고 응급처치용 붕대로 얼굴을 닦아준 다음 그대로 놔두었다. 피아니의 입에서 욕이 튀어나왔다.

"이런……."

내가 말했다.

"독일군이 아니었어. 저쪽에 독일군이 있을 리 없잖아."

"이탈리아인이겠네요."

피아니가 모욕적인 뜻을 지닌 '이탈리아니'라는 표현을 썼다. 보넬로는 아무 말도 하지 않았다. 그는 아이모를 쳐다보지도 않고 그저 옆에 앉아 있었다. 피아니가 제방 아래로 굴러떨어진 아이모의 군모를 주워 그의 얼굴에 덮어주었다. 그러고는 수통을 꺼냈다. 피아니가 보넬로에게 수통을 내밀었다.

"한잔할래?"

"싫어."

보넬로가 내 쪽으로 몸을 돌렸다.

"철로 위에 있었기 때문에 언제든지 벌어질 수 있는 일이었습니다."

나는 마음을 가라앉히며 말했다.

"아니야, 우리가 들판을 가로질러 가려고 했기 때문이야."

보넬로는 고개를 저으며 말했다.

"아이모가 죽었습니다. 다음은 누구죠, 중위님? 이제 어디로 간단 말입니까?"

"이탈리아군이 쏜 거였어. 독일군이 아니었다고."

"만약 독일군이었다면 우리를 전부 죽였을 겁니다."

"지금 우리한테는 독일군보다 이탈리아군이 더 위험해. 후위 엄호 부대는 모든 게 다 두려울 거야. 독일군은 자신들의 목표물을 잘 파악하고 있고."

"그래서 결론이 뭡니까, 중위님."

그때 피아니가 물었다.

"이제 어디로 갑니까?"

"어두워질 때까지 어딘가에 숨어 있는 게 좋겠어. 남쪽으로 갈 수만 있으면 괜찮을 거야."

보넬로가 신경질적으로 말했다.

"그놈들이 첫 번째 사살을 정당화하려면 우리를 모두 쏘아 죽여야 합니다. 전 그놈들을 건드리고 싶지 않습니다."

"될 수 있는 한 우디네 가까이에 숨을 만한 곳을 찾도록 하지. 그리고 어두워지면 빠져나가자고."

"그럼 출발하죠."

우리는 제방 북쪽 면으로 내려갔다. 나는 뒤를 돌아봤다. 아이모는 제방의 각도 탓에 비스듬히 진흙탕 위에 누워 있었다. 그의 몸이 아주 작아 보였다. 팔은 양 옆으로 붙이고 각반을 찬 다리에는 목이 긴 진흙투성이 군화를 신고 있었다. 얼굴 위에는 군모가 덮여 있었다. 정말 죽은 사람처럼 보였다. 비가 쏟아지고 있었다. 나는 이제까지 알아온 그 누구보다 아이모를 좋아했다. 내 주머니에는 그의 서류가 들어 있었다. 그의 가족에게 편지를 쓸 작정이었다. 들판 너머 앞쪽에 농가가 보였다. 집 주변에는 나무들이 빙 둘러서 있고 집 반대쪽에는 헛간들이 늘어서 있었다. 2층에는 기둥들이 떠받치고 있는 발코니가 있었다. 나는 앞장서며 말했다.

"서로 간격을 두고 떨어져 가는 게 좋겠어. 내가 먼저 가지."

나는 농가 쪽으로 걸음을 옮겼다. 들판을 가로지르는 샛길이 하나 있었다.

들판을 가로질러 가면서 농가 근처 나무 뒤나 농가 안에서 누군가 우리에게 총을 쏘면 어쩌나 하는 생각만 들었다. 나는 농가를 똑바로 쳐다보며 그쪽으로 걸어갔다. 2층 발코니는 헛간으로 이어져 있고 발코니 기둥 사이로 건초가 튀어나와 있었다. 안마당에는 돌이 깔려 있었다. 나무들은 빗물을 뚝뚝 떨어뜨리고 있었다. 바퀴가 둘 달린 커다란 빈 수레는 손잡이가 위쪽으로 높이 들린 채 비를 맞고 있었다. 나는 안마당을 가로질러 가서 발코니 아래서 비를 피한 채 서 있었다. 농가 문이 열려 있었다. 안으로 들어가 봤다. 보넬로와 피아니도 내 뒤를 따라 들어왔다. 안은 어두컴컴했다. 나는 부엌으로 가봤다. 커다란 개방형 화덕에는 불을 피운 재가 남아 있었다. 재 위에 냄비들이 걸려 있긴 한데, 다 비어 있었다. 주변을 둘러봤지만 먹을 만한 것은 찾을 수 없었다.

"헛간에 숨어 있는 게 낫겠군. 피아니, 뭐든 먹을 걸 찾을 수 있을까? 찾으면 헛간으로 가져오게."

피아니가 말했다.

"찾아보겠습니다."

보넬로도 피아니를 뒤따르며 말했다.

"저도 함께 찾아보겠습니다."

"좋아. 나는 헛간으로 올라가 그쪽을 살펴보지."

나는 아래쪽 축사에서 위로 올라가는 돌계단을 찾아냈다. 비가 내렸지만 축사에서는 보송하고 기분 좋은 냄새가 났다. 소는 한 마리도 없었다. 아마 집주인이 떠나면서 쫓아버렸으리라. 헛간은 건초가 절반쯤 차 있었다. 지붕에 창이 두 개 있었다. 하나는 판자로 막아놓은 것이고 다른 하나는 북쪽으로 튀어나온 좁다란 채광창이었다. 소들에게 건초를 떨어뜨려 주는 수직 운반 장치도 있었다. 기둥들이 서로 엇갈려 통로를 만들며 바닥까지 내려왔고, 거기로 건초 수레를 집어넣어 건초를 위로 올리게끔 해놓았다. 지붕에 떨어지는 빗소리가 들리고 건초 냄새가 풍겼다. 아래로 내려오니 축사 안에는 마른 똥 냄새가 옅게 풍겼다. 남쪽 창문을 막아놓은 판자를 조금 벌리니 안마당이 내다보였다. 다른 창문으로는 북쪽으로 펼쳐진 들판이 보였다. 계단이 소용없어질 경우 어느 쪽 창으로든 빠져나가 지붕을 타고 내려가거나 건초 운반 장치를 이용해 내려갈 수 있었다. 헛간이 커서 누군가 오는 소리가 들리면 건초 속에 숨을 수도 있었다. 썩 괜찮은 곳 같았다. 놈들이 총질만 하지 않았더라면 분명 무사히 남쪽으로 빠져나갈 수 있었을 거라는 생각이 들었다. 그곳에 독일군이 있을 리 없다. 그들은 북쪽에서 치고 내려와 치비달레 쪽에서 뻗어 나온 도로를 따라 남하하고 있다. 그러니 남쪽에서 뚫고 올라올 리가 없다. 이탈리아군이 훨씬 더 위험했다. 아군은 두려움에 떨고 있어 뭐든 눈에 띄는 대로 총을 쏘아댔다. 어젯밤 후퇴하면서 듣기로는 이탈리아 군복을 입은 독일군들이 북쪽의 퇴각 부대에 많이 섞여 있다고들 했다. 나는 믿지 않았다. 전쟁 중이라면 수시로 듣게 되는 뜬소문 가운데 하나였다. 적군은 언제나 그런 소문을 흘리고 다니지 않는가. 적들을 교란시키려고 독일군 군복을 입고 침투한 아군 이야기는 들어본 적이 없다. 실제로 그랬을 수도 있지만 어려운 일 같았다. 그래서 독일군이 그렇다는 것도 믿지 않았다. 그들은 그럴 필요도 없었다. 아군이 후퇴하는 걸 교란시켜서 뭘 하겠는가. 퇴각 규모는 큰데 길이 부족해 아군은 이미 충분히 혼란스러운데 말이다. 독일군은 말할 필요도 없고 아무도 그런 명령을 내리지 않는다. 그런데도 이탈리아군은 우리를 독일군이라 여기고 총을 쏘겠지. 놈들은 아이모를 쏘아 죽였다. 건초에서 좋은 냄새가 났다. 헛간 건초 더미에 누워 있자니 그동안의 시간이 사라진 듯했다. 어릴 때 건초 더미에 누워 이야기를 나누다가 헛간 천장 가까이의 삼각형 틈으로 참새들이 날아들면 공기총으로 쏘곤 했다. 하지만 이제 그 헛간은 없어졌고 어느 해인가 솔송나무들도 다 베어버려 숲이 있던 자리에는 나무 그루터기와 말라비틀어진 나무 꼭대기의 나뭇가지들, 불탄 자리에 자라는 잡초만 무성했다. 시간을 되돌릴 수는 없었다. 시간이 앞으로 가지 않으면 어떻게 될까? 다시는 밀라노로 돌아갈 수 없겠지. 밀라노로 돌아갈 수 없다면 어떻게 될까? 나는 북쪽 우디네를 향해 울리는 총성에 귀를 기울였다. 기관총 소리가 들렸다. 포격은 없었다. 포격이 있다면 심각한 거였다. 도로를 따라 부대를 일부 배치해놓은 것이 틀림없었다. 헛간의 어스름한 빛 속에서 아래를 내려다보니 피아니가 건초를 끌어올리는 바닥에 서 있었다. 기다란 소시지와 단지 하나, 와인 두 병을 팔에 안고 있었다.

"올라와. 사다리가 있어."

말하고 보니 내려가서 짐을 나눠 들어야겠다는 생각이 났다. 건초 더미에 누워 있다 보니 머리가 멍했다. 깜빡 졸았던 모양이다. 혼자 온 피아니에게 물었다.

"보넬로는?"

"올라가서 말씀드리겠습니다."

우리는 사다리를 타고 위로 올라갔다. 그러고는 건초 위에
먹을 것들을 내려놓았다. 피아니는 코르크마개 따개가 달린
칼을 꺼내 와인 병 마개를 따며 말했다.

"밀랍으로 봉해놨어요. 좋은 건가 봅니다."

그가 싱긋 웃었다. 나는 다시 물었다.

"보넬로는 어디 있나?"

피아니가 나를 쳐다봤다.

"보넬로는 가버렸습니다, 중위님. 포로가 되겠답니다."

나는 아무 말도 하지 않았다.

"죽임을 당할까 봐 무서웠던 모양입니다."

나는 와인 병을 들고 아무 말도 하지 않았다.

"어쨌거나 우리가 이 전쟁에 소신이 있는 건 아니지 않습니
까, 중위님."

"자넨 왜 가지 않았나?"

"중위님을 떠나고 싶지 않았습니다."

"보넬로는 어디로 갔지?"

"모르겠습니다, 중위님. 그냥 가버렸습니다."

"알았네. 소시지 좀 잘라주겠나?"

피아니는 어스름한 빛 속에서 나를 쳐다보며 말했다.

"말씀하시는 동안 잘라났습니다."

우리는 건초 더미에 앉아 소시지를 먹고 와인을 마셨다. 결혼식에 쓰려고 아껴두었던 와인이 틀림없었다. 너무 오래되어 색이 변하고 있었다.

"루이지(피아니의 이름—옮긴이), 이 창으로 망을 보게. 난 저쪽 창으로 망을 보지."

우리는 각자 와인 병을 하나씩 끼고 마셨다. 나는 내 술병을 들고 건너가 건초 위에 납작 엎드려 좁다란 창밖으로 비에 젖은 들판을 내다봤다. 뭘 보게 될 거라고 생각했는지는 모르겠지만, 그때 내 눈에는 들판과 가지만 남은 뽕나무들, 쏟아지는 비 말고는 아무것도 보이지 않았다. 와인을 마셔도 기분이 좋아지지 않았다. 너무 오래 둬서 변질되는 바람에 맛도 색도 약해져 있었다. 나는 어둠이 깔리는 바깥을 지켜봤다. 꽤 빨리 어두워졌다. 비가 추적추적 내리니 칠흑 같은 밤이 되겠지. 완전히 어두워져 더는 보이는 것이 없자 나는 피아니 쪽으로 가봤다. 그는 누워서 잠들어 있었다. 나는 그를 깨우지 않았지만 한동안 옆에 앉아 있었다. 피아니는 거구의 사나이답게 깊이 잠들어 있었다. 얼마 있다가 그를 깨워 출발했다.

아주 이상한 밤이었다. 나는 무슨 일이 있을 거라 생각했는지 기억나지는 않는다. 아마 죽음 같은 거였겠지. 어둠 속에서 총격이 벌어지고 뛰어 달아나고. 하지만 아무 일도 일어나지 않았다. 우리는 큰 도로 옆 도랑 너머에 납작 엎드려 독일군 대대가 지나가기를 기다렸다. 놈들이 다 가버린 뒤 우리는 길을 건너 북쪽으로 걸음을 옮겼다. 빗속에서 두 번이나 독일군에 아주 가까이 다가갔지만 놈들은 우리를 보지 못했다. 우리는 시내를 지나 북쪽으로 갔는데, 그동안 이탈리아군은 한 명도 보지 못했다. 하지만 조금 뒤 큰 규모의 퇴각 행렬과 마주쳤다. 우리는 밤새 탈리아멘토 강을 향해 걸었다. 우리는 퇴각 규모가 얼마나 어마어마한지 그때까지 모르고 있었다. 그 지역 전체가 군대와 함께 이동하고 있었다. 우리는 차량보다 빠른 속도로 밤새 걸었다. 나는 다리가 아프고 피곤했지만 속도를 늦추지 않았다. 보넬로가 포로로 잡히겠다고 마음먹은 것은 바보 같은 짓이었다. 전혀 위험하지 않았던 것이다. 군대를 두 번이나 마주쳤지만 아무 사고 없이 걸어서 빠져나왔다. 아이모가 죽지 않았다면 아무 위험도 없다고 느꼈을 것이다. 철로를 따라가면서 숨을 곳 없이 노출되었을 때도 우리를 공격하는 사람은 없었다. 아이모의 죽음은 갑작스럽고 터무니없이 일어난 일이었다. 나는 보넬로가 지금 어디에 있는지 궁금했다. 피아니가 물었다.

"괜찮으십니까, 중위님?"

우리는 길가를 따라가고 있었다. 길은 차량과 군부대로 북적거렸다.

"괜찮아."

"저는 걷는 게 진절머리가 납니다."

"그래도 지금은 걸어야만 해. 적어도 걱정할 필요는 없잖아."

"보넬로는 바보였어요."

"제대로 바보짓을 한 거지."

"그 녀석을 어떻게 하실 거예요, 중위님?"

"글쎄."

"그냥 포로로 잡혔다고 보고하시면 안 될까요?"

"글쎄."

"아시다시피 전쟁이 계속된다면 그 녀석 가족도 해를 입을 거예요."

옆에서 가던 군인 하나가 말했다.

"전쟁이 계속되지는 않을 거요. 지금 고향으로 가고 있잖소. 전쟁은 끝난 거요."

"다들 집에 가는 거지."

"우리 모두 집으로 돌아간다고."

피아니는 주위를 둘러보더니 말했다.

"어서 가자고요, 중위님."

그는 그 군인들 옆을 얼른 지나치고 싶어 했다.

"중위? 누가 중위야? 장교들을 타도하라! 타도하라!"

피아니는 내 팔을 잡고 말했다.

"이름을 부르는 게 낫겠습니다. 저들이 난동을 부리려고 할지도 몰라요. 벌써 장교들 몇 명을 쏘아 죽였대요."

우리는 얼른 그들을 지나쳤다.

"보넬로 가족에게 피해가 갈 만한 보고는 하지 않을 거야."

나는 아까의 대화를 이어나갔다. 피아니는 잠깐 생각에 잠겨 있다가 말했다.

"전쟁이 끝나는 거라면 별 상관없죠. 하지만 전 이게 끝이 아닌 것 같아요. 끝이라기엔 너무 순조로워요."

"곧 알게 되겠지."

"끝났다는 말은 안 믿어요. 다들 전쟁이 끝났다고 생각하지만 전 아니에요."

군인 하나가 크게 외쳤다.

"평화 만세! 이제 고향에 돌아간다!"

피아니는 내 쪽을 바라보며 말했다.

"다들 고향으로 돌아가면 좋을 텐데요. 고향으로 돌아가고 싶지 않으세요?"

"돌아가고 싶지."

"절대 못 갈 거예요. 전쟁은 끝나지 않은 것 같아요."

어느 군인이 외쳤다.

"집으로 돌아가자!"

피아니가 깜짝 놀라 외쳤다.

"군인들이 소총을 버리네요. 행군하면서 소총을 벗어 내던
지고 있어요. 그러고는 고래고래 소리를 지르고 있어요."

"총을 갖고 있어야 할 텐데."

"총을 버리면 전투를 시키지 못할 거라고 생각하나 봐요."

비가 내리는 어둠 속에서 길을 따라 앞으로 나아가다 보니
아직 소총을 갖고 있는 부대가 많았다. 소총이 망토 밖으로 삐
져나와 있었다. 장교 한 명이 큰 소리로 물었다.

"자네 어느 여단 소속인가?"

누군가가 외쳤다.

"평화의 여단이죠. 평화 여단이라고요!"

장교는 대꾸하지 않았다.

"뭐래? 저 장교가 뭐라는 거야?"

"장교를 타도하라. 평화 만세!"

피아니가 내 팔을 잡아끌며 말했다.

"어서 가요."

우리는 영국군 구급차 두 대를 지나쳤는데, 꽉 막힌 차량 행
렬 속에 버려져 있었다.

"고리치아에서 온 차들이에요. 많이 보던 차예요."

"우리보다 멀리 왔네."

"더 일찍 출발했으니까요."

"운전병들은 어디 있을까?"

"저 앞 어딘가에 있겠죠."

"독일군이 우디네 외곽에 머물러 있어. 이 사람들은 모두 강을 건너겠지."

"그렇죠. 그래서 전쟁이 계속될 것 같다고 한 겁니다."

"독일군은 계속 전진할 수도 있었어. 그런데 왜 진군해오지 않았는지 모르겠군."

"저도 모르겠습니다. 전쟁에 대한 건 하나도 모르겠어요."

"운송수단이 도착하길 기다리는 거겠지."

"글쎄요."

피아니는 혼자 남으니 훨씬 순해졌다. 동료들과 있을 때는 입이 굉장히 거칠었는데 말이다.

"자네는 결혼했나, 루이지?"

"유부남인 거 아시잖아요."

"그래서 포로가 되고 싶지 않았던 건가?"

"그것도 이유 가운데 하나죠. 중위님은 결혼하셨나요?"

"아니."

"보넬로도 미혼이에요."

"유부남에 대해 잘 알지는 못하지만 유부남이라면 아내에게 돌아가고 싶어 할 거야."

나는 아내에 대한 이야기를 하고 싶었다.

"그렇죠."

"발은 좀 어떤가?"

"꽤나 쑤시네요."

동이 트기 전에 탈리아멘토 강기슭에 도착했다. 우리는 물이 불어 넘치는 강을 따라 다리 쪽으로 내려갔다. 행렬이 모두 그 다리를 건너고 있었다. 피아니가 말했다.

"아군이 이 강을 사수해야 할 텐데요."

어둠 속에서 봐도 강물이 꽤 많이 넘치고 있었다. 강물은 소용돌이치며 흐르고 있었고 강폭도 넓었다. 나무로 만든 다리는 1킬로미터가 넘었다. 평소 같으면 다리 한참 아래쪽에서 폭이 넓은 자갈 바닥 위로 가느다란 물길이 갈래갈래 흐르는 정도였을 텐데, 지금은 다리의 나무 바닥 가까이까지 강물이 차올라 있었다. 우리는 강기슭을 따라가 다리를 건너는 무리에 끼어들었다. 나는 포병대의 탄약 상자를 코앞에 두고 군중 틈에서 비좁게 걸어가고 있었다. 불어난 물위로 고작 1미터도 떨어지지 않은 다리 위를 빗속에서 천천히 건너가면서 나는 난간 너머로 강물을 내려다봤다. 인파에 떠밀려 걷다 보니 몹시 피곤했다. 다리를 건너는데도 전혀 기쁘지 않았다. 나는 대낮에 비행기가 이 다리에 폭격을 퍼부으면 어떻게 될까 생각했다. 나는 주위를 둘러보며 외쳤다.

"피아니."

"여기 있습니다, 중위님."

그는 북새통 속에서 조금 앞쪽에 있었다. 아무도 이야기 같은 것은 하지 않았다. 다들 되도록 빨리 다리를 건너가려고 했다. 오로지 그 생각뿐이었다. 다리 끝이 보이기 시작했다. 다리 끝에서 장교와 헌병들이 양쪽으로 서서 손전등을 비추고 있었다. 지평선을 배경으로 그들의 실루엣이 보였다. 우리는 점점 그들 가까이 가고 있었다. 그때 장교 하나가 대열 속 남자한 명을 가리켰다. 헌병이 그에게 다가가더니 팔을 잡았다. 그러고는 그 남자를 길에서 끌어냈다. 우리는 그들이 있는 곳까지 거의 다다랐다. 장교들은 대열 속의 한 사람 한 사람을 자세히 살펴보고 있었다. 때론 자기들끼리 뭐라 말하기도 하고, 앞으로 나가 얼굴을 손전등으로 비춰보기도 했다. 우리가 그들 앞에 닿기 바로 전에 또 한 명을 끌어냈다. 나는 그를 쳐다봤다. 계급이 중령이었다. 손전등 불빛을 비췄을 때 그의 소매를 보니 네모 칸 안에 별들이 있었다. 머리가 희끗희끗하고 작달막한 키에 뚱뚱한 남자였다. 헌병이 줄지어 선 장교들 뒤쪽으로 그를 끌고 갔다. 우리가 그들 앞에 이르자 한두 명이 나를 쳐다보는 것이 느껴졌다. 그중 하나가 나를 가리키더니 헌병에게 뭐라고 말했다. 헌병이 발걸음을 옮겨 대열의 가장자리를 헤치고 내 쪽으로 오더니 내 멱살을 잡았다.

"왜 이러는 거요?"

나는 말하면서 그의 얼굴을 내리쳤다. 모자 아래로 헌병의 얼굴이 보였다. 콧수염 양끝이 위로 말려 있고 뺨에는 피가 흐르고 있었다. 다른 헌병이 우리 쪽으로 뛰어왔다. 도대체 무엇 때문에 그러는지 알 수가 없었다.

"도대체 무슨 일이오?"

대답이 없었다. 그는 나를 붙잡을 기회만 엿보고 있었다. 나는 권총을 꺼내려고 팔을 뒤로 돌렸다.

"장교를 건드리면 안 되는 거 모르나?"

다른 헌병이 뒤에서 나를 붙잡더니 팔을 위로 꺾어 비틀었다. 내가 그쪽으로 몸을 돌리자 다른 놈이 내 목을 끌어안았다. 나는 그의 정강이를 걷어차고 무릎으로 사타구니를 공격했다. 누군가 말하는 소리가 들렸다.

"반항하면 쏴버려."

"이게 대체 무슨 일이야?"

나는 고함을 치려고 했지만 목소리가 크게 나오지 않았다. 그놈들은 이미 나를 길가까지 끌고 갔다. 어떤 장교가 말했다.

"반항하면 쏴도 좋다. 뒤로 끌고 와."

"당신은 누구야?"

"곧 알게 될 거야."

"누구냐니까?"

또 다른 장교가 말했다.

"야전 헌병이다."

"왜 당신이 직접 나한테 오라고 하지 않고 이런 비행기 녀석들(헌병들을 빗대어 표현한 것-옮긴이)을 시켜 잡는 건가?"

그들은 대답하지 않았다. 대답할 필요가 없었다. 야전 헌병이었기 때문이다. 처음 말했던 장교가 지시했다.

"뒤쪽의 다른 놈들 있는 데로 끌고 가. 봤지? 이 녀석 억양이 이상해."

내가 욕을 퍼부었다.

"너도 마찬가지야, 이 ……야."

처음 말했던 장교가 다시 말했다.

"뒤로 끌고 가."

헌병들이 나를 끌고 장교들이 있는 곳을 지나 뒤쪽으로 끌고 갔다. 길 아래 강기슭 옆 벌판에 한 무리의 사람들이 있었다. 우리가 그들 쪽으로 걸어갈 때 총알 몇 발이 발사되었다. 소총에서 불이 번쩍이는 게 보이더니 총성이 들렸다. 우리는 사람들 쪽으로 다가갔다. 장교 넷이 모여 서 있었다. 그들 앞에는 한 남자가 있었는데, 양옆으로 헌병이 하나씩 붙어 있었다. 무리 지어 있는 쪽은 헌병들의 감시를 받으며 서 있었다. 심문하는 장교들 근처에는 또 다른 헌병 넷이 카빈총에 기대서 있는 것이 보였다. 챙 넓은 군모를 쓴 헌병들이었다. 두 헌병은 나를 끌고 가서 심문을 위해 대기하고 있는 무리 속으로 떠밀었다. 나는 장교들이 심문하는 남자를 쳐다봤다. 아까 헌병들이 대열 속에서 끌어냈던 땅딸막하고 머리가 희끗희끗한 중령이었다. 심문하는 장교들은 전부 유능하고 냉정하고 자제력을 잃지 않는 자들이었다. 총을 쏘기는 해도 맞은 적은 없는 이탈리아인들이었다.

"소속 여단은?"

중령이 대답했다.

"연대는?"

중령이 대답했다.

"왜 소속 연대를 벗어났지?"

중령이 대답했다.

"장교는 늘 자기 부대와 함께 움직여야 한다는 걸 모르나?"

중령은 안다고 했다.

그게 다였다. 다른 장교가 말했다.

"바로 당신과 당신 같은 사람들 때문에 저 야만인들이 이 신성한 조국 땅에 발을 들여놓게 된 거야."

중령이 말했다.

"무슨 말인지……."

"당신이 한 것과 같은 반역 행위 탓에 우리가 승리라는 열매를 거두지 못한 거라고."

중령이 물었다.

"후퇴해본 경험이 있소?"

"이탈리아는 절대 후퇴하지 않아."

내가 속한 무리의 사람들은 빗속에 서서 심문에 귀를 기울이고 있었다. 우리는 장교들과 마주 보고 서 있었고, 죄인인 중령은 우리 앞쪽에서 조금 옆으로 비켜서 있었다. 중령은 차분한 어조로 말했다.

"나를 총살할 작정이라면 더는 심문하지 말고 바로 쏘게. 바보 같은 심문은 그만두고."

중령은 십자 모양으로 성호를 그었다. 장교들이 모여 의논했다. 그러더니 한 장교가 서류철에 뭔가를 쓰더니 말했다.

"부대를 버리고 이탈한 죄로 총살에 처한다."

헌병 둘이 중령을 강기슭으로 끌고 갔다. 그는 빗속으로 걸어갔다. 나이 든 중령의 군모는 벗겨진 채였고 헌병이 양쪽에 하나씩 붙어 있었다. 총살하는 모습은 보이지 않았지만 총소리가 들렸다. 그들은 이제 다른 장교를 심문하고 있었다. 이번에 심문받는 장교 또한 소속 부대에서 떨어져 나온 사람이었다. 해명도 허락되지 않았다. 그들이 종이에 적힌 선고를 읽자 그는 울부짖었고, 그다음 사람이 심문받는 동안 총살당했다. 그들은 의도적으로 앞서 심문받은 사람이 총살당할 때 반드시 다음 사람의 심문이 진행되도록 했다. 이런 식으로 진행되면 총살을 피할 방도는 절대 없었다. 나는 심문을 기다려야 할지, 아니면 당장 달아나야 할지 알 수가 없었다. 나야말로 이탈리아 군복을 입은 독일인으로 여길 것이 뻔했다. 그들의 머리가 어떤 식으로 돌아가는지 훤히 보였다. 그들에게도 머리가 있다면, 그리고 그것이 돌아간다면 말이지만. 그들은 모두 젊고 나름대로 조국을 구하고자 했다. 제2군은 탈리아멘토 강 건너에서 재편되고 있었다. 그들은 부대에서 떨어져 나온 소령 계급 이상의 장교들을 처형하고 있었다. 또한 이탈리아 군복을 입은 독일군 선동가들도 그 자리에서 처단했다. 그들은 모두 철모를 쓰고 있었다. 우리 가운데는 두 명만 철모를 쓰고 있었다. 헌병들 가운데도 철모를 쓰고 있는 사람이 있었다. 나머지 헌병들은 챙 넓은 모자를 쓰고 있었다. 그래서 우리는 그들을 '비행기'라고 불렀다. 우리는 비를 맞고 서 있다가 한 명씩 끌려나가 심문을 받고 총살당했다. 지금까지는 심문받은 사람들 모두가 총살당했다. 심문하는 장교들은 가차 없는 정의 구현에 심취해 있었다. 자신들은 아무런 위험에 처하지 않은 채 죽음을 선고하는 사람들답게 감탄스러울 정도로 무심했다. 이제 그들은 최전방 연대의 대령 한 명을 심문하고 있었다. 그동안 장교 셋이 더 잡혀와서 우리 틈에 끼었다.

"저 사람 어느 연대 소속이었지?"

나는 헌병들을 쳐다봤다. 그들은 새로 잡혀온 사람들을 보고 있었다. 다른 사람들은 심문받는 대령을 지켜보고 있었다.

나는 몸을 확 낮춘 채 두 사람 사이를 비집고 나가 머리를 숙이고는 강으로 돌진했다. 강가에서 발을 헛디디는 바람에 첨벙 소리를 내며 물에 빠졌다. 물이 아주 차가웠지만 참을 수 있을 때까지 물 위로 나오지 않았다. 물살이 나를 휘감고 흐르는 것이 느껴졌다. 나는 다시는 물 밖으로 나오지 못하고 죽을 것 같다는 생각이 들 때까지 물속에 잠겨 있었다. 그러다 물 위로 잠깐 떠올라 숨을 한 번 쉬고 다시 물속으로 들어갔다. 옷이 두툼하고 군화를 신고 있어 물속에 있기가 그다지 힘들지 않았다. 두 번째로 물 위로 떠올랐을 때 눈앞에 통나무가 보였다. 나는 그쪽으로 가서 한 손으로 통나무를 붙잡았다. 그다음 머리를 통나무 뒤에 숨긴 채 그 너머로는 눈길도 주지 않았다. 강기슭 쪽은 쳐다보고 싶지도 않았다. 내가 뛰어 달아날 때 총성이 울렸다. 처음 물 밖으로 고개를 내밀었을 때도 총성이 울렸다. 수면 바로 밑에 있었을 때도 총소리가 들렸다. 그런데 이제는 총소리가 들리지 않았다. 통나무는 물살을 따라 출렁거렸다. 나는 한 손으로 통나무를 꼭 붙잡고 있었다. 그리고 강기슭을 쳐다봤다. 강물이 아주 빠르게 흘러가고 있는 것 같았다. 통나무가 여기저기 떠다니고 있었다. 물은 몹시 차가웠다. 수면에 섬처럼 떠 있는 덤불을 지나쳤다. 나는 양손으로 통나무를 붙잡고 흘러가는 대로 몸을 맡겼다. 이제 강기슭은 보이지 않았다.

31장

물살이 빠르면 강물 속에 얼마나 오래 있었는지 가늠이 되지 않는 법이다. 아주 오랜 시간이 흐른 것 같지만 생각보다 짧을 수도 있다. 차가운 강물은 불어 넘쳐 수위가 높아졌다. 기슭에서 떠내려온 온갖 것들이 물살에 실려 흘러갔다. 나는 다행히 묵직한 통나무를 찾아낸 덕분에 거기 매달려 있었다. 통나무에 턱을 얹고 양손으로 되도록 편하게 통나무를 붙잡은 채얼음같이 찬 물속에 떠 있었다. 쥐가 날까 봐 걱정되어 기슭 쪽으로 움직이면 좋겠다고 생각했다. 나는 길게 곡선을 이루며 강을 따라 흘러가고 있었다. 날이 웬만큼 밝아지기 시작하자물가를 따라 우거져 있는 덤불이 보였다. 앞쪽에 섬처럼 떠다니는 덤불을 보니 물살은 강기슭을 향해 움직이는 듯했다. 나

는 군복과 군화를 벗고 기슭으로 헤엄쳐 가볼까 하는 생각도
했지만 그러지 않기로 했다. 어떻게든 기슭에 닿아야겠다는
생각뿐이었지만 맨발로 육지에 올라가면 좋지 않은 상황에 처
해질 듯했다. 나는 어떻게든 메스트레(이탈리아 북서쪽의 도시-
옮긴이)로 가야 했다.

나는 눈앞에서 가까워졌다가 흔들흔들 멀어지고 다시 가까
워지는 강기슭을 보고 있었다. 이제는 좀 더 천천히 떠내려가
고 있었다. 강기슭이 아주 가까워졌다. 버드나무 덤불의 잔가
지들이 보였다. 통나무가 천천히 흔들리더니 강기슭이 내 뒤
에 놓였다. 물이 빙빙 돌면서 흘렀던 것이다. 몸이 느릿느릿 맴
돌며 움직였다. 다시 강기슭이 보였을 때는 제법 가까이 접근
해 있어 나는 통나무를 한 팔로 잡고 다른 팔을 휘저어 강기슭
쪽으로 헤엄쳐 가려고 했다. 하지만 거리가 조금도 좁혀지지
않았다. 빙빙 도는 물속에서 멀어질까 봐 걱정스러워졌다. 나
는 한 팔로 통나무를 잡은 채로 두 발을 끌어당겨 통나무 면에
바짝 댔다가 힘껏 차면서 강기슭 쪽으로 다가갔다. 눈앞에 육
지의 나뭇가지가 보였다. 발로 차는 바람에 추진력도 생겼고
젖 먹던 힘까지 짜내 헤엄쳤지만, 나는 물살에 떠밀려 육지에
서 멀어져 갔다. 나는 군화 때문에 가라앉아 죽을지도 모른다
는 생각이 들었지만, 열심히 물장구를 치면서 물을 헤치고 나
아갔다. 그러자 강기슭이 내 쪽으로 다가오는 것이 보였다. 나

는 발길질이 무거워져 당황하면서도 강기슭에 닿을 때까지 계속 물장구를 쳤다. 드디어 버드나무 가지를 잡았다. 물 위로 몸을 끌어올릴 기운은 남아 있지 않았지만, 이제 물에 빠져 죽지는 않겠구나 싶었다. 통나무에 의지하고 있을 때도 물에 빠져 죽을지도 모른다는 생각은 하지 않았다. 너무 힘을 쓰는 바람에 허기가 지면서 속이 메스껍고 울렁거려 나뭇가지를 붙잡고 잠깐 기다렸다. 속이 조금 가라앉자 버드나무 가지를 끌어당겼다. 그러다 덤불을 팔에 감고 양손으로는 가지를 꽉 잡은 채 다시 쉬었다. 그러고 나서 엉금엉금 기어 버드나무 덤불을 헤치고 강기슭으로 올라갔다. 날이 반쯤 밝았는데, 사람은 전혀 보이지 않았다. 나는 강기슭에 풀썩 엎드렸다. 강물 흐르는 소리와 빗소리가 들렸다.

조금 뒤 일어나 나는 강기슭을 따라 걷기 시작했다. 라티사나까지 가야 강을 건널 다리가 있다는 것을 알고 있었다. 여기가 산비토 건너편일지도 모르겠다는 생각이 들었다. 나는 앞으로 어떻게 해야 하는지 생각하기 시작했다. 앞쪽에 강으로 이어지는 개울이 있었다. 나는 그쪽으로 가봤다. 지금까지는 아무도 눈에 띄지 않았다. 나는 개울 가장자리를 따라 우거진 덤불 옆에 앉아 군화를 벗고 안에 고인 물을 따라 버렸다. 겉옷도 벗어 흠뻑 젖은 서류와 돈이 든 지갑을 안주머니에서 꺼낸 다음 젖은 옷을 짰다. 바지도 벗어서 짜고 그다음 셔츠와 속옷도 짰다. 나는 몸을 찰싹찰싹 때리고 문질러 열을 낸 뒤 다시 옷을 입었다. 군모는 어딘가에서 잃어버렸다.

겉옷을 입기 전 소매에서 장교를 나타내는 별 모양 계급장을 떼어 돈과 함께 안주머니에 넣었다. 돈은 다 젖었지만 상태는 괜찮았다. 나는 돈을 세어봤다. 3천 리라쯤 되었다. 젖은 옷이 차갑게 들러붙어 나는 혈액순환이 잘 되도록 팔을 두드렸다. 톡톡한 속옷을 입고 있으니 계속 움직이기만 하면 감기에 걸리지는 않을 듯했다. 권총은 길에서 빼앗겼다. 나는 권총집을 겉옷 안쪽으로 찼다. 망토를 안 입어 비를 맞고 가자니 추웠다. 나는 운하의 가장자리로 올라가 걷기 시작했다. 날이 밝았다. 시골 풍경은 비에 젖고 축 처져 음산하기까지 했다. 들판은 황량하고 축축했다. 저 멀리 들판에 솟아오른 종탑이 보였다. 나는 도로로 나왔다. 앞쪽에서 군부대가 길을 따라 내려가고 있었다. 나는 길가를 따라 느릿느릿 움직였다. 군부대는 나를 지나쳐 가면서 내게는 신경도 쓰지 않았다. 기관총 부대였는데, 강 쪽으로 올라가고 있었다. 나는 길을 따라 내려갔다.

그날 나는 베네치아 평원을 가로질렀다. 고도가 낮은 지역이었는데 비가 오니 훨씬 더 평평해 보였다. 바다 쪽으로는 소금기가 있는 습지들이 있고, 길은 아주 드물었다. 있는 길이라곤 전부 강어귀를 따라 바다로 통했다. 들판을 가로지르려면 운하 옆 샛길로 가야만 했다. 나는 북쪽에서 남쪽으로 들판을 가로지르고 있었다. 철로를 두 번, 도로는 수없이 건너서 마침내 샛길이 끝나고 습지 옆을 통과하는 철로에 다다랐다. 베니스에서 트리에스테로 가는 본선이었다. 제방은 높고 견고하며, 철로 밑 노반도 튼튼하고, 복선 철도가 깔려 있었다. 선로 아래쪽으로 신호가 있을 때만 서는 역이 있었다. 군인들이 보초를 서고 있었다. 선로 위로는 습지 쪽으로 흘러드는 개울 위로 다리가 하나 있었다. 다리에도 경비병이 있었다. 예전에 북쪽에서 들판을 가로지를 때 저 멀리 평평한 평원을 가로지르며 기차 한 대가 이 철도를 지나가는 것을 본 적이 있었다. 포르토그루아로에서 오는 기차일지도 모른다고 생각했다. 나는 경비병들을 살피면서 선로 양쪽 방향을 다 볼 수 있게 제방에 엎드렸다. 다리에 있던 경비병이 내 쪽으로 선로를 따라 걸음을 옮겼는데, 다시 방향을 틀어 다리 쪽으로 돌아갔다. 나는 엎드린 채로 배고픔을 느끼면서 기차가 오기를 기다렸다. 내가 봤던 기차는 굉장히 길어 기관차가 아주 느리게 움직였다. 그래서 올라탈 수 있으리라는 확신이 들었다. 기다리다 지쳐 거의 포기할 때쯤 기차 한 대가 다가오는 것이 보였다. 기관차는 나를 향해 똑바로 오고 있었는데, 느릿느릿 점점 크게 다가왔다. 나는 다리 쪽의 경비병을 바라봤다. 그는 다리를 걸어 다니고 있었지만 선로 건너편이었다. 기차가 통과할 때는 시야를 가리게 될 터였다. 나는 기관차가 점점 가까이 다가오는 것을 지켜봤다. 차량이 많이 달려 있어 아주 느리게 움직이고 있었다. 열차에도 경비병이 있어 그 위치를 확인하려 했지만, 계속 시야를 가려 볼 수가 없었다. 기관차는 내가 있는 곳까지 거의 다 와 있었다. 평지인데도 증기를 훅훅 내뿜으며 힘겹게 달리는 기관차가 내 맞은편까지 오자 기관사가 보였다. 나는 일어서서 움직이는 차량 쪽으로 가까이 다가갔다. 경비병이 보고 있다면 선로 옆에 서 있는 편이 덜 수상할 터였다. 지붕 있는 화물칸 차량이 여러 대 지나갔다. 그러고 나서 곤돌라라고 부르는, 낮고 지붕 없는 화물칸 차량이 오는 것이 보였다. 지붕 대신에 캔버스 천이 덮여 있었다. 나는 그 차량이 거의 다 지나갈 때까지 서 있다가 펄쩍 뛰어올라 뒤쪽 손잡이를 잡고 몸을 끌어올렸다. 그러고는 곤돌라와 그 뒤의 높다란 화물칸 차량 사이로 기어 내려갔다. 나를 본 사람은 없는 것 같았다. 나는 손잡이를 잡은 상태에서 발을 연결 부위에 올려놓고 몸을 낮게 웅크렸다. 열차는 거의 다리 맞은편까지 와 있었다. 나는 경비병 생각이 났다. 기차가 지나갈 때 경비병이 나를 봤다. 앳된 군인이어서 철모가 그에게 너무 커 보였다. 내가 거만한 표정으로 빤히 쳐다봤더니 그는 눈길을 딴 데로 돌렸다. 내가 기차 관계자일 거라고 생각한 모양이었다.

기차는 그 경비병을 지나쳐 갔다. 그는 아직도 거북한 표정으로 기차가 지나가는 것을 지켜보고 있었다. 나는 몸을 구부려 캔버스 천이 고정된 상태를 살펴봤다. 천에 쇠고리가 있고 가장자리는 끈으로 묶여 있었다. 나는 칼을 꺼내 끈을 잘라버리고 팔을 안으로 집어넣었다. 비가 와서 단단히 매어놓은 캔버스 천 아래로는 딱딱한 덩어리들이 있었다. 나는 눈을 들어 앞쪽을 바라봤다. 앞쪽 화물칸 차량에 경비병이 있었지만 그는 다행스럽게도 앞만 보고 있었다. 나는 손잡이를 놓고 캔버스 천 밑으로 몸을 숨겼다. 이마에 뭔가 부딪혀 엄청난 혹이 생겼다. 얼굴에 피가 흐르는 게 느껴졌지만 얼른 안으로 기어들어 가서 납작 엎드렸다. 그런 다음 몸을 돌려 캔버스 천을 다시 고정시켰다.

나는 대포들과 함께 캔버스 천 밑에 있었다. 기름과 윤활유 냄새가 산뜻했다. 나는 누워서 캔버스 천에 떨어지는 빗소리와 차량이 철로를 철컹거리며 지나가는 소리를 듣고 있었다. 빛이 조금 새어 들어와 나는 누운 채로 대포들을 살펴봤다. 대포마다 캔버스 천 덮개가 덮여 있었다. 제3군에서 이송하는 것이 틀림없다고 생각했다. 이마의 혹이 부풀어 올랐다. 가만히 누워 피가 굳기를 기다렸다가 피가 멈추자 찢어진 부분만 놔두고 마른 피를 떼어냈다. 아무렇지도 않았다. 손수건은 없었지만 손가락으로 더듬어 캔버스 천에서 떨어지는 빗물을 이용해 피가 말라붙었던 부분을 씻은 다음 군복 소매로 깨끗하게 닦았다. 수상쩍어 보이고 싶지 않아서였다. 메스트레에 도착하면 대포를 챙길 테니 그전에 빠져나가야 한다는 것은 알고 있었다. 그들이 대포를 잃어버리거나 잊고 내버려둘 일은 없을 테니 말이다. 그 순간 엄청난 배고픔이 밀려왔다.

32장

캔버스 천 아래 대포들과 함께 지붕 없는 화물 차량 바닥에 누워 있자니 몸이 흠뻑 젖어 추운 데다 배가 몹시 고팠다. 참다 못해 나는 몸을 굴려 배를 깔고 엎드려 팔로 머리를 받쳤다. 무릎이 뻣뻣했지만 그래도 꽤 만족스러운 상태였다. 발렌티니 선생이 수술을 아주 잘해놓은 모양이었다. 퇴각의 절반을 걸었고, 그가 수술해준 무릎으로 탈리아멘토 강의 일부를 헤엄 치기까지 했으니 말이다. 그 무릎은 그야말로 발렌티니의 작품이었다. 다른 쪽 무릎만 내 것이었다. 의사들이 수술을 했으면 이제 그 부위는 더 이상 내 것이 아니었다. 하지만 머리는 내 것이고 배 속도 내 것이었다. 그곳에 있자니 배가 너무 고팠다. 위장이 뒤집히는 느낌이었다. 머리도 내 것이었지만 쓰라고, 다시 말해 생각하라고 있는 것은 아니었다. 오로지 기억하는 용도뿐이었는데, 너무 많이 떠올리는 것은 금물이었다.

캐서린과의 추억에 잠길 수도 있었지만 이제 그녀를 보게 될지 어떨지 알 수도 없는데, 그녀 생각을 하면 미쳐버릴 것 같았다. 그래서 생각하지 않으려고 했다. 그래도 아주 조금만, 느릿느릿 철컹거리며 움직이는 기차 안 캔버스 천 사이로 새어 들어오는 빛을 받으며 화물칸 바닥에 캐서린과 함께 누워 있다고 잠깐만 상상해볼까. 그녀와 너무 오래 떨어져 있었다. 옷은 축축하고, 바닥은 조금씩 흔들리고, 마음속은 외로움으로 가득찼다. 젖은 옷과 딱딱한 바닥을 아내 삼아 홀로 있었다. 생각은 멈추고 감각만 살아 있는 상태로 누워 있자니 화물칸 바닥의 딱딱함만큼은 참기 힘들었다.

아무리 캔버스 천 아래가 좋고 대포들과 함께 있는 게 즐거워도 사람이 화물칸 바닥을 사랑할 수는 없었다. 윤활유를 바르고 금속 냄새가 나는 캔버스 천 덮개 속 대포들이나 빗물이 새는 캔버스 천 포장도 사랑할 수 없었다. 사랑하는 것은 다른 누군가였다. 함께 있다고 상상조차 할 수 없는 사람을 사랑했다. 이제는 아주 분명하고 냉정하게 알 수 있었다. 냉정하다기보다는 분명하고 공허에 가득 찬 채로 알 수 있었다. 배를 깔고 엎드려 어떤 부대는 후퇴하고, 또 어떤 부대는 전진하는 현장에 몸담고 있으면서 공허하게 깨달았다. 구급차와 부하들을 잃었다. 백화점 매장 지배인이 화재로 상품들을 잃은 것처럼 말이다. 보험 가입 같은 것도 안 되어 있는 채로 말이다. 이제 완전히 벗어났다. 의무는 더 이상 남아 있지 않았다. 백화점이 타버린 뒤 억양이 이상하다는 이유로 매장 지배인들을 쏴버렸다면 그들은 분명 백화점이 다시 문을 연다고 해도 돌아오지 않을 것이다. 다른 직장을 구할 것이다. 다른 직장이 있고 경찰이 잡아가지 않는다면 말이다.

분노는 의무와 함께 강물에 씻겨 내려갔다. 물론 의무는 헌병이 내 멱살을 잡았을 때 끝났지만 말이다. 나는 겉모습에 별로 신경 쓰지 않는 사람이지만 군복을 벗고 싶은 마음이 들었다. 장교의 별 표시는 이미 떼어버렸지만, 그건 편의를 위해서였다. 명예 때문이 아니었다. 이탈리아군에 등을 돌린 것은 아니었다. 그냥 끝난 것이었다. 나는 이탈리아군에 행운이 따르기를 바랐다. 이탈리아군에는 착한 사람도 있고, 용감한 사람도 있고, 침착한 사람도 있고, 분별 있는 사람도 있었다. 그들은 행운을 누려 마땅한 사람들이었다. 하지만 이제 더는 내가 관여할 일이 아니었다. 나는 이 빌어먹을 기차가 어서 메스트레에 도착해 뭘 좀 먹었으면, 그리고 생각이 그만 멈추었으면 좋겠다는 마음뿐이었다. 생각은 꼭 멈춰야 했다.

피아니는 내가 총살당했다고 보고할 것이다. 헌병들은 총살당한 자들의 주머니를 뒤져 서류를 가져갔다. 그러니 내 서류는 없을 것이다. 내가 익사했다고 보고할지도 모른다. 미국에 있는 가족들이 어떤 소식을 듣게 될지 궁금했다. 부상과 그 밖의 이유로 말미암은 전사 정도일까. 하느님 맙소사, 배가 너무 고팠다. 장교 식당의 신부는 어떻게 되었을지 궁금했다. 그리고 리날디는 어떻게 되었을까. 아마 포르데노네에 있겠지. 더 후퇴하지 않았다면 말이다. 어쨌든 이제 그를 다시 만나지 못할 것이다. 이제 어느 누구도 다시 보지 못할 것이다. 그 생활은 막을 내렸다. 리날디가 매독에 걸린 것 같지는 않았다. 걸렸어도 제때 치료만 하면 심각한 병은 아니라고들 했다. 하지만 리날디는 걱정할 것이다. 나도 매독에 걸린다면 당연히 걱정할 것이다. 누구라도 그럴 것이다.

나는 생각하려고 태어난 사람은 아니었다. 먹으려고 태어난 사람이었다. 하느님 맙소사, 정말 그랬다. 나는 먹고 마시고 캐서린과 잠들려고 태어났다. 오늘 밤엔 그럴 수도 있지 않을까. 아니, 그건 불가능했다. 하지만 내일 밤은 가능하지 않을까. 맛있는 음식을 먹고, 이불을 덮고 자고, 우리 둘이 함께가 아니라면 다시는 떠나지 않고. 어쩌면 서둘러 떠나야 할지도 모르겠다. 캐서린은 나와 함께 갈 것이다. 분명 그럴 것이다. 그런데 언제 가야 하지? 조금 생각해봐야 할 문제였다. 날이 어둑어둑해졌다. 나는 누워서 그녀와 함께 어디로 갈 것인지 생각했다. 갈 곳은 많았다.

/

4부

33장

나는 기차에서 뛰어내렸다. 동트기 전의 새벽, 기차가 밀라노 역에 들어서며 속력을 줄일 때였다. 나는 선로를 가로지르고 건물들 사이를 빠져나와 거리로 나왔다. 와인 가게가 열려 있어 커피를 마시려고 들어갔다. 이른 아침의 분위기가 났다. 털어낸 먼지, 커피 잔에 담긴 스푼, 물기가 덜 마른 와인 잔이 남긴 둥근 자국에서 이른 아침의 냄새가 났다. 주인은 바 뒤편에 있었다. 탁자 자리에는 군인 둘이 앉아 있었다. 나는 바 쪽에 자리 잡고 앉아 커피 한 잔을 마시고 빵 한 조각을 먹었다. 커피는 우유를 넣어 옅은 갈색이었다. 나는 빵 조각으로 커피 위에 뜬 우유 거품을 걷어냈다. 주인이 나를 쳐다봤다.

"그라파 한 잔 드릴까요?"

"아니요, 괜찮습니다."

주인은 작은 잔에 술을 따라 내 쪽으로 밀어주었다.

"그냥 드리는 겁니다. 전선 동정은 어떻습니까?"

"모르겠군요."

"저 사람들은 취했어요."

주인은 이렇게 말하며 손으로 두 군인을 가리켰다. 그런 것 같았다. 그들은 취한 것처럼 보였다. 주인이 궁금해 못 견디겠다는 듯 다그쳐 물었다.

"그러니 말씀해주세요. 전선에서 무슨 일이 벌어지고 있는 겁니까?"

"전선 소식은 모릅니다."

"손님이 담을 따라 내려오는 걸 봤습니다. 기차에서 내린 거 아닙니까."

"대규모 후퇴 중입니다."

"신문에서 읽었습니다. 어떻게 된 겁니까? 이제 전쟁이 끝난 건가요?"

"그런 것 같지는 않습니다."

주인은 작달막한 병을 들어 잔에 그라파를 채워주었다. 그가 내 안색을 살피며 말했다.

"만일 지금 곤란한 상황이라면 숨겨줄 수 있습니다."

"그런 거 아닙니다."

"혹시라도 곤란한 상황이라면 나와 함께 여기 있어요."

"어디에 머무른단 말입니까?"

"건물 안이오. 여기 머무르는 사람이 많습니다. 곤란에 처한 사람은 누구나 머무르죠."

"곤란에 처한 사람이 많습니까?"

"어떤 곤란이냐에 따라 다르죠. 남미 분입니까?"

"아니요."

"스페인어는 하나요?"

"조금요."

주인은 바 탁자를 닦았다.

"지금은 이탈리아를 뜨는 게 어렵기는 한데, 영 불가능한 건 아닙니다."

"뜰 생각은 없습니다."

"있고 싶은 만큼 머물러도 됩니다. 내가 어떤 사람인지는 차차 알게 될 겁니다."

"오늘 아침엔 일이 있어 가야 해요. 하지만 주소를 기억해두었다가 다시 오겠습니다."

하지만 그는 고개를 흔들었다.

"그렇게 말하는 사람치고 다시 오는 사람을 못 봤죠. 손님은 몹시 곤란한 상황처럼 보입니다."

"난 문제 없어요. 하지만 나를 친구로 대해주는 분의 주소는 소중히 여깁니다."

나는 바 탁자에 커피 값으로 10리라 지폐를 올려놓은 뒤 말했다.

"나하고 그라파나 한잔합시다."

"그러지 않아도 괜찮아요."

"딱 한 잔만 해요."

주인이 잔 두 개에 술을 따랐다.

"잊지 마세요. 이곳으로 오세요. 다른 사람에게 숨겨달라고 하지 말고요. 여기라면 안전합니다."

"그러겠습니다."

"정말이죠?"

"예."

그의 얼굴 표정은 심각했다.

"그럼 한 가지만 알려주죠. 그 군복을 입고 돌아다니지 마세요."

"왜요?"

"소매에서 별을 떼어낸 자리가 너무 티가 납니다. 천 색깔이 다르니까요."

나는 아무 말도 하지 않았다.

"서류가 없다면 만들어주겠습니다."

"무슨 서류요?"

"휴가증 말입니다."

"서류는 필요 없습니다. 내게도 서류가 있어요."

"알겠습니다. 하지만 서류가 필요하다면 원하는 대로 구해줄 수 있어요."

"그런 서류는 얼마나 듭니까?"

"서류에 따라 다르죠. 터무니없는 가격은 아닙니다."

"지금은 필요하지 않습니다."

주인이 어깨를 으쓱했다. 나는 미소를 지어 보이며 말했다.

"정말 괜찮습니다."

가게를 나서는데 주인이 말했다.

"내가 당신의 친구라는 걸 잊지 마세요."

"잊지 않겠습니다."

"그럼 또 뵙겠습니다."

"그러죠."

가게 밖으로 나와서는 역에서 멀리 떨어져 걸었다. 역에는 헌병들이 있었다. 나는 작은 공원 모퉁이에서 마차를 잡아탔다. 그러고는 마부에게 병원 주소를 알려주었다. 병원에 도착하자 나는 수위실로 갔다. 수위의 아내가 나를 끌어안았다. 수위는 내 손을 잡고 흔들었다.

"돌아오셨군요, 무사히."

"그래."

"아침 식사는 하셨어요?"

"했네."

수위의 아내가 물었다.

"어떠세요, 중위님? 괜찮으세요?"

"아주 좋아요."

"저희와 같이 아침을 드시겠어요?"

"아니요, 고맙지만 괜찮습니다. 바클리 양이 지금 이 병원에 있나?"

"바클리요?"

"영국 간호사 아가씨 말이네."

수위의 아내가 말했다.

"중위님 애인 말이에요."

그녀는 내 팔을 토닥이면서 미소를 지었다. 수위가 말했다.

"없습니다. 그 아가씨는 떠났어요."

가슴이 철렁 내려앉았다.

"확실한가? 나는 금발에 키가 큰 영국 아가씨를 말하는데."

"확실합니다. 그 아가씨는 스트레사로 갔어요."

"언제 떠난 건가?"

"또 다른 영국 아가씨 한 명과 이틀 전에 떠났습니다."

"그렇군. 나를 위해 해주었으면 하는 일이 있네. 누구에게도 날 봤다는 얘기를 하지 말게. 정말 중요한 일이네."

수위는 다소 긴장한 채 말했다.

"아무한테도 말하지 않겠습니다."

나는 그에게 10리라짜리 지폐를 주었다. 그는 지폐를 밀어내며 말했다.

"누구에게도 말하지 않겠다고 약속합니다. 돈은 안 주셔도 됩니다."

그의 아내가 물었다.

"저희가 뭐 도와드릴 일이 있을까요, 중위님?"

"그거 하나면 됩니다."

수위가 비장한 표정으로 말했다.

"입을 꾹 다물고 있겠습니다. 제가 해드릴 일이 있으면 알려주세요."

"그러지. 잘 있게, 또 보자고."

수위 부부는 문간에 서서 나를 배웅했다.

나는 다시 마차에 오른 뒤 아는 사람들 가운데 시먼스의 주소를 댔다. 시먼스는 성악을 공부하고 있었다.

시먼스는 시내에서 한참 떨어진 포르타마젠타 쪽에 살고 있었다. 내가 도착했을 때 그는 자고 있던 중이었다. 그는 하품을 하며 말했다.

"자넨 엄청나게 일찍 일어나는군, 헨리."

"새벽 기차를 타고 왔어."

"후퇴라니 도대체 어떻게 된 건가? 자넨 전선에 있었나? 담배 한 대 피우겠어? 탁자 위 상자 안에 있네."

벽 쪽으로는 침대가 있고, 한쪽 구석에는 피아노, 옷장과 탁자 등을 갖춰놓은 커다란 방이었다. 나는 침대 옆 의자에 앉았다. 그리고 베개에 기대앉아 담배를 피우는 그에게 말했다.

"심(시먼스의 애칭-옮긴이), 난 좀 곤란한 상황이네."

"나도 그래, 나야 늘 곤란하지만. 담배 안 피울 건가?"

"안 피워. 스위스로 가려면 절차가 어떻게 되나?"

"자네가 가려고? 이탈리아군은 자네가 국외로 가게 놔두지 않을 텐데."

"그래, 그렇겠지. 하지만 스위스 쪽 말이야, 그쪽에서는 어떨까?"

"그쪽에서는 자네를 억류하겠지."

"그렇지. 그래도 뭔가 방법이 있지 않을까?"

"별거 아냐. 아주 간단하지. 자네는 어디든 갈 수 있네. 보고 나 뭐 그런 걸 하면 말이야. 그런데 왜? 경찰에게 쫓기고 있는 건가?"

"아직 확실한 건 아무것도 없어."

"말하고 싶지 않으면 하지 말게. 하지만 재미있는 얘기일 것 같군. 여긴 아직 아무 일도 없어. 나는 피아첸차에서 크게 실패했고."

"안됐군."

"아아, 그렇지. 정말 형편없었어. 노래는 잘했는데 말이야. 그래서 여기 리리코 극장에서 다시 한 번 해보려고."

"나도 가보고 싶네."

"자네 예의는 끝내주는군. 혹시 심하게 난처한 상황은 아닌 거지, 응?"

"글쎄."

"말하고 싶지 않으면 하지 말게. 그 빌어먹을 전선에서는 어떻게 빠져나온 거야?"

"이제 전쟁과는 끝이야."

"잘했군. 나는 늘 자네가 분별력이 있다고 생각했지. 어쨌거나 내가 도울 일이 있을까?"

"자넨 엄청나게 바쁘잖아."

"하나도 안 바빠, 헨리 이 친구야. 전혀. 뭐라도 해줄 수 있으면 좋겠군."

"자네 몸집이 나와 비슷하지. 나가서 사복을 좀 사다주겠나? 옷이 있긴 한데 몽땅 로마에 있어."

"거기 살았군, 자네. 지저분한 동네지. 어쩌다 거기 살았던 건가?"

"건축가가 되고 싶었거든."

"그럴 만한 곳이 못 되는데. 옷은 사지 말게. 내 옷 가운데 마음에 드는 건 다 가져가. 제대로 갖춰 입게 해주지. 히트 칠 거야. 저 옷방으로 들어가 봐. 붙박이장이 있네. 뭐든 맘에 드는 걸로 꺼내 입으라고, 이 친구야. 새로 살 필요는 없어."

"그래도 사고 싶은데, 심."

"이 친구야, 나한테는 밖에 나가 사오는 것보다 내 옷을 주는 게 더 쉬운 일이라고. 여권은 있는 거야? 여권이 없으면 멀리 못 가."

"응, 아직 여권은 갖고 있어."

"그럼 옷을 차려입으시게, 사랑하는 친구. 그리고 그리운 헬베티아(스위스의 라틴어 이름—옮긴이)로 떠나는 거야."

"그렇게 간단하지 않아. 먼저 스트레사로 가야 해."

"잘됐네, 이 친구야. 거기서 보트를 저어 건너가기만 하면 돼. 공연 계획이 없으면 나도 같이 갈 텐데. 조만간 나도 가지."

"요들을 배울 수 있을 거야."

"앞으로 배우지 뭐, 이 친구야. 그런데 지금도 부를 수는 있어. 낯설어서 그렇지."

"틀림없이 부를 수 있을 걸세."

시먼스는 담배를 문 채 다시 침대에 누웠다.

"너무 장담하지 말게. 그래도 부를 수는 있다고. 우라지게 우습긴 하지만 할 수는 있어. 난 노래하는 게 좋으니까. 들어보라고."

그가 목청을 돋워 「아프리카나」(독일 작곡가 마이어베어가 작곡한 오페라-옮긴이)를 불렀다. 그의 목이 부풀어 오르고 힘줄이 섰다. 노래를 그치고 그가 말했다.

"부를 수 있다니까. 사람들이 좋아할지 어떨지 모르겠지만."

나는 창밖을 내다봤다.

"내려가서 타고 온 마차를 보내고 올게."

"보내고 다시 올라와 같이 아침 먹자고, 이 친구야."

그는 침대에서 내려와 똑바로 서서 크게 심호흡을 하더니 아침 체조를 하기 시작했다. 나는 아래로 내려가 마부에게 마차 삯을 주었다.

34장

　일반인 복장을 하니 가장무도회에 참석해 있는 듯한 느낌이
들었다. 오랫동안 군복을 입고 지냈던지라 몸을 잡아주는 옷
의 느낌이 그리웠다. 바지가 너무 헐렁했다. 나는 밀라노에서
스트레사로 가는 기차표를 샀다. 모자도 새로 샀다. 심의 모자
는 차마 쓸 수 없었지만 옷은 훌륭했다. 옷에서 담배 냄새가 났
다. 열차 안에 앉아 창밖을 내다보고 있자니 모자는 너무 새것
인데 옷은 너무 오래된 느낌이 들었다. 창밖으로 보이는 롬바
르디아(이탈리아 북부에 있는 주-옮긴이)의 비에 젖은 풍경처럼
나 자신의 처지가 서글프다는 느낌이 들었다. 열차 안에는 항
공병이 몇몇 있었는데, 내게 별로 신경 쓰지 않았다. 그들은 나
를 쳐다보려 하지도 않았다. 내 나이 또래의 민간인들을 아주

경멸하는 듯했다. 나는 거기에 기분이 상하거나 하지는 않았다. 예전이었다면 나도 그들을 기분 나쁘게 해서 싸움을 걸었을 테지만 말이다. 항공병들은 갈라라테에서 내렸다. 나는 혼자 남게 되어 기뻤다. 신문이 있었지만 읽지는 않았다. 전쟁 소식을 알고 싶지 않아서였다. 전쟁에 대해서는 잊어버리고 싶었다. 나는 단독 평화조약을 맺은 것이다. 지독히도 외롭다 보니 열차가 스트레사에 도착하자 그렇게 반가울 수가 없었다.

역에 도착하면 호텔 짐꾼들이 보일 거라 생각했는데, 아무도 없었다. 휴가철이 끝난 지 오래라 아무도 열차를 타고 온 승객을 맞아주지 않았다. 나는 가방을 들고 열차에서 내렸다. 시먼스가 준 가방 안에는 셔츠 두 벌 말고는 아무것도 넣지 않아서 아주 가벼웠다. 나는 비가 내리는 기차역 지붕 밑에 서 있었다. 그사이에 기차는 다시 출발했다. 역에 사람이 보이기에 나는 그에게 문을 연 호텔을 아느냐고 물어봤다. 그란 호텔 앤 데일 보로메가 영업 중이고, 일 년 내내 문을 여는 소규모 호텔이 여럿 있다고 했다. 나는 가방을 들고 비를 맞으며 역에서 만난 사람이 알려준 호텔로 출발했다. 그러다 지나가는 마차를 보고 마부에게 손짓을 했다. 마차를 타고 들어가는 게 더 나을 듯했다. 커다란 호텔의 마차용 출입구에 들어서자 호텔 수위가 우산을 들고 나왔다. 그는 무척 정중했다.

나는 좋은 방을 잡았다. 방은 크고 밝았으며 호수가 내려다

보였다. 호수 위로 구름이 낮게 깔려 있었지만 햇빛을 받으면 아름다울 것 같았다. 나는 아내가 도착하기를 기다리고 있다고 말했다. 그래서 방에는 새틴 커버를 씌운 부부용 침대인 커다란 더블베드가 있었다. 굉장히 호화로운 호텔이었다. 나는 긴 복도를 지나 넓은 계단을 내려간 다음 여러 방을 지나쳐 바로 갔다. 바텐더는 나와 아는 사람이었다. 나는 등받이 없는 높은 의자에 앉아 소금 간을 한 아몬드와 감자 칩을 먹었다. 마티니는 차갑고 상쾌했다.

"민간인 차림으로 여기서 뭐하십니까?"

바텐더는 마티니를 두 잔째 만들어주고 나서 물었다.

"휴가 중이지. 요양 휴가."

"여긴 손님이 한 명도 없어요. 왜 호텔 영업을 계속하는지 모르겠다니까요."

"낚시는 계속하고?"

"엄청난 놈들을 몇 낚았죠. 이맘때 견지낚시를 하면 굉장한 놈들이 잡힙니다."

"내가 보낸 담배는 받았나?"

"그럼요. 제가 보낸 카드는 못 받으셨나요?"

나는 웃음이 났다. 담배를 구하지 못했던 것이다. 바텐더가 원한 것은 미국산 파이프 담배였는데, 친척들이 내게 보내주던 것을 그만두었거나 도중에 압수당한 모양이었다. 어쨌든 담배는 구하지 못했다. 내가 말했다.

"어딘가에서 구하게 되겠지. 시내에서 영국 아가씨 둘을 본 적이 있나? 그저께 이리로 왔을 텐데."

"이 호텔에는 안 계시나 봅니다."

"간호사들이야."

"간호사 둘은 본 적이 있어요. 잠깐만 기다리세요, 어디에 있는지 알아봐 드릴게요."

"그중 한 사람은 내 아내야. 아내를 만나려고 여기 온 거지."

"그럼 다른 한 사람은 제 아내겠네요."

"농담하는 거 아니야."

"바보 같은 농담을 해서 죄송해요. 분위기 파악을 제대로 못 했네요."

그는 자리를 뜨더니 꽤 오래 나가 있었다. 나는 올리브와 소금 간을 한 아몬드와 감자 칩을 먹으면서 바 뒤편에 있는 거울을 보고 있었다. 거울에 민간인 복장을 한 내 모습이 비쳤다. 바텐더가 돌아왔다.

"그분들은 역 근처에 있는 자그마한 호텔에 계시대요."

"샌드위치 되나?"

"가져오라고 할게요. 여긴 아무것도 없거든요. 지금 손님이 한 명도 없어서요."

"정말 한 명도 없나?"

"있긴 있죠. 몇 분 안 되지만요."

샌드위치가 도착했다. 나는 샌드위치 세 쪽을 먹고 마티니를 두 잔 더 마셨다. 이렇게 차갑고 상쾌한 맛은 처음이었다. 미개하게 살다가 문명을 맛본 듯한 기분이었다. 지금까지 레드 와인과 빵, 치즈, 맛없는 커피와 그라파를 너무 많이 먹고 마셨다. 나는 쾌적한 마호가니 탁자와 놋쇠 장식, 거울 들을 앞에 두고 높은 의자에 앉아 아무 생각도 하지 않고 있었다. 바텐더가 내게 뭔가를 묻자 나는 말했다.

"전쟁 얘기는 하지 말게."

전쟁은 저 멀리 떨어진 곳의 이야기였다. 어쩌면 전쟁 같은 것은 존재하지 않았던 건지도 모르겠다. 이곳에는 전쟁이라곤 없었다. 그리고 나에게만큼은 전쟁이 끝났다는 것을 깨달았다. 하지만 정말로 끝났다는 느낌은 들지 않았다. 학교를 땡땡이쳐 놓고 지금쯤 학교에서는 뭘 하고 있을까 궁금해하는 아이가 된 느낌이었다.

내가 호텔에 도착했을 때 캐서린과 헬렌 퍼거슨은 저녁 식사를 하고 있었다. 복도에 서 있는데 탁자에 앉아 있는 두 사람이 보였다. 캐서린의 얼굴이 내 쪽을 향해 있지 않아 그녀의 머리카락과 뺨, 아름다운 목과 어깨로 이어지는 선이 보였다. 퍼거슨이 이야기를 하고 있었다. 내가 나타나자 이야기를 멈춘 퍼거슨은 눈을 크게 뜬 채 말했다.

"세상에."

나는 그녀의 반응에 웃으며 말했다.

"잘 지냈나요?"

캐서린이 내 쪽을 돌아보며 말했다.

"어머, 당신!"

그녀의 얼굴이 환하게 빛났다. 너무 행복해서 믿어지지 않는다는 표정이었다. 나는 그녀에게 키스했다. 그녀는 얼굴이 빨개졌고 나는 자리에 앉았다. 퍼거슨이 말했다.

"참으로 엉뚱하시네요. 여기서 뭐하시는 거예요? 식사는 하셨고요?"

"아니요."

식사 시중을 드는 종업원 아가씨가 왔기에 나는 식사를 부탁했다. 캐서린은 내내 나를 바라보았다. 두 눈에 행복감이 어려 있었다. 퍼거슨이 물었다.

"사복을 입고 뭐하세요?"

"내각에 입성했죠."

"사고를 쳤군요."

"기분 풀어요, 퍼기. 조금만 기분을 내자고요."

"중위님을 보니 기분이 좋지 않아요. 중위님이 캐서린을 어떤 난장판으로 끌고 들어갔는지 아는데 어떻게 기분이 좋을 수 있겠어요? 중위님이 전혀 반갑지 않다고요."

캐서린은 나를 향해 미소 지으며 탁자 밑에서 발로 나를 건드렸다.

"아무도 날 곤란하게 만들지 않았어, 퍼기. 내가 스스로 뛰어든 거야."

"중위님이 절대 용서가 안 돼. 이탈리아인의 음흉한 속임수로 네 신세를 망치기밖에 더 했어? 미국인이 이탈리아인보다 더하다니까."

캐서린이 말했다.

"스코틀랜드인은 굉장히 도덕적인 민족이고?"

"그런 말이 아니야. 중위님의 이탈리아인 같은 음흉함을 말하는 거라고."

"내가 음흉하다고요, 퍼기?"

"그래요, 음흉한 정도가 아니죠. 꼭 뱀 같다고요. 이탈리아 군복을 입고 목에는 망토를 두른 뱀이오."

"지금은 이탈리아 군복을 안 입었는데."

"중위님이 음흉하다는 걸 보여주는 또 하나의 증거죠. 여름 내내 연애 사건을 일으켜 캐서린에게 아이를 갖게 하더니 이젠 슬그머니 내뺄 것 같은걸요."

나는 캐서린에게 미소를 지어 보였고 그녀도 내게 미소를 지었다. 그녀는 퍼거슨을 향해 웃어 보이며 말했다.

"우리 둘 다 내뺄 거야."

"둘 다 똑같아. 난 네가 부끄러워, 캐서린 바클리. 부끄러움도 모르고 명예가 뭔지도 몰라. 너도 중위님만큼 음흉하다고."

캐서린은 그녀의 손을 가볍게 쳤다.

"그만해, 퍼기. 나를 나쁘게 말하지 말아 줘. 우리가 서로 좋아하는 거 알잖아."

얼굴이 벌게진 채 퍼거슨이 말했다.

"손 치워. 스스로 부끄러운 줄 알았다면 좀 달랐을 거야. 하지만 넌 몇 달이나 됐는지 모를 아기를 배고 있으면서 그걸 우습게 여기더니 너를 꼬여낸 남자가 돌아왔다며 활짝 웃고 있다니. 너는 부끄러움도 없고 자존심도 없어."

퍼거슨이 흐느끼기 시작했다. 캐서린은 그녀에게 다가가 안아주었다. 캐서린이 퍼거슨을 달래며 서 있는데, 그녀의 몸은 변화가 없어 보였다. 퍼거슨은 계속 흐느꼈다.

"난 상관 안 할래. 정말 정나미 떨어져."

캐서린이 그녀를 달랬다.

"자, 자, 퍼기. 부끄러운 줄 알게. 울지 마, 퍼기. 울지 마, 내 친구 퍼기."

퍼거슨은 여전히 훌쩍거렸다.

"우는 거 아니야. 안 울어, 네가 처한 끔찍한 상황만 아니라면 말이야."

퍼거슨이 나를 쳐다봤다.

"중위님이 정말 미워요. 캐서린도 내가 중위님을 미워하는 건 어쩌지 못해요. 중위님은 지저분하고 음흉한 미국인이자 이탈리아인이에요."

그녀의 눈과 코는 울어 빨개져 있었다.

캐서린이 내게 미소를 보냈다.

"나를 안고 있으면서 중위님한테 웃어주지 마."

"좀 비이성적인데, 퍼기."

퍼거슨은 여전히 훌쩍거렸다.

"나도 알아. 날 신경 쓰지 마. 중위님도요. 너무 속상해서 그래. 난 이성적인 사람이 아니에요. 그건 알아요. 난 그저 두 사람이 행복하기만 바란다고요."

캐서린이 미소를 지으며 말했다.

"우린 행복해. 우리 다정한 퍼기."

퍼거슨은 다시 울음을 터뜨렸다.

"이런 식으로 행복하길 바라지는 않아. 왜 결혼하지 않는 거예요? 다른 부인이 있는 건 아니죠, 예?"

나는 손을 들어 맹세하듯 말했다.

"아니에요."

이 모습에 캐서린이 웃자 퍼거슨은 말했다.

"웃을 일이 아니야. 아내를 숨겨둔 남자가 얼마나 많은데."

캐서린은 퍼거슨의 어깨에 손을 얹고 말했다.

"우린 결혼할 거야, 퍼기. 그래야 네가 기쁘다면."

"나 기분 좋으라고 하는 게 아니잖아. 당연히 결혼하고 싶어해야지."

"우린 바빴잖아."

"그래, 알아. 아이 만드느라 바빴지."

나는 퍼거슨이 다시 울음을 터뜨릴 줄 알았는데, 그녀는 오히려 비꼬기 시작했다.

"당장 오늘 밤에도 중위님하고 데이트하겠지?"

캐서린이 대답했다.

"응, 그러자고 하면."

"나는 어쩌고?"

"여기 혼자 남아 있을까 봐 걱정돼?"

"응, 그래."

"그럼 너하고 같이 있을게."

"아니야, 중위님하고 가. 당장 가버리라고. 두 사람 보는 것도 지겨워."

"저녁을 마저 먹는 게 좋겠어."

"싫어. 당장 가."

"퍼기, 이성을 좀 찾아."

"당장 나가라고. 둘 다 가버리라고."

나는 캐서린을 향해 말했다.

"그럼 가지."

퍼기가 지겨워진 나는 슬슬 화가 나려고 했다.

"되게 가고 싶어 하네. 혼자 저녁을 먹게 날 두고 가고 싶어
하는 거 봤지. 난 늘 이탈리아의 호수에 가보고 싶었는데, 결국
이렇게 되고 마는 거였어. 아아, 아아."

퍼거슨은 흐느끼더니 목이 메는 듯했다. 캐서린은 여전히 그
녀를 다독였다.

"저녁 식사를 마칠 때까지 여기 있을 거야. 그리고 네가 머
무르길 바란다면 너 혼자 두고 안 갈 거야. 널 혼자 내버려두지
않아, 퍼기."

퍼거슨은 눈물을 닦았다.

"아냐, 싫어. 난 네가 가면 좋겠어. 가버리면 좋겠다고. 난 지
금 너무 비이성적이야. 그러니 신경 쓰지 마."

식사 시중을 들던 아가씨는 아까부터 울고불고하는 이 소동
에 불편해하는 기색이 역력했다. 그러다 다음 요리를 가져왔
을 때 상황이 진정된 것을 보고 안심하는 듯했다.

그날 밤 우리는 호텔의 우리 방에 있었다. 객실 밖으로 길고
텅 빈 복도가 뻗어 있고, 문 앞에 우리 신발이 놓여 있고, 바닥
에는 두꺼운 카펫이 깔려 있었다. 창밖에는 빗방울이 떨어지
고 있었지만 방 안은 밝고 쾌적하고 활기가 넘쳤다. 그러다 불

을 끄고 부드러운 시트와 편안한 침대에 눕자 가슴이 두근거렸다. 집에 돌아온 것 같은 느낌과 더는 혼자가 아니라는 느낌을 만끽했다. 밤에 잠에서 깨어 서로가 곁에 있다는 것을, 어디로 가버리지 않았다는 것을 확인했다. 그 밖의 다른 모든 것은 비현실적이었다. 우리는 피곤해지면 잠을 잤고, 한쪽이 잠에서 깨면 다른 한쪽도 깨어 혼자가 될 일이 없었다. 흔히 남자는 혼자 있고 싶을 때가 있고 여자 또한 마찬가지다. 사랑하는 사이라면 상대방의 이런 기분을 서운해하기 마련이다. 하지만 단언컨대 우리는 그런 서운함을 느껴본 적이 없었다. 사람들은 다른 사람들과 함께 있는데도 홀로 있다고 느낀다. 나머지 사람들에 대해 혼자라는 기분을 느끼는 것이다. 한때 나도 그런 식으로 느낀 적이 있다. 많은 여자와 함께하는 동안 나는 혼자였고, 그럴 때가 가장 외로웠다. 하지만 우리는 절대 외롭지 않았고 함께 있으면 아무것도 두렵지 않았다. 밤이 낮과 같지 않다는 것을 안다. 낮과 밤은 전혀 다르다. 밤에 속한 것들은 낮에는 이해가 되지 않을 것이다. 낮에는 존재하지 않는 것들이기 때문이다. 밤은 외로운 사람들에게는 끔찍한 시간일 수도 있다. 일단 외로움을 느끼기 시작하면 말이다. 하지만 캐서린과 있으면 밤도 낮과 거의 다르지 않았다. 딱 한 가지, 밤이 훨씬 더 낫다는 점만 빼곤 말이다. 사람들이 너무 많은 용기를 갖고 세상에 나오면 세상은 그들을 꺾어버리기 위해 죽여야만

한다. 그러니 세상이 그들을 죽음으로 이끄는 게 당연하다. 세상이 그런 사람들을 하나하나 꺾어버리고 나면 그 꺾인 자리에서 사람들은 더 강해진다. 하지만 세상은 꺾이지 않으려는 그들을 죽음으로 이끈다. 아주 착한 사람들, 아주 순한 사람들, 아주 용감한 사람들을 구분하지 않고 죽인다. 그런 사람들이 아니라 해도 세상은 틀림없이 당신을 죽일 것이다. 하지만 특별히 서둘러 죽이지는 않을 것이다.

아침에 눈을 떴을 때가 기억난다. 캐서린은 잠들어 있었고 창문으로 햇빛이 쏟아지고 있었다. 비는 그쳐 있었다. 나는 침대에서 일어나 방을 가로질러 창가로 갔다. 아래쪽으로 정원이 보였다. 지금은 황량하지만 멋지게 다듬어놓은 정원이었다. 자갈을 깐 길과 나무들, 호숫가의 돌담, 저 너머 산을 등지고 햇빛에 빛나는 호수도 내려다보였다. 창가에 서서 밖을 내다보다가 돌아보니 캐서린이 잠에서 깨어 나를 바라보고 있었다. 그녀가 말했다.

"잘 잤어요? 날씨 참 좋지 않아요?"

"기분은 어때?"

"아주 좋아요. 멋진 밤을 보냈잖아요."

"아침 먹을래?"

캐서린은 아침을 먹고 싶어 했다. 나도 그랬다. 우리는 침대에서 아침을 먹었다. 11월의 햇빛이 창문으로 들어오고, 무릎 위에는 아침 쟁반이 놓여 있었다.

"신문을 읽고 싶지 않아요? 병원에서는 항상 신문을 갖다 달라고 했잖아요."

"싫어. 지금은 읽고 싶지 않아."

"신문을 읽고 싶지 않을 정도로 그렇게 상황이 안 좋아요?"

"그저 읽고 싶지 않은 거야."

"나도 당신과 함께 있었더라면 무슨 일인지 알았을 텐데요."

"머릿속에서 좀 정리되고 나면 다 말해줄게."

"그런데 군복을 입지 않은 게 눈에 띄면 체포되지 않나요?"

"아마 총살당하겠지."

"그럼 여기에 머물면 안 돼요. 우리 이 나라를 떠나요."

"나도 그런 생각을 해봤어."

"떠나요. 바보같이 운에 맡기지 마요. 말해줘요. 메스트레에서 밀라노까지 어떻게 온 거예요?"

"기차를 타고 왔어. 그때는 군복을 입고 있었고."

"위험한 상황은 아니었고요?"

"그다지. 날짜가 지난 이동 명령서가 있었어. 메스트레에서 날짜를 고쳤지."

"여기서는 언제 체포당해도 이상하지 않아요. 당신을 그렇게 내버려둘 순 없어요. 그건 바보 같은 짓이에요. 당신이 잡혀가면 우린 어떻게 되죠?"

"그런 생각은 하지 말자고. 난 생각하는 데 지쳤어."

"당신을 체포하러 오면 어떻게 할 건데요?"

"쏴버리지 뭐."

"이렇게 철이 없다니까. 우리가 여기를 떠날 때까지 당신을 호텔 밖으로 내보내지 않을 거예요."

"대체 어디로 갈 건데?"

"그렇게 말하지 마요. 당신이 말하는 곳이라면 어디든 갈 거예요. 하지만 당장 갈 수 있는 곳을 찾아봐 줘요."

"스위스가 호수 건너에 있으니 거기로 가면 되겠지."

"그게 좋겠네요."

밖은 하늘이 흐려지자 호수 쪽도 어두컴컴해지고 있었다. 나는 갑자기 우울해져 말했다.

"평생 범죄자처럼 살아야만 하는 게 아니라면 좋겠어."

"이러지 마요. 그렇게 산 지 얼마 되지 않았잖아요. 우린 절대 범죄자처럼 살지 않을 거예요. 즐겁게 살 거라고요."

"범죄자 같은 기분이야. 군대에서 탈영했으니 말이야."

"제발 정신 차려요. 그건 탈영이 아니에요. 자기 나라 군대도 아니고 이탈리아 군대잖아요."

나는 웃었다.

"당신은 좋은 여자야. 다시 침대로 들어가자고. 침대에 있으면 기분이 좋아."

시간이 흐른 뒤 캐서린이 말했다.

"범죄자 같은 기분 아니죠, 예?"

"아냐, 당신과 함께 있을 때는 그렇지 않아."

"이렇게 철없는 사람이라니까. 하지만 난 당신을 챙길 거예
요. 정말 멋지지 않아요? 이젠 입덧을 안 하니 말이에요."

"정말 잘됐어."

"이렇게 훌륭한 아내를 두고도 고마운 줄 모르시네. 하지만
괜찮아요. 아무도 잡아갈 수 없는 곳으로 당신을 데려갈 거예
요. 우린 행복한 시간을 보낼 거고요."

"당장 그곳으로 가자고."

"그래요, 가요. 난 당신이 원하면 언제든, 어디로든 갈 거라
고요."

"아무 생각도 하지 말고."

"좋아요."

35장

캐서린은 퍼거슨을 만나러 호수를 따라 내려가 작은 호텔로 갔고, 나는 바에서 신문을 읽었다. 바에는 편안한 가죽 의자가 있어 나는 거기 앉아서 바텐더가 올 때까지 신문을 읽고 있었다. 이탈리아군은 탈리아멘토 강도 지켜내지 못했다. 피아베 강까지 밀려 내려오는 중이었다. 피아베 강은 나도 기억하는 곳이었다. 철도가 산도나 근처에서 피아베 강을 가로질러 전선으로 뻗어 있었다. 그곳은 수심이 깊고 유속은 느렸으며 강폭은 아주 좁았다. 그 아래쪽으로는 모기가 들끓는 습지와 운하가 있었다. 멋진 별장들도 있었다. 전쟁이 일어나기 전 코르티나담페초로 올라가는 길에 몇 시간 동안 야산을 거쳐 강가를 따라 가본 적이 있다. 상류 쪽은 송어가 살고 있는 것처럼 보였다. 물살이 빠르고 수심이 얕은 물길이 길게 뻗어 나가다 바위 그늘 아래에서 웅덩이를 이뤘다. 도로는 카도레에서 굽어지며 피아베 강과 멀어졌다. 나는 상류 쪽에 있던 이탈리아 군이 어떻게 내려올지 궁금했다. 바텐더가 들어와 말했다.

"그레피 백작님이 중위님을 보자고 하시네요."

"누구라고?"

"그레피 백작님이오. 예전에 여기 왔을 때 이 호텔에 계셨던 노신사를 기억하시죠?"

"그분이 여기 계시나?"

"예, 조카딸과 함께 오셨어요. 백작님한테 중위님이 여기 계시다고 말씀드렸더니 당구를 치고 싶다고 하시던데요."

"지금 어디 계신가?"

"산책 중이세요."

"잘 지내시는가?"

"예전보다 더 젊게 사세요. 어제 저녁에는 식사 전에 샴페인 칵테일을 세 잔이나 드셨죠."

"당구 실력은 여전하신가?"

"잘 치세요. 제가 지죠. 중위님이 오셨다고 했더니 굉장히 좋아하셨어요. 여긴 함께 당구 칠 사람이 없거든요."

그레피 백작은 아흔네 살로 메테르니히(오스트리아 정치가로 유럽 외교의 1인자-옮긴이)와 같은 시대 사람이었다. 머리카락과 콧수염이 하얗게 센 매너가 근사한 노인이었다. 오스트리아와 이탈리아, 양국 외교부에 몸담았던 백작의 생일파티는 밀라노 사교계에서 커다란 행사였다. 그는 백 살까지는 살 것처럼 보였고, 그의 당구 실력은 아흔네 살 특유의 꼬장꼬장함과는 대조적으로 유연하고 능숙했다. 예전에 한 번 성수기를 지나 스트레사에 왔을 때 그를 만난 적이 있는데, 그때 당구를 치면서 샴페인을 마셨다. 아주 훌륭한 습관인 것 같았다. 백작은 100점 중 15점을 접어주고 당구를 쳤는데도 내가 졌다.

"그분이 여기 계시다고 미리 말해주지 그랬나?"

"깜빡 잊었어요."

"또 누가 계신가?"

"중위님이 아는 분은 없습니다. 딱 여섯 분 계세요."

"지금 할 일 있나?"

"없습니다."

"그럼 나가서 낚시나 하자고."

"한 시간 정도는 할 수 있습니다."

"가지. 견지 낚싯줄도 가져오고."

바텐더가 코트를 입자 우리는 밖으로 나왔다. 우리는 내려가서 보트를 탔다. 내가 노를 젓고 바텐더는 고물에 앉아 호수 속의 송어를 낚기 위해 미끼와 묵직한 추를 매단 낚싯줄을 드리웠다. 우리는 호숫가를 따라 노를 저어갔다. 바텐더는 낚싯줄을 손으로 잡고 있다가 가끔 앞쪽으로 홱 잡아당겼다. 호수에서 바라보니 관광객이 떠난 스트레사는 적막해 보였다. 가지만 남은 나무들이 길게 늘어서 있고 커다란 호텔과 문을 닫은 별장들이 보였다. 나는 이솔라벨라 섬 쪽으로 노를 저어 암벽 가까이까지 갔다. 암벽 부근에서 물이 갑자기 깊어졌다. 암벽은 맑은 물속에서 비스듬히 기울어져 있다가 어부들의 섬에서 솟아올라 있었다(스트레사와 맞닿아 있는 마조레 호수에는 작은 섬들이 있는데, 이솔라벨라와 어부들의 섬도 그중 하나임―옮긴이). 태양이 구름 뒤에 숨어 있어 호수는 어둡고 매끄럽고 아주 차가웠다. 물고기들이 솟아오르느라 물 위에 동그라미들이 생겨났지만 입질은 한 마리도 없었다.

나는 노를 저어 반대편 어부들의 섬으로 올라갔다. 그곳에서는 보트들을 매어놓고 어부들이 그물을 손보고 있었다.

"한잔할까?"

"좋죠."

나는 돌로 만든 부두에 보트를 댔다. 바텐더가 낚싯줄을 끌어올려 보트 바닥에 감아놓고 뱃전 끄트머리에 미끼를 걸어놓았다. 나는 내려서 보트를 묶었다. 우리는 작은 카페에 들어가 탁자보가 깔려 있지 않은 나무 탁자에 앉아서 베르무트를 시켰다.

"노 젓느라 피곤하시죠?"

"아니야."

"돌아갈 때는 제가 젓죠."

"난 노 젓는 거 좋아해."

"중위님이 낚싯줄을 잡으면 운이 따를지도 모르잖아요.",

"알았네."

"전쟁은 어떻게 되어가고 있나요?"

"끔찍하지."

"저는 전쟁에 나가지 않아도 되죠. 그레피 백작님처럼 나이가 많아서요."

"어쩌면 자네도 나가야 할지 몰라."

"내년에는 저처럼 나이 많은 사람들도 부르겠죠. 하지만 안 갈 거예요."

"어떻게 하려고?"

"이 나라를 뜨는 거죠. 전쟁에는 나가지 않을 거예요. 전 아비시니아 전쟁(에티오피아 전쟁, 즉 이탈리아가 에티오피아를 두 차례 침략했던 전쟁–옮긴이)에도 참가했어요. 또 가다니 안 될 말이죠. 중위님은 왜 참전하신 거예요?"

"모르겠어. 바보였나 보지."

"베르무트 한 잔 더 하실래요?"

"좋지."

돌아오는 길에는 바텐더가 노를 저었다. 우리는 스트레사

너머로 호수를 거슬러 올라가며 낚시를 하다가 호숫가에서 멀지 않은 곳까지 다시 내려왔다. 나는 낚싯줄을 팽팽하게 잡고 있어 미끼가 빙글빙글 도는 것을 약하게나마 느낄 수 있었다. 낚싯줄을 잡고 있는 동안 11월의 어두운 호수와 적막한 호숫가를 바라봤다. 바텐더는 노를 크게 저으며 앞으로 나아갔고 보트가 앞으로 쭉 밀릴 때마다 낚싯줄이 흔들렸다. 입질이 한 번 왔다. 갑자기 낚싯줄이 팽팽해지더니 뒤로 홱 젖혀졌다. 줄을 잡아당기자 요동치는 송어의 무게가 느껴지다가 다음 순간 낚싯줄이 또 한 번 흔들렸다. 놓쳐버린 것이었다.

"큰 놈이었나요?"

"아주 컸어."

"한번은 혼자 낚시하러 와서 낚싯줄을 이로 물고 있었죠. 그러다 입질이 와서 입이 홀랑 날아갈 뻔했지 뭡니까."

"가장 좋은 방법은 다리에 감고 있는 거야. 그러면 입질을 느낄 수 있고 이가 뽑힐 염려도 없지."

나는 손을 물에 담가봤다. 아주 차가웠다. 우리는 이제 거의 호텔 앞까지 와 있었다. 바텐더가 말했다.

"전 들어가 봐야 합니다. 열한 시까지 가 있어야 해요. 칵테일 시간이니까요."

"알았네."

나는 낚싯줄을 끌어당겨 양쪽 끝에 눈금이 새겨진 막대기에 감아두었다. 바텐더는 보트를 암벽 안쪽 우묵한 곳에 갖다 대고 사슬을 걸어 자물쇠로 잠갔다. 그가 말했다.

"언제든 원하면 열쇠를 드리겠습니다."

"고맙네."

우리는 호텔로 올라가 바로 들어갔다. 이른 아침 시간이라 술을 더 마시고 싶지는 않아 나는 방으로 올라갔다. 호텔 종업원이 막 방 청소를 끝내놓았고, 캐서린은 아직 돌아오지 않았다. 나는 침대에 누워 생각을 몰아내려고 애썼다.

캐서린이 돌아오자 다시 기분이 좋아졌다. 퍼거슨이 아래층에 와 있다고 말했다. 점심을 먹으러 온 것이었다. 캐서린이 내 기분을 살피며 말했다.

"당신이 싫어하진 않을 거라고 생각했어요."

"싫지 않아."

"무슨 일 있어요?"

"모르겠어."

"난 알겠어요. 할 일이 없어 그래요. 당신한테는 오로지 나뿐인데 내가 가버렸으니 말이에요."

"맞아."

"미안해요. 갑자기 아무것도 없게 된 게 얼마나 끔찍한 기분인지 아는데."

"내 인생은 예전에 늘 뭐가 많았는데, 이젠 당신이 함께 있어주지 않으면 이 세상에 가진 게 하나도 없게 되었네."

"하지만 이제 내가 함께 있을 거니까 괜찮을 거예요. 두 시간 가 있었을 뿐이에요. 뭐 할 만한 일이 없을까요?"

"바텐더와 낚시를 갔어."

"재미없었어요?"

"재미있었어."

"내가 없을 때는 내 생각 하지 마요."

"전선에선 그렇게 했고, 그게 통하기도 했지. 하지만 그때는 할 일이 있었어."

그녀가 놀렸다.

"실직한 오셀로(셰익스피어 비극 『오셀로』의 주인공으로, 질투심의 대명사로 불림-옮긴이)네요."

"오셀로는 흑인이었어. 게다가 난 질투하고 있지 않다고. 당신을 너무나 사랑하는 것 말곤 할 수 있는 게 없어."

"그럼 얌전하게 굴고 퍼거슨한테도 잘해줄 거죠?"

"난 늘 퍼거슨에게 잘해. 날 욕하지만 않으면 말이야."

"그녀에게 잘해줘요. 우린 많은 걸 가졌는데, 그녀에겐 아무것도 없잖아요."

"퍼거슨이 우리가 가진 걸 갖고 싶어 하는 건 아닌 듯한데."

"이렇게나 똑똑한 분인데 모르는 것도 많네요."

"퍼거슨에게 잘해줄게."

"그럴 거라 믿어요. 당신은 정말 다정한 사람이니까."

"점심 먹은 다음에도 머물러 있는 건 아니겠지, 응?"

"아니에요. 보낼게요."

"그러고 나서 우린 여기로 올라오고."

"그럼요. 내가 뭘 원하는 것 같아요?"

우리는 아래층으로 내려가 퍼거슨과 점심을 먹었다. 그녀는 이 호텔의 위용과 호화로운 식당에 감탄했다. 우리는 카프리 화이트 와인 두 병을 곁들여 점심을 맛있게 먹었다. 그레피 백작이 식당으로 들어와 우리에게 고개 숙여 인사했다. 백작의 조카딸도 함께였는데, 우리 할머니를 조금 닮은 것 같았다. 내가 캐서린과 퍼거슨에게 백작 이야기를 해주자 퍼거슨은 깊이 감명받은 듯했다. 호텔은 아주 크고 웅장하지만 텅 비어 있었다. 하지만 음식은 맛있고 와인도 꽤 괜찮았다. 결국 와인 덕분에 우리 모두 기분이 아주 좋아졌다. 캐서린은 더할 나위 없이 좋아 보였다. 너무나 행복해했다. 퍼거슨은 꽤 명랑해졌다. 나도 기분이 아주 좋았다. 점심을 먹고 나서 퍼거슨은 자신이 묵고 있는 호텔로 돌아갔다. 그녀 말로는 점심 뒤에는 좀 누워 있겠다고 했다.

그날 오후 느지막이 누군가 우리 방문을 두드렸다.

"누구시죠?"

"그레피 백작님이 함께 당구를 칠 수 있을지 알고 싶어 하십니다."

나는 손목시계를 봤다. 시계는 풀어 베개 밑에 넣어두었다. 캐서린이 속삭였다.

"가야 해요?"

"그러는 게 좋을 것 같아."

시계는 네 시 십오 분을 가리키고 있었다. 나는 밖을 향해 크게 말했다.

"그레피 백작님께 다섯 시까지 당구실로 가겠다고 말씀드려 주게."

다섯 시 십오 분 전이 되자 나는 캐서린에게 작별 키스를 하고 옷을 입으러 욕실로 들어갔다. 넥타이를 매고 거울을 보니 사복을 입고 있는 내 모습이 낯설게 보였다. 잊지 말고 셔츠와 양말을 좀 더 사야 할 것 같았다. 캐서린이 물었다.

"오래 나가 있을 거예요?"

침대에 있는 그녀의 모습이 사랑스러웠다.

"브러시 좀 집어줄래요?"

나는 캐서린이 머리 빗는 모습을 바라봤다. 그녀는 머리를 기울여 머리카락이 한쪽으로 다 쏠리게 하고 있었다. 밖은 어두웠지만, 침대 머리맡의 불빛이 그녀의 머리카락과 목과 어깨를 환하게 비추고 있었다. 나는 캐서린에게 다가가 키스하곤 브러시를 쥔 손을 잡고 그녀의 머리를 베개 위로 다시 뉘었다. 그러고는 목과 어깨에 키스해주었다. 그녀를 사랑하는 마음이 너무나 커서 기절할 것 같았다.

"가기 싫어."

"나도 당신이 안 가면 좋겠어요."

"그럼 안 갈게."

"안 돼요, 어서 가요. 잠깐인데요 뭐. 그런 다음엔 다시 돌아올 거고요."

"방에서 저녁을 먹자고."

"얼른 갔다 와요."

당구실에 가니 그레피 백작이 와 있었다. 그는 스트로크 연습을 하고 있었는데, 불빛 아래 당구대 위에 엎드린 모습이 아주 허약해 보였다. 등불 저편 카드 게임 탁자에는 은으로 된 얼음 통이 있고, 통 위로 얼음 조각들과 샴페인 병 두 개의 병목과 코르크마개가 보였다. 내가 당구대 쪽으로 가자 그레피 백작은 허리를 펴고 일어나 내 쪽으로 걸어왔다. 백작이 손을 내밀어 악수를 청했다.

"자네가 와 있으니 이렇게 좋을 수가 없네. 당구 상대를 해줘서 고맙군."

"불러주셔서 제가 감사하죠."

"건강은 좋아졌나? 자네가 이손초 강에서 부상을 입었다고 하던데. 완전히 나은 거면 좋겠네."

"지금은 다 나았습니다. 건강히 지내셨죠?"

"아아, 나야 늘 건강하지. 하지만 하루하루 늙어가고 있다네. 이젠 세월의 흔적이 느껴져."

"그럴 리가요."

"정말이야. 하나 알려줄까? 이젠 이탈리아어로 말하는 게 더 편하다고. 스스로 단련하고 있는데도 피곤해지면 이탈리아어가 훨씬 편하다니까. 그래서 나도 나이를 먹긴 먹나 보다 하지."

"여기선 이탈리아어로 말씀하셔도 됩니다. 저도 조금 피곤하니까요."

"아, 하지만 자네는 피곤할 때면 영어로 말하는 게 더 편할 텐데."

"미국어죠."

"그렇지, 미국어. 미국어로 말해주게나. 유쾌하게 들리는 말 아닌가."

"전 미국인을 만날 기회가 거의 없습니다."

"틀림없이 그립겠구먼. 사람이라면 고국 사람들이 그립지. 특히 고국 여자들이 그리운 법이지. 나도 그런 경험이 있네. 한 게임 칠까, 아니면 그러기엔 너무 피곤한가?"

"그렇게 피곤하지는 않습니다. 피곤하다는 건 농담이었습니다. 핸디캡은 몇 점이나 주실 건가요?"

"그동안 많이 쳤나?"

"전혀 안 쳤죠."

"자넨 잘 치잖아. 100점에 10점 어떤가?"

"절 과대평가하시는 겁니다."

"그럼 15점?"

"그 정도면 괜찮겠네요. 하지만 백작님이 이기실걸요."

"내기를 걸고 칠까? 자넨 늘 내기 당구 치는 걸 좋아하지 않았나."

"그러는 게 좋겠습니다."

"좋아. 핸디캡을 18점 줄 테니 1점에 1프랑(프랑은 프랑스, 벨기에, 스위스 등에서 통용되던 화폐 단위로, 스위스를 뺀 나머지 나라들은 2002년 이후 유로화를 사용하기 시작했음-옮긴이)씩 걸고 치지."

백작은 당구를 아주 잘 쳤다. 나는 핸디캡을 얻고도 백작이 50점이 되었을 때 4점밖에 앞서가지 못하고 있었다. 그레피 백작은 벽에 달린 버튼을 눌러 바텐더를 부르더니 말했다.

"샴페인 병을 따주게."

그러고는 내게 말했다.

"흥을 좀 돋워야지."

와인은 얼음처럼 차갑고 아주 쌉싸름하니 맛있었다.

"이탈리아어로 이야기할 수 있을까? 자네 괜찮겠나? 이게 요즘 내 커다란 약점이야."

우리는 계속 당구를 쳤다. 이따금 와인도 마시면서 쳤다. 이탈리아어로 이야기를 나누기는 했지만 주로 당구에 집중했다. 그레피 백작이 100점으로 게임을 끝냈다. 핸디캡을 얻은 나는 고작 94점 따는 것에 그쳤다. 백작은 빙그레 웃으며 내 어깨를 두드려주었다.

"이제 남은 한 병을 마저 마시면서 전쟁 얘기나 좀 해주게."

백작은 내가 앉기를 기다렸다.

"다른 이야기는 어떨까요?"

"전쟁 이야기가 하기 싫구먼. 좋아, 요즘은 무슨 책을 읽고 있나?"

"아무것도 읽지 않습니다. 멍청해진 것 같아요."

"그럴 리가. 하지만 독서는 해야지."

"전쟁이 벌어지는 동안 무슨 책이 나왔습니까?"

"프랑스 작가인 바르뷔스가 쓴 『포화』가 있지. 『브리틀링 씨는 훤히 알고 있다(Mr. Britling Sees It Through)』도 있고."

"아니요, 모르던데요."

"응?"

"주인공이 훤히 알고 있는 게 아니더라고요. 그 책들이 병원에 있었습니다."

"그래서 이미 읽었군."

"예, 하지만 다 재미없었어요."

"브리틀링 씨 이야기는 영국 중산층 계급의 정신세계를 아주 잘 연구해놓았던데."

"전 정신 같은 건 잘 모르니까요."

"딱한 친구 같으니. 어느 누구도 정신에 대해 아는 사람은 없네. 자네는 신을 믿나?"

"밤에만요."

그레피 백작은 빙그레 웃더니 손가락으로 술잔을 돌렸다. 그가 말했다.

"나이가 들수록 믿음이 깊어질 줄 알았는데, 어찌 된 건지 그렇게 안 되더군. 아주 안타까운 일이야."

"죽은 뒤에도 계속 살고 싶으십니까?"

나는 막상 질문하고 나서 노인에게 죽음 이야기를 꺼내다니 스스로 바보 같다는 생각이 들었다. 하지만 백작은 죽음이라는 말에 별로 신경 쓰지 않았다. 그가 미소를 지어 보였다.

"어떤 삶이냐에 따라 다르겠지. 내 삶은 아주 재미있다네. 난 영원히 살고 싶어. 살 만큼 살았는데도 말이지."

우리는 가죽 의자에 몸을 파묻은 채 앉아 있었다. 샴페인 병은 얼음 통 안에 들어 있고 잔은 우리 사이에 있는 탁자 위에 놓여 있었다.

"나만큼 늙으면 이상한 걸 참 많이 보게 되지."

"전혀 늙은 것 같지 않으세요."

"육신은 늙었어. 손가락이 분필 부러지듯 부러질까 봐 겁날 때가 있다니까. 정신은 늙지 않지만, 그리 지혜로워지지도 않는다네."

"지혜로우세요."

"아니, 노인들이 지혜로울 거라는 건 엄청난 착각이야. 사람은 지혜로워지지 않네. 조심스러워지는 거지."

"어쩌면 그게 지혜로운 것일 수도 있잖아요."

"굉장히 시시한 지혜로군. 자넨 가장 소중한 게 뭔가?"

"사랑하는 사람이죠."

"나도 같네. 그건 지혜가 아니지. 삶을 소중하게 생각하나?"

"그럼요."

"나도 그렇다네. 그게 내가 가진 전부니까 말이야. 그리고 생일 파티도 열어야 하니까."

백작은 웃으며 말을 이었다.

"아마 자네가 나보다 지혜로울 거야. 생일 파티 같은 건 열지 않을 테니 말일세."

우리 둘 다 와인을 마셨다. 나는 잔을 들면서 물었다.

"전쟁을 어떻게 생각하십니까?"

"멍청한 짓이라고 생각하네."

"어느 쪽이 이길까요?"

"이탈리아지."

"왜요?"

"더 젊은 나라이지 않나."

"젊은 나라가 늘 전쟁에서 승리합니까?"

"한동안은 그렇겠지."

"그럼 그다음에는 어떻게 되나요?"

"젊은 나라가 늙은 나라가 되지."

"방금 지혜롭지 않다고 해놓으시고선."

"이보게, 이건 지혜로운 게 아니야. 냉소적인 거지."

"저한테는 굉장히 지혜롭게 들리는데요."

"딱히 그런 건 아니야. 반대되는 예를 들어줄 수도 있었지. 하지만 이것도 나쁘지는 않군. 샴페인이 떨어졌나?"

"거의요."

"조금 더 마실까? 마시고 나서 나는 옷을 갈아입으러 올라가야겠네."

"지금은 더 마시지 않는 게 좋겠습니다."

"정말 더 마시고 싶지 않은 거지?"

"예."

백작이 일어섰다.

"자네에게 커다란 행운이 따르면 좋겠네. 아주 많이 행복하고 건강하길 바라네."

"감사합니다. 저도 백작님이 영원히 사시기를 바랍니다."

"고맙군, 이미 오래 살았지만. 만약 자네 신앙심이 깊어지면 내가 죽거들랑 날 위해 기도해주게. 요즘 여러 친구한테 그렇게 해달라고 부탁하고 다닌다네. 내 신앙심이 깊어질 줄 알았네만 그렇게 되지 못해서 말이야."

백작의 미소가 슬프게 느껴졌지만 정말 그런지는 알 수 없었다. 백작은 너무 늙어 얼굴에 주름이 가득했다. 그래서 미소를 지으면 많은 주름이 움직이는 바람에 표정 변화를 읽기 어려웠다. 나는 주름 진 백작의 얼굴을 보며 말했다.

"어쩌면 저도 신앙심이 아주 깊어질지 모르죠. 어쨌든 백작님을 위해 기도드릴 겁니다."

"난 신앙심이 계속 깊어질 거라 생각하고 살았지. 가족들 모두 독실한 신앙인으로 죽었다네. 그런데 어떻게 된 건지 내게는 그런 일이 일어나지 않는군."

"아직 때가 이른가 보죠."

"어쩌면 너무 늦었거나. 내가 신앙심보다 더 오래 살아버린 것 같네."

"제 신앙심은 밤에만 찾아옵니다."

"그렇다면 역시 사랑을 하고 있는 게로군. 그게 신앙심이라는 걸 잊지 말게나."

"그렇게 생각하십니까?"

"물론이지."

백작은 탁자 쪽으로 걸음을 옮겼다.

"함께 당구를 쳐줘서 고맙네."

"정말 즐거웠습니다."

"같이 올라가세."

36장

 그날 밤은 폭풍우가 쳤다. 나는 유리창을 때리는 빗소리에
놀라 잠에서 깼다. 열어놓은 창으로 비가 들이치고 있었다. 그
때 누군가 방문을 두드렸다. 나는 캐서린을 깨우지 않으려고
아주 살금살금 걸어가 문을 열었다. 바텐더가 문밖에 서 있었
다. 코트를 입은 채 젖은 모자를 손에 들고 있었다.

 "말씀 좀 나눌 수 있을까요, 중위님?"

 "무슨 일인가?"

 "아주 심각한 일입니다."

 나는 주위를 둘러봤다. 방 안은 어두웠다. 창문 밑 방바닥에
는 물이 고여 있었다. 손짓으로 그를 부르며 말했다.

 "들어오게."

나는 바텐더의 팔을 잡고 욕실로 데려간 다음 문을 잠그고 불을 켰다. 그러고는 욕조 가장자리에 걸터앉았다.

"무슨 일인가, 에밀리오? 난처한 일이라도 생긴 건가?"

"제가 아닙니다. 중위님이 난처해지셨습니다."

"나한테?"

"아침에 중위님을 체포하러 올 겁니다."

"그래?"

"중위님께 알려드리려고 왔어요. 시내에 나갔다가 카페에서 사람들이 말하는 걸 들었습니다."

"알았네."

바텐더는 젖은 코트를 입고 젖은 모자를 손에 든 채 그 자리에 서서 아무 말도 하지 않았다.

"왜 나를 체포하려는 거지?"

"뭔가 전쟁에 대한 일 때문인가 봅니다."

"자네는 그게 뭔지 아나?"

"모릅니다. 하지만 놈들은 중위님이 예전에 장교로 이곳에 오셨다는 것도, 지금 군복을 입지 않고 여기 계신 것도 알고 있었어요. 이번 후퇴 이후로 그들은 닥치는 대로 사람들을 체포하고 다닌다고요."

나는 잠깐 생각에 잠겼다.

"언제쯤 나를 체포하러 들이닥칠까?"

"아침에요. 정확한 시각은 모릅니다."

"어떻게 하면 좋을까?"

바텐더는 모자를 세면대에 올려놓았다. 모자가 흠뻑 젖어 바닥에 계속 물을 뚝뚝 떨어뜨리고 있었던 것이다.

"두려워할 게 없다면 체포는 아무것도 아니죠. 하지만 체포 당한다는 건 늘 안 좋은 일입니다. 특히 지금 같은 때는요."

"난 체포당하고 싶지 않네."

"그럼 스위스로 가십시오."

"어떻게?"

"제 보트로요."

"폭풍우가 치고 있어."

"폭풍우는 멎었습니다. 힘들긴 하겠지만 괜찮을 겁니다."

"언제 가야 하지?"

"지금 당장 가야죠. 아침 일찍 체포하러 올지도 모르니까 말입니다."

"우리 짐은 어쩌고?"

"지금 짐을 싸세요. 부인도 옷을 입게 하시고요. 짐은 제가 갖다 드리겠습니다."

"그동안 자네는 어디 있으려고?"

"여기서 기다릴게요. 복도에서 누군가의 눈에 띄고 싶진 않습니다."

나는 욕실 문을 열고 나간 뒤 문을 다시 닫고 침실로 들어갔다. 캐서린은 깨어 있었다.

"무슨 일이에요?"

"별일 아냐, 캣. 지금 바로 옷을 입고 스위스로 가는 보트에 타주겠어?"

"당신이 원하는 건가요?"

"아니, 난 다시 침대로 들어가고 싶어."

"무슨 일인데요?"

"바텐더가 그러는데 아침에 사람들이 나를 체포하러 들이닥칠 거래."

"그 바텐더 미쳤나요?"

"아니."

"그럼 서둘러요. 바로 출발할 수 있도록 옷을 입어요."

그녀는 일어나 침대 저편에 앉았다. 아직은 졸린 듯했다.

"그 바텐더는 욕실에 있나요?"

"응."

"그럼 씻지 않을래요. 다른 데 보고 있어요. 얼른 옷을 갈아 입을게요."

그녀가 잠옷을 벗자 하얀 등이 보였다. 나는 눈길을 돌렸다. 그녀가 그러길 원했으니까. 그녀는 아이 때문에 몸이 조금씩 불기 시작하자 내게 그 모습을 보이기 싫어했다. 나는 창문에 부딪히는 빗소리를 들으며 옷을 입었다. 가방에 넣을 물건은 별로 없었다.

"내 가방에 공간이 넉넉해, 캣. 넣을 게 있으면 넣어."

"이미 다 쌌어요, 정말로 멍청한 질문이지만 바텐더는 왜 욕실에 있는 거예요?"

"쉿, 우리 가방을 들어다 주려고 기다리고 있어."

"정말 좋은 사람이네요."

"오래된 친구야. 예전에 파이프 담배를 보내줄 뻔했지."

나는 열려 있는 창문으로 어두컴컴한 밤 풍경을 내다봤다. 호수는 보이지 않았다. 오로지 어둠과 비뿐이었지만 바람은 많이 잦아들어 있었다. 캐서린은 숨을 가쁘게 몰아쉬며 말했다.

"준비 다 됐어요."

"좋아."

나는 욕실 문을 열고 말했다.

"짐 여기 있네, 에밀리오."

바텐더가 가방 두 개를 들었다. 캐서린이 그를 향해 말했다.

"도와주셔서 정말 고마워요."

"별로 어려운 일도 아닙니다, 부인. 도와드리게 되어 기쁩니다. 그래야 저도 말썽이 생기지 않으니까요. 자, 들어보세요."

그가 내게 말했다.

"저는 직원용 계단으로 이 짐들을 갖고 나가 보트에 싣겠습니다. 두 분은 산책하러 가는 것처럼 밖으로 나가세요."

캐서린이 문 쪽을 향해 걸으며 말했다.

"산책하기에 지나치게 좋은 밤이네요."

"그야말로 힘든 밤이로군."

"우산이 있어 그나마 다행이에요."

우리는 복도를 지나 폭이 넓고 두꺼운 카펫을 깐 계단을 내려갔다. 계단 아래 문 옆에서 수위가 프런트에 앉아 있었다.

수위는 놀란 눈으로 우리를 쳐다봤다. 그가 말했다.

"나가시려는 건 아니겠죠, 손님?"

"나갈 거요. 호숫가에서 폭풍우를 구경하려고."

"우산은 있으십니까, 손님?"

"없소. 코트가 방수라서 괜찮소."

수위가 의심스러운 눈초리를 보냈다.

"우산을 드리겠습니다, 손님."

그는 이렇게 말하고는 커다란 우산을 가져왔다.

"좀 큽니다, 손님."

나는 그에게 10리라짜리 지폐를 주었다.

"아이고, 감사합니다. 정말 고맙습니다."

수위가 문을 붙잡아주었고 우리는 빗속으로 나갔다. 그가 캐서린을 향해 미소를 지었고 그녀도 미소를 지어 보였다. 수위가 우리 뒤통수에다 대고 말했다.

"폭풍우 속에 오래 있지는 마세요. 많이 젖으실 테니."

그는 보조 수위여서 아직 직역 수준의 영어만 할 뿐이었다. 나는 돌아보며 말했다.

"곧 돌아올 거요."

우리는 커다란 우산을 쓰고 오솔길을 걸어 내려와 비에 젖은 어두운 정원을 지나 큰길로 나왔다. 그 길을 건넌 다음 호숫가의 격자 울타리가 쳐진 길로 들어섰다. 바람은 이제 호수 쪽으로 불고 있었다. 차갑고 축축한 11월의 바람이었다. 산 쪽에서는 눈이 내리고 있을 터였다. 우리는 부두를 따라 쇠사슬로 묶어놓은 보트들을 지나쳐 바텐더가 보트를 매어놓은 곳으로 갔다. 검은 파도가 돌에 와 부딪혔다. 바텐더가 나무들이 늘어선 곳에서 모습을 드러냈다.

"짐은 보트에 실어놓았습니다."

"보트 값을 치르겠네."

"돈은 얼마나 갖고 계십니까?"

"많지는 않아."

"그럼 돈은 나중에 보내주십시오. 괜찮습니다."

"얼마면 될까?"

"알아서 주십시오."

"금액을 말해보게."

"무사히 빠져나가게 되면 500프랑을 보내주십시오. 무사히

459

가기만 한다면 그 정도는 괜찮으시겠죠."

"좋아."

"샌드위치도 가져왔습니다."

그가 내게 꾸러미를 내밀었다.

"바에 있던 걸 다 가져왔습니다. 여긴 이것밖에 없어서요. 브랜디와 와인도 한 병씩 있습니다."

나는 그것들을 내 가방에 넣었다.

"이건 지금 돈을 주겠네."

"알겠습니다. 50리라 주십시오."

나는 바텐더에게 돈을 주었다. 그는 돈을 받으며 말했다.

"브랜디는 좋은 겁니다. 부인께 드려도 되는지 염려하지 않으셔도 될 거예요. 이제 부인께서는 보트에 오르시는 게 좋을 것 같습니다."

바텐더는 암벽에 붙어 출렁이고 있는 보트를 붙잡았다. 나는 캐서린이 보트에 타는 것을 도와주었다. 그녀는 고물 쪽에 앉아 망토를 바짝 여몄다.

"방향은 아시죠?"

"호수 위쪽으로 가야지."

"어느 정도 가야 하는지도 아십니까?"

"루이노를 지나면 되겠지."

"루이노와 카네로, 카노비오와 트란차노를 지나야 합니다.

브리사고까지 가야 스위스 땅입니다. 몬테 타마라도 지나야
합니다."

어둠 속에 앉아 있던 캐서린이 물었다.

"몇 시예요?"

"열한 시밖에 안 됐어."

"계속 노를 저어가면 아침 일곱 시에는 도착하실 겁니다."

"그렇게 먼가?"

"35킬로미터입니다."

"어떻게 가야 하나? 이렇게 비가 오니 나침반이라도 있어야
겠는데."

"아닙니다. 이솔라벨라 섬 쪽으로 노를 저어가십시오. 그런
다음 이솔라마드레 섬 반대쪽으로 바람을 타고 가세요. 바람
의 힘으로 팔란차까지 가실 수 있고, 거기쯤에서 불빛이 보일
겁니다. 그러면 호숫가 쪽으로 올라가세요."

"바람 방향이 바뀔지도 모르잖아."

"그렇지 않습니다. 사흘 동안 이 방향으로 불 겁니다. 마타
로네(스위스와 이탈리아 국경인 알프스 산맥의 준봉 마터호른의 이탈
리아식 이름–옮긴이)에서 곧바로 불어오는 거니까요. 물을 퍼낼
깡통도 하나 놔뒀습니다."

"지금 보트 값의 일부라도 주고 가겠네."

"아닙니다. 저도 모험을 해보려고요. 무사히 빠져나가면 줄

수 있는 만큼 주십시오."

"알겠네."

"물에 빠지거나 하지는 않을 겁니다."

"그러면 좋겠군."

"호수 위쪽으로 바람을 타십시오."

"알았네."

나는 보트에 올라탔다.

"호텔에 숙박비는 놓고 오셨습니까?"

"응, 봉투에 넣어 객실 안에 두었네."

"알겠습니다. 행운을 빕니다, 중위님."

"자네에게도 행운이 있기를 바라네. 정말 고맙네."

"물에 빠지기라도 하면 그런 생각이 안 드실걸요."

캐서린이 물었다.

"바텐더가 뭐라고 하는 거예요?"

"행운을 빈대."

캐서린이 손을 흔들며 말했다.

"행운을 빌어요. 정말 고맙고요."

"준비되셨습니까?"

"다 됐어."

그가 몸을 굽혀 보트를 밀었다. 나는 양쪽 노로 물을 저은 다음 한 손을 흔들어 인사했다. 바텐더는 그러지 말라는 듯 손을 흔들었다. 호텔 불빛이 보였다. 나는 노를 저어 나갔다. 보트는 곧게 나아갔고, 마침내 불빛들이 시야에서 사라졌다. 우리는 물살을 거슬러 올라가고 있었지만 바람 때문에 그리 힘들이지 않고 앞으로 나아가고 있었다.

37장

　나는 계속 얼굴에 바람을 맞으며 어둠 속에서 노를 저었다.
비는 그쳤지만 이따금 한바탕 세차게 쏟아지기도 했다. 주위
는 칠흑같이 어둡고 바람은 차가웠다. 고물 쪽에 있는 캐서린
의 모습은 보였지만 노가 잠겨 있는 호숫물은 보이지 않았다.
기다란 노에는 손이 미끄러지지 않도록 덧대는 가죽이 없었
다. 노를 끌어당겨 올린 다음 몸을 앞으로 기울이면 노가 물에
닿고, 노가 물속으로 들어가면 다시 끌어당기는 식으로 되도
록 힘들이지 않고 노를 저었다. 바람이 우리가 가려는 방향으
로 불었기에 노를 수평으로 기울여 젓지는 않았다. 어차피 손
에 물집이 잡힐 테지만 최대한 늦추고 싶었다. 보트는 가벼워
쉽게 앞으로 나아갔다. 나는 컴컴한 물 위로 노를 저어 나갔다.

얼마나 걸릴지는 모르겠지만 어서 팔란차에 이르기를 바랐다.

우리는 결국 팔란차를 보지 못했다. 바람이 호수 위쪽으로 불고 있어 팔란차가 어둠 속에 가려지는 지점을 지나는 바람에 불빛을 볼 수 없었던 것이다. 호수 위쪽으로 훨씬 더 올라가 호숫가에 가깝게 접근하니 그제야 불빛이 보였다. 인트라(마조레 호숫가의 작은 도시–옮긴이)였다. 그 뒤로 꽤 오랫동안 불빛 하나 보이지 않고 호숫가도 시야에 들어오지 않았다. 하지만 어둠 속에서 물결을 타고 꾸준히 노를 저었다. 배가 물결에 높이 솟아올라 어둠 속에서 헛손질을 하며 제자리를 맴돈 적도 있었다. 물결은 꽤 거칠었지만 나는 계속 노를 저었다. 문득 정신을 차리고 보니 우리는 호숫가 가까이에 와 있었고 우리 옆으로 바위가 삐죽 솟아올라 있었다. 물결이 바위에 부딪혀 높이 솟아올랐다가 다시 뚝 떨어졌다. 나는 오른쪽 노를 힘껏 잡아당기고 왼쪽 노로는 물을 뒤로 밀어내 다시 호수 쪽으로 나아갔다. 삐죽 솟은 바위는 보이지 않게 되었다. 우리는 계속해서 호수 위쪽으로 나아갔다. 나는 캐서린에게 말했다.

"지금 호수를 가로지르고 있어."

"팔란차가 보였어야 하는 거 아니에요?"

"놓쳤어."

"괜찮아요?"

"난 괜찮아."

"나도 잠깐이라면 노를 저을 수 있을 텐데요."

"아냐, 괜찮아."

"가엾은 퍼거슨. 아침이 되면 사람들이 호텔로 올 테고 우리가 떠나버린 걸 알겠죠."

"난 그건 별로 걱정스럽지 않아. 날이 밝기 전에 세관 감시원들의 눈에 띄지 않고 스위스 영토에 들어가야 한다는 게 걱정이지."

"아직 멀었나요?"

"여기서 30킬로미터쯤 가면 돼."

나는 밤새 노를 저었다. 마침내 손이 너무 욱신거려 노를 잡기 어려울 정도였다. 우리는 몇 번이나 호숫가를 들이받을 뻔했다. 기슭과 꽤 가까운 거리를 유지하면서 갔기 때문이다. 호수 위에서 방향을 잃고 시간을 허비할까 봐 그렇게 했다. 너무 가까운 나머지 산을 등지고 호숫가를 따라 나 있는 길과 가로수들이 보일 때도 있었다. 비가 그치고 바람이 구름을 몰아내어 달이 환하게 빛나고 있었다. 돌아보니 카스타뇰라(마조레 호숫가의 작은 도시-옮긴이)의 길고 어두운 곶과 흰 물보라가 이는 호수가 보였다. 그 위로 눈 덮인 높은 산 위에 달이 걸려 있었다. 그러다 구름이 다시 달을 가려 산과 호수도 보이지 않게 되었지만 그전보다는 훨씬 밝아 호숫가가 보였다. 너무 뚜렷하게 보여 나는 팔란차 길을 따라 세관 감시원들이 있다고 해도 보트를 발견하지 못할 만한 곳으로 보트를 저어갔다. 달이 또 다시 모습을 드러내자 호숫가 산비탈의 하얀 별장들이 보이고 나무들 사이로 뻗어 있는 희뿌연 도로가 보였다. 나는 쉬지 않고 노를 저었다.

호수 폭이 넓어지고 건너편 호숫가의 산줄기 초입에 불빛이 몇 개 보였는데, 루이노인 것 같았다. 반대편 호숫가의 산 사이로 쐐기 모양의 협곡이 보였다. 루이노가 틀림없다는 생각이 들었다. 만약 그렇다면 이동 속도가 빠른 편이었다. 나는 노를 끌어올리고 자리 쪽으로 가서 드러누웠다. 노를 젓느라 너무나 피곤했다. 팔과 어깨와 등이 쑤시고 손도 따끔거렸다. 캐서린이 걱정스럽게 바라보고 있었다.

"우산을 펴서 들고 있을게요. 그러면 바람의 힘으로 나아갈 수 있을 거예요."

"키를 잡을 수 있겠어?"

"할 수 있을 것 같아요."

"이 노를 받아 겨드랑이에 끼고 보트에 바짝 댄 채 방향을 잡아봐. 내가 우산을 들게."

나는 다시 고물로 가서 어떻게 노를 잡는지 캐서린에게 보여주었다. 나는 수위가 준 커다란 우산을 들고 가 뱃머리를 마주 보고 앉아 우산을 폈다. 우산은 딸칵 소리를 내며 펴졌다.

나는 우산 손잡이를 자리에 걸고 다리를 쩍 벌리고 앉아 우산 양쪽 끝을 잡고 있었다. 우산에 바람이 잔뜩 실리자 나는 온 힘을 다해 양쪽 끝을 잡고 있어야 했다. 곧이어 보트가 앞으로 빨려가는 듯한 느낌이 들었다. 보트는 힘차고 빠르게 나아갔다. 캐서린은 신이 나서 말했다.

"보트가 아주 잘 가고 있어요."

내 쪽에서는 우산살밖에 보이지 않았다. 우산은 팽팽해져서 밀려갔다. 보트가 우산과 함께 밀려가는 느낌이었다. 나는 발에 힘을 꽉 주고 버텼다. 그러다 갑자기 우산이 휘면서 우산대가 내 이마를 쳤다. 나는 바람에 휘어버린 우산 꼭대기를 잡으려고 애썼지만 이번에는 우산 전체가 홱 뒤집어졌다. 조금 전까지 바람을 잔뜩 받아 밀려가던 우산을 잡고 있었는데, 지금은 바로 그 자리에서 뒤집히고 찢어진 우산 손잡이를 타고 앉아 있었다. 나는 자리에 걸어놓은 우산 손잡이를 떼어낸 다음 뱃머리에 놓아두었다. 그러고는 노를 잡고 있는 캐서린 쪽으로 갔다. 그녀는 깔깔거리며 웃고 있었다. 내 손을 잡으면서도 계속 웃었다. 나는 노를 받아들었다.

"뭐가 우스워?"

"우산을 잡고 있는 모습이 너무 웃겨서요."

"그랬겠네."

"웃었다고 화내지 마요. 너무 우스웠다고요. 당신이 가로

로 6미터는 돼 보이는 데다 우산 끝을 너무 애지중지 잡고
있어서 그만 ……."

그녀는 숨이 넘어갈 정도로 웃었다.

"노나 저을래."

"잠깐 쉬면서 한잔해요. 근사한 밤이고 멀리까지 왔잖아요."

"보트가 파도 골에 걸리지 않게 해야 해."

"술을 가져올게요. 잠깐이라도 쉬어요."

노를 물에서 들어 올리자 보트는 그 상태로 나아갔다. 캐서
린은 가방을 열더니 브랜디 병을 내게 건넸다. 나는 휴대용 칼
을 꺼내 코르크마개를 뽑고 길게 한 모금 마셨다. 브랜디는 부
드러우면서도 강렬했다. 후끈한 열기가 온몸에 돌아 몸이 훈
훈해지고 기분이 밝아졌다. 기분이 한결 나아졌다.

"근사한 브랜디야."

달이 다시 구름 뒤에 숨었지만 호숫가는 잘 보였다. 앞쪽에
길게 뻗은 곶이 또 하나 있는 듯했다.

"이제 좀 훈훈해졌어, 캣?"

"아주 좋아요. 몸은 조금 뻣뻣하지만."

"저 물을 퍼내면 발을 내려놓을 수 있을 거야."

나는 다시 노를 저으며 노걸이에서 나는 삐걱거리는 소리,
고물 자리 쪽에서 깡통을 물에 찰박 담가 배 바닥을 긁으며 물
을 퍼내는 소리에 귀를 기울였다. 내가 말했다.

"깡통 좀 줘봐. 물을 마시고 싶어."

"너무 더러운데요."

"괜찮아. 깨끗이 헹궈서 쓸게."

캐서린이 뱃전 너머로 깡통을 헹구는 소리가 들렸다. 그녀는 물을 가득 떠서 내게 내밀었다. 브랜디를 마신 뒤라 목이 말랐다. 물은 얼음처럼 차가웠다. 너무 차서 이가 시릴 정도였다. 나는 호숫가 쪽을 바라봤다. 보트는 기다란 곶 쪽으로 가까이 다가가 있었다. 앞쪽으로 움푹 들어간 만의 불빛이 보였다.

"고마워."

깡통을 다시 내밀자 캐서린이 말했다.

"무슨 그런 말씀을. 더 마시고 싶으면 말해요."

"뭐 좀 먹고 싶지는 않아?"

"괜찮아요. 하지만 조금 있으면 배가 고파지겠죠. 그때까지 아껴둬요."

"좋아."

앞쪽에 곶처럼 보였던 곳은 지대가 높은 땅이 길쭉하게 튀어나온 부분이었다. 나는 그곳을 지나 호수 안쪽으로 더 나아갔다. 호수는 폭이 훨씬 좁아져 있었다. 달이 다시 모습을 드러냈다. 세관에서 감시하고 있다면 물 위에 검게 떠 있는 우리 보트를 볼 수 있었을 것이다. 나는 캐서린의 안색을 살폈다.

"몸은 좀 어때, 캣?"

"나는 괜찮아요. 어디쯤 와 있는 거예요?"

"앞으로 13킬로미터 정도 남아 있을 거야."

"노를 저어가기엔 먼 길이네요, 가엾은 사람. 탈진한 거 아니죠?"

"아니야, 난 괜찮아. 손이 따끔거릴 뿐이야."

우리는 계속 호수 위쪽으로 나아갔다. 오른쪽 기슭에는 산들 사이로 골짜기가 있었다. 나지막한 호숫가를 끼고 차츰 평평해지는 곳은 카노비오일 거라는 생각이 들었다. 여기서부터는 감시원들과 마주칠 위험이 아주 크기 때문에 멀찍이 떨어져 나아갔다. 저 멀리 앞쪽에는 왼쪽 기슭으로 둥근 모자를 얹은 듯한 높은 산이 솟아 있었다. 나는 상당히 지친 상태였다. 노를 저어가기에 아주 먼 거리는 아니었지만 몸 상태가 좋지 않으니 멀게만 느껴졌다. 저 산을 지나 적어도 8킬로미터는 더 올라가야 스위스 영토인 호수에 다다를 터였다. 달은 이제 거의 다 졌는데, 완전히 지기 전에 하늘이 또다시 구름으로 뒤덮여 무척 캄캄했다. 나는 호수 안쪽으로 꽤 들어와 있었다. 얼마간 노를 젓다가 쉬었는데, 노를 붙잡고 있으니 바람이 노의 날에 부딪혔다. 캐서린이 굳은 몸을 살짝 움직이며 말했다.

"내가 잠깐 저을게요."

"그러면 안 될 것 같은데."

"무슨 말씀을. 건강에도 좋을 거예요. 몸이 너무 뻣뻣해지는 걸 막아줄 테니까요."

"하지 말아야 할 것 같아, 캣."

"아니라니까요. 적당한 노 젓기는 임산부한테도 굉장히 좋다고요."

"좋아, 그럼 살살 조금만 저어봐. 내가 그리로 갈 테니 당신은 이리로 와. 이쪽으로 올 때 양쪽 뱃전을 꼭 붙들고."

나는 코트를 입고 깃을 세운 채 고물에 앉아 캐서린이 노 젓는 모습을 바라봤다. 그녀는 노를 꽤 잘 저었지만 노가 너무 길어 불편해 보였다. 나는 가방을 열어 샌드위치 두 쪽을 꺼내 먹고 브랜디도 한 모금 마셨다. 그랬더니 피곤이 가시는 듯해 또 한 모금을 마셨다. 나는 한결 밝아진 목소리로 말했다.

"피곤해지면 말해."

그러고는 잠시 뒤 이렇게 말했다.

"노가 튀어 당신 배를 치지 않게 조심해."

캐서린은 노를 젓는 사이사이에 말했다.

"만약 그런다면 삶이 훨씬 단순해질지도 모르죠."

나는 브랜디를 한 모금 더 마셨다.

"괜찮은 거야?"

"괜찮아요."

"그만 젓고 싶으면 말해."

"알았어요."

나는 브랜디를 또 한 모금 마시고 나서 양쪽 뱃전을 붙잡고 앞으로 옮겨갔다.

"싫어요, 내가 잘 젓고 있는데."

"고물 쪽으로 돌아가. 난 충분히 쉬었어."

얼마 동안은 브랜디 덕분에 수월하게 꾸준히 노를 저었다. 그러다 헛손질하기 시작하더니 곧 노로 물을 찍어내릴 뿐 앞으로 나아가지 못했다. 브랜디를 마신 뒤 너무 무리해서 노를 저은 바람에 불쾌한 담즙이 올라왔던 것이다. 얼굴을 찡그리며 캐서린에게 부탁했다.

"물 한 잔 주겠어?"

캐서린은 못 본 듯했다.

"그거야 쉽죠."

동이 트기 전인데 보슬비가 내리기 시작했다. 바람은 잦아들었다. 어쩌면 굴곡이 진 호수를 따라 펼쳐진 산들이 바람을 막아주었던 것일 수도 있다. 동이 터오기 시작하자 나는 자리를 잡고 앉아 힘차게 노를 저었다. 어디쯤 와 있는지 모르겠지만 스위스 영토로 한시바삐 들어가고 싶었다. 날이 밝을 무렵이 되자 우리는 호숫가에 꽤 가까이 와 있었다. 바위투성이 호숫가와 나무들이 보였다. 그때 캐서린이 무슨 소리를 들은 것 같았다.

"저게 무슨 소리죠?"

나는 노를 멈추고 귀를 기울였다. 모터보트가 호수를 달리며 내는 소리였다. 나는 호숫가 쪽에 보트를 가까이 대고 조용히 있었다. 통통거리는 소리가 점점 더 가까이 다가왔다. 그러더니 우리 보트 조금 뒤쪽으로 모터보트 한 대가 나타났다. 고물에는 세관 감시원 넷이 있었는데, 알프스 모자를 푹 눌러 쓰고 망토 깃을 세운 채 등에 카빈총을 비스듬히 매달고 있었다. 너무 이른 아침이어서 다들 졸린 표정이었다. 모자의 노란 띠와 망토 깃의 노란색 표시가 눈에 띄었다. 모터보트는 통통거리며 달려 빗속으로 사라졌다.

　나는 호수 쪽으로 보트를 저어갔다. 국경에 이 정도로 가까이 와 있는 거라면 도로에 있는 감시병에게 잡히고 싶지 않았다. 나는 호숫가가 겨우 보일 정도가 될 때까지 호수 안쪽으로 멀리 나간 다음 비를 맞으며 사십오 분가량 줄곧 노를 저었다. 또다시 모터보트 소리가 들렸다. 나는 엔진 소리가 호수 저편으로 사라질 때까지 소리 내지 않고 가만히 있었다. 내가 듣기에도 긴장된 목소리였다.

　"스위스에 들어왔나 봐, 캣."

　"정말요?"

　"스위스 군대를 보기 전까지는 확실히 알 수 없지만."

　"스위스 해군을 보든지요."

　"스위스 해군이라면 웃어넘길 일이 아냐. 조금 전에 들린 모

474

터보트 소리가 아마 스위스 해군일걸."

"정말 스위스라면 우리 아침을 배불리 먹어요. 스위스에는
아주 맛있는 롤빵과 버터, 잼이 있으니까요."

이제 날은 완전히 밝았고 이슬비가 내리고 있었다. 바람은
여전히 호수 위쪽으로 불고 있어 하얀 물보라가 우리 쪽에서
호수 위쪽으로 멀어져 가는 게 보였다. 스위스 영토에 들어온
것이 확실했다. 호숫가 안쪽 나무들 사이로 집이 여러 채 있었
다. 거기서 조금 올라간 곳에는 마을이 있어 돌로 지은 집들과
언덕 위의 별장 몇 채, 교회가 보였다. 나는 호숫가를 둘러싼
길에 경비병들이 있는지 계속 살폈지만 한 명도 보지 못했다.
그 길은 호수에서 꽤 가까이 나 있어 군인 한 명이 길가 카페에
서 나오는 모습이 눈에 띄었다. 회색빛이 도는 녹색 군복을 입
고 독일군처럼 보이는 철모를 쓰고 있었다. 건강해 보이는 얼
굴에는 칫솔 같은 콧수염이 조금 나 있었다. 그 군인이 우리를
쳐다봤다. 나는 캐서린을 바라보며 말했다.

"손을 흔들어줘."

캐서린이 손을 흔들자 그 군인은 당황한 듯 미소를 짓더니
손을 마주 흔들어주었다. 나는 노 젓는 속도를 늦췄다. 우리는
마을 앞 호숫가를 지나고 있었다.

"국경 안쪽으로 꽤 들어온 모양이야."

"확실히 그런지 알면 좋겠어요. 국경에서 우리를 돌려보내는 일이 없게요."

"국경은 훨씬 뒤쪽이야. 내 생각에는 세관이 있는 마을 같아. 브리사고가 틀림없어."

"이탈리아인이 있는 건 아닐까요? 세관 마을에는 늘 양쪽 사람들이 다 있으니까."

"전시에는 안 그래. 이쪽 사람들은 이탈리아인이 국경을 넘어오지 못하게 할걸."

예쁘고 아담한 마을이었다. 만을 따라 고기잡이배가 여러 척 있고 그물이 시렁에 펼쳐져 있었다. 빗발이 가느다란 11월의 비가 여전히 내리고 있었다. 비가 오는데도 마을은 활기차고 깨끗해 보였다.

"이제 육지로 올라가 아침을 먹을까요?"

"좋지."

나는 왼쪽 노를 힘껏 저어 보트를 호숫가에 대기 위해 부지런히 움직였다. 만에 가까이 다가갔을 때 방향을 똑바로 해 보트를 옆으로 갖다 댔다. 노를 거둬들이고 나서 쇠고리를 잡고 비에 젖은 돌 위로 올라섰다. 스위스 땅이었다. 나는 보트를 묶고 캐서린에게 손을 내밀었다.

"이리 올라와, 캣. 기분이 근사하군."

"가방은 어쩌고요?"

"보트 안에 놔둬."

캐서린이 올라왔다. 이제 우리는 함께 스위스 땅을 밟고 있었다. 그녀는 상당히 들떠 있었다.

"이렇게 아름다운 나라가 있다니."

"굉장하지 않아?"

"어서 가서 아침을 먹어요."

"정말 굉장한 나라 아니야! 발밑에 느껴지는 이런 느낌이 너무 좋아."

"난 몸이 너무 뻣뻣해져 잘 못 느끼겠어요. 하지만 근사한 나라 같아요. 우리가 그 지긋지긋한 곳을 빠져나와 이곳에 와 있다는 게 실감이 나요?"

"실감이 나, 정말 실감이 난다고. 전에는 아무것도 실감하지 못했는데."

"저 집들 좀 봐요. 광장도 멋지지 않아요? 저기 아침 먹을 만한 곳이 있네요."

"비도 멋지지 않아? 이탈리아에서는 이런 비가 내리지 않았는데. 기분 좋은 비야."

"그리고 우린 스위스에 와 있어요! 여기 와 있다는 게 실감이 나요?"

우리는 카페 안으로 들어가 깨끗한 나무 탁자에 자리를 잡았다. 우리는 정신이 혼미할 정도로 흥분해 있었다. 앞치마를 두른 멋지고 깔끔한 인상의 여자가 다가와 무엇을 먹겠는지 물었다. 캐서린이 주문을 했다.

"롤빵과 잼, 커피를 주세요."

"죄송하지만 전쟁 중이라 롤빵은 없어요."

"그럼 그냥 빵으로 주세요."

"토스트는 만들어드릴 수 있어요."

"좋아요."

"난 달걀 프라이도 먹고 싶군요."

"신사분께 달걀을 몇 개나 드릴까요?"

"세 개요."

"네 개 드세요."

"네 개 주세요."

여자가 자리를 떴다. 나는 캐서린에게 키스하고 손을 꼭 잡았다. 우리는 한동안 서로를 바라본 뒤 카페를 살펴봤다.

"정말 멋지지 않아요?"

"근사해."

"롤빵이 없어도 상관없어요. 밤새 롤빵 생각을 했어요. 하지만 괜찮아요. 전혀 상관없어요."

"내 생각엔 얼마 안 있어 체포될 거야."

"상관없어요. 먼저 아침을 먹어요. 아침 먹은 다음에는 잡혀가도 상관없을 것 같아요. 그리고 그들은 우리를 어쩌지 못할 거예요. 우린 신원이 확실한 영국 시민과 미국 시민이니까요."

"당신 여권 갖고 있지?"

"그럼요. 아아, 그 얘긴 그만해요. 그냥 행복을 즐겨요."

"이보다 더 행복할 수는 없어."

뚱뚱한 회색 고양이가 꼬리를 기둥처럼 세우고 마루를 가로
질러 우리 탁자 쪽으로 와서는 내 다리 주변을 돌면서 몸을 부
비고 가르랑거렸다. 나는 팔을 뻗어 쓰다듬어주었다. 캐서린
은 나를 향해 아주 행복한 듯이 생긋 웃어 보였다.

"커피가 오네요."

아침을 먹은 뒤 우리는 체포되었다. 우리는 마을 안을 조금
산책하다가 짐을 가지러 만으로 내려왔다. 군인 한 명이 보트
옆을 지키고 서 있었다.

"당신들 보트입니까?"

"예."

"어디서 오셨습니까?"

"호수 위쪽에서요."

"그럼 질문을 좀 해야 하니 함께 가시죠."

"짐은 어떻게 합니까?"

"갖고 가셔도 됩니다."

나는 짐을 들고 캐서린과 나란히 걸었고, 군인이 우리 뒤를

따라왔다. 우리는 오래된 세관 건물로 갔다. 세관 안에서는 깡마르고 군인답게 생긴 중위가 우리를 심문했다.

"국적은 어디입니까?"

"미국과 영국입니다."

"여권을 보여주시죠."

나는 내 여권을 그에게 건넸다. 캐서린도 핸드백에서 여권을 꺼냈다.

중위는 여권을 한참 뒤적거렸다.

"이런 식으로 보트를 타고 스위스로 들어온 이유가 뭡니까?"

"저는 스포츠를 즐깁니다. 노 젓기는 제가 무척 좋아하는 스포츠입니다. 기회가 있을 때마다 노를 젓죠."

"이곳에 오신 이유는 뭡니까?"

"겨울 스포츠를 즐기려고요. 우린 관광객이고 겨울 스포츠를 즐기고 싶었습니다."

"이곳은 겨울 스포츠를 즐길 만한 곳이 아닙니다."

"알고 있습니다. 여기서 겨울 스포츠를 할 수 있는 곳으로 가려고 합니다."

"이탈리아에서는 무엇을 했습니까?"

"건축 공부를 하고 있었습니다. 제 사촌은 미술 공부를 하고 있었고요."

"왜 그곳을 떠난 겁니까?"

"겨울 스포츠를 즐기려고요. 전쟁이 계속되고 있어 건축 공부도 중단할 수밖에 없었거든요."

"여기서 기다리십시오."

중위는 우리 여권을 들고 건물 안으로 다시 들어갔다. 캐서린은 아이처럼 신이 나서 말했다.

"정말 잘하고 있어요. 계속 그렇게 밀고 나가요. 겨울 스포츠를 즐기고 싶다는 거요."

"미술에 대해 아는 거 있어?"

"루벤스는 알아요."

"덩치 크고 뚱뚱한 사람들 그림."

"티치아노도 알아요."

"머리가 적갈색인 여자들 그림. 만테냐는 알아?"

"어려운 건 묻지 마요. 알긴 해요. 그림이 너무 비통해요."

"아주 비통하지. 못 자국도 많이 그렸고."

"내가 얼마나 좋은 아내 노릇을 할지 두고 봐요. 당신 손님들과 그림 이야기를 나눌 수도 있다고요."

"중위가 오네."

비쩍 마른 중위가 여권을 들고 세관 계단을 내려오고 있었다.

"두 분을 로카르노로 보내도록 하겠습니다. 마차를 타고 갈 거고 군인 한 명이 동행할 겁니다."

"알겠습니다. 보트는 어떻게 합니까?"

"보트는 압수합니다. 가방에는 뭐가 들었습니까?"

중위는 가방 두 개를 전부 뒤지더니 브랜디 작은 병을 꺼내 들었다. 마음이 한결 가벼워져 밝은 목소리로 물었다.

"같이 한잔하시겠습니까?"

"고맙지만 됐습니다."

중위는 몸을 일으켰다.

"돈은 얼마나 갖고 있습니까?"

"2천5백 리라 정도 있습니다."

내 대답에 중위는 호감이 생긴 듯했다.

"사촌은요?"

캐서린은 1천2백 리라가 조금 넘었다. 중위의 마음이 풀어졌다. 우리를 대하는 태도에서 오만불손함이 조금 가셨다. 그는 딱딱한 표정을 풀고 말했다.

"겨울 스포츠를 하러 가기엔 벵엔이 제격이죠. 아버지가 벵엔에서 최고급 호텔을 운영하고 있습니다. 일 년 내내 여는 곳이지요."

"그거 잘됐군요. 호텔 이름을 알려주시겠어요?"

"명함에 적어드리죠."

중위는 아주 예의 바르게 명함을 건넸다.

"사병이 두 분을 로카르노까지 모시고 갈 겁니다. 여권은 사병이 보관할 거고요. 저도 안타깝습니다만 불가피한 일이라서요. 로카르노에서 두 분에게 비자나 경찰 허가증을 발급해주면 좋겠군요."

중위가 여권을 사병에게 넘겨주었다. 우리는 가방을 들고 마차를 부르러 마을로 향했다. 중위가 사병을 불렀다.

"어이."

중위는 사병에게 독일어 사투리로 뭐라고 한참 떠들었다. 그러자 사병은 소총을 등에 메더니 우리 가방을 집어 들었다. 나는 캐서린에게 가까이 다가가 말했다.

"훌륭한 나라로군."

"참 현실적이네요."

나는 중위에게 인사말을 건넸다.

"정말 감사합니다."

그러자 중위가 손을 흔들었다.

"이 정도는 해드려야죠!"

우리는 경비병을 따라 마을로 들어갔다.

우리는 마차를 타고 로카르노로 갔다. 사병은 마부와 함께 앞좌석에 앉아 갔다. 로카르노에서도 불쾌한 일은 없었다. 심문을 받긴 했지만 우리에겐 여권도 있고 돈도 있었기에 태도가 공손했다. 그들이 우리 이야기 가운데 한마디라도 믿었다고 생각하지는 않는다. 내 생각에도 말도 안 되는 이야기였지만 그곳은 마치 법정 같은 곳이었다. 법정에서는 세상 이치에 맞는 것을 원하는 게 아니라 기술적인 절차에 맞는 것을 원한다. 우리는 아무 설명 없이 우리 이야기를 밀고 나갔다. 우리에게는 여권이 있고 돈을 쓸 용의도 있었다. 그래서 그들은 우리에게 임시 비자를 발급해주었다. 이 비자는 언제든 취소될 수 있었다. 우리는 어디를 가든지 경찰에게 보고해야 했다.

우리가 가고 싶은 곳은 어디든 갈 수 있단 말입니까? 그렇습니다. 어디에 가고 싶은가요?

"어디 가고 싶어, 캣?"

"몽트뢰(스위스 서부 제네바 호숫가의 휴양지—옮긴이)요."

담당 관리가 고개를 끄덕거렸다.

"아주 아름다운 곳이지요. 그곳이 마음에 드실 겁니다."

다른 관리 한 명이 말했다.

"이곳 로카르노도 아주 좋은 곳이죠. 틀림없이 마음에 드실 겁니다. 아주 매력적인 곳이거든요."

"우린 겨울 스포츠를 할 수 있는 곳으로 가고 싶습니다."

"몽트뢰에서는 겨울 스포츠를 할 데가 없는데요."

그러자 첫 번째 관리가 끼어들었다.

"그게 무슨 말인가. 내가 몽트뢰 출신이야. 몽트뢰-오버란트-베르누아를 잇는 철길에서 틀림없이 겨울 스포츠를 즐길 수 있다고. 그걸 인정하지 않으면 거짓말이지."

"인정하지 않는 게 아니야. 다만 몽트뢰에 겨울 스포츠가 없다는 얘기지."

"그 말에 이의를 달겠네. 자네 말에 이의를 제기하겠어."

"그럼 나는 내가 한 말을 끝까지 고수하겠어."

"그 주장에 이의를 제기하네. 내가 직접 루지(발을 앞쪽으로 하고 누워 얼음 위를 활주하는 1~2인승 썰매-옮긴이)를 타고 몽트뢰 거리를 누볐다고. 한 번이 아니라 여러 번을 말이야. 루지는 명실상부한 겨울 스포츠지."

두 번째 관리가 나를 향해 말했다.

"루지가 당신이 생각하는 겨울 스포츠가 맞습니까? 로카르노에 계시면 아주 안락할 텐데 말입니다. 기후도 건강에 좋고, 주변 경관도 매력적이거든요. 정말 마음에 드실 겁니다."

"이 신사분이 몽트뢰에 가고 싶다고 이미 말하셨잖아."

내가 물었다.

"루지가 뭡니까?"

"봤지, 루지를 들어본 적도 없대!"

내 말이 두 번째 관리에게 중요한 말이었는지 그는 의기양양해했다. 첫 번째 관리가 말했다.

"루지는 말이죠, 터보건(앞쪽이 위로 구부러지고 좁고 길게 생긴 썰매-옮긴이)을 타는 겁니다."

두 번째 관리가 고개를 저었다.

"미안하지만 다른 거네. 또 한 번 다른 의견을 말해야겠군. 터보건은 루지와 전혀 달라. 터보건은 캐나다에서 납작한 나뭇가지로 만든 거야. 루지는 보통 썰매에다 날을 붙인 거고. 뭐든 정확한 게 중요하지."

나는 다시 물었다.

"터보건을 타볼 수 있을까요?"

첫 번째 관리가 고개를 강하게 끄덕여 보였다.

"물론 가능하죠. 아주 잘 타실 수 있을 겁니다. 기가 막힌 캐나다산 터보건을 몽트뢰에서 팔고 있죠. 오크스 형제 가게에서 팝니다. 직접 주문 제작한 터보건을 수입하지요."

두 번째 관리가 고개를 돌렸다.

"터보건을 타려면 특별한 활강 코스가 필요해요. 몽트뢰 거리에서 터보건을 탈 수는 없을 겁니다. 이곳에서는 어디 묵고 계십니까?"

"글쎄요. 브리사고에서 도착한 지 얼마 안 돼서요. 마차가 밖에서 기다리고 있습니다."

첫 번째 관리는 기분 좋게 웃으며 말했다.

"몽트뢰에 가면 후회하시지 않을 겁니다. 기후가 쾌적하고 아름다울 거예요. 겨울 스포츠를 즐기러 멀리 가지 않아도 되실 겁니다."

그러자 두 번째 관리가 나섰다.

"진정한 겨울 스포츠를 즐기려면 엥가딘이나 뮈렌으로 가세요. 겨울 스포츠를 즐기러 몽트뢰로 가는 것은 별로 권해드리고 싶지 않습니다."

몽트뢰의 대변자인 첫 번째 관리가 동료를 쏘아봤다.

"몽트뢰 위쪽 레자방으로 가면 훌륭한 겨울 스포츠를 다 즐기실 수 있습니다."

더는 지체하기 싫어 내가 나섰다.

"자, 여러분. 저희는 가봐야 할 것 같습니다. 사촌이 많이 지쳐서요. 시험 삼아 몽트뢰에 한번 가보겠습니다."

"축하합니다."

첫 번째 관리가 내 손을 잡고 흔들었다. 그러자 두 번째 관리는 못마땅해하며 말했다.

"로카르노를 떠나면 틀림없이 후회하실 겁니다. 어쨌든 몽트뢰에 가면 경찰에 소재를 보고하십시오."

첫 번째 관리가 장담했다.

"경찰서에서 불쾌한 일은 일어나지 않을 겁니다. 그곳 주민들은 모두 아주 친절하거든요."

"두 분 모두 고맙습니다. 조언해주셔서 정말 감사합니다."

건물을 나서며 캐서린이 말했다.

"안녕히 계세요. 두 분 정말 고맙습니다."

그들은 문간에서 우리에게 고개를 숙여 인사했다. 로카르노를 주장하던 관리는 조금 냉랭했다. 우리는 계단을 내려와 마차에 올라탔다. 마차 문을 닫자마자 캐서린이 말했다.

"세상에나! 조금이라도 더 일찍 빠져나올 수는 없었나요?"

나는 관리 가운데 한 사람이 추천해준 호텔 이름을 마부에게 말해주었다. 마부가 고삐를 집어 들었다. 그때 캐서린이 다급하게 말했다.

"저 군인을 잊었네요."

군인은 마차 옆에 서 있었다. 나는 그에게 10리라짜리 지폐를 주며 말했다.

"아직 스위스 돈이 없어서요."

군인은 고맙다고 말하며 경례를 하고 갔다. 마차가 출발했고 우리는 호텔을 향해 달렸다. 나는 캐서린에게 물어봤다.

"어떻게 해서 몽트뢰를 고른 거야? 정말로 그곳에 가고 싶은 거야?"

"가장 먼저 생각난 곳이었어요. 나쁘지 않은 곳이에요. 산위에서 지낼 만한 곳을 찾을 수 있을 거예요."

"졸려?"

"벌써 자는 걸요."

"이제 편안한 침대에서 푹 자게 될 거야. 가엾은 캣, 길고도 힘든 밤을 보냈지."

"재미있는 시간이었어요. 특히 당신이 우산을 이용해 항해했을 때 말이에요."

"우리가 스위스에 있다니 실감이 나?"

"아니요, 잠에서 깨면 다 꿈일까 봐 두려워요."

"나도 그래."

"하지만 꿈이 아니죠. 그렇죠? 지금 당신을 배웅하려고 밀라노 기차역으로 가고 있는 건 아니겠죠."

"아니라면 좋겠어."

"그렇게 말하지 마요. 겁나요. 정말 그곳으로 가고 있을까봐 말이에요."

"너무 피곤해서 아무것도 모르겠어."

"손 좀 보여줘요."

나는 손을 내밀었다. 양손 모두 물집이 잡히고 까져 쓰라리기까지 했다.

"옆구리에 못 자국은 없어(손과 발에 못이 박히고 창으로 옆구리를 찔리며 십자가에 매달렸던 예수 그리스도를 빗댄 농담—옮긴이)."

"신성 모독하지 마요."

나는 너무 피곤해 머릿속이 멍했다. 감격해서 들뜬 기분도 이제 가라앉았다. 마차는 거리를 따라 달리고 있었다. 캐서린이 내 손을 살폈다.

"손이 고생했죠."

"만지지는 마. 여기가 어딘지 정말 모르겠군. 지금 어디로 가고 있는 거요?"

마부가 말을 세웠다.

"메트로폴 호텔로 가고 있습니다. 그리로 가시려는 게 아닙니까?"

"맞아요. 잘 가고 있어, 캣."

"잘되어 가고 있어요. 그러니 흥분하지 마요. 푹 자고 나면 내일은 나아질 거예요."

"죽도록 피곤해. 꼭 희극 오페라 같은 하루였어. 배가 고픈 건지도 모르겠네."

"그냥 피곤한 거예요. 곧 괜찮아질 거예요."

마차가 호텔 앞에 섰다. 누군가 짐을 받으러 나왔다. 나는 몸이 가벼워진 느낌이 들었다.

"좀 괜찮아졌어."

우리는 호텔로 이어지는 보도에 내려섰다.

"괜찮아질 줄 알았어요. 그냥 피곤해서 그래요. 오랫동안 깨어 있었으니까."

"어쨌든 정말 여기 왔네."

"그래요, 정말 여기 왔어요."

우리는 가방을 들어주는 남자아이를 따라 호텔 안으로 들어갔다.

/

5부

/

38장

　그해 가을에는 첫눈이 아주 늦게 내렸다. 우리는 산등성이에 있는 소나무 숲 속의 갈색 목조 가옥에서 지냈다. 밤에는 서리가 내려 아침이면 서랍장 위에 올려둔 물주전자 두 개에 엷게 얼음이 끼었다. 구팅겐 부인은 아침 일찍 우리 방으로 들어와 창문을 닫고 길쭉한 도자기 난로에 불을 피우기 시작했다. 소나무가 탁탁 소리를 내며 불꽃을 일으키다가 난로에 불길이 솟아오르면 부인은 다시 방으로 들어왔다. 이때는 큼직한 땔감용 나무토막들과 뜨거운 물 한 주전자를 가져왔다. 방 안이 훈훈해지면 부인은 아침을 가져다주었다. 침대에 앉아 아침을 먹고 있으면 호수가 보이고 호수 건너편으로는 프랑스 쪽 산들이 보였다. 산꼭대기에는 눈이 덮여 있었다. 호수는 회색빛이 도는 어두운 청색으로 보였다.

밖으로 나가면 오두막 앞에 산으로 이어지는 길이 나 있었다. 울퉁불퉁한 바퀴 자국은 서리를 맞아 쇠처럼 단단하게 얼어붙었다. 길은 완만한 오르막길로, 숲을 통과해 산을 빙 두르며 끊어지지 않고 올라가 목초지가 있는 곳까지 이어졌다. 숲 끄트머리에 있는 목초지에는 외양간과 오두막이 있었다. 거기서는 골짜기가 건너다보였다. 골짜기는 깊었고 바닥에는 시냇물이 있어 호수로 흘러들었다. 계곡에 바람이 불면 물줄기가 바위틈으로 흘러가는 소리가 들렸다.

우리는 가끔 길에서 벗어나 소나무 숲을 통과하는 오솔길로 접어들 때도 있었다. 숲 속을 걸으면 바닥이 부드러웠다. 똑같이 서리가 내려도 숲 속 바닥은 길만큼 단단하게 얼어붙지 않았다. 하지만 우리는 길이 얼어붙어도 전혀 신경 쓰지 않았다. 신발의 밑창과 뒷굽에는 징이 박혀 있고, 뒷굽에 박힌 징은 얼어붙은 땅의 바퀴 자국도 없앨 만큼 땅을 뚫고 들어가 미끄러지지 않는다. 그래서 징 박힌 신발을 신고 얼어붙은 길을 걸으면 오히려 신이 났다. 하지만 숲 속을 천천히 걷는 것도 기분이 정말 좋았다.

우리가 머물고 있는 집 앞에서 가파른 산비탈을 내려오면 호수 옆 작은 평지로 이어졌다. 우리는 집 앞 현관에 앉아 햇볕을 쬐며 산비탈을 따라 구불구불 내려오는 길을 바라봤다. 그 아래쪽 산중턱에는 돌담으로 나뉘어 있는 들판과 계단식 포도밭이 있는데, 겨울철이라 다 시들어버린 포도 덩굴이 보였다. 포도밭 너머로 호숫가를 따라 좁은 평지에 자리 잡은 마을의 집들도 보였다. 호수에는 나무 두 그루가 자라는 섬이 하나 있는데, 나무들이 꼭 고기잡이배의 쌍돛처럼 보였다. 호수 건너편 산들은 가파르고 험했다. 호수 끄트머리에는 두 개의 산줄기 사이로 평평하게 펼쳐진 론 계곡의 평야가 자리 잡고 있었다. 산줄기에 가려진 골짜기 위쪽은 당뒤미디 산이었다. 눈 덮인 높은 산인 당뒤미디는 계곡을 내려다보고 있었지만 너무 멀리 떨어져 있어 그림자를 드리우지는 못했다.

　해가 밝게 빛나는 날에는 현관 앞에서 점심을 먹었지만 보통은 아무 장식이 없는 나무 벽과 구석에 커다란 화덕이 있는 위층 작은 방에서 먹었다. 우리는 시내에서 책과 잡지를 사오면서『호일』(에드먼드 호일이 카드놀이 등 실내 게임에 대해 쓴 책–옮긴이)도 한 권 사서 둘이서 하는 카드놀이를 익히기도 했다. 난로가 있는 작은 방이 거실 역할을 했다. 거기엔 편안한 의자가 두 개 있고 책과 잡지를 읽을 만한 탁자도 하나 있었다. 우리는 식사를 마치고 나면 식탁에서 카드놀이를 했다. 구팅겐 씨 부부는 아래층에서 생활하고 있었다. 저녁때 가끔 부부가 이야기하는 소리가 들렸는데, 그들 또한 함께 있어 아주 행복한 듯했다. 남편은 수석 웨이터이고 아내는 같은 호텔 청소부였는데, 둘이 돈을 모아 이 집을 산 것이었다. 부부에게는 수석 웨이터가 되려고 공부하는 아들이 있었다. 아들은 취리히의 어느 호텔에서 근무한다고 했다. 아래층에는 와인과 맥주를 파는 가게가 있어 가끔 저녁때 길에서 짐마차가 서고 사람들이 계단을 올라와 와인을 마시러 가게에 들어가는 소리가 들렸다.

거실 밖 복도에는 땔감을 넣어두는 상자가 있어 나는 거기서 땔감을 가져다 불을 지폈다. 하지만 우리는 그리 늦게까지 깨어 있지 않았다. 우리는 어둠 속에서 커다란 침실로 들어가 잠자리에 들었다. 나는 옷을 벗은 다음 창문을 열고 밤하늘과 차가운 별들, 창문 아래 소나무들을 바라봤다. 그러고는 되도록 빨리 침대로 파고들었다. 공기는 차갑고 깨끗했으며 창밖은 고즈넉했다. 그런 밤에 침대에 누워 있으면 기분이 정말 좋았다. 우리는 잠을 잘 잤다. 내가 밤에 잠을 깬다면 그건 오직 한 가지 이유 때문이었다. 그럴 때면 나는 캐서린이 깨지 않게 깃털 이불을 아주 부드럽게 끌어당겨 덮고, 얇은 이불의 가벼움을 새삼 느끼며 따뜻함 속에서 다시 잠을 청했다. 전쟁은 생판 남인 사람이 출전한 대학 축구 경기만큼이나 멀게 느껴졌다. 하지만 나는 신문을 읽어 알고 있었다. 아직 눈이 내리기 전이라 산속에서는 여전히 전투가 벌어지고 있었다.

우리는 산에서 내려와 몽트뢰까지 걸어가기도 했다. 산을 내려가는 오솔길이 있었지만 너무 가팔라 보통 큰길을 이용했다. 들판 사이의 널찍하고 단단한 길로 걸어 내려온 다음 아래쪽 포도밭의 돌담 사이를 지나고 길을 따라 마을의 집들 사이를 빠져나오곤 했다. 셰르네, 퐁타니방 그리고 다른 하나는 이름을 잊어버렸지만 세 곳의 마을이 있었다. 길을 따라가다 보면 사각형 모양으로 지은, 돌로 된 고성을 지나치게 된다. 성은 산비탈 쪽 절벽 위에 세워져 있었다. 그 산비탈에는 계단식 포도밭이 있었다. 포도 덩굴은 하나씩 쓰러지지 않게 막대기로 묶어놓았고 갈색으로 시들어 있었다. 땅은 눈을 맞을 채비를 끝냈고, 저 아래 평평한 호수는 강철 같은 회색으로 빛났다. 길은 성 아래로 긴 비탈을 이루며 내려가다가 오른쪽으로 돌아 다시 아주 가파른 내리막이 되었다. 자갈이 깔린 이 길은 몽트뢰로 이어졌다.

우리는 몽트뢰에 아는 사람이 한 명도 없었다. 우리는 호수 옆을 끼고 걸으면서 백조와 갈매기 떼, 제비갈매기를 봤다. 우리가 가까이 가자 새들이 날아오르더니 호수를 내려다보며 끽끽 하는 소리를 냈다. 호수에는 작고 거무스름한 논병아리 떼가 헤엄을 치면서 물 위에 기다란 자국을 남겼다. 우리는 마을로 들어가 중심가를 따라 걸으며 가게 진열창을 들여다봤다. 호텔들은 거의 문을 닫았지만 상점들은 대부분 영업하고 있어 우리를 반갑게 맞아주었다. 캐서린이 머리를 하러 가는 괜찮은 미용실이 있었다. 주인 여자는 몽트뢰에서 우리가 유일하게 아는 사람으로 항상 활기가 넘쳤다. 캐서린이 미용실에 가면 나는 맥줏집에서 독일 뮌헨 흑맥주를 마시며 신문을 읽었다. 「코리에레 델라 세라」도 읽고 파리에서 구해오는 영국 신문과 미국 신문도 읽었다. 적들 간의 소통에 이용되지 않도록 막으려는 의도인지 광고는 전부 보이지 않게 지워져 있었다. 신문 읽을 맛이 나지 않았다. 곳곳에서 모든 상황이 아주 불리하게 돌아가고 있었다. 나는 무거운 흑맥주 잔과 윤이 나는 봉지에 담긴 프레첼을 앞에 놓고 구석 자리에 앉았다. 맥주 맛을 기막히게 해주는 짭짤한 프레첼을 먹으며 참담한 전쟁 기사들을 읽었다. 캐서린이 올 때가 된 듯한데 좀처럼 오지 않았다. 나는 신문을 도로 선반에 올려놓고 맥주 값을 계산한 다음 캐서린을 찾아 거리로 나왔다. 그날은 겨울답게 춥고 어두컴컴해 건물의 돌마저 차갑게 보였다. 캐서린은 아직도 미용실에 있었다. 주인 여자가 캐서린의 머리를 말고 있었다. 나는 작은 칸막이 자리에 앉아 그 모습을 지켜봤다. 그러고 있자니 흥미진진해졌다. 캐서린은 미소를 지으며 내게 말을 건넸다. 정신이 팔려서인지 내 목소리는 조금 잠겨 있었다. 머리를 마는 집게가 경쾌하게 딸깍거리고 거울 세 개에 캐서린의 모습이 모두 보이는 자리에 앉아 있자니 기분이 좋아지고 마음까지 따뜻해졌다. 주인 여자가 캐서린의 머리를 올려주었다. 캐서린은 거울을 들여다보면서 머리핀을 이리저리 뽑기도 하고 꽂기도 하면서 머리 모양을 조금 손대더니 일어났다.

"시간이 오래 걸려서 미안해요."

"아주 재밌어하시던데요. 안 그런가요, 선생님?"

주인 여자가 미소를 지었다. 나도 미소를 지으며 대답했다.

"맞아요."

우리는 밖으로 나와 거리를 걸었다. 날씨가 추운 데다 심술궂은 바람마저 불고 있었다. 나는 기분에 취해 말했다.

"아아, 당신을 너무 사랑해."

"우리 정말 행복하지 않아요? 자, 어디 가서 차 말고 맥주라도 마셔요. 아기 캐서린에게도 아주 좋을 거예요. 몸집을 조그맣게 해준대요."

"아기 캐서린이라, 놀고먹는 고 녀석 말이지."

"아주 착하게 잘 있어요, 말썽도 거의 안 피우고. 의사 선생님 말씀이 맥주는 나한테도 좋고 아기도 조그맣게 해준대요."

"그렇게 조그맣게 만든다니, 이 아이가 남자아이라면 경마 기수가 될지도 모르겠는걸."

"이 아이가 태어나면 결혼해야 하지 않을까요."

우리는 맥줏집 구석 탁자에 앉아 있었다. 밖에는 어둠이 깔리기 시작했다. 아직 이른 시간이었지만 날이 어둡다 보니 해질 녘이 점점 빨리 찾아왔다. 기다릴 이유가 없었다.

"그래, 당장 결혼하자."

"아니요, 지금은 너무 창피해요. 배부른 게 너무 눈에 띄잖아요. 이런 상태로 사람들 앞에 서서 결혼하지 않을 거예요."

"진작 결혼했으면 좋았을걸."

"나도 그랬더라면 싶어요. 하지만 어디 그럴 수가 있었나요?"

"글쎄."

"한 가지는 분명해요. 난 이렇게 엄청난 뚱보 아줌마 같은 모습으로는 결혼하지 않을 거예요."

"아줌마 같지 않아."

"아니, 맞아요. 아줌마 같아요. 미용사가 첫아이냐고 물어봤다니까요. 난 아니라고 거짓말했어요. 이미 아들 둘에 딸 둘이 있다고."

"그럼 언제 결혼하지?"

"다시 몸이 날씬해지면 언제든지요. 이렇게 멋지고 젊은 한 쌍이 있다니 하고 다들 감탄할 만한 근사한 결혼식을 올리고 싶어요."

"그럼 당신은 걱정이 안 돼?"

"걱정을 왜 해야 하는데요? 기분이 엉망이었던 건 밀라노에서 창녀 같다고 느꼈을 때 딱 한 번이었어요. 그런 기분도 딱 칠 분 동안이었고, 게다가 그건 그 방의 가구들 때문이었다고요. 지금은 좋은 아내 노릇을 하고 있지 않아요?"

"당신은 사랑스러운 아내야."

"그럼 너무 형식에 얽매이지 마요. 다시 몸이 날씬해지는 대로 당신과 결혼할 테니까."

"좋아."

"맥주 한 잔 더 마셔도 될까요? 의사 말이 난 골반이 작은 편이라 아기 캐서린이 작으면 좋다고 했어요."

"의사가 그것 말고는 뭐래?"

나는 걱정이 되었다.

"별거 없어요. 혈압은 극히 정상이래요. 정말 칭찬할 만한 혈압이라고 하더라고요."

"골반이 너무 좁은 건 뭐래?"

"별거 아니에요. 아무 문제 없어요. 스키는 타면 안 된다고 했지만요."

"맞는 얘기지."

"스키를 타본 적이 없다면 지금 배우기엔 너무 늦었다고 하더라고요. 넘어지지만 않으면 타도 된다고 했어요."

"대담한 농담을 즐기시는군."

"정말 좋은 분이었어요. 아이를 낳을 때 그분을 모셔와야겠어요."

"그 의사에게 결혼해야 할지 물어봤어?"

"아니요. 결혼한 지 사 년 됐다고 했는걸요, 그거 알아요? 내가 당신하고 결혼하면 난 미국인이 되고, 우리가 미국 법에 따라 결혼만 하면 우리 아이는 언제든 합법적인 아이가 될 수 있어요."

"그런 건 어디서 알았어?"

"도서관에 있는 뉴욕판『세계 연감』을 봤어요."

"당신 대단해."

"미국인이 되면 기쁠 거예요. 우리 미국으로 갈 거죠. 그렇죠? 나이아가라 폭포를 꼭 보고 싶어요."

"당신 정말 멋져."

"다른 것도 보고 싶었는데 기억이 안 나네요."

"스톡야드(텍사스 주 포트워스의 관광지로, 1800년대 말 미국 최대의 가축목장으로 번성했던 곳—옮긴이) 아니야?"

"아니에요. 기억이 안 나요."

"그럼 울워스 빌딩(뉴욕에 있는 57층 건물로, 1931년까지 에펠탑을 제외하고 세계에서 가장 높은 건물이었음—옮긴이)인가?"

"아니요."

"그랜드캐니언(애리조나 주 북서부의 대협곡—옮긴이)은?"

"아니에요. 하지만 가보고 싶네요."

"그럼 뭐였을까?"

"골든게이트(샌프란시스코 만과 태평양을 잇는 해협—옮긴이)예요! 그게 보고 싶어요. 어디에 있죠?"

"샌프란시스코에."

"그럼 거기로 가요. 샌프란시스코도 보고 싶어요."

"알았어. 그리로 가자."

"이제 산에 올라가요. 갈까요? 그런데 MOB(몽트뢰-오버란트-베르누아 철도의 약칭—옮긴이)를 탈 수 있을까요?"

"다섯 시 조금 넘어 전동차가 있어."

"그 차를 타요."

"그러지. 그전에 난 맥주 한 잔 더 할래."

거리로 나와 기차역으로 가는 계단을 올라가는데, 날씨가 몹시 추웠다. 차디찬 바람이 론 계곡에서 불어오고 있었다. 가게 진열창에서는 불빛들이 새어 나오고 있었다. 우리는 가파른 돌계단을 올라가 위쪽 거리로 나간 다음 또 다른 계단을 올라가 기차역에 도착했다. 전동차는 불을 전부 켜고 대기중이었다. 출발 시각을 나타내는 문자판이 있었는데, 시곗바늘이 다섯 시 십 분을 가리키고 있었다. 나는 기차역의 시계를 확인했다. 다섯 시 오 분이었다. 전동차에 오르면서 보니 운전사와 차장이 구내 와인 가게에서 나오고 있었다. 우리는 자리에 앉아 창문을 열었다. 차 안은 전기 난방장치를 틀어놓아 공기가 답답했지만 곧 창문에서 상쾌하고 차가운 공기가 들어왔다. 나는 너무 돌아다닌 게 아닌가 걱정스러웠다.

"피곤해, 캣?"

"아니요, 기분이 정말 좋아요."

"오래 타지는 않아."

"난 차 타는 게 좋아요. 그러니 내 걱정은 하지 마요. 정말 괜찮아요."

크리스마스 사흘 전이 되어서야 눈이 왔다. 아침에 깨어보니 눈이 내리고 있었다. 우리는 침대에서 나오지 않고 난롯불이 활활 타오르는 방 안에서 눈 내리는 광경을 바라봤다. 구팅겐 부인이 아침 쟁반을 치운 뒤 난로에 땔나무를 더 넣어주었다. 엄청난 눈보라였다. 부인 말로는 자정 무렵부터 눈보라가 치기 시작했다고 했다. 나는 창가로 가 밖을 내다봤지만 길 건너편도 제대로 보이지 않았다. 바람과 눈이 거칠게 휘몰아치고 있었다. 나는 침대로 돌아왔다. 우리는 누워서 이야기를 나눴다. 캐서린이 눈을 보며 말했다.

"스키를 탈 수 있으면 좋을 텐데. 스키도 탈 줄 모르니 한심해요."

"봅슬레이 썰매를 구해 길을 내려가 보자고. 당신한테도 차를 타는 것보다 나쁘지는 않을 거야."

"요동이 심하지 않을까요?"

"타보면 알겠지."

"너무 심하지 않으면 좋겠어요."

"조금 이따가 눈을 맞으며 산책하자고."

"점심 먹기 전에요. 그러면 입맛이 좋아질 거예요."

"난 언제나 배고픈걸."

"나도 그렇긴 해요."

눈 속으로 나와 보니 눈발이 휘날리고 있어 멀리 가지는 못할 것 같았다. 나는 길을 내면서 앞으로 나아가 기차역까지 갔다. 역에 도착하고 보니 꽤 멀리까지 왔구나 싶었다. 앞이 거의 보이지 않을 정도로 눈보라가 몰아쳐 우리는 기차역 옆에 있는 조그만 술집으로 들어갔다. 빗자루로 서로 눈을 털어준 다음 긴 의자에 앉아 베르무트를 마셨다. 여종업원이 말을 걸었다.

"엄청난 눈보라라네요."

"예."

"올해는 눈이 굉장히 늦었어요."

"그러게요."

캐서린이 물었다.

"판 초콜릿을 먹어도 될까요? 점심때가 다 되어가는데 조금 부담스러운가? 난 늘 배가 고파요."

"괜찮아, 하나 먹어."

그녀는 메뉴판을 들여다보며 말했다.

"개암 열매가 든 걸로 하나 주세요."

여종업원이 맞장구를 치며 말했다.

"그거 아주 맛있어요. 저도 그걸 가장 좋아해요."

내가 말했다.

"저는 베르무트를 한 잔 더 주십시오."

술집을 나와 다시 길을 거슬러 올라가려고 보니 길을 내놓았던 자리가 눈으로 덮여 있었다. 구덩이를 파놓았던 곳은 희미한 자국만 남아 있었다. 눈보라가 얼굴을 때려 앞을 보기가 어려웠다. 우리는 집에 도착해 눈을 털고 점심을 먹으러 안으로 들어갔다. 구팅겐 씨가 점심을 차려주면서 말했다.

"내일이면 스키 타는 사람들이 나올 겁니다. 스키를 탈 줄 아십니까, 헨리 씨?"

"아니요, 하지만 배우고 싶군요."

"아주 쉽게 배우실 겁니다. 아들 녀석이 크리스마스에 집으로 오는데, 그 녀석더러 가르쳐달라고 하세요."

"잘됐군요. 아드님은 언제 옵니까?"

"내일 밤에 와요."

점심을 먹고 나서 우리는 작은 방 난로 옆에 앉아 있었다. 창밖으로 눈 내리는 풍경을 보고 있다가 캐서린이 말했다.

"혼자 어딘가 가보고 싶지는 않아요? 남자들하고도 어울리고 스키도 타고요."

"아니, 왜 그래야 하는데?"

"가끔 당신이 나 말고 다른 사람들을 만나고 싶어 하지 않을까 하는 생각이 들어서요."

"당신은 다른 사람들을 만나고 싶어?"

"아니요."

"나도 안 만나고 싶어."

"알아요. 하지만 당신은 달라요. 나는 아이를 가진 몸이라 아무것도 하지 않아도 만족스러워요. 지금 내가 말도 많고 정말 바보같이 구는 거 아는데, 당신이 나와 좀 떨어져 있어야 하는 게 아닌가 하는 생각이 들어요. 그래야 나한테 질리지 않을 테니까."

"내가 떨어져 있으면 좋겠어?"

"아니요, 내 옆에 있으면 좋겠어요."

"바로 그거야. 난 그렇게 할 거야."

"이쪽으로 와요. 당신 머리에 난 혹을 만지고 싶어요. 혹이 제법 크죠."

그녀는 손가락으로 그 자리를 쓰다듬었다.

"자기, 턱수염 길러볼래요?"

"내가 턱수염을 기르면 좋겠어?"

"재미있을 것 같아요. 턱수염 기른 당신 모습을 보고 싶어요."

"알았어, 길러볼게. 지금 당장 시작해야겠어. 좋은 생각이야. 나도 할 일이 생길 테니 말이야."

"할 일이 없어서 불안해요?"

"아니, 난 좋아. 즐겁게 생활하고 있잖아. 당신은 안 그래?"

"내 생활은 근사해요. 하지만 내 몸이 불어 당신이 나를 따분해할까 봐 걱정스러워요."

"이런, 캣. 내가 당신한테 얼마나 푹 빠져 있는지 모른단 말이야?"

"몸이 이래도요?"

"그 모습 그대로 좋아. 난 행복해. 우리 즐겁게 지내고 있는 거 아닌가?"

"즐거워요. 하지만 당신은 좀이 쑤시지 않을까 해서요."

"아니야. 가끔 전선이나 아는 사람들 소식이 궁금할 때도 있지만 걱정하지는 않아. 난 뭐든 생각을 많이 하지 않으니까."

"누가 궁금해요?"

"리날디와 신부님. 그리고 내가 알던 많은 사람이 궁금하지. 하지만 그 사람들 생각을 많이 하지는 않아. 전쟁을 떠올리고 싶지 않으니까. 이젠 나하고는 상관없는 일이야."

"지금은 무슨 생각을 해요?"

"아무 생각도 안 해."

"하고 있잖아요. 말해줘요."

"리날디가 정말 매독에 걸렸을까 생각해봤어."

"그게 다예요?"

"응."

"그분이 매독에 걸렸어요?"

"모르겠어."

"당신이 걸리지 않아 다행이에요. 그런 종류의 병에 걸려본 적이 있어요?"

"임질에 걸린 적이 있었어."

"그 얘긴 듣고 싶지 않아요. 많이 고통스러웠어요?"

"아주 많이."

"나도 걸려봤으면 좋았을걸."

"이런, 안 되지."

"정말이에요. 당신이 걸렸던 거라면 나도 걸려보고 싶어요. 당신을 거쳐 간 모든 여자하고 같이 지내보고 싶기도 하고. 그러면 당신한테 그 여자들 흉을 볼 수 있을 테니 말이에요."

"아주 그림 좋겠네."

"당신이 임질에 걸렸던 건 좋은 그림이 아니죠."

"그렇지. 이제 눈 오는 걸 구경하자고."

"난 당신 구경을 할래요. 머리를 길러보지 그래요?"

"얼마나?"

"조금만 더 길게."

"지금도 충분히 긴데."

"아니요, 좀 더 길게요. 내가 머리를 자르면 우리는 똑같아 보이겠죠. 하나는 금발이고 하나는 검은 머리라는 점만 빼고."

"당신 머리는 자르지 못하게 할 거야."

"재미있을 거예요. 난 긴 머리가 지겨워요. 밤에 잘 때 아주 귀찮다고요."

"난 좋은데."

"짧으면 좋아하지 않을 거예요?"

"좋아할지도 모르지. 하지만 지금 이대로도 좋아."

"짧은 머리가 근사할지도 몰라요. 그럼 우리 둘 다 비슷해지는 거죠. 아아. 당신을 너무나 원하다 보니 당신이 되어버리고 싶어요."

"우린 이미 한몸인걸."

"그래요. 밤에는 그렇죠."

"밤은 정말 굉장해."

"우리 둘이 전부 섞여 있으면 좋겠어요. 당신이 떨어져 나가는 건 싫어요. 이건 말이 그렇다는 거예요. 가고 싶으면 가요. 하지만 얼른 돌아와요. 아아, 당신과 함께가 아니면 살고 싶지 않아요."

"난 절대 떠나지 않을 거야. 당신이 없으면 아무 소용없어. 그건 더 이상 사는 게 아니야."

"당신이 살아 있으면 좋겠어요. 즐겁게 살아가면 좋겠다고요. 하지만 우리 같이 살아요, 예?"

"그럼 지금은 내가 턱수염을 그만 기르면 좋겠어, 아니면 계속 놔둘까?"

"놔둬요, 계속 길러요. 재미있을 거예요. 아마 새해에는 근사하게 자라 있을지도 몰라요."

"이제 체스 한 판 둘까?"

"그보다는 당신하고 즐기고 싶은데."

"안 돼. 체스를 두자고."

"그다음에는 즐기고요?"

"그래."

"좋아요."

나는 체스판을 가져와 말을 늘어놓았다. 밖에는 여전히 눈이 펑펑 내리고 있었다.

한번은 밤에 잠이 깼는데, 캐서린도 깨어 있었다. 창문으로 달빛이 환하게 비쳐 침대에 창살 그림자를 드리우고 있었다.

"깼어요?"

"응. 잠이 안 와?"

"그냥 잠이 깨서 내가 당신을 처음 만났을 때 거의 제정신이 아니었구나 생각하고 있었어요. 그때 생각나요?"

"조금 이상했지."

"이젠 전혀 그렇지 않아요. 지금은 얼마나 멋진데요. 당신은 '멋지다'는 말을 정말 다정하게 해요. 멋지다고 말해줘요."

"멋져."

"아아, 다정해라. 나 이상한 거 아니에요. 그냥 아주, 아주, 아주 행복한 것뿐이에요."

"어서 자."

"알았어요. 둘이 동시에 잠들어요."

"좋아."

하지만 그러지 못했다. 나는 한참 깨어 있으면서 이런저런 생각을 하며 캐서린의 자는 모습을 들여다봤다. 달빛이 캐서린의 얼굴을 비추고 있었다. 그러다 나도 잠이 들었다.

39장

 1월 중순쯤 되자 나는 턱수염이 제법 자랐다. 맑고 쌀쌀한 낮과 지독하게 추운 밤이 되풀이되며 겨울 날씨도 어느 정도 자리를 잡았다. 우리는 다시 길로 나가 산책을 다녔다. 건초나 장작을 실은 썰매와 산에서 베어낸 통나무를 끌고 내려오느라 눈길은 단단하게 다져져 반들반들해졌다. 이 일대는 거의 몽트뢰까지 눈에 덮여 있었다. 호수 건너편의 산들도 온통 하얗고 론 계곡의 평야에도 눈이 하얗게 쌓여 있었다. 우리는 산 뒤쪽을 돌아 뱅드랄리아까지 멀리 산책을 나갔다. 캐서린은 징 박은 부츠를 신고 망토를 둘렀다. 끄트머리에 뾰족한 쇠가 달린 지팡이도 들었다. 망토를 입어 배가 나와 보이지는 않았다. 빨리 걷지는 않았지만 캐서린이 피곤해하면 산책을 멈추고 길가 통나무에 앉아 쉬었다.

뱅드랄리아의 숲 속에는 벌목꾼들이 술을 마시러 들르는 술집이 있었다. 우리는 거기 들어가 난롯불에 몸을 녹이며 향신료와 레몬을 넣은 따끈한 레드 와인을 마셨다. 그곳 사람들은 그 음료를 '글루바인'이라고 불렀다. 몸을 덥히기에도, 축배를 들기에도 아주 좋은 술이었다. 어두컴컴하고 연기가 자욱한 술집 밖으로 나오니 차가운 공기가 날카롭게 폐로 파고들었고, 숨을 들이쉬자 코끝이 얼얼했다. 뒤를 돌아보니 술집 창문으로 불빛이 새어 나왔고, 벌목꾼들의 말이 체온을 유지하려고 발을 구르며 머리를 흔들고 있었다. 말의 콧잔등 털 위로 서리가 내려 숨을 쉴 때마다 허연 입김을 내뿜고 있었다. 집으로 올라가는 도로에는 반들반들하고 미끄러운 구간이 있었다. 목재를 운반하는 길로 갈라져 나가는 곳까지는 말 오줌 때문에 얼음이 오렌지색이었다. 그곳을 지나면 깨끗한 눈이 쌓인 길이 숲 속까지 이어졌다. 밤에 집으로 돌아오다가 여우를 본 적이 두 번이나 있었다.

아름다운 곳이라 산책하러 나갈 때마다 즐거웠다. 캐서린이 내 턱을 바라보며 말했다.

"턱수염이 제법 근사하네요. 벌목꾼 같아요. 조그만 금 귀걸이를 한 사람 봤죠?"

"알프스 영양 사냥꾼이야. 그 사람들 말로는 귀걸이를 하면 더 잘 들린대."

"정말이에요? 말도 안 돼요. 알프스 영양 사냥꾼이라는 걸 보여주려고 그러는 것 같아요. 이 근처에 영양이 있어요?"

"응, 덴 데 자망 산 너머에 있대."

"여우를 봐서 신기하고 재미있었어요."

"여우는 잘 때 꼬리로 몸을 말고 잔대. 몸을 따뜻하게 하려고."

"느낌이 아주 좋겠는데요."

"난 늘 그런 꼬리를 갖고 싶었어. 우리한테 여우 꼬리 같은 게 있으면 재미있지 않을까?"

"옷 입을 때 아주 애먹을지도 모르죠."

"맞는 옷을 만들든가, 아니면 옷 같은 건 상관없는 나라에 가서 살지 뭐."

"지금 아무것도 상관없는 나라에 살고 있잖아요. 아무도 만나지 않고 살다니 굉장하지 않아요? 당신도 사람들 만나는 거 원하지 않죠?"

"응."

"잠깐 여기 앉을까요? 조금 피곤해요."

우리는 통나무에 바짝 붙어 앉았다. 앞쪽 도로는 숲 속으로 이어지고 있었다.

"아기가 우리 사이에 끼어들진 않겠죠, 그렇죠? 요 조그만 녀석 말이에요."

"안 되지. 그러게 놔두지 않을 거라고."

"우리 돈은 얼마나 있어요?"

"넉넉하게 있어. 은행에서 지난번 어음을 처리해줬어."

"당신이 스위스에 있는 걸 알면 가족이 찾으려고 하지 않을까요?"

"아마 그러겠지. 편지를 써 보내야겠군."

"이제까지 편지 안 보냈어요?"

"안 보냈어. 어음만 요청했지."

"내가 당신 가족이 아닌 게 천만다행이에요."

"전보를 보낼게."

"가족 생각은 하나도 안 해요?"

"했지. 하지만 하도 충돌하다 보니 관심에서 멀어졌어."

"난 당신 가족을 좋아할 것 같아요. 아주 많이 좋아할지도 모르죠."

"가족 얘기는 그만하자고. 안 그러면 가족 걱정을 시작할 것 같으니."

그러고는 조금 더 쉬다가 말했다.

"좀 쉬었으면 다시 가볼까?"

"그래요, 충분히 쉬었어요."

우리는 다시 도로를 따라 내려갔다. 이제 날이 꽤 어두워졌다. 눈 때문에 신발 밑에서 뽀드득 소리가 났다. 밤은 건조하고 추웠지만 공기는 아주 상쾌했다. 캐서린이 말했다.

"당신 턱수염이 정말 마음에 들어요. 대성공이에요. 굉장히 뻣뻣하고 억세 보이는데, 만지면 아주 부드럽고 기분 좋아요."

"턱수염이 없을 때보다 훨씬 나아?"

"그런 것 같아요. 있잖아요. 난 지금부터 아기 캐서린을 낳을 때까지 머리를 자르지 않을 거예요. 지금은 몸이 너무 불어 뚱보 아줌마가 되었지만 아기를 낳고 나서 다시 날씬해지면 머리를 자르고 당신을 위해 완전히 새로운 멋진 여자가 될 거예요. 같이 가서 자르든지 혼자 자르고 나서 당신을 깜짝 놀라게 하고 싶어요."

나는 아무 말도 하지 않았다.

"안 된다고 하지 않을 거죠, 예?"

"그런 말 안 해. 설렐 것 같은데."

"아아, 고마워요. 나 사랑스러워 보일지도 몰라요. 아주 날씬해져서 당신을 설레게 할지도 모른다고요. 그러면 당신은 다시 사랑에 빠질 거예요."

"이런, 난 지금도 당신을 사랑하고 있다고. 더 이상 뭘 바라는 거야? 날 폐인으로 만들고 싶어?"

"맞아요, 당신을 폐인으로 만들고 싶어요."

"좋아. 나도 바라는 바야."

40장

우리 두 사람은 하루하루 즐겁게 지냈다. 1월과 2월은 그렇게 지나갔다. 아주 멋진 겨울이었고 우리는 아주 행복했다. 따스한 바람이 불어와 눈이 녹고 잠깐씩 날씨가 좋아 봄기운이 느껴질 때도 있었다. 하지만 매번 청명하고 매서운 추위가 다시 시작되면서 겨울로 되돌아가는 듯했다. 3월이 되어서야 겨울이 물러갔다. 밤에 비가 내리기 시작했다. 오전 내내 비가 와서 눈이 진창으로 변하고 산비탈은 형편없는 모습이 되었다. 호수 위에도 계곡에도 구름이 끼어 있었다. 산꼭대기 쪽에도 비가 내렸다. 캐서린은 두꺼운 덧신을 신고 나는 구팅겐 씨의 고무장화를 신고 집을 나섰다. 우리는 우산을 받쳐 들고 기차역 쪽으로 걸어갔다. 가는 길은 눈이 녹아 질척거렸다. 눈 녹은 물이 흘러 길에 남아 있던 얼음을 쓸어가고 있었다. 우리는 펍에 들러 점심 먹기 전 베르무트를 한 잔 마셨다. 밖에서는 빗소리가 들렸다.

"이제 마을로 거처를 옮겨야 하는 거 아닐까?"

"당신은 어떻게 생각해요?"

"겨울이 끝난 거라면 비가 계속 내릴 테니 산 위에 있어도 재미없을 거야. 아기 캐서린이 나오려면 얼마나 남았지?"

"한 달 정도예요. 조금 더 남았을 수도 있고."

"그럼 내려가 몽트뢰에서 지내자고."

"로잔으로 가면 어떨까요? 거기 병원이 있으니까요."

"좋아. 하지만 번잡한 큰 도시가 아니라면 좋겠는데."

"더 커도 우리 둘만 있을 수 있어요. 로잔이 근사한 곳일지도 모르고."

"언제 갈까?"

"언제든 상관없어요. 당신이 떠나고 싶으면 언제든지요. 당신이 가고 싶지 않으면 나도 안 갈 거예요."

"날씨가 어떤지 좀 살펴보자고."

비는 사흘 동안 내렸다. 기차역 아래 산비탈에는 이제 눈이 싹 사라졌다. 길바닥은 눈 녹은 흙탕물이 흘러내리며 시내를 이루었다. 너무 질고 질퍽질퍽해서 밖으로 나갈 수조차 없었다. 비가 사흘째 오던 날 아침, 우리는 마을로 내려가기로 한 뒤 구팅겐 씨에게 알렸다.

"괜찮습니다, 헨리 씨. 미리 알려주지 않으셔도 돼요. 궂은
날씨가 시작되어 이제 이곳에 머물고 싶지 않으실 거라고 예
상했어요."

"아내 때문에 병원 가까이에 있어야 할 거 같아서요."

"이해합니다. 아이가 태어나면 언제든지 다시 와서 머무르
실 거죠?"

"그럼요. 방만 있다면야."

"봄에 날씨가 좋아지면 다시 와서 즐겁게 지내세요. 지금은
안 쓰는 큰 방에 아기와 유모를 묵게 하고, 두 분은 호수가 내
려다보이는 지금 방에서 머무르시면 돼요."

"오게 되면 편지로 알려드리겠습니다."

우리는 짐을 싼 다음 점심을 먹고 마을로 내려가는 전동차
를 탔다. 구팅겐 씨 부부가 역까지 우리를 배웅해주었다. 구팅
겐 씨는 진창길이라 우리 짐을 썰매에 싣고 날라주었다. 부부
는 비 오는 기차역 한옆에 서서 손을 흔들며 작별 인사를 했다.
캐서린은 진심으로 아쉬워했다.

"참 좋은 분들이었어요."

"우리한테 참 잘해주셨지."

우리는 몽트뢰에서 로잔행 기차를 탔다. 창밖으로 우리가
지내던 곳을 쳐다봤지만 구름에 가려 산이 보이지 않았다. 기

차는 브베에서 잠깐 섰다가 다시 달렸다. 한쪽으로는 호수를, 다른 한쪽으로는 축축한 갈색 들판과 황량한 숲과 비에 젖은 집들을 지나쳐 달렸다. 우리는 로잔에 도착해 중간 규모의 호텔에 투숙했다. 마차를 타고 여러 길을 지나 호텔의 마차용 출입구로 들어가는 내내 비가 내리고 있었다. 옷깃에 놋쇠로 만든 열쇠들을 매단 수위와 엘리베이터, 바닥에 깔린 카펫, 반짝이는 부속품이 달린 새하얀 세면기, 놋쇠 침대가 놓인 넓고 안락한 침실이 있었다. 구팅겐 부부의 집에 머물다 오니 이 모든 것이 무척 호화롭게 보였다. 창문으로는 비에 젖은 정원이 내려다보였다. 정원은 꼭대기에 철제 울타리를 얹은 담으로 둘러싸여 있었다. 가파른 비탈길 건너편에는 비슷한 담과 비슷한 정원이 있는 호텔이 또 하나 있었다. 나는 정원의 분수 위로 빗방울이 떨어지는 모습을 물끄러미 바라보았다.

캐서린은 방 안의 불을 다 켜더니 짐을 풀기 시작했다. 나는 위스키소다를 주문하고 침대에 누워 기차역에서 사온 신문을 읽었다. 1918년 3월, 독일군이 프랑스에서 공습을 시작했다. 내가 위스키소다를 마시며 신문을 읽는 동안 캐서린은 짐을 풀며 방 안을 돌아다녔다. 그녀가 물었다.

"내가 뭘 사야 하는지 알고 있죠?"

"뭔데?"

"아기 옷이오. 나처럼 산달이 다가오는데 아기 물건을 준비하지 않은 사람도 드물 거예요."

"사면 되지."

"그래요, 내일 사도 충분해요. 그전에 뭐가 필요한지 알아봐야겠어요."

"당신이라면 잘 알고 있지 않아. 간호사였잖아."

"하지만 그 병원에서 아기를 낳는 군인은 찾아보기가 드물어서요."

"나 있잖아."

그녀가 베개로 때리는 바람에 위스키소다가 쏟아졌다.

"한 잔 더 주문해줄게요. 엎질러서 미안해요."

"별로 남지도 않았는걸. 침대로 올라와."

"싫어요. 이 방을 뭔가 생각나도록 꾸며볼래요."

"뭐처럼?"

"우리 집처럼요."

"연합국 국기라도 걸겠군."

"닥쳐요."

"다시 말해봐."

"닥치라고요."

"말 참 얌전하게 하는군. 기분 상하는 사람이 없도록 신경 쓰는 것처럼 말이야."

"기분 상하게 할 생각은 없었어요."

522

"그럼 침대로 와."

"알았어요."

그녀는 다가와서 침대에 앉았다.

"요즘 내가 재미없는 거 알아요. 커다란 밀가루 부대 같죠."

"아냐, 안 그래. 당신은 아름답고 사랑스러워."

"당신이 결혼한 나는 아주 볼품없는 여자일 뿐이에요."

"아니라니까, 당신은 계속 아름다워지기만 한다고."

"그렇지만 머지않아 다시 날씬해질 거예요."

"지금도 날씬해."

"술 마셨으니까 그렇게 보이죠."

"위스키소다 정도로 뭘."

"한 잔 더 올 거예요. 오늘 저녁 식사는 이리 가져오라고 할 까요?"

"그게 좋겠네."

"식사 마치고도 안 나갈 거죠? 오늘 밤에는 그냥 안에만 있 어요."

"그리고 즐기자고."

"난 와인을 조금 마실래요. 해롭지는 않을 거예요. 우리가 즐 겨 마시던 카프리 화이트 와인을 마실 수 있을지 모르겠네요."

"마실 수 있을 거야. 이 정도의 호텔이라면 이탈리아 와인이 있겠지."

그때 웨이터가 문을 두드렸다. 쟁반에 얼음을 띄운 위스키 잔이 놓여 있고 잔 옆에 소다수 작은 병이 따로 있었다. 웨이터에게 식사와 와인을 주문했다.

"고마워요. 거기 놔둬요. 2인분 저녁 식사를 이리 올려다 주고 단맛 없는 카프리 화이트 와인 두 병도 얼음 통에 넣어 가져다줘요."

"식사는 수프부터 드시겠습니까?"

"수프 마실래, 캣?"

"예."

"수프는 하나만 가져다줘요."

"감사합니다, 손님."

웨이터가 나가고 문이 닫혔다. 나는 다시 신문으로, 신문 속 전쟁 이야기로 돌아갔고 소다수를 얼음 위로 천천히 따라 위스키에 흘려 넣었다. 위스키에 얼음을 넣지 말고 따로 가져오라고 이야기를 해놓아야겠어. 그러면 위스키가 얼마큼 있는지 알 수 있으니 소다수를 따를 때 갑자기 묽어지지 않겠지. 다음에 주문할 때는 위스키 한 병에 얼음과 소다수를 같이 가져오라고 해야겠군. 현명한 방법이었다. 좋은 위스키는 마음을 아주 즐겁게 해주었다. 인생의 즐거움 가운데 하나였다.

"무슨 생각해요?"

"위스키 생각."

"위스키에 대해 뭘를요?"

"위스키가 얼마나 좋은지 생각했어."

캐서린이 얼굴을 찌푸리며 말했다.

"알았어요."

우리는 삼 주 동안 그 호텔에 머물렀는데, 그리 나쁘지 않았다. 식당에는 사람이 거의 없었고 우리는 방에서 저녁 식사를 하는 일이 잦았다. 우리는 시내로 들어가 물림기어가 달린 등산철도를 타고 우시까지 가서 호숫가를 산책했다. 날씨는 꽤 따뜻해져 봄 같은 느낌이 들었다. 산으로 돌아가고 싶었지만 봄 날씨는 며칠밖에 이어지지 않았다. 겨울 끝자락의 매서운 추위가 다시 몰려왔다.

캐서린은 시내에서 아기에게 필요한 물품들을 샀다. 나는 상점가에 있는 체육관으로 가서 운동 삼아 권투를 했다. 캐서린이 늦잠을 자는 아침이면 보통 거기에 가 있었다. 마치 봄날 같았던 며칠간은 날씨가 아주 좋아 나는 권투를 마치고 샤워한 뒤 거리를 걸으며 봄 내음을 맡았다. 그러다 카페에 들어가 사람 구경을 하고 신문을 읽으며 베르무트를 마셨다. 그러고 나서 호텔로 내려와 캐서린과 함께 점심을 먹었다. 권투도장의 사범은 수염을 기른 남자로, 권투할 때 정석대로 하는 유형이라 뒤쪽에서 공격을 받으면 어쩔 줄 몰라 했다. 그래도 체육관에 가면 즐거웠다. 공기도 상쾌하고 실내도 밝아서 나는 열심히 운동했다. 줄넘기도 하고 혼자서 섀도복싱도 했다. 열린 창문으로 손바닥만 한 햇빛이 들어오는 마룻바닥에 누워 복근 운동도 했다. 어떤 때는 연습 시합을 하면서 사범을 겁주기도 했다. 처음에는 길고 좁은 거울 앞에서 섀도복싱을 할 수가 없었다. 턱수염 달린 사람이 권투하는 모습이 너무 이상해 보였기 때문이다. 그러다가 나중에는 그것도 재미있다고 생각하게 되었다. 나는 권투를 시작하면서부터 턱수염을 깎아버리고 싶었지만 캐서린이 반대했다.

캐서린과 나는 마차를 타고 교외로 나가기도 했다. 화창한 날에 마차를 타고 달리면 기분이 아주 좋았다. 우리는 마차를 타고 나가 식사를 할 만한 좋은 식당을 두 군데 찾아냈다. 캐서린은 이제 많이 걷지 못했다. 그래서 나는 그녀와 함께 시골길을 마차로 달리는 게 너무나 좋았다. 날씨가 화창하면 더없이 즐거운 시간을 보냈다. 즐겁지 않은 적은 한 번도 없었다. 아기가 태어날 날이 아주 가까이 다가왔다. 우리 둘 다 뭔가에 쫓기는 듯한 기분이 들었고, 같이 있는 시간을 한순간도 헛되이 보내지 않으려고 했다.

41장

　어느 날 새벽 세 시쯤, 나는 캐서린의 뒤척이는 소리에 잠을 깼다.

　"괜찮아, 캣?"

　"아까부터 진통이 와요."

　"규칙적이야?"

　"아니요, 그다지."

　"진통이 규칙적이면 병원으로 가자."

　나는 너무 졸려 깜빡 잠이 들었다가 조금 뒤 다시 잠에서 깼다. 캐서린이 고통을 참으며 힘들게 말했다.

　"의사를 부르는 게 좋겠어요. 아무래도 산통인 것 같아요."

　침대에서 일어나 전화했더니 의사가 물었다.

"진통이 얼마나 자주 옵니까?"

"진통이 얼마나 자주 와, 캣?"

"십오 분마다 오는 것 같아요."

"그럼 병원으로 오십시오. 나도 옷을 갈아입고 바로 병원으로 가겠습니다."

나는 전화를 끊은 뒤 택시를 보내 달래려고 기차역 근처의 차고에 전화를 걸었다. 오랫동안 아무도 전화를 받지 않았다. 그래서 계속 전화했더니 결국 어떤 남자가 전화를 받아 곧 택시를 보내겠다고 했다. 캐서린은 옷을 입고 있었다. 병원에 있으면서 필요한 물건과 아기 용품들도 가방 안에 다 싸놓았다. 나는 복도로 나가 엘리베이터를 올려달라고 벨을 눌렀다. 응답이 없었다. 나는 아래층으로 내려가 봤다. 아래층에는 야간 경비원 말고는 아무도 없었다. 그래서 직접 엘리베이터를 올려보냈다. 캐서린의 가방을 엘리베이터 안으로 옮기고 그녀가 탄 다음 우리는 아래층으로 내려갔다. 야간 경비원이 문을 열어주었다. 우리는 자동차 진입로로 내려가는 계단 옆 돌판에 앉아 택시가 오기를 기다렸다. 밤하늘이 맑아 별이 떠 있는 게 보였다. 캐서린은 무척 흥분한 상태였다.

"진통이 시작돼서 정말 기뻐요. 이제 조금 있으면 다 끝날 거예요."

"당신은 참 용감한 여자야."

"겁나지 않아요. 하지만 택시가 빨리 오면 좋겠네요."

그때 택시 올라오는 소리가 들리더니 헤드라이트 불빛이 보였다. 택시가 자동차 진입로로 들어오자 나는 캐서린을 부축해 태웠다. 운전사는 가방을 앞자리에 놓았다. 나는 다급하게 행선지를 댔다.

"병원으로 갑시다."

자동차 진입로를 빠져나온 택시는 언덕길을 부지런히 달리기 시작했다.

병원에 도착해 나는 가방을 들고 캐서린과 함께 들어갔다. 안내 데스크에 있던 여자가 캐서린의 이름과 나이, 주소, 가족, 종교를 노트에 적었다. 캐서린이 종교가 없다고 하자 여자는 '종교'라는 단어 뒤 빈칸에 줄을 그었다. 이름은 캐서린 헨리라고 했다. 여자는 데스크를 돌아 나오며 말했다.

"병실로 안내해드리겠습니다."

우리는 엘리베이터를 타고 올라갔다. 여자가 엘리베이터를 세웠다. 우리는 그녀를 따라 복도를 걸어갔다. 캐서린은 내 팔을 꼭 붙잡고 있었다. 병실에 먼저 들어간 여자가 말했다.

"이 방입니다. 옷을 갈아입고 침대에 누우시겠어요? 갈아입으실 잠옷은 여기 있습니다."

"제 잠옷이 있어요."

"이 잠옷을 입으시는 게 좋겠어요."

나는 병실 밖으로 나가 복도에 있는 의자에 앉아 있었다. 여자가 문간에서 말했다.

"이제 들어오셔도 돼요."

캐서린은 좁은 침대에 누워 있었다. 사각형으로 재단된 무늬 없는 잠옷을 입고 있었는데, 거친 침대 시트 천으로 만든 것처럼 보였다. 캐서린은 나를 향해 생긋 웃어 보였다.

"이제는 쿡쿡 쑤셔요."

여자는 캐서린의 손목을 잡고 손목시계를 보며 진통 간격을 쟀다. 캐서린이 놀란 눈을 한 채 말했다.

"이번 진통은 엄청났어요."

얼굴을 보니 그랬다는 것을 알 수 있었다. 나는 여자에게 물어봤다.

"의사 선생님은 어디 계시죠?"

"지금 주무세요. 필요해지면 오실 거예요."

간호사는 바삐 움직이며 말했다.

"이제 부인께 필요한 조치를 해드려야 해요. 다시 나가 계시겠어요?"

나는 복도로 나왔다. 창문이 두 개 있고 닫힌 방문들만 보이는 복도는 텅 비어 있었다. 병원 냄새가 났다. 나는 의자에 앉아 바닥을 내려다보며 캐서린을 위해 기도했다. 조금 전 간호사가 복도로 나와 말했다.

"들어오세요."

병실에 들어서자 캐서린이 말했다.

"안녕."

"좀 어때?"

"이제 진통이 꽤 자주 와요."

그녀가 얼굴 근육을 움직여 미소를 지었다.

"이번 건 진짜였어요. 허리 밑에 한 번 더 손을 대주시겠어요, 간호사님?"

"그게 편하면 해드리죠."

캐서린은 나가라는 손짓을 하며 말했다.

"이제 나가 있어요. 나가서 뭐라도 좀 먹고 와요. 간호사님 얘기로는 진통을 아주 오래 할 수도 있대요."

간호사가 말했다.

"초산은 보통 오래 걸려요."

캐서린이 시선을 내 쪽으로 돌렸다.

"나가서 뭘 좀 드세요."

"난 괜찮아. 정말이야. 여기 좀 더 있을게."

진통은 꽤 규칙적으로 왔다가 곧 가라앉았다. 캐서린은 몹시 흥분해 있었다. 진통이 심할 때면 좋은 게 왔다는 표현을 썼다. 진통이 가라앉으면 실망하고 부끄러워했다. 그녀는 거칠게 숨을 쉬며 말했다.

"나가 있어요. 당신이 있으니 자꾸 의식하게 돼요."

그녀의 표정이 굳었다.

"어머나, 이번 건 더 좋네요. 난 좋은 아내가 되고 싶어요. 바보 같은 모습 안 보이고 아기를 낳고 싶고요. 나가서 아침을 먹어요. 그리고 다시 와요. 그동안 당신이 필요할 일은 없을 거예요. 간호사님이 아주 훌륭하게 해주시니까요."

간호사는 고개를 끄덕이며 말했다.

"아침 드실 시간은 넉넉해요."

"그럼 갔다 오죠. 다녀올게, 사랑하는 자기."

"잘 다녀와요. 내 몫까지 맛있게 먹어요."

나는 간호사에게 물었다.

"아침 식사는 어디서 하면 됩니까?"

"길을 따라 내려가면 광장에 카페가 있어요. 지금쯤은 열었을 거예요."

밖에 나가니 날이 밝아오고 있었다. 나는 텅 빈 거리를 걸어 카페로 향했다. 창문에 불이 켜져 있었다. 안으로 들어가 아연을 입힌 바에 앉았다. 노인이 화이트 와인 한 잔과 브리오슈(버터와 달걀이 많이 들어간 달콤한 빵-옮긴이)를 내왔는데, 어제 만든 것이었다. 나는 브리오슈를 와인에 찍어 먹고 커피도 한 잔 마셨다. 노인이 물었다.

"이렇게 이른 시간에 무슨 일이십니까?"

"아내가 병원에서 아기를 낳고 있어서요."

"그렇군요. 순산하시길 빕니다."

"와인 한 잔 더 주십시오."

그는 병을 들어 와인을 따라주었는데, 와인이 조금 흘러 아연을 입힌 바에 떨어졌다. 나는 따라준 와인을 마시고 값을 치른 뒤 밖으로 나왔다. 거리를 따라 집집마다 내놓은 쓰레기통들이 수거해가기를 기다리고 있었다. 개 한 마리가 쓰레기통에 코를 박고 킁킁거리는 모습이 보였다.

"뭘 찾니?"

나는 쓰레기통 안을 들여다보면서 꺼내줄 만한 게 있나 찾아봤다. 위쪽에는 커피 찌꺼기와 먼지, 시든 꽃 몇 송이 말고는 아무것도 없었다.

"아무것도 없구나, 멍멍아."

내 말을 알아들은 듯 개는 길 건너편으로 가버렸다. 나는 병원 계단을 올라가 캐서린이 있는 층으로 가서 병실 쪽으로 복도를 따라 내려갔다. 병실 문을 두드렸다. 아무 대답이 없었다. 문을 열어봤다. 병실은 텅 비어 있었다. 캐서린의 가방이 의자에 놓여 있고 벽에 달린 고리에 잠옷이 걸려 있을 뿐이었다. 나는 복도로 나와서 사람을 찾아봤다. 간호사 한 명을 발견했다.

"헨리 부인은 어디 있습니까?"

"막 분만실로 가셨어요."

"그게 어딥니까?"

"안내해드릴게요."

간호사는 나를 복도 끝으로 데려갔다. 분만실 문이 조금 열려 있었다. 캐서린이 시트를 덮고 수술대에 누워 있는 모습이 보였다. 수술대 한쪽에는 간호사가 있고 다른 한쪽에는 의사가 실린더 옆에 서 있었다. 의사는 한 손에 튜브가 달린 고무 마스크를 들고 있었다. 간호사가 말했다.

"가운을 드릴 테니 들어가세요. 이쪽으로 오세요."

간호사는 내게 하얀 가운을 입히고 뒷목 부분을 안전핀으로 고정시킨 뒤 말했다.

"이제 들어가세요."

분만실로 들어가자 캐서린이 바짝 날선 목소리로 말했다.

"안녕. 그런데 잘 안 되네요."

의사가 물었다.

"헨리 씨 되십니까?"

"그렇습니다. 어떻게 돼가고 있습니까, 선생님?"

"아주 잘 진행되고 있습니다. 고통스러울 때 마취제 가스를 주입하기 쉽게 이쪽으로 옮겼습니다."

캐서린이 고통스러운 표정으로 말했다.

"지금 해주세요."

의사가 고무 마스크를 캐서린의 얼굴에 갖다 대고 다이얼을 돌렸다. 캐서린이 깊고 빠르게 숨을 쉬었다. 그러고는 마스크를 밀어냈다. 의사가 밸브를 잠갔다.

"아주 큰 진통은 아니었어요. 조금 전에는 정말 큰 게 왔죠. 의사 선생님이 견디게 해주셨어요. 그렇죠, 선생님?"

캐서린의 목소리가 낯설게 느껴졌다. '선생님'이라고 할 때 목소리가 상당히 컸다.

의사가 미소를 지어 보이자 캐서린이 말했다.

"한 번 더 대주세요."

캐서린은 고무를 얼굴에 꽉 눌러 붙이고 숨을 가쁘게 쉬었다. 조금씩 신음하는 소리도 들렸다. 그러더니 마스크를 치우고 미소를 지었다.

"이번 것은 컸어요. 아주 컸어요. 걱정하지 마요. 어디든 가 있어요. 아침을 한 번 더 먹든가."

"여기 있을래."

우리가 병원으로 간 것은 새벽 세 시쯤이었다. 정오가 되었는데도 캐서린은 아직 분만실에 있었다. 진통은 다시 느슨해졌다. 캐서린은 굉장히 지치고 피곤해 보였지만 여전히 명랑했다. 그녀는 밝은 목소리로 말했다.

"잘 안 되네요. 미안해요. 아주 쉽게 낳을 줄 알았는데. 이젠…… 또 진통이…….”

캐서린은 손을 뻗어 마스크를 집어 얼굴에 갖다 댔다. 의사가 다이얼을 돌리며 캐서린을 지켜봤다. 조금 있으니 진통이 끝났다.

“이번 건 별거 아니었어요. 마취제 가스에 반했나 봐요. 정말 신통해요.”

캐서린이 말하고 나서 생긋 웃었다. 나도 웃어 보였다.

“하나 사서 집에서도 쓰지 뭐.”

캐서린이 서둘러 말했다.

“진통이 또 와요.”

의사가 다이얼을 돌리며 손목시계를 보기에 물었다.

“진통 간격이 어떻게 되나요?”

“일 분쯤이네요.”

“점심은 안 드십니까?”

“조금만 있다가 먹죠.”

캐서린은 여전히 먹는 걱정을 했다.

“뭘 좀 드셔야 해요, 선생님. 너무 오래 끌어 죄송해요. 남편이 가스를 넣어주면 안 될까요?”

“원하면 그렇게 하십시오. 숫자 2가 있는 데까지 돌리세요.”

나는 고개를 끄덕였다.

“알겠습니다.”

다이얼에는 손잡이로 돌리는 바늘이 달려 있었다. 캐서린이 다급하게 외쳤다.

"지금 대주세요."

캐서린은 마스크를 얼굴에 바짝 갖다 댔다. 나는 재빨리 다이얼을 2번에 맞췄다가 캐서린이 마스크를 내려놓을 때 껐다. 나는 뭔가를 할 수 있게 해준 의사가 고마웠다. 캐서린이 물었다.

"당신이 한 거죠?"

그녀는 내 손목을 쓰다듬었다.

"그래."

"당신 참 근사해요."

그녀는 마취제 가스에 조금 취해 있었다. 의사가 말했다.

"점심을 가져와 옆방에서 먹겠습니다. 언제든 부르세요."

시간이 흘러가는 동안 나는 의사가 식사하는 모습을 바라봤다. 조금 뒤에는 의사가 누워 담배를 피우는 모습이 보였다. 캐서린은 점점 지쳐가고 있었다. 그녀가 힘없이 물었다.

"내가 아기를 낳을 수 있을까요?"

"그럼, 당연히 낳을 거야."

"할 수 있는 모든 힘을 짜내고 있어요. 힘을 주는데 진통이 사라져버리네요. 진통이 또 와요. 마스크 줘요."

두 시가 되자 나는 밖으로 나와 점심을 먹었다. 카페 안에는 남자 몇 명이 커피 잔과 함께 키르시(체리를 증류해 만든 독한 술-옮긴이)나 마르(와인을 만들고 남은 포도 찌꺼기로 만든 독한 술-옮긴이)로 보이는 술잔을 앞에 두고 앉아 있었다. 나는 자리를 잡고 앉아 웨이터에게 물었다.

"식사 됩니까?"

"점심시간이 지났는데요."

"지금 먹을 만한 건 없습니까?"

"슈크루트(소금물에 발효시킨 양배추-옮긴이)는 됩니다."

"그럼 슈크루트와 맥주 한 잔 주십시오."

"반 파인트(1파인트는 568밀리리터-옮긴이) 잔으로요, 1파인트 잔으로요?"

"약한 걸로 반 파인트 주세요."

웨이터가 슈크루트 접시를 가져왔다. 슈크루트 위에는 햄 한 조각이 얹혀 있고, 와인에 절여 따끈하게 끓인 양배추 밑에는 소시지가 들어 있었다. 나는 서둘러 슈크루트를 먹고 맥주를 마셨다. 배가 몹시 고팠던 모양이다. 음식을 먹으면서 카페 안에 있는 사람들을 바라봤다. 한 탁자에서는 카드놀이를 하고 있었다. 내 옆의 탁자에서는 두 남자가 이야기를 나누며 담배를 피우고 있었다. 카페 안은 담배 연기로 가득했다. 나는 아연을 입힌 바에서 아침을 먹었는데, 바 뒤에는 세 명이 있었다. 새벽에 봤던 노인과 카운터 뒤에 앉아 탁자로 내가는 음식을 지켜보는 까만 옷을 입은 통통한 여자, 앞치마를 두른 어린 남자아이가 있었다. 나는 여자가 아이를 몇이나 낳았을까, 낳았을 때 어땠을까 궁금했다.

슈크루트를 다 먹고 나서 나는 병원으로 돌아왔다. 거리는 이제 깨끗하게 청소되어 있었다. 밖에 나와 있는 쓰레기통은 이제 하나도 없었다. 구름이 잔뜩 낀 날씨였지만 곧 해가 나올 듯했다. 나는 엘리베이터를 타고 위층으로 올라가 복도를 지나 아까 하얀 가운을 벗어놓고 왔던 캐서린의 병실로 갔다. 나는 가운을 다시 입고 목 뒤를 핀으로 고정했다. 거울을 봤더니 턱수염을 기른 돌팔이 의사 같았다. 복도를 지나 분만실로 갔다. 문이 닫혀 있어 노크를 했다. 아무 대답이 없어 나는 손잡이를 돌려 안으로 들어갔다. 의사는 캐서린 옆에 앉아 있었다. 한쪽 구석에서는 간호사가 뭔가를 하고 있었다. 의사가 병실을 들어오는 내 모습을 봤다.

"남편분이 오셨네요."

캐서린이 아주 낯선 목소리로 말했다.

"아아, 자기, 세상에서 가장 훌륭한 의사 선생님을 만났어요. 세상에서 가장 훌륭한 이야기를 해주셨고, 고통이 심할 때면 싹 가라앉혀 주세요. 선생님이 정말 훌륭해요. 정말 훌륭하세요, 선생님."

캐서린 가까이 가며 말했다.

"당신 취했어."

"맞아요. 그래도 그렇게 말하면 안 되죠. 그거 줘요, 주세요."

캐서린은 마스크를 움켜잡고 짧고 깊은 숨을 헐떡거렸고, 그럴 때마다 마스크가 달그락거렸다. 그러고 나서 캐서린이 길게 한숨을 내쉬자 의사가 왼손을 뻗어 마스크를 치워주었다. 그녀의 목소리가 무척 낯설게 느껴졌다.

"이번 건 정말 컸어요. 이제 죽지는 않을 거예요. 죽을 것 같은 고비를 넘겼어요. 기쁘지 않아요?"

"다시는 그런 고비 겪지 마."

"안 겪을 거예요. 하지만 무섭지 않아요. 난 죽지 않을 테니까요."

의사가 끼어들었다.

"그런 바보 같은 소리 하지 마십시오. 남편분을 남겨두고 죽는 일은 없을 겁니다."

"어머, 안 되죠. 난 안 죽을 거예요. 안 죽어요. 바보같이 죽다니요. 진통이 또 와요. 마스크 줘요."

조금 뒤 의사가 말했다.

"나가 계십시오, 헨리 씨. 잠깐 진찰을 해봐야겠습니다."

"내가 잘하고 있나 살펴보시려는 거예요. 끝나면 다시 들어와요. 그러면 안 되나요, 선생님?"

"되죠. 다시 들어오셔도 될 때 알려드리겠습니다."

나는 밖으로 나와 복도를 걸어 캐서린이 아기를 낳은 뒤에 돌아올 병실로 갔다. 의자에 앉아 병실 안을 둘러봤다. 점심 먹으러 나갔다가 사온 신문이 코트에 있어 꺼내 읽기 시작했다. 밖이 어두워지기 시작하고 있어 불을 켜고 읽었다. 조금 있다가 나는 신문 읽기를 멈추고 불을 끈 뒤 어두워지는 바깥을 내다봤다. 왜 의사한테서 연락이 오지 않는 건지 궁금했다. 내가 나가 있는 편이 더 나아서 그러는 것일 수도 있었다. 내가 잠깐 자리를 비워주기를 바란 거겠지. 나는 시계를 봤다. 십 분이 지나도 부르러 오지 않으면 어찌 됐건 내려가 볼 작정이었다.

가엾어라, 나의 사랑스러운 캣. 나와 잠자리를 함께한 대가가 이런 것이었구나. 이것이 바로 덫의 끝이었다. 이것이 바로 사람들이 서로 사랑해서 얻은 결과였다. 어쨌든 하느님, 마취제 가스를 주셔서 감사합니다. 마취제가 나오기 전에는 도대체 어땠을까? 일단 진통이 시작되면 쳇바퀴 돌듯 계속 되풀이되는데 말이다. 캐서린은 임신 기간에 잘 지냈다. 나쁘지 않았다. 입덧도 거의 하지 않았다. 거의 마지막까지 크게 힘들어하지 않았다. 그런데 마지막에 와서 잡혀버린 것이다. 아무 일 없이 빠져나갈 수는 없었던 것이다. 젠장, 말도 안 돼! 우리가 결혼식을 오십 번쯤 했다 하더라도 똑같았을 것이다. 그런데 캐서린이 죽으면 어떡하지? 안 죽을 거야. 요즘에는 아기를 낳다가 죽는 사람은 없으니까. 모든 남편이 다 그런 식으로 걱정하는 것뿐이야. 암, 그렇고말고. 그런데 캐서린이 죽으면 어쩌지? 안 죽을 거야. 지금 고생하고 있는 것뿐이야. 초산은 보통 오래 끈다고 하잖아. 그러니 지금 고생하고 있는 것뿐이야. 지나고 나면 얼마나 힘들었는지 함께 이야기할 거고, 캐서린은 그렇게 힘들지 않았다고 하겠지. 하지만 캐서린이 죽으면 어떡하지? 죽을 리 없어. 암, 그렇고말고. 그런데 만에 하나 죽으면 어쩌지? 아냐, 정말 그럴 리 없어. 바보같이 굴지 말자. 그냥 고생스러운 거야. 이렇게 죽도록 고생하는 건 자연의 이치야. 초산이어서 그런 것뿐이라고. 초산은 거의 질질 끈다잖아. 암, 그렇고말고. 그런데 정말 죽으면 어쩌지? 캐서린이 죽을 리 없어. 왜 죽겠어? 죽어야 할 이유가 어디 있다고? 밀라노에서 보낸 꿈같은 밤들의 부산물로 태어나야 할 아기가 있을 뿐이지. 지금은 말썽을 부리고 있지만 태어날 거고, 태어나면 돌볼 거고, 그러다 보면 귀여워지기도 하겠지. 그런데 캐서린이 죽으면 어떡하지? 죽지 않아. 하지만 만약 죽으면 어떡하지? 안 죽을 거야. 괜찮을 거야. 하지만 죽기라도 하면 어쩌지? 그럴 리 없어. 그래도 죽으면 어떡하지? 이봐, 그러면 어떻게 하느냐고? 캐서린이 죽기라도 한다면?

의사가 병실로 들어왔다.

"잘 되어갑니까, 선생님?"

"그렇지 못합니다."

"무슨 말씀이세요?"

"말 그대로입니다. 진찰을 해봤는데……."

의사가 진찰 결과를 자세히 설명했다.

"그 뒤로 계속 경과를 보면서 기다렸지요. 하지만 진전이 없습니다."

"어떻게 하면 좋겠습니까?"

"두 가지 방법이 있습니다. 하나는 겸자분만인데, 산도(產道)가 찢어질 수 있어 아주 위험합니다. 게다가 태아한테도 좋지 않고요. 또 하나는 제왕절개가 있습니다."

"제왕절개는 어떤 위험이 있습니까?"

아, 죽으면 어쩌지!

"자연분만보다 위험할 게 없습니다."

"직접 수술해주실 건가요?"

"그럼요. 수술 준비를 하고 수술에 들어갈 사람들을 모으는 데 한 시간쯤 걸립니다. 좀 덜 걸릴 수도 있고요."

"선생님 생각은 어떻습니까?"

"제왕절개 수술을 권해드립니다. 제 아내라면 제왕절개 수술을 하겠습니다."

"수술 후유증은요?"

"전혀 없습니다. 흉터가 남긴 하죠."

"감염 위험은요?"

"겸자분만만큼 높지는 않습니다."

"아무것도 하지 않고 이대로 진행하면 어떻게 되나요?"

"결국 뭐든 해야 할 겁니다. 헨리 부인은 이미 기력을 많이 잃었어요. 빨리 수술할수록 더 안전합니다."

"최대한 빨리 수술해주십시오."

"그럼 가서 지시를 내리겠습니다."

나는 분만실로 들어갔다. 간호사가 캐서린 옆에 붙어 있었다. 시트 아래 산만 한 배를 안고 수술대 위에 누워 있는 캐서린의 얼굴은 아주 창백하고 지쳐 보였다. 캐서린이 물었다.

"의사 선생님에게 수술해도 된다고 말했어요?"

"응."

"엄청나잖아요. 이제 한 시간 뒤면 다 끝난다니. 거의 다 됐어요. 몸이 산산조각 나는 것 같아요. 마스크 줘봐요. 효과가 없네. 아아, 효과가 없다고요!"

"숨을 깊게 쉬어."

"그러고 있어요. 아아, 이젠 효과가 없어. 효과가 없어요!"

나는 간호사에게 거의 소리치듯 말했다.

"실린더를 바꿔줘요."

"새 실린더예요."

캐서린은 절망스러워 보였다.

"난 바보 같아요. 그런데 이젠 효과가 없다고요."

그녀가 울기 시작했다.

"아아, 얼마나 이 아기를 말썽 없이 낳고 싶어 했는데. 그런데 이제 힘은 다 빠지고, 몸이 산산조각 나는 것 같은데 약이 효과가 없어요. 아아, 효과가 하나도 없어요. 이 고통이 멈출 수만 있다면 죽어도 상관없어요. 아아, 제발, 좀 멈춰줘요. 진통이 또 와요. 아아, 아!"

그녀는 마스크 속에서 흐느끼며 숨을 쉬었다.

"효과가 없어요. 말을 안 들어. 효과가 없다고요. 내 걱정 마요. 울지 마요. 나 신경 쓰지 마요. 너무 지친 것뿐이에요. 가엾은 내 사랑. 난 당신을 너무 사랑하니 다시 얌전해질게요. 이번에는 얌전하게 굴 거야. 누가 뭐 좀 가져다줄 수 없어요? 제발 뭐라도 좀 해주면 좋겠어요."

"내가 해볼게. 이걸 끝까지 올려볼게."

"어서 줘요."

나는 다이얼을 끝까지 돌렸다. 너무 격하게 깊은 숨을 쉬는 바람에 마스크를 쥔 그녀의 손에 힘이 빠졌다. 나는 마취제 가스를 잠그고 마스크를 들어 올렸다. 그녀는 먼 곳에 갔다 온 듯 다시 정신이 돌아와 있었다.

"이번 건 좋았어요. 아아, 당신은 나한테 정말 잘해줘요."

"용기를 내. 계속 이렇게 할 수는 없으니까. 이러다간 죽을지도 몰라."

"이젠 용기가 생기지 않아요. 나는 꺾여버렸어요. 세상이 날 꺾었어요. 이젠 알아요."

"누구나 다 그래."

"하지만 끔찍해요. 그냥 질질 끌다가 뚝 꺾어버리는걸요."

"한 시간만 있으면 다 끝나."

"근사하지 않아요? 나는 죽지 않을 거예요, 그렇죠?"

"안 죽어. 내가 장담하는데 당신은 안 죽어."

"당신을 남겨두고 죽고 싶지는 않으니까요. 하지만 너무 지쳐서 죽을 것 같아요."

"말도 안 되는 소리! 누구나 그런 기분이 들 거야."

"가끔 내가 죽을 것 같다는 생각이 들어요."

"당신은 안 죽어. 죽을 리 없어."

"그렇지만 만약 죽으면 어쩌죠?"

"죽게 내버려두지 않아."

"마스크 빨리 줘요. 달라고요!"

그리고 진통이 지나가자 다시 말했다.

"난 죽지 않을 거예요. 맥없이 죽어가진 않을 거예요."

"당연히 죽지 않아."

"당신, 내 곁에 있어 줄 거죠?"

"수술을 지켜보지는 않을 거야."

"그래요, 그냥 거기 있어 줘요."

"물론이지. 계속 거기 있을게."

"나한테 너무 잘해줘요. 그거, 그거 주세요. 좀 더 틀어줘요. 안 듣는다고요!"

나는 다이얼을 3으로 돌렸다가 다시 4까지 올렸다. 그리고 의사가 어서 돌아오기를 간절히 기도했다. 다이얼 숫자가 2를 넘어가니 두려웠다.

드디어 처음 보는 의사 한 명이 간호사 둘을 데리고 들어왔다. 그들은 캐서린을 바퀴 달린 들것 위로 옮겨 복도를 내려갔다. 들것이 복도를 빠르게 지나 엘리베이터 안으로 들어가자 공간을 만들기 위해 다들 벽 쪽으로 붙어서야 했다. 엘리베이터가 올라가고 문이 열리자 들것의 고무바퀴가 복도를 달려 수술실로 향했다. 수술모와 마스크를 쓰고 있어 나는 아까 그 의사를 알아보지 못했다. 또 다른 의사 한 명과 간호사 몇 명이 더 있었다. 캐서린은 목소리를 쥐어짜듯 말했다.

"뭐라도 좀 주세요. 뭐라도 좀 줘야 하는 거 아니에요. 아아, 제발, 선생님, 아프지 않게 많이 주세요!"

의사 한 명이 캐서린의 얼굴에 마스크를 씌워주었다. 문틈으로 들여다보니 수술실은 환하게 밝은 조그만 원형극장 같았다. 한 간호사가 내게 말했다.

"저쪽 문으로 들어가 거기 앉아 계시면 돼요."

난간 뒤에 벤치가 있었고 거기서 하얀 수술대와 조명을 내려다볼 수 있었다. 나는 캐서린을 바라봤다. 그녀는 얼굴에 마스크를 쓴 채 이제는 말이 없었다. 사람들이 들것을 앞쪽으로 밀고 갔다. 나는 도로 나와 복도를 따라 걸어갔다. 간호사 둘이 수술 참관실 입구 쪽으로 서둘러 가고 있었다. 그중 하나가 들떠 말했다.

"제왕절개래. 제왕절개 수술을 할 건가 봐."

그러자 다른 한 명이 웃었다.

"우리가 딱 맞춰 왔네. 운이 좋지 않니?"

두 사람은 참관실 문으로 들어갔다. 다른 간호사 하나도 뒤이어 들어갔다. 그 간호사도 서두르고 있었다. 그녀가 나를 발견하고 말했다.

"그리로 들어가세요. 들어가요."

"저는 밖에 있겠습니다."

그녀는 서둘러 들어갔다. 나는 복도를 왔다 갔다 했다. 들어가기가 겁이 났다. 나는 창밖을 내다봤다. 캄캄했지만 창문으로 새어나가는 빛이 있어 비 내리는 것이 보였다. 나는 복도 맨 끝에 있는 방으로 들어가 유리 진열장 안에 들어 있는 병들의 이름표를 살펴봤다. 그러다 다시 나와 텅 빈 복도에서 수술실 문을 지켜보며 서 있었다.

의사 한 명이 먼저 나오고 간호사가 따라 나왔다. 의사는 양손으로 뭔가를 들고 있었는데, 갓 껍질을 벗겨낸 토끼 같아 보였다. 그는 급히 복도를 가로질러 맞은편 방으로 들어갔다. 나는 의사가 들어간 방 쪽으로 가봤다. 방 안에서는 갓 태어난 아기에게 뭔가 하고 있었다. 의사는 아기를 들어 올려 내게 보여줬다. 그러고는 발꿈치를 잡고 거꾸로 들더니 찰싹 때렸다.

"아기는 괜찮습니까?"

"아주 훌륭합니다. 5킬로그램이나 나가요."

나는 아기를 봐도 아무런 느낌이 없었다. 나와 아무 관계가 없는 듯했다. 부성애 같은 것을 느낄 수가 없었다. 간호사가 물었다.

"아들이 자랑스럽지 않으세요?"

그들은 아기를 씻겨 뭔가로 감쌌다. 거무스름하고 조그마한 얼굴과 손이 보였지만, 아기는 움직이지 않고 울지도 않았다. 의사는 다시 아기에게 뭔가 하고 있었다. 당황한 듯 보였다. 나는 중얼거리듯 말했다.

"아니요, 엄마를 죽일 뻔했는걸요."

"그건 요 귀여운 아이 잘못이 아니죠. 아들을 바라지 않으셨어요?"

"아니요."

의사는 아기 때문에 바빴다. 아기의 두 발을 잡고 들어 올려 찰싹 때렸다. 나는 계속 지켜보지 않고 복도로 나왔다. 이제는 수술실에 들어가서 볼 수 있겠지. 나는 문을 열고 들어가 참관석을 따라 조금 내려갔다. 난간에 앉아 있던 간호사들이 자기들 있는 곳까지 내려오라고 손짓했다. 나는 고개를 저었다. 내가 있는 곳에서도 잘 보였다.

캐서린이 죽은 줄 알았다. 죽은 것처럼 보였다. 얼굴은 일부만 보였는데 창백했다. 저 아래에서는 의사가 조명 불빛 아래에서 상처를 꿰매고 있었다. 핀셋으로 벌려놓은 상처는 꽤 크고 길었으며 가장자리가 두툼했다. 마스크를 쓴 또 다른 의사는 마취제를 투여하고 있었다. 마스크를 쓴 간호사 둘이 도구들을 건네주고 있었다. 종교재판을 그린 그림 같았다. 그 모습을 보고 있자니 수술 과정을 지켜볼 수 있었지만 그러지 않기를 잘했다는 생각이 들었다. 절개하는 광경을 차마 지켜볼 수 없었을 것이다. 하지만 의사가 구두 수선공처럼 재빠르고 능숙한 솜씨로 산등성이처럼 솟아오른 상처 부위를 봉합하는 것을 보니 기뻤다. 상처 봉합이 끝나자 나는 다시 복도로 나와서왔다 갔다 걸어 다녔다. 조금 뒤 의사가 나왔다.

"아내는 어떻습니까?"

"상태가 양호합니다. 수술을 지켜보셨습니까?"

의사는 피곤해 보였다.

"선생님이 상처를 꿰매시는 걸 봤습니다. 절개 부위가 꽤 길어 보였습니다."

"그런 생각을 하셨습니까?"

"예, 그 상처는 납작해지겠지요?"

"아, 그럼요."

조금 뒤 사람들이 바퀴 달린 들것을 끌고 나오더니 아주 빠르게 복도를 지나 엘리베이터로 갔다. 나도 따라갔다. 캐서린은 신음하고 있었다. 아래층 병실에 도착하자 간호사들이 그녀를 침대에 눕혔다. 나는 침대 발치 의자에 앉았다. 방에는 간호사가 한 명 있었다. 나는 일어나 침대 옆으로 가 서 있었다. 방 안은 어두컴컴했다. 캐서린이 손을 내밀며 말했다.

"안녕."

아주 약하고 지친 목소리였다.

"안녕, 내 사랑."

"아들이에요, 딸이에요?"

간호사는 아주 낮은 목소리로 말했다.

"쉿……. 말하지 마세요."

"아들이야. 길쭉하고 떡 벌어지고 까무잡잡해."

"아기는 괜찮아요?"

"응, 아기는 괜찮아."

간호사가 나를 이상한 눈으로 쳐다보는 것을 느꼈다. 캐서린이 말했다.

"너무 지쳤어요. 그리고 지독하게 아파요. 당신은 괜찮아요?"

"난 괜찮아. 말하지 마."

"당신은 정말 멋져요. 아아, 끔찍하게 아프네요. 아기는 어떻게 생겼어요?"

"잔뜩 찌푸려 주름이 자글자글한 노인네 얼굴에다 껍질 벗긴 토끼같이 생겼어."

간호사가 내 팔을 잡아당기며 말했다.

"나가주셔야겠어요. 부인은 지금 말씀을 하시면 안 돼요."

"밖에 있겠습니다."

"나가서 뭐 좀 먹고 와요."

"싫어, 그냥 밖에 있을게."

나는 캐서린에게 키스했다. 그녀의 안색은 아주 창백하고 기운이 없고 지쳐 보였다. 나는 간호사에게 말했다.

"말씀 좀 나눌 수 있을까요?"

간호사가 나와 함께 복도로 나왔다. 나는 복도를 조금 걸어 내려왔다. 내가 물었다.

"아기에게 무슨 일이 있습니까?"

"모르셨어요?"

"예."

"아기가 숨을 쉬지 않아요."

"죽었습니까?"

"숨을 쉬게 할 수가 없었어요. 탯줄이 목에 감겨 있었다거나 했을 거예요."

"그럼 죽은 거로군요."

"예, 정말 안됐어요. 건강하고 커다란 사내아이였는데. 알고 계신 줄 알았어요."

"몰랐습니다. 다시 들어가 아내와 함께 있어 주세요."

나는 책상 앞에 있는 의자에 가서 앉았다. 책상 한편에 간호사들의 차트가 집게에 걸려 있었다. 나는 창밖을 내다봤다. 창밖으로 새어나가는 불빛에 비친 비와 어둠 말고는 아무것도 보이지 않았다. 그랬구나. 아기가 죽은 거였구나. 그래서 의사가 그렇게 피곤해 보였던 거다. 하지만 그때 그 방에서는 왜 아기에게 그렇게 했던 걸까? 아기가 곧 정신을 차리고 숨을 쉬기 시작할 거라고 생각했겠지. 나는 종교가 없지만 아기에게 세례를 받게 해야 한다고 생각했다. 하지만 아기가 숨을 쉰 적이 전혀 없다면 그게 필요할까. 실제로 그랬다. 아기는 살아 있었던 적이 없었다. 캐서린의 배 속에서만 살아 있었다. 아기가 배 속에서 발길질하는 걸 자주 만져봤다. 하지만 요 일주일 동안은 발길질이 없었다. 계속 질식한 상태로 있었는지도 모른다. 가엾은 것. 제길, 차라리 내가 그렇게 목이 졸려 태어나지 못했더라면 싶었다. 아니, 그건 아니었다. 그래도 그랬다면 이런 죽음을 경험하지는 않았겠지. 이제 캐서린도 죽을 것이다. 내가 그렇게 만든 것이다. 사람은 죽는다. 그게 어떤 건지 알지도 못하면서. 배워서 알 시간도 없겠지. 세상은 사람을 야구 경기장에 던져넣고 규칙을 이야기해준 다음 베이스를 벗어나는 순간 잡아 죽인다. 그러지 않으면 아이모처럼 마구잡이로 죽인다. 아니면 리날디처럼 매독에 걸리게 하거나. 하지만 결국에는 다 죽인다. 그건 확실하다. 주변을 어슬렁거리면 틀림없이 죽이고 만다.

한번은 캠프에 가서 모닥불 위에 통나무를 올렸는데, 통나무 위에 개미가 잔뜩 달라붙어 있었다. 나무에 불이 붙기 시작하자 개미들이 기어 나오더니 처음에는 불꽃이 일고 있는 중심부 쪽으로 갔다. 그러다 방향을 틀어 나무 끄트머리 쪽으로 달아났다. 끄트머리 쪽에 몰려든 개미들은 불 속으로 빠지기 시작했다. 그중 어떤 녀석들은 불에 타서 몸이 납작해져 어디로 가는 줄도 모르는 채 도망을 쳤다. 하지만 대부분은 불길 쪽으로 갔다가 나무 끄트머리로 가 뜨겁지 않은 곳으로 모여들고 마침내는 불 속으로 떨어졌다. 나는 그때가 세상의 종말 같다고 생각했다. 그리고 내가 구세주 노릇을 할 절호의 기회라고 여겼다. 모닥불에서 나무를 들어 올려 개미들이 땅으로 기어 나올 수 있는 곳으로 던져버리기만 하면 되었다. 하지만 나는 아무 일도 하지 않았다. 양철 컵에 담긴 물을 통나무에 끼얹기만 했다. 그렇게 해서 컵을 비우고 거기다 위스키를 따른 다음 물을 탔다. 타오르는 나무에 물을 끼얹었으니 개미들이 쪄 죽기밖에 더했을까.

이제 나는 복도에 앉아 캐서린의 상태를 듣기 위해 기다리고 있었다. 간호사는 좀처럼 나오지 않았다. 그래서 조금 뒤 문쪽으로 가서 살살 문을 열고 안을 들여다봤다. 복도는 무척 밝은데 병실 안은 어두워 처음에는 잘 보이지 않았다. 조금 있으니 침대 옆에 앉아 있는 간호사와 베개 위에 얹혀 있는 캐서린의 머리가 보였다. 시트에 덮인 그녀의 몸은 홀쭉했다. 간호사가 손가락을 입술에 대더니 일어서서 문 쪽으로 나왔다. 나는 조용히 물었다.

"좀 어떻습니까?"

"부인은 괜찮아요. 나가서 저녁을 드신 다음 오고 싶으면 다시 오세요."

나는 복도를 지나 계단을 내려가 병원 문을 나섰다. 비를 맞으며 어두컴컴한 거리를 지나 카페로 향했다. 카페 안은 환하게 불을 켜놓았고 탁자마다 손님이 있었다. 앉을 곳을 찾지 못하고 있는데, 웨이터가 다가와 젖은 코트와 모자를 받아들고 자리로 안내해주었다. 맥주를 마시며 석간신문을 읽고 있는 나이 지긋한 남자의 맞은편 탁자였다. 나는 자리에 앉아 웨이터에게 오늘의 특선요리가 뭔지 물어봤다.

"송아지 스튜인데, 마감됐습니다."

"그럼 먹을 만한 게 뭐가 있습니까?"

"햄앤에그가 있고 치즈에그도 있죠. 아니면 슈크루트도 됩니다."

"슈크루트는 오늘 점심에 먹었는데요."

"그러셨죠. 맞아요, 오늘 점심때 슈크루트를 드셨죠."

웨이터는 정수리가 벗겨지고 그 위로 머리카락을 말끔하게 빗어 올린 중년 사내였다. 무척 친절한 인상이었다.

"뭘 드시겠습니까? 햄앤에그를 드릴까요, 아니면 치즈에그를 드릴까요?"

"햄앤에그로 하죠. 맥주도 주십시오."

"황금색 반 파인트로요?"

"예."

"기억납니다. 오늘 오후에 황금색 맥주를 반 파인트 잔으로 드셨죠."

나는 햄앤에그를 먹으며 맥주를 마셨다. 햄앤에그는 둥근 접시에 담겨 나왔다. 햄을 밑에 깔고 그 위에 달걀을 얹은 것이었다. 음식이 너무 뜨거워 처음에 한 입 물었을 때는 맥주로 입을 식혀야 했다. 양이 차지 않아서 웨이터에게 한 접시 더 달라고 했다. 맥주도 여러 잔 마셨다. 나는 아무 생각 없이 맞은편 남자가 들고 있는 신문을 읽었다. 영국군의 전선이 뚫렸다는 내용이었다. 내가 자기 신문의 뒷면을 읽고 있다는 걸 알아차리고 남자는 신문을 접어놓았다. 웨이터에게 신문을 갖다 달라고 해볼까 하는 생각이 들었지만 집중하지 못할 것 같았다.
카페 안은 덥고 공기도 탁했다. 많은 손님이 서로 아는 사이였
다. 카드놀이를 하는 탁자도 여럿 있었다. 웨이터들은 바에서
탁자로 음료를 나르느라 분주했다. 남자 둘이 들어왔는데, 앉
을 곳을 찾지 못하고 있었다. 그들은 내 자리 앞에 서 있었다.
나는 맥주를 한 잔 더 시켰다. 아직 자리를 뜰 마음이 생기지
않았다. 병원으로 돌아가기에는 너무 일렀다. 나는 생각을 비
우고 마음을 아주 평온하게 먹으려고 애썼다. 두 남자는 우두
커니 서 있다가 자리가 나지 않자 밖으로 나갔다. 나는 맥주를
한 잔 더 마셨다. 내 앞에는 접시가 꽤 쌓여 있었다. 맞은편 자
리의 남자는 안경을 벗어 안경집에 넣고 신문은 접어 주머니
에 넣더니 이제 술잔을 들고 앉아 카페 안을 둘러봤다. 나는 불
현듯 돌아가야겠다는 생각이 들었다. 나는 웨이터를 불러 계
산하고 코트를 입고 모자를 쓴 다음 문밖으로 나왔다. 그러고
는 빗속을 뚫고 병원으로 걸어갔다.

　위층으로 올라갔다가 복도를 따라 내려오는 간호사와 마주
쳤다. 그녀가 말했다.

　"지금 막 선생님이 계신 호텔로 전화를 했어요."

　뭔가 덜컥 내려앉은 기분이었다.

　"무슨 문제가 있습니까?"

　"헨리 부인께 출혈이 있었어요."

"들어가 봐도 됩니까?"

"아니요, 아직은 안 돼요. 의사 선생님이 함께 계세요."

"위험합니까?"

"아주 위험한 상태예요."

간호사는 병실 안으로 들어가더니 문을 닫았다. 나는 병실 밖 복도에 앉았다. 몸속이 텅 비어버린 듯했다. 아무 생각이 없었다. 생각을 할 수가 없었다. 캐서린이 죽을 거라는 생각이 머릿속에 가득 차자 나는 죽지 않게 해달라고 기도했다. 죽지 않게 해주세요. 아아, 하느님, 제발 캐서린이 죽지 않게 해주세요. 죽지 않게 해주신다면 뭐든 하겠습니다. 제발, 제발, 제발, 하느님 아버지, 캐서린을 죽게 놔두지 마세요. 하느님 아버지, 죽지 않게 해주세요. 제발, 제발, 제발 그녀가 죽지 않게 해주세요. 하느님, 제발 캐서린을 살려주세요. 살려주시면 뭐든 시키시는 대로 하겠습니다. 아기는 데려가셨지만 그녀만은 죽지 않게 해주세요. 아기를 데려가신 것은 괜찮지만 캐서린은 살려주세요. 제발, 제발, 하느님 아버지, 살려주세요.

간호사가 문을 열더니 내게 그쪽으로 오라는 손짓을 했다. 나는 간호사를 따라 병실 안으로 들어갔다. 내가 들어가도 캐서린은 나를 보지 않았다. 나는 침대 옆으로 다가갔다. 의사는 침대 맞은편에 서 있었다. 캐서린은 나를 보더니 미소를 지었다. 나는 침대 쪽으로 몸을 구부렸다. 울음이 터져 나왔다. 캐서린이 아주 부드러운 목소리로 말했다.

"가엾은 우리 자기."

그녀의 안색은 무척 창백했다.

"괜찮아, 캣. 곧 괜찮아질 거야."

"나는 죽어요."

그녀는 조금 쉬었다가 또 말을 이었다.

"정말 죽기 싫은데."

나는 그녀의 손을 잡았다.

"만지지 마요."

이 말에 나는 손을 놔주었다. 캐서린이 생긋 웃었다.

"가엾은 우리 자기. 마음대로 만져도 돼요."

"곧 나을 거야, 캣. 반드시 나을 거라고."

"만약을 위해 편지를 써둘 생각이었는데 쓰지 못했어요."

"신부님을 불러줄까? 아니면 만나고 싶은 사람 있어?"

"당신만 있으면 돼요."

그러고는 조금 있다가 이렇게 말했다.

"무섭지는 않아요. 그냥 죽기 싫은 것뿐이에요."

의사가 나지막한 목소리로 말했다.

"말씀을 너무 많이 하시면 안 됩니다."

"예."

"내가 해줄 건 없을까, 캣? 뭐 좀 가져다줄까?"

캐서린이 미소를 지었다.

"없어요."

그리고 조금 뒤에 말을 이었다.

"나하고 했던 것들을 다른 여자하고도 하지는 않을 거죠? 나한테 했던 말도 그렇고요, 예?"

"절대 안 해."

"그래도 당신이 여자들을 만나면 좋겠어요."

"필요 없어."

의사가 내 팔을 붙잡았다.

"말씀을 너무 많이 하고 있어요. 헨리 씨는 나가 계십시오. 이따가 다시 들어오세요. 부인은 죽지 않을 겁니다. 바보스러운 생각은 하지 마세요."

캐서린이 대답했다.

"알겠어요."

그녀가 나를 보며 말했다.

"밤이 되면 당신을 찾아와 같이 있을 거예요."

이제 입을 떼는 것도 힘들어 보였다. 의사가 강하게 저지했다.

"병실에서 나가주십시오. 말씀을 하시면 안 된다니까요."

캐서린이 창백한 얼굴로 내게 윙크를 보냈다. 나는 병실 문을 나서며 말했다.

"바로 문밖에 있을게."

"걱정 마요. 난 조금도 무섭지 않아요. 이건 그냥 심술궂은 장난 같은 거예요."

"우리 자기는 용감하고 사랑스러워."

나는 병실 밖 복도에서 기다렸다. 오랜 시간을 기다렸다. 간호사가 문을 열고 나와 내게로 다가왔다.

"헨리 부인이 위독하신 것 같아요. 걱정스럽네요."

"죽었나요?"

"아니요, 하지만 의식이 없어요."

출혈이 그치지 않았던 것 같다. 의사들은 출혈을 멈추게 할 수 없었다. 나는 병실로 들어가 숨을 거둘 때까지 캐서린과 함께 있었다. 그녀는 계속 의식이 없는 상태였고 오래지 않아 숨을 거두었다.

나는 병실 밖 복도로 나와 의사에게 말했다.

"오늘 밤에 제가 할 수 있는 게 있습니까?"

"아니요, 아무것도 없습니다. 호텔까지 모셔다드릴까요?"

"고맙지만 괜찮습니다. 잠깐 여기 있겠습니다."

"뭐라 드릴 말씀이 없습니다. 제가 감히 뭐라고……."

"됐습니다. 아무 말씀도 하시지 않아도 됩니다."

의사는 정중하게 인사했다.

"안녕히 가십시오. 호텔까지 모셔다드리면 안 될까요?"

"아니요, 괜찮습니다."

"그 방법밖에는 없었습니다. 수술이 결과적으로……."

"그 이야기는 하고 싶지 않습니다."

"제가 모셔다드리고 싶습니다만."

"아니요, 괜찮습니다."

의사는 복도를 따라 내려갔다. 나는 병실 문 쪽으로 다가갔다. 간호사가 말했다.

"지금은 들어오시면 안 됩니다."

"들어가야겠습니다."

"아직 들어오시면 안 돼요."

"당신이 나가요. 저분도요."

하지만 사람들을 다 내보내고 문을 닫고 불을 꺼봐도 아무 소용없었다. 조각상에다 대고 작별 인사를 하고 있는 기분이었다. 조금 뒤 나는 병실을 나와 병원을 뒤로하고 비를 맞으며 호텔로 돌아갔다.

옮긴이 정영선

숙명여자대학교 경제학과를 졸업하였다. 이후 출판사에 입사하여 다양한 영어 교재 집필, 기획, 진행을 하였다. 영어 월간지를 만들며 번역을 하다가 그 매력에 빠져 번역가의 길로 들어섰다. 현재 출판번역 에이전시 베네트랜스 소속 전문 번역가로 활동 중이다.

무기여 잘 있거라

초판 1쇄 발행 | 2021년 8월 5일

지은이 | 어니스트 헤밍웨이
옮긴이 | 정영선

펴낸이 | 이삼영
펴낸곳 | 별글
블로그 | http://blog.naver.com/starrybook
등록 | 제 2014-000001호
주소 | 경기도 고양시 덕양구 고양대로 1393, 2층 3C호(성사동)
전화 | 070-7655-5949   팩스 | 070-7614-3657

ISBN 979-11-89998-55-4 04800
     979-11-89998-14-1 (세트)

• 별글은 독자 여러분의 책에 대한 아이디어와 원고 투고를 기다리고 있습니다. 책 출간을 원하시는 분은 이메일 starrybook@naver.com으로 간단한 개요와 취지, 연락처 등을 보내주세요.